개정증보판

退溪詩學

왕소王甦 著

이장우李章佑 譯

明文堂

퇴계선생고목이금도(退溪先生古木異禽圖)

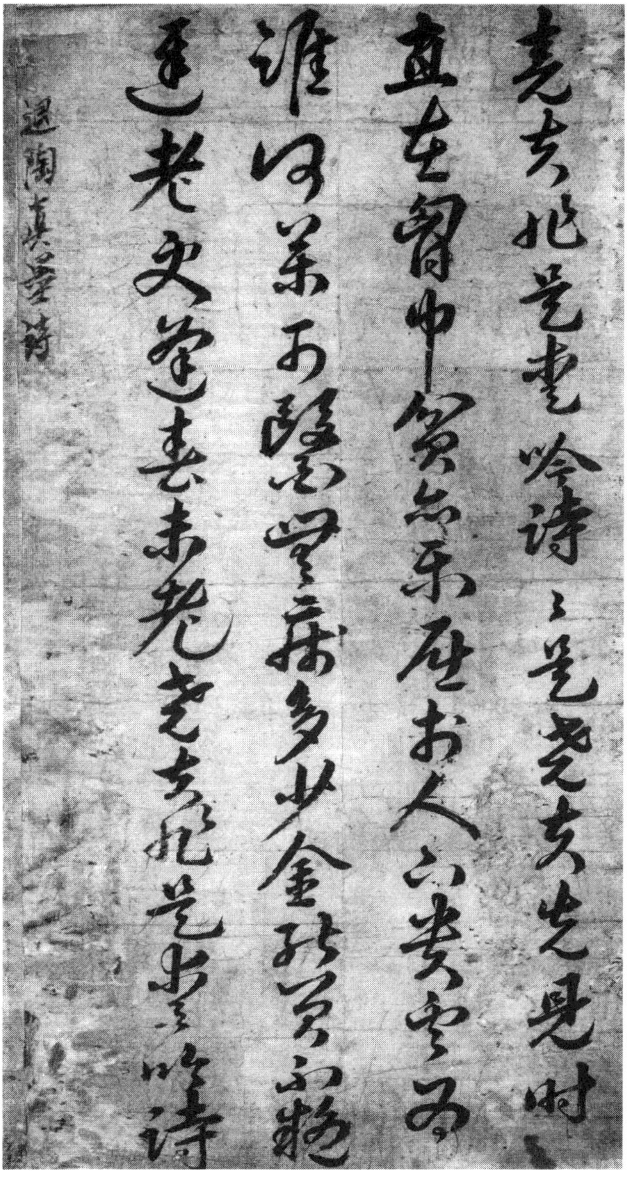

퇴도진묵시(退陶眞墨詩) – 북송 소옹의 수미음(首尾吟) 중 1수

다시 ≪퇴계시학≫을 내면서

앞서 서울의 퇴계학연구원과 대구의 중문출판사에서 몇 차례나 개정하여 가면서 바꾸어 내었던 이 책을 서울의 명문당에서 다시 내기로 하였다. 아직도 이 책은 이 분야에서 읽힐 만한 가치가 있는 책이기 때문이다.

역자는 금년 봄에 영남대학교 출판부에서 9권으로 된 ≪퇴계시 풀이≫를 완간하여 2,100여 수나 되는 퇴계시를 역주하여 내었고, 이에 보조를 맞추어 이 ≪퇴계시학≫도 다시 출판을 하게 되니 매우 즐겁다. 명문당에서는 역자가 이전에 내었던 ≪중국시학≫이라는 책도 다시 찍어낸다고 하니 필자가 젊은 시절에 매우 어려운 환경 속에서 저술은 생각도 못하고, 번역이나마 해두었던 책들이 몇 10년이 지나도 아직 살아 있다니 그래도 매우 다행스럽다.

또 필자가 15년 전 현직에서 퇴직할 때 후배들이 만들어 준 ≪중국명시감상≫이라는 책도 명문당에서 계속하여 간행하고 있는데, 이 일 역시 매우 흐뭇하고도 감사할 뿐이다.

이번에 내는 개정증보판에서 이전 번역본과 크게 바뀐 것은 인용되는 퇴계선생의 시구의 번역문을, 위에서 말한 ≪퇴계시 풀이≫의 번역문과 일일이 대조해 가면서 바꾸어 넣었고, 그 책에서 제시한 여러 가지 주석도 참고하여 적어 넣은 것이다. 이러한 번거로운 일을 출판사 쪽에서 제안하여 작업해 준 것을 매우 감사하게 생각한다.

오랜만에 이 책의 내용을 전체적으로 한 번 다시 훑어보게 되었는데, 역시 이 분야에서는 아직도 독보적인 가치가 있다는 것에 감탄하게 되었다. 이러한 책을 쓸 만한 큰 학자와 역자가 서로 만나게 되었던 일을 매우 즐겁게 생각할 뿐이다.

이 왕소(王甦) 교수의 ≪퇴계시학≫ 번역의 세 번째 개정증보판을 만들면서, 다시금 그 사람과 이 책에 대하여 생각한 것을 다음에 조금 적어 본다.

1.

왕소 교수는 한국말을 모른다. 그러니 한국어로 된 책을 보지도 못하고, 한국에서 나온 자료도 순한문으로 된 것 이외에는 잘 모른다. 이러한 사람이 어떻게 "이퇴계의 시"를 논하는 책을 쓸 수 있었을까?

그가 본 것은 오직 한문으로 된 ≪퇴계전집≫일 뿐인데, 그는 한문(중국인들은 고문이라고 함)에 관련된 고전에 대한 실력이 워낙 뛰어나서, 한국에 와서 교환교수로 2년 체류하는 사이에 처음으로 접한 퇴계전서를 보고서 이런 책을 만들어 낼 수 있었다.

이러한 사실은 이전에도 늘 그렇게 생각해 왔지만, 지금 다시 생각해 보아도 놀랍기만 할 따름이다. 그가 한국에 있을 때나 외국에서 만났을 때 학술 발표를 하는 것을 보면, 언제나 원고를 하나도 보지 않고 내용을 모두 암기하여 마치 이야기하듯이 내용을 순서대로 술술 풀어 나간다. 매우 놀랄만한 실력이라고 생각한다.

그는 또 한문 글자의 성조와 각운 체계 같은 것도 매우 잘 알아서 대련(對聯)이나 한시도, 지금 대만에서 손꼽힐 정도로 매우 잘 짓는 것으로 알고 있다. 그러니 그가 한국에 체류하는 짧은 시일 안에 이만한 책을 만들어 낼 수 있었다고 생각한다.

그렇기는 하지만, 한국의 역사나 문화전통에 대하여 잘 모르고,

더구나 한국이나, 또는 일본 같은 데서 나온 관련 연구자료 같은 것도 거의 알지 못하는 상태에서 지어진 이 책은, 그 나름대로 퇴계학 연구에 새로운 기여를 하는 면도 있기는 하지만, 아무래도 몇 가지 면에서 보완했으면 싶은 아쉬운 점이 없지도 않다. 아래에 이 책이 가진 장점과 결점을 아울러 지적하려 한다.

2.

이 책의 세 번째 항목은 〈시집(詩集)〉이라는 부분인데, 이퇴계 선생의 목판본 문집 중, 내집, 외집, 별집, 속집 등에 나누어 수록된 한시 2,103수에 관하여, 저작 연대별 배열이라는 원칙에 비추어 더러 배열이 잘못된 점을 지적하고, 이 책 부록에서는 〈퇴계시 통계 연표〉를 붙여, 이퇴계 선생이 어떤 해에 어떤 체의 시를 지었는가 하는 것을 일목요연하게 밝히고 있다. 이 점은 매우 훌륭하다.

한국에서 권오봉 교수나, 정석태 박사 같은 분들이 ≪퇴계시대전≫, ≪퇴계연보≫ 같은 방대한 저술에서 더러 이와 비슷한 작업을 하였지만, 이러한 작업이 대개 왕소 교수의 이 책이 나온 뒤에 만들어진 것이지만, 시의 체제까지 이렇게 일목요연하게 조사할 수는 없었다.

그들은 시 작품의 저작 연도만 주목하였지 근체시, 고체시 등 시체의 문류(文類)에 따른 분류까지는 하지 못하였다. 이러한 분류를 하려면, 모든 시의 평측과 각운, 대구의 배열 같은 것까지 잘 알고 조사해야 가능한 것으로 시의 작법에 대하여서도 정통하지 않으면 거의 불가능한 일이기 때문이다. 아마 한국에서 지금 이러한 작업을 이렇게 짧은 기간에 해낼 수 있는 사람은 거의 없을 것으로 보아도 될 것이다.

그러나 이 작업이 다 맞는 것인지는 다시 한 번 자세히 검토해 보아야 할 것이다. 일례를 들자면 퇴계선생은 시만 쓴 것이 아니라 사(詞)라는 운문 작품도 3수나 썼는데, 그것이 시로 분류되어 있다는 것을 지적한 학자〔차주환車柱環〕가 있다.

3.

〈연원(淵源)〉이라는 항목에서는 이퇴계 시의 연원을 도연명(陶淵明), 두보(杜甫), 소동파(蘇東坡), 주희(朱熹)에서 찾고 있다. 이 점도 매우 어려운 이야기를 아주 쉽게 찾아내어 잘 설명하고 있어 매우 훌륭하다. 그러나 이퇴계 선생이 살고 계실 때의 우리 조선의 시풍이 "해동 강서시파"라고 하여, 황정견(黃庭堅, 호 산곡山谷)의 영향도 많이 받았던 것이 사실이고(그래서 그의 문집이 언해까지 되었다고 하나 지금 전하지는 않는다), 또 우리나라에서도 이미 ≪동문선≫ 같은 시문선집도 나올 정도로 한시의 전통이 매우 두텁게 형성되어 있었을 것인데, 이러한 특수한 현상에 대하여서는 일언반구의 배려나 언급도 없으니, 이런 점은 매우 아쉽다.

4.

〈체식(體式)〉 부분은 역시 아무나 할 수 없는 매우 어려운 작업인데, 정말 이 저자의 실력이 과시되는 부분이다. 그러나 여기서도 역자는 매우 기본적인 의구심을 한 가지 제기하지 않을 수 없다. 저자가 의거하는 시운(詩韻) 참고서는 무엇이었을까? 이퇴계 선생이 참고한 시운 책은 ≪운회(韻會 : 古今韻會擧要)≫였고, ≪퇴계집≫ 내용을 한문으로 주석한 ≪퇴계문집고증≫이라는 책에서도, 퇴계시에 나온 글자풀이 같은 것도 이 책을 참조하였다는 말이 적어도 100번 이상은 나온다. 그런데 이 ≪운회≫라는 책은 원나라에서 편집되고 조선 때에 한국판이 나오고, 또 중종 때 최세진이라는 역관이 ≪운회옥편≫이라는 사전까지 만들어 내었다는, 이 ≪운회≫라는 책의 글자의 평측 분류는 아주 드물기는 하지만, 청나라 이후로 중국 사람들이 많이 보고 있는 운서인 ≪시운집성(詩韻集成)≫이나, 일본인들까지도 많이 보고 있다는 운서 ≪시운함영(詩韻含英)≫과도 미세한 부분에서는 틀리는 경우가 더러 있다.

왕교수가 이러한 사소한 차이점까지 파악하고, 이 〈체식〉 부분을 쓴 것 같지는 않다. 이러한 점은 앞으로 우리나라 학자들이 아주 자세하게 점검해 보아야 할 것이다.

5.

〈내용(內容)〉이나 〈시교(詩教)〉 부분은 대체로 무난하다. 다만 〈시교〉 부분의 첫째 항목에 "고문(古文)"이라는 부분에 관해서는 조금 언급해 보고자 한다. 퇴계선생의 ≪언행록≫ 중에서 물암(勿巖) 김륭(金隆)이라는 제자가 스승이 ≪고문진보·전집(시 부분)≫에 대하여 강의하시던 내용을 적어둔 것 중에서 일부만 뽑아서 적어둔 것을 여기서 소개한 것이다. 그러니 이 항목의 제목을 "고문"이라고 할 것이 아니라 "고시(古詩)"라고 해야 합당할 것이다.

이렇게 퇴계선생이 어떤 책에 대하여 쓴 기록을 "강록(講錄)"이라고 하면서, 여러 제자들의 문집에 많이 전하고 있는데, 주자전서에 대한 강록이 많고, ≪고문진보≫ 전집과 후집에 대한 강록도 이 물암의 문집(≪물암집≫) 이외에도 이덕홍 같은 제자의 문집(≪간재집≫) 같은 책에서 찾아볼 수 있다. 이러한 강록에서 퇴계선생의 "시에 관한 가르침" 또는 고문을 포함한 "문장에 대한 가르침"을 찾자면 더 많은 내용을 찾아낼 수 있을 것이고, 그러한 이야기는 비단 강록뿐만 아니라, 퇴계선생께서 지으신 시, 또는 제자들에게 보낸 많은 편지 속에서도 유사한 내용을 수없이 찾아낼 수 있을 것이다.

그가 유일하게 본 퇴계 언행록에서도 그러한 점을 잘 요약해 보려고 노력하였다고 할 수는 있겠지만, 그러나 저자의 관심이나 독서의 범위가 언행록의 범위를 크게 넘어서지는 못하였다는 것은 역시 좀 아쉬운 일이다. 그러나 한 외국 학자가 이 정도라도 관련 내용을 요약하여 처음으로 소개해 둔 점을 매우 귀중하고 고맙게 생각해야 할 것이다.

바로 그 다음에 나오는 "주자의 시를 논함(論朱詩)"에서는 제자들에게 보낸 편지 가운데서 퇴계가 주자 시에 대하여 언급하거나, 주자 시를 차운하여 당신이 지은 시에 대하여 언급하는 내용들을 소개하면서 퇴계선생이 주자의 시를 어떻게 보았는지, 무엇을 배웠는지 자못 소상하게 소개하고 있다. 주자에 대한 연구는 퇴계 이후로 조선 유학의 주류가 되었으니, 앞으로 한국에서 이러한 방면의 연구가 크게 진척되어야 할 것으로 기대한다.

6

마지막으로 한 가지 덧붙일 게 있다. 이 책에서 퇴계선생이 어떤 한국의 인물이나 사실을 설명할 때, 비록 중국의 어떤 고사나 전고, 인물을 끌어다가 비유적으로 설명하는 경우에, 그 중심점은 어디까지나 우리나라의 어떤 특정한 사실, 또는 인물을 강조하고 있음이 분명한데도, 가끔 그런 시가 바로 중국의 어떤 인물이나, 사실을 설명하고 있다고 설명한 경우를 더러 본다. 이런 점은 매우 엉뚱한 중국 중심적인, 대국 중심적인 발상을 벗어나지 못한 것이라고 할 수 있다. 그런 점은 더러 이 책 역주에서 가끔 지적하기도 하였다.

이상 이 책을 다시 보면서 느낀 점을 몇 가지 적어 보았다. 역시 이 책은 한문을 잘 알고, 한시도 잘 짓는 매우 수준이 높은 학자가 지은 것이라 배울 만한 점이 많지만, 그래도 한국 문화의 특성을 잘 알지 못하는 외국 사람이 쓴 것이라서 좀 아쉬운 점이 없지 않음을 알 수 있다.

저자가 살아있다면, 거의 90세에 육박하는 고령이다. 수십 년 동안 소식을 모르고 지내고 있는데, 중국말로 찾는 baidu(百度)를 검색해 보니, 그가 대륙에도 다녀갔다는 이야기며, 대륙의 친구에게 보냈던 편지 한 장이 경매에 붙여졌다는 이야기도 보인다. 또 그의 주소도 보이기에 편지를 한 장 써 보내면서 이 책을 다시 고쳐서 낸다는 이야기도 알렸다. 부디 노익장하며, 좋은 소식이 있기를 바란다.

끝으로 동양인문정신의 부흥을 부르짖는 이때에, 동양학과 한학 분야 출판에 치중하고 있는 명문당에 시운이 깃들기를 빌며, 김동구 사장님과 이은주 편집자께 고마움을 표한다.

2019년 3월 3일
서울 북산서루에서
이장우

1997년 개역판 역자 서문

一.

1981년 4월에 이 ≪퇴계시학(退溪詩學)≫의 제1판을 출간하였는데, 독자들에게 매우 좋은 반응을 얻어 1988년 4월에 제3판을 내기에 이르렀다.

그러나 역자가 보기에 내용에 다소 고칠 것도 생기고, 또 체제도 바꿀 것이 있어, 계속하여 출판하는 것은 그만두고 개역판을 내기로 하였다. 그런데 그 일이 여러 가지 사정으로 지지부진하였는데, 한두 제자들의 도움을 얻어 다시 이렇게 성사가 되었다.

이 개역판이 원판과 다른 점은 대개 다음과 같다.

1. 내용면에서, 전문을 한글 전용으로 바꾸고, 꼭 필요한 말만 한자를 괄호 안에 넣었다.

2. 인용되는 모든 시구를 전부 한글로 풀이하였다. 원판에서는 대개 4구 이상 되는 시구는 풀이하고 그 이하는 풀이하지 않았었다.

3. 원판에 부록으로 있던 왕소(王甦) 교수의 중국어 원문을 여기서는 삭제하고, 그 대신 앞서는 없던 〈찾아보기〉를 새로 만들어 첨부하였다.

4. 체재면에서, 앞의 책은 양단으로 세로쓰기로 되어 있으나, 이 책에서는 전면을 가로쓰기로 하였다.

5. 편명, 서명, 인용문은 각각 〈 〉, ≪ ≫, 「 」 등으로 구분하여 표시하고 보충어 같은 것은 〔 〕로 표시하여 읽기에 편하도

록 하였다.

6. 원주는 모두 본문의 하단으로 옮겨 놓았다.

이렇게 하여 놓고 나니, 비록 중국어 원고 부분을 삭제하였으나, 책의 부피가 오히려 50여 쪽이나 늘어났다. 그러나 독자들이 읽기에 한결 편할 뿐만 아니라, 모든 인용 시구가 다 번역되어져 내용을 이해하는 데도 한결 용이해졌을 것으로 믿는다.

二.

'70년대 말에 역자가 이 책을 처음 번역할 때보다는, 역자 자신도 그 뒤에 퇴계시에 관하여 계속하여 많은 관심을 지속하여 왔고, 일반 학계에서도 퇴계시에 관한 번역이 축적되어 한국어나 중국의 백화문으로 2,000여 수나 되는 퇴계의 시 작품이 완역되어 나오기까지 하였다.

그러나 역자는 다시 이 ≪퇴계시학≫을 손질하면서, 아직도 퇴계시 전반에 관한 검토로는 이만한 책이 없다는 것을 새삼 실감하게 되었다. 특히 〈체식(體式)〉 부분과 같은 내용은 지금과 같이 한문 글자의 평측(平仄)에 대하여 거의 잊어버리고 있는 한국의 젊은 한학자들로서는 감히 접근하기도 어려운 분야라고 말할 수 있다. 이 밖에도 주자학, 또는 성리학 전반에 관한 이해가 없이는 퇴계의 시에 대한 접근도 어려운데, 저자는 이 방면에서도 해박한 지식을 지니고 있으며, 실제도 그 방면에 관하여서도 몇 편의 저술을 가지고 있다.

왕소 교수는 이 책 덕분으로 제1회 국제퇴계학학술상을 수상하기도 하였으며, 국제퇴계학회의 대만의 책임자가 되기도 하였고, ≪퇴계학논집(退溪學論集)≫이라는 논문집을 이 책과 별도로 대만의 문사철(文史哲)출판사에서 1992년에 내기도 하였다.

三.

이 개역판은 역자가 원판을 다소 수정한 내용을 가지고 권윤경 양과 장세후 군이 다시 타자하였고, 특히 장군이 체제를 통일하며 다시 타자 조판하느라 큰 고생을 하였다. 이 사람의 도움이 아니었으면 아마 이 개역판이 이렇게 다시 나오기가 어려웠을 것이다. 역자는 이 사람과 함께 ≪퇴계시 풀이≫를 앞으로도 계속하여 낼 것이며, 또 별도로 ≪퇴계잡영≫ 같은 책도 곧 낼 예정이다. 또 마지막 교정을 보아준 우재호 군에게 감사를 드린다.

삼가 출판을 맡아준 중문출판사의 장의동 사장과 여러 직원들의 노고에도 고마움을 표시한다.

1997년 첫여름

李 章 佑

초판 원저자 서문

퇴계는 한국의 큰 선비인데, 한국에 퇴계가 있음은 중국에 주자가 있음과 똑같다. 그러나 중국인들이 주자를 높임은 한국인이 퇴계를 높임에 멀리 뒤진다. 한국의 경상북도 안동에는 퇴계가 당년에 강학하던 도산서당이 있는데, 문화유적지로 지정되어 사람들이 참관하고 경의를 표하도록 되어 있다. 한국의 천원짜리 지폐에는 퇴계의 사진이 인쇄되어 있으며, 서울특별시의 중구에는 퇴계로가 있다. 남산도서관 앞에 있는 퇴계의 동상은 쳐다보면 존경심이 생기고, 바라보면 엄숙하여져 사람으로 하여금 숙연하게 공경하는 마음이 일어나게 하여 사모하면서 그 아래를 맴돌게 만든다.

이밖에 서울특별시 중구에는 또 퇴계학연구원이 있어, 퇴계학보를 정기적으로 출판하며, 퇴계학의 국제학술회의를 개최하여 퇴계사상의 천양과 풍속, 인심의 순화에 지울 수 없는 큰 공헌을 하고 있다.

퇴계는 주자학의 학자이나, 중국 학자들은 그를 아는 사람이 많지는 않다. 병신년 가을에 필자는 담강(淡江)대학의 교환교수의 명의로 한국 단국대학에 가서 강의를 맡았는데, 서울시 강남구의 청담동에서, 지금은 영남대학에 있는 이장우 교수와 가까운 이웃에 살게 되었다. 뜻이 같고 나아가는 길이 합치되어, 피차 때때로 서로 내왕하게 되었는데, 우연히 이선생의 책꽂이 위에 ≪증보 퇴계전서≫를 발견하고, 마음으로 자못 호감이 우러나 책장을 넘겨

가며 한 차례 죽 훑어보니, 저절로 눈이 밝아지는 듯하였다. 이선생에게 잠시 빌려보는 은혜를 입고, 드디어 옆에 끼고 집으로 돌아와 조석으로 마음을 가라앉히고 읽어 내려가니, 차차 의미를 알게 되었다.

다음해 봄에 퇴계학연구원에서 「근세유학(近世儒學)과 퇴계학(退溪學)」 국제회의를 거행하였는데, 장우 형의 소개로 연구원 이사장 이동준 선생을 알게 되었다. 이때에 이 국제회의는 이 해 8월 한국에서 열리기로 결정되었다. 그러나 필자는 단국대학에서의 초청기간이 7월에 끝나게 되어 있었다. 이동준 선생은 필자가 대만으로 돌아가는 것을 연기하고, 이 회의에 참가하여 연구한 논문을 발표할 수 있게 되기를 희망하였다. 이선생의 호의는 여기에 그치지 않았다. 일본각판 ≪이퇴계전집≫ 한 부와, 한화 10만원을 한 달 생활 보조비로 흔연히 보태어 주었다. 후의에 감동되어 어떻게 사양할 길이 없었다. 그래서 서울에 그냥 더 머물러 있기로 하고, ≪퇴계시학(退溪詩學)≫이란 논문을 온 힘을 기울여 초안하여 보았다.

이 논문은 6만 자(200자 원고지로 300매)가 되었으나, 편폭이 너무나 길어서 그때 1만 자(50매)로 줄여서 국제회에서 발표하였다. 별도로 그 전문(全文)은 장우 형이 한국어로 번역하여 ≪퇴계학보≫에 여섯 차례(제20기 25기)에 걸쳐 연재하여 끝을 맺었다. 금년 4월에 이동준 선생이 중국을 방문하였을 때, 졸작 ≪퇴계시학≫의 번역이 연재된 이래 자못 독자들의 환영을 받았다는 말과, 그래서 이것을 단행본으로 출판하기로 결정하여 관심이 많은 독자들에게 제공하기로 결정하였다는 말을 하고, 필자에게 번역판의 서문을 적어 달라고 하였다.

시학은 원래 필자의 전문 분야가 아니다. 더구나 퇴계의 시는 근본 소양이 깊고, 흥취를 간직한 바가 깊숙하여 결코 필자와 같은 천학으로서는 함부로 논의할 바가 아니었다. 당시에 오직 이러한 제목을 선택하려고 생각하였던 것은, 내 나름으로 퇴계를 연구하는 학자들 중에서 철학 쪽으로는 많이 기울어지고, 그의 문학에 관하여서는 간과하는 경향이 있어서, 물론 철학을 많이 연구하는 것도 좋기는 하나 문학 쪽을 소홀히 다룬다면 어딘지 좀 미흡한 점이 있다고 여겼기 때문이었다.

사실 시 공부라는 것은 비록 보잘것없는 기예(技藝)라고도 할 수 있으나, 어디까지나 뜻〔志〕과 도(道)에서 우러나오고, 그것을 반영하는 것이기도 하다. 그렇기 때문에 공자는 ≪시경≫의 주남(周南)과 소남(召南)편을 읽지 않으면 담장을 눈앞에 마주하고 있는 듯이 답답하다고 하였고, 주자는 예(藝)에서 놀면 움직이고 쉬는 데에 수양이 된다고 하였고, 퇴계도 또한 옛날부터 시를 공부하지 않는 이학(理學)은 없다고 하였다. 그렇기 때문에 퇴계의 사상을 연구할 때에는 마땅히 그 시를 소홀히 다루어서는 안 될 것같이 생각된다. 또한 순 문학적인 입장에서만 논한다고 하더라도, 퇴계의 시는 역시 그 숭고한 지위와 불후의 가치를 지니고 있다고 하겠다.

이 논문을 쓴 이유는 이러한 점을 감안하여 시험 삼아 한번 시도하여 본 것에 불과하며, 곧 이 방면에 전문가가 배출되어서 훌륭한 저술을 집필하게 될 때에 보잘것없는 길잡이 역할을 다소나마 하게 된다면 다행이겠다. 이 논문을 저술하는데에, 섭렵하는 범위가 비교적 광범위하여, 더러는 물결을 따라 근원을 탐구하기도 하고, 더러는 살〔肌〕을 가르고 살결을 나누기도 하였으나, 목표는 지극히 타당한 결론을 얻고자 함에 있었다. 그러나 왕왕 너무 황급하게 서두르지나 않았는가 걱정된다. 오직 내가 안다는 것도 입이 좁은 병이나 가느다란 관(管)을 통하여 하늘을 쳐다보는 호좁은 것에 불과하니, 이퇴계 시의 여러 면을 고루 엿보았다고 할 수는 없다. 이 방면에 식견이 높은 군자들께서 친절한 교시를 내려주신다면 영광이겠다.

1980년 경신년 첫여름
타이베이 스린[士林]에서
왕소(王甦) 씀

차 례

1

들어가는 말

퇴계(退溪)의 성은 이(李)요, 이름은 황(滉)이며, 자(字)는 경호(景浩)이니 한국 진성(眞城) 사람〔李氏〕이다. 선비들이 퇴계선생이라고 불렀다. 연산군(燕山君) 7년 신유(辛酉:1501)에 태어나서 선조(宣祖) 4년 경오(庚午:1570)에 돌아가시니 연세가 70이었다.

퇴계는 천자(天資)가 영오(穎悟)하고 학문을 좋아하여 권태로움이 없었으며, 더구나 성리학(性理學)에 조예가 깊었다. 중년에 벼슬을 버리고 고향으로 돌아가 퇴계 곁을 택해서 머물자 쫓아와서 배우는 선비들이 날로 많아졌다. 그 가르침은 마음〔心術〕을 밝힘을 앞세우고, 그 말씀은 성현의 훈계를 목표로 삼았다. 논(論)한 바는 모두 공자(孔子)·증자(曾子)·자사(子思)·맹자(孟子)와 주염계(周濂溪)·정명도(程明道) 정이천(程伊川) 형제·장횡거(張橫渠)·주자(朱子)에 관련된 학문이고, 더욱이 주자의 학문을 좋아하여 일찍이 그 책을 정리해서 요점을 뽑아 공부하는 사람들에게 길잡이가 되도록 하였다. 그 배운 바와 지킨 바는 한결같이 주자를 중심으로 삼아, 그 친제자들과 다를 바가 없었으니, 「해동고정」(海東考亭 : 한국의 주자)이라는 말까지 나왔다.[1)]

그의 학문은 넓으나 잡된 점이 없고, 핵심을 정확히 파악하여 티가 없었다. 경(敬)과 의(義)를 양쪽에 지니고 명(明)과 성(誠)을 함께 닦으며, 지(知)와 행(行)을 서로 어울리게 하고 동(動)과

---

1) 〈文廟從祀時中外頒教文〉, ≪增補退溪全書≫ 제4책, 〈言行錄〉, 권6 附錄, 韓國, 成均館大學校 발행, 이하 ≪全書≫로 약칭함.

정(靜)을 서로 맞게 하여, 정밀한 요소〔精〕와 거친 요소〔粗〕를 합하고, 안〔內〕과 밖〔外〕이 하나가 되게 하며, 사물〔物〕과 내〔我〕가 일체가 되게 하고, 하늘〔天〕과 사람〔人〕의 관계를 탐구하였다. 마음씨가 조촐하여 아름다운 산, 맑은 물을 좋아하고, 시를 즐겨 지었으며 작품이 우아하고 잘 다듬어졌다. 일찍이 시를 잘한다는 이름이 났으나, 늙어갈수록 말이 잘 다듬어지고 내용이 치밀하여져서 스스로 일가(一家)를 이루었다.

송(宋) 이후의 유학(儒學)을 한결같이 이학(理學)이라고 부른다. 퇴계의 이학 방면의 조예는 누구나 다 아는 바이다. 그래서 퇴계를 연구하는 사람들은 모두 이학을 위주로 생각한다. 그러나 사실, 퇴계는 문학 방면에도 역시 매우 깊은 조예를 지니고 있다. 다만 퇴계는 이학의 대가(大家)이기 때문에 문학이 마침내 이학에 가리워졌다고 하겠다. 하지만 조용히 사실대로 살펴보면 퇴계의 이학은 결코 문학과 아무런 관계가 없는 것은 아니다. 퇴계는 일찍이 다음과 같이 말하였다.

> 문학을 어찌 소홀히 할 수 있겠는가? 문학을 공부하는 까닭은 마음을 바로잡는 데 있다.
> 文學豈可忽哉? 學文所以正心也.[2]

「학문소이정심」(學文所以正心)이란 말에서 퇴계의 문학관을 볼 수 있다. 제자 이굉중(李宏仲)이 주자서(朱子書)를 읽으려 하자 퇴계는 다음과 같이 그에게 말하였다.

> 바라건대 공이 굳이 그것을 정지하고 모름지기 먼저 ≪시경≫을

2) ≪全書≫ 제4책, 〈言行錄〉 권2, 〈月川日記〉, 34쪽.

읽는다면 지극히 좋으리라고 생각합니다. 공자께서는 ≪논어≫에서 그 아들 이(鯉)에게 ≪시경≫의 〈주남(周南)〉과 〈소남(召南)〉 부분을 읽지 않으면, 담을 눈앞에 마주하고 보듯이 답답하다고 하셨으며, 당나라의 문호 한유(韓愈)는 「시서를 부지런히 읽어야 남는 것이 있지, 부지런히 하지 않으면, 배가 공허하니라」(詩書勤乃有, 不勤腹空虛. ―〈符讀書城南〉)라고 하였습니다. 가령 공이 이 학문〔朱子書〕에 전심하려고 하더라도, 옛날부터 어찌 시서(詩書)를 공부하지 않는 이학(理學)이 있겠습니까? 원컨대 공은 이에 대하여 생각하여 보기 바라나이다. 전일에 만났을 때에도 ≪시경≫을 읽으라 권하여 드렸는데, 이제 다시 무슨 책을 읽어야 되느냐고 물으니, 이는 공의 생각에 ≪시경≫을 읽는 것이 심학(心學)에 그리 절실하지 않다고 여기기 때문인 듯합니다. 그래서 그것을 읽지 않으려고 한다면, 이것은 크게 잘못된 것입니다.

願公姑且停止, 先須讀詩, 至佳至佳. 孔子以不爲二南爲墻面, 韓公以不學詩書爲腹空. 假使公專意此學, 自古安有不學詩書底理學耶? 願公思之. 前日面勸讀詩, 今問讀何書, 是公意以讀詩爲不切於心學, 而不欲讀之, 此大誤也.[3)]

퇴계의 이 말은 「학문소이정심」(學文所以正心)이란 말의 각주(脚註)로 삼을 만하다고 하겠다. 이 말을 통하여서도 퇴계가 문학에 대하여 특별히, 시에 관심을 기울이고 있었음을 알겠다.

〈언행록(言行錄)〉에는 다음과 같은 말이 있다.

선생께서는 시를 좋아하셔서, 평생 동안 힘을 기울이심이 많았다. 일찍이 나의 시는 메마르고 담담하기〔枯淡〕만하여 남들이 그리 좋아하지 않을 것이지만, 그러나 시에 대하여 힘을 기울임이 자못 많았기 때문에 처음 슬쩍 볼 때에는 비록 냉담한 듯하

3) ≪全書≫ 제2책, 권36, 〈答李宏仲〉, 232쪽.

나, 오랫동안 자세히 보면 의미가 없지도 않을 것이라고 말씀하셨다. 또 시가 공부하는 사람들에게 가장 긴절한 것은 아니나, 좋은 경치를 만나거나 흥겨운 일이 생기면 시를 짓지 않을 수 없을 것이다고 말씀하셨다.

先生喜爲詩, 平生用功甚多. 嘗言吾詩枯淡, 人多不喜. 然於詩用力頗深, 故初看雖似冷淡, 久看則不無意味. 又曰詩於學者最非緊切, 然遇景値興, 不可無詩矣.4)

퇴계는 스스로 「어시용력파심」(於詩用力頗深)이라고 하였으니 그가 시를 중시하였음을 알 수 있다. 그러나 또 이르기를 「시어학자최비긴절」(詩於學者最非緊切)이라고도 하였으니, 「최비긴절」(最非緊切 : 가장 긴절한 것이 아니다)이라고 말해 놓고, 어떻게 「용력파심」(用力頗深 : 힘을 자못 많이 기울였다)이라고 할 수 있겠는가? 이 두 말은 흡사 모순되는 듯하나, 사실은 그렇지 않다. 퇴계의 뜻은 사람들이 시를 배우다가 시에 정신이 빠져〔玩物喪志〕 그 마음을 잃어버릴까 두려워함이었다.5)

〈언행록〉에는 다음과 같은 기록도 있다. 제자인 조목(趙穆)이 선생을 뵙고 시를 가르쳐 줄 것을 청하였으나 허락하지 않고 말하였다.

몸으로는 실행하지 않으면서 입으로만 헛되이 떠드는 것은 바로 내가 부끄러워하는 바이니라.

身不行而口徒言, 寔余之所愧也.6)

4) ≪全書≫ 제4책, 〈言行錄〉 권5, 〈類編〉, 〈文錄〉.

5) 退溪詩句, ≪全書≫ 제1책, 文集 권3, 〈정유일의 한거 시에 화답한 시(和子中閒居)〉 20수 중 〈시를 노래함(吟詩)〉이란 시, 108쪽.

6) ≪全書≫ 제4책, 〈言行錄〉 권2, 〈類編〉, 〈月川日記〉, 34쪽.

몸으로는 실행하지 않으면서 입으로만 떠들며, 시를 배우는데 몸으로 체득하지 않는다면 시를 즐기다가 뜻을 잃음을 면하지 못할 것이다. 조목은 추상적인 것을 좋아하여 말이 실상보다 지나쳤으므로(상세한 것은 아래 글 참고), 퇴계는 그에게 시를 가르쳐 주려고 하지 않은 것이다. 퇴계의 마음속에서 시학(詩學)이란 이학의 부용(附庸)에 불과하였다. 그래서 다음과 같이 말하였다.

> 유가의 의미는 스스로 딴 데 있지, 문예에 공교함은 유가의 본업이 아니다.
> 儒家意味自別, 工文藝非儒也.[7]

또 다음과 같이도 말하였다.

> 김점필재(이름은 종직宗直)는 학문을 하는 사람이 아니다. 일생 동안 한 사업이 다만 글 지은 것뿐이니, 그 문집을 보면 알 수 있다.
> 金佔畢非學問底人. 終身事業只在詞華上, 觀其文集可知.[8]

이른바 「한결같이 문인이기만 하면 보잘것없다」〔一爲文人, 便不足觀〕라고 한 이러한 견해는 주자의 다음과 같은 말과 서로 일치한다.

> 지금 사람들이 학문의 큰 뜻을 이야기하려 하지 않고, 다만 시문만 배우려고 한다면, 이미 부차적인 데로 떨어진다.
> 今人不去講義理, 只去學詩文, 已落第二義.[9]

7) ≪全書≫ 제4책, 〈言行錄〉 권5, 〈과거의 폐단을 논함〉.
8) ≪全書≫ 제4책, 〈言行錄〉 권5, 〈인물을 논함〉. 232쪽.
9) ≪性理大典≫ 권56, 〈시를 논함〉. 860쪽.

2

시론詩論

퇴계는 비록 시를 잘하였으나 끝내 시인(詩人)으로 자처하지는 않았다. 왜냐하면 그 뜻한 바가 커서 한 가지 재주〔藝〕로 이름을 얻으려 하지 않았기 때문이다. 평생 동안 남에게 시 짓는 법을 가르친 것이 매우 적고, 시의 이론에 대해서도 언급한 바가 역시 드물다. 그는 〈정자중(鄭子中)의 한거 시에 화답한 시(和子中閒居)〉 20수 〈시를 노래함(吟詩)〉에서 다음과 같이 말하였다.

詩不誤人人自誤 시불오인인자오	시가 사람을 그르치는 것이 아니라 사람이 스스로 그르치는 것이니,
興來情適已難禁 흥래정적이난금	흥이 오고 정이 가면 이미 견디기 힘들다네.
風雲動處有神助 풍운동처유신조	바람 불고 구름 움직이는 곳에는 신의 도움 있으니,
葷血消時絶俗音 훈혈소시절속음	매운 맛과 비린내 없어질 때 속세의 소리 끊어지네.
栗里賦成眞樂志 율리부성진락지	율리의 도연명은 다 지으면 실로 뜻 즐거웠고,
草堂改罷自長吟 초당개파자장음	초당의 두보는 다 고치고 나면 스스로 길게 읊조렸다네.
緣他未着明明眼 연타미착명명안	그런 것에 밝고 밝은 눈을 가지지는 못하였으나,
不是吾緘耿耿心 불시오함경경심	내 빛나고 빛나는 마음을 봉하지는 않았다네.

(文集 권3)

〔역주〕 ■ 풍운동처유신조(風雲動處有神助): 당나라 왕발이 아버지를 보

러 가던 중에 마당산을 지나다가 신의 도움으로 바람을 얻어 등왕각에 가 유명한 <등왕각서>와 시를 지었다는 고사가 있음.

▪ 훈혈(葷血): 훈(葷)은 마늘, 파 등과 같은 매운 맛이 나는 양념으로 쓰는 음식을 말하며, 혈(血)은 비린내 나는 어육류를 말함.

▪ 율리(栗里): 도연명이 살던 곳으로 도연명을 가리킴.

▪ 초당(草堂): 두보가 성도(成都) 완화(浣花)의 시냇가에 지은 초당을 말하며 곧 두보를 가리킴.

▪ 자장음(自長吟): 두보의 <근심을 풀다(解悶)> 시 「성령을 도야하는 데에는 어떤 것이 있는가 하니, 새 시 다 고치고 나면 스스로 길게 읊어 보는 것이라네.」[陶冶性靈存底物, 新詩改罷自長吟.]

퇴계가 시에 대하여 갖고 있던 태도는 이 시에서 이미 그 단서가 분명하게 드러난다. 위 구절 「시불오인인자오」〔詩不誤人人自誤〕에서 「시가 사람을 그르치는 것이 아니다」〔詩不誤人〕라는 말은 시는 지을 만하다는 뜻이나, 「사람이 스스로 그르친다」〔人自誤〕라고 말한 것은 곧 많이 지어서는 안 된다는 뜻이다. 그의 〈안승종에게 공손히 드림(奉呈安孝思)〉 시에서는 다음과 같이 말하고 있다.

和詩十首公休索 화 시 십 수 공 휴 색	화답한 시 열 수 그대는 찾지 마오,
累牘聯篇亦一塵 루 독 련 편 역 일 진	쌓인 목독이며 이어진 간편 또한 한 점 티끌이라네.

(文集 권5)

〔**역주**〕 ▪ 안효사(安孝思): 이름은 승종(承宗), 예천 노포(蘆浦)에 살았음. ≪퇴계선생문집고증(退溪先生文集考證)≫ 권3, ≪퇴계전서≫ 493쪽.

여기서도 퇴계가 시를 많이 지어서는 안 된다고 한 주장을 볼 수 있다. 다음 구절은 윗 구절을 받아서 「홍래정적이난금」(興來情

適已難禁)이라고 하였으니, 시를 안 지을 수도 없었음을 알 수 있다. 이것은 바로 「우경치흥, 불가무시」(遇景値興, 不可無詩 : 주 4)의 뜻과 같다. 퇴계의 이러한 생각은 주자의 영향을 받은 듯하다. 주자는 다음과 같이 말하였다.

> 시를 짓는데 틈틈이 몇 구씩 적어서 자기의 마음을 쾌적하게 한다면, 또한 무방할 것이다. 단 많이 지을 것은 없으니, 대개 곧 거기에 빠져버릴 것이기 때문이다. 일이 바쁘지 않을 때에 평담하게 스스로 마음을 적어 낸다면 어찌 골몰하게 그것만 생각하여 적은 시보다 낫지 않겠는가? 그 참된 마음이 흘러넘치는데 이른다면, 또한 도리어 보통 때에도 항상 시를 읊조리기를 좋아하는 자들의 작품과 달라질 것이다.
> 作詩間以數句適懷亦不妨. 但不用多作, 蓋便是陷溺耳. 當其不應事時, 平淡自攄, 豈不勝如思量詩句? 至其眞味, 又却與尋常好吟者不同.10)

퇴계의 「흥래정적이난금」(興來情適已難禁)은 곧 주자의 「수구적회역불방」(數句適懷亦不妨 : 몇 구절 마음에 맞으면 또한 해로울 것 없으리니)의 뜻과 같다. 시를 짓는 것은 감정을 적절하게 표현하는데 있으므로 「불용다작」(不用多作 : 많이 지을 필요는 없고)하고, 많이 짓는다는 것은 곧 「함닉」(陷溺 : 빠져버림)하는 것이므로 곧 「자오」(自誤 : 스스로 잘못됨)하는 것이 된다. 그러나 「보통 때에도 읊조리기를 좋아하는 자」〔尋常好吟者〕는 시에 빠지지 않을 수 있고, 스스로 잘못되지 않을 수 있는 경우가 드물 것이다. 그런데 어기(語氣)에 있어서 퇴계의 「이난금」(已難禁)은 주자의 「역불방」(亦不妨)에 비교하면 매우 강하다. 퇴계의 시로 지

10) 주 9)와 같음.

금 전하는 것은 2천여 수나 되나 주자는 겨우 천여 수밖에 안 된다. 퇴계에게 있어서는 2천 수가 많다고 할 수 없으나, 주자에게는 천여 수가 적은 것이 아니었으니, 아마 흥이 미치는 곳에 따라 그 적절한 바를 적절하게 표현했을 뿐일 것이다. 셋째 구절 「풍운동처유신조」(風雲動處有神助)에서 풍운이 움직이는 곳이란 시를 쓸 만한 경지를 만나서 흥이 모임을 말한다. 대개 영감(靈感)이 옴은 원인이 없을 수 없고, 자극함이 있어 피어나기 시작하면 천기(天機)를 움직이고 흥(興)이 푸짐하게 모여 붓을 잡자 곧 시가 완성된다. 시상(詩想)이 움직임은 물이 동쪽으로 흘러감과 같이 흐르기 시작하면 흘러가지 않을 수 없는 것과 같으니, 이것이 곧 귀신이 돕는다는 뜻이다. 퇴계는 다음과 같이 시에서 읊기도 하였다.

滿目羣峯迎我喜 만목군봉영아희	한눈 가득 들어오는 뭇 봉우리들 나를 반갑게 맞아주고,
騰雲作態助淸吟 등운작태조청음	피어오르는 구름은 맵시 내어 맑게 읊조림 도와주네.

(<約與諸人遊淸凉山馬上作>, 文集 권3)

〔역주〕 ▪ 등운(騰雲): 뭉게뭉게 피어오르는 구름. 진나라 장협(張協)의 <아무렇게나 생각나는 대로 지은 시(雜詩)> 「피어오르는 구름 연기 솟구치는 듯하고, 빽빽한 비는 실을 흩어 놓은 듯.」[騰雲似涌煙, 密雨如散絲.]

澆愁喚酒禽相勸 요수환주금상권	근심 씻어 술과 바꿀세 새들도 보고 권하고,
得意題詩筆有神 득의제시필유신	마음을 얻어 시를 지으니 붓이 신나네.

(<賞花>, 文集 권3)

邇來自覺溪山助　　그제야 깨달았다네
이래자각계산조　　　시내와 산 서로 도와,
詩骨巉巉筆洒泉　　시 짓는 기개 우뚝 솟고
시골참참필쇄천　　　붓 샘물에 씻은 듯.

(<春川向楊口>, 別集 권1)

이런 시들은 모두 다 이 시구의 각주(脚註)라고 할 수 있다.

넷째 구의 「훈혈소시절속음」(葷血消時絶俗音)에서 훈혈(葷血 : 썩고 냄새 나는 피)로 가슴속의 더럽고 탁한 기운을 비유하였다. 더럽고 탁함이 소제되면 기질이 변화되고 마음속에 세속적인 언어가 없어져서 나오는 말이 자연히 고상하고 우아해질 것이다. 훈혈이란 말은 주자의 훈혈을 소제하는 법에 바탕을 둔 것으로,[11] 오직 책을 많이 읽어야 「먼저 고금체제와 우아함과 속됨, 제대로 됨과 잘못됨을 알 수 있게」〔先識得古今體製, 雅俗鄕背〕 되며, 본 것이 많고, 식견이 높고, 수양이 쌓여야 내장이 씻겨지고 정신이 맑아지며, 향기롭고 윤택함이 차야 더럽고 탁함이 하나도 없어질 것이요 속된 말이 스스로 끊어질 것이다.

5·6 두 구는 도잠(陶潛)과 두보(杜甫)의 고사를 나누어 사용하고 있다. 윗 구는 시를 지으면 뜻을 즐겁게 할 수 있다는 것을

11) 주자의 〈答鞏仲至書〉「주신 편지에 이르기를 육예의 향기와 윤기로 진실하고 맑음을 구한다고 한 것은 정말 지극히 좋은 의견입니다. 그러나 아마 역시 먼저 고금체제와 우아함과 속됨, 제대로 됨과 잘못됨을 알 수 있어야만 하고, 역시 다시 창자와 위장 안의 오래 묵은 썩고 냄새나는 피와 기름을 씻어낼 수 있어야만, 이 말을 바로 놓을 데가 있을 것입니다. 만약 그렇지 않다면, 아마 더럽고 탁함이 판치게 되고 향기롭고 윤택함이 드러나지 못할 것 같습니다.」〔來喩所云漱六藝之芳潤, 以來眞澹, 此誠極至之論. 然恐亦須先識得古今體製, 雅俗鄕背, 仍更洗滌得盡腸胃間夙葷血脂膏, 然後此語方有所措. 如其未然, 竊恐穢濁爲主, 芳潤入不得也.〕 ≪朱子大典≫ 권64, 또한 ≪朱子書節要≫ 권18, 366쪽.

말하고, 아래 구는 시를 짓는데 많이 고치는 것을 싫어해서는 안 된다는 것을 말한다. 고쳐 놓고 길게 읊어 보면 표연히 생각이 멀리 미치고, 고친 뒤에 더욱 좋아진다면 그 즐거움이 더욱 많을 것이다.

7·8 두 구는 별도로 지적하는 바가 있는 듯하다. 아마 누가 퇴계가 시를 논하는 글에 대하여 깨닫지 못한 바가 있었기 때문에 퇴계가 이렇게 이른 듯하다.

이 시의 중간 양련(兩聯)에는 주자·도잠·두보의 전고(典故)를 연달아 사용하고 있음을 보아 퇴계는 시에서 이 세 사람의 영향을 많이 받고 있음을 알겠다.

또한 퇴계는 〈임대수가 찾아옴을 즐기며, 시에 대하여 논함(喜林大樹見訪, 論詩)〉이라는 오언고시 중에서 임대수(林大樹)의,

吾詩尚豪宕 오 시 상 호 탕	나의 시는 호탕함만 숭상할 뿐,
何用巧剞劂 하 용 교 기 궐	어찌 교묘하게 다듬으리오?

란 말에 대하여 다음과 같이 매우 다른 의견을 표시하였다. 퇴계는 임대수 억령(億齡)에게 다음과 같이 힐난하였다.

自非聖於詩 자 비 성 어 시	스스로 시의 성인 아니라면,
法度安可輟 법 도 안 가 철	법도를 어찌 버릴 수 있겠는가?
寧聞大賢人 녕 문 대 현 인	어찌 들었으랴? 크게 현명한 사람,
不用規矩密 불 용 규 구 밀	법도 조밀함 필요 없다고 하였음을.

曷不少低頭　　어찌하여 조금 고개 숙이지 않는가?
갈 불 소 저 두

加工鍊與律　　더욱 다듬어 법도에 맞추어 보려고.
가 공 연 여 률

(別集 권1)

〔역주〕 ▪ 성어시(聖於詩): 당나라의 두보(杜甫)는 중국 문학사상 시성(詩聖)으로 불린다.
▪ 연여률(鍊與律): 송나라 위경지(魏慶之)의 ≪시인옥설(詩人玉屑)≫ 「시를 짓는 것은 글자를 단련하는 데 있다. …」[作詩在於煉字. …]

퇴계는 시는 모름지기 규구법도(規矩法度)를 강구해야 하며 다시 허심탄회하게 다듬어서 자구(字句)를 저울질하여 음률에 맞음을 강구해야 한다고 주장하였다. 퇴계는 일찍이 다음과 같이 말하였다.

옛날 시에 능한 자는 천만 번 단련하여 흡족하게 좋은 데 이르지 않으면 가볍게 남에게 보이지 않았습니다. 그렇기 때문에 두보는 「시에서 쓴 말이 남을 놀라게 하지 않는다면 죽어도 시 짓는 일을 쉬지 않겠노라」고 하였는데, 여기에는 무한한 설명이 필요합니다.
古之能詩者, 千鍛萬鍊, 非至洽好, 不輕以示人. 故曰"語不驚人死不休", 此間有無限語言.12)

〈언행록〉에는 다음과 같은 기록도 있다.

선생께서는 비록 한 절구, 한 구절, 한 글자를 우연히 읊조리실 때라도 반드시 정밀하게 생각해 보시고 다시 고치시며, 쉽사리 남

12) ≪李退溪書抄≫ 권9, 〈與鄭子精書〉, ≪日本刻版李退溪全書≫ 下冊 186쪽, 이하 ≪書抄≫로 약칭함.

에게 내어 보이지 않으셨다.

先生雖偶吟一絶一句一字, 必精思更定, 不輕示人.13)

이로 미루어 보아 그 작시태도(作詩態度)의 근엄함을 엿볼 수 있다.

요컨대 퇴계가 말한 「가공연여률」(加工鍊與律)은 시를 짓는 데 형식미, 성조미(聲調美)를 강구한 것이고, 「풍운동처」(風雲動處)니 「훈혈소시」(葷血消時)니 하는 따위의 말은 시를 짓는데 내용미, 풍격미를 강구한 것이다. 그의 〈이숙헌에게 주다(贈李叔獻)〉 시에는 다음과 같은 구절이 있다.

嘉穀莫容稊熟美 가 곡 막 용 제 숙 미	좋은 곡식은 돌피보다 못한 설익음 용납하지 않고,
纖塵猶害鏡磨新 섬 진 유 해 경 마 신	가는 먼지조차 오히려 거울 새로 닦는 데 해롭다네.
過情詩語須删去 과 정 시 어 수 산 거	과장 지나친 시어일랑 모름지기 깎아내 버리고,
努力工夫各日親 노 력 공 부 각 일 친	공부에 노력함 우리들 모두 날마다 가까이 해보세.

(外集 권1)

〔**역주**〕 ▒ 숙헌(叔獻): 율곡(栗谷) 이이(李珥)의 자(字). 이이가 장인인 노경린(盧慶麟)의 인도로 퇴계를 찾은 것은 무오년(1558)의 일임.
▒ 가곡막용제숙미(嘉穀莫容稊熟美): ≪맹자 · 고자(告子) 상≫ 「오곡은 종자의 아름다운 것이지만, 만일 익지 못하면 피만도 못하다.」[五穀者, 種之美者也, 苟爲不熟, 不如荑稗.] 여기서 숙미(熟美)는 불숙미(不熟美)의 줄임으로 보아야 함.

13) ≪全書≫ 제4책, 〈言行錄〉 제5, 〈類編〉, 〈雜記〉 제5, 〈艮錄〉 103쪽.

퇴계가 강구한 미는 가곡(嘉穀)의 미이니 제숙(稊熟)의 미가 아니다.

〈언행록〉에는 다음과 같은 기록이 있다. 어떤 사람이 태진(太眞 : 양귀비楊貴妃)이 선녀가 되었을 때 당명황(唐明皇)이 보낸 사자(使者) 임공도사(臨邛道士)를 만났다가 이별할 때에 당명황에게 회답하는 내용을 소재로 삼아 시를 지어 놓고서 그것을 평해 주기를 원하였다. 선생은 다음과 같이 비평하였다.

> 양귀비〔太眞〕의 일은 당나라 백낙천이 처음으로 허수아비 장난을 꾸민 것인데,(〈長恨歌〉를 지은 것을 말함) 우리나라의 어무적(魚無迹)이란 사람은 그것을 극구 칭찬하였다. 대장부의 입에서 어찌 음탕하고 추한 말을 그려낼 수 있겠는가?
> 太眞之事, 白樂天始作俑, 魚無迹極鋪張之. 大丈夫口中, 豈可狀出淫醜之語也.14)

백거이(白居易)의 〈장한가(長恨歌)〉와 같은 것이 퇴계의 안중(眼中)에는 곧, 제숙지미(稊熟之美)와 같을 것이다. 그렇다면 어떤 것이 가곡지미(嘉穀之美)와 같은 것인지는 추측하기가 그다지 어렵지 않을 것이다.

시인들은 보통 자랑하는 기색이 있고, 감정이 너무 지나친 말을 늘어놓기가 일쑤이다. 퇴계는 티끌만한 가는 먼지가 잘 닦아놓은 거울에 묻을까봐 두려워하였다. 그래서 「과장 지나친 시어일랑 모름지기 깎아내 버려야 한다」〔過情詩語須刪去〕고 말하였다. 그의 〈관청동폭포(觀聽洞瀑布)〉 시에는 다음과 같은 구절이 있다.

14) ≪全書≫ 제4책, 〈言行錄〉 제5, 類編, 雜記 제5, 鶴錄 102쪽.

高崖巨壁鑿何年　　높은 벼랑 큰 벽
고애거벽착하년　　　　어느 해에 뚫었던가?
怒瀉千尋白練懸　　노하여 천 길이나 쏟아내고,
노사천심백련현　　　　흰 깁 걸려 있다네.

……　　……

不知萬古爐峯下　　모르겠네, 아득한 세월 뒤에
부지만고로봉하　　　　향로봉 아래에서,
誰似青蓮巨筆揮　　누가 청련거사처럼
수사청련거필휘　　　　큰 붓 휘두를 줄.

(續集 권2)

〔**역주**〕 ▪ 관청동폭포(觀聽洞瀑布): ≪고증≫ 「봉화현에서 남쪽으로 30리 거리에 있다.」[在奉化縣南三十里.]

▪ 청련(青蓮): 당나라 이백(李白)의 호가 청련거사(青蓮居士)임. 이백은 여산(廬山)에서 <여산의 폭포를 바라보다(望廬山瀑布)> 같은 시를 지었음.

▪ 향로봉: 강서성(江西省) 여산(廬山)에 있는 봉우리 이름. 이백의 <여산의 폭포를 바라보다(望廬山瀑布)> 「해가 향로봉을 비추니 자줏빛 안개 생겨나고, 멀리서 자세히 보니 앞 시냇물을 걸어 놓은 듯. 나는 물줄기 곧장 3천 자나 쏟아지니, 아마도 은하수가 저 높은 하늘에서 떨어져 내리는 듯.」[日照香爐生紫煙, 遙看瀑布挂前川. 飛流直下三千尺, 疑是銀河落九天.]

여기에다 다음과 같이 스스로 주(註)를 달았다.

천 길이니, 향로봉이니 하는 말에는 사실과는 벗어나는 과장이 있음을 면할 수 없다.
曰千尋, 曰爐峯, 未免有誇張過實之病,

그러나, 시문(詩文)의 언어 기교 중에는 과식으로 아름답게 꾸미는 수도 있다. 저재(褚載 : 만당晩唐의 시인)의 〈폭포(瀑布)〉 시에 다음과 같은 표현이 있다.

> 爭知不是青天闕　　어찌 알리오? 푸른 하늘
> 쟁지불시청천궐　　　뚫어지지 않았음을?
> 撲下銀河一半來　　엎어진 은하수 절반이나
> 박하은하일반래　　　쏟아져 내려오는구나![15]

이 구절은 「하늘이 뚫어져 은하가 쏟아진다」〔蒼穹破漏, 銀河下瀉〕는 식으로 폭포수를 표현하였는데, 상상법의 신기함이 퇴계의 「천심」(千尋)에 비하여 더욱 과장되었다. 그러나 이런 경우는 과장이 잘못된 것이 아니라 오히려 더욱 미감(美感)을 드러낸다고 하겠으니 또 다른 묘경(妙境)을 갖추고 있다고 하겠다. 오직 과장함으로써 자랑하고 뽐내는 기색이 드러나서 덕을 닦고〔進德〕 학문을 하는데〔修業〕 방해가 된다면 안 될 뿐이다.

퇴계는 〈조사경(趙士敬 : 조목趙穆)에게 보내는 편지(與趙士敬書)〉에 다음과 같이 적었다.

> 자세히 그대의 시를 살펴보니, 근래에 장족의 진보가 있었고, 취미를 터득하였으니, 즐거워할 만합니다. 다만 그 가운데 과장을 나타내고 자부심을 가지며 스스로 기뻐하는 모습이 없지 않고, 겸허하고 물러서며 온후한 뜻이 적으니, 이렇게 나아가서 그칠 줄 모른다면, 끝내는 인격을 닦고 학문에 나아가는 데 더러 방해가 될는지도 모르겠습니다. 그 「첫머리에 돌아서 십리 길 강마을 길을 오는데, 자는 새만 숲에 다님을 다만 스스로 아네」란 구절, 이 구절이 바로 그대가 남들이 미처 알아차릴 수도 없는

15) 黃永武(臺灣, 高雄師範大學 교수)의 ≪中國詩學≫, 〈鑑賞篇〉(臺北, 巨流圖書公司, 1977년, 3판), 作品的詩境, 欣賞新奇性的意境, 226쪽.

경지를 홀로 초연하게 터득하였다는 것을 표현하고 있습니다. 시인의 취미로 논한다면야 역시 매우 뜻을 얻었다고 말할 수 있을 것입니다. 그러나 학문을 한다는 뜻에서 살펴볼 것 같으면 바로 병통이 이러한 구절에 있지 않은가 걱정됩니다.

細看公詩, 近覺有長進, 得趣味, 可喜. 但其間不無有誇逞矜負自喜之態, 而少謙虛斂退溫厚之意. 恐如此不已, 終或有妨於進德修業之實也. 其首章「歸來十里江村路, 宿鳥趨林只自知」此一句, 正是公所以自言其超然獨得於人不及知處, 以詩人趣味論之, 亦甚得意. 然以學問意思看來, 正恐病處在此句上.

(文集 권23)

학자가 만약 「과령긍부」(誇逞矜負 : 과장을 나타내고 자부심을 가짐)하는 태도가 있다면 곧 말이 실행보다 앞섬을 면치 못할 것이다. 퇴계는 또 〈조사경이 지은 시의 각운자를 써서 짓다(次韻趙士敬)〉에서 다음과 같이 말하였다.

學絶今人豈有師 학 절 금 인 기 유 사	학문 끊어졌으니 지금 사람들에게 어찌 스승이 있으리오?
虛心看理庶明疑 허 심 간 리 서 명 의	마음 비우고 이치 살피면 아마도 의심 밝아지리라.
因風寄謝趨林鳥 인 풍 기 사 추 림 조	바람 따라 숲 향하는 새들에게 알려주게나,
只自知時莫强知 지 자 지 시 막 강 지	다만 스스로 알 때가 있으리니 억지로 알려고 해서는 안 된다는 것을.

(續集 권2)

〔**역주**〕 ▒ 기사(寄謝): 여기서는 전달함, 알려줌이라는 뜻으로 쓰임.

조목의 자(字)가 사경(士敬)으로, 앞에서 퇴계가 조목에게 시를 가르쳐 주지 않으려 했던 일을 논한 적이 있는데, 그 이유는 바로 여기에 있다. 또 이이(李珥 : 율곡)가 너무 사화(詞華)를 숭상한다는 말을 듣고, 그것을 경계하여 시를 짓지 못하게 하고자 하였는데[16] 역시 그 말이 실행보다 지나쳐서 인격과 학문 수양에 방해가 될까 염려해서일 것이다.

그러나 만약 시를 짓는 것이 「참다운 맛이 넘쳐나서, 또한 도리어 흔하게 시를 읊조리기 좋아하는 자와 같지 않게 된다.」〔眞味發溢, 又却與尋常好吟者不同〕는 경우라면 자연 유익하고 해는 없을 것이다. 퇴계는 조사수(趙士秀)가 지은 시의 각운자(脚韻字)를 써서 지은 시에서 다음과 같이 읊었다.

萬斛愁情誰解得 만 곡 수 정 수 해 득	만 휘나 되는 시름스런 마음 누가 알아주려나?
閒中陶寫只憑詩 한 중 도 사 지 빙 시	한가한 가운데 근심 풀어냄 다만 시에 의존한다네.

(<又次韻答松岡>, 別集 권1)

微臣去國都緣病 미 신 거 국 도 연 병	보잘것없는 신하 도성 떠남 모두 병 때문인데,
宿契論心正賴詩 숙 계 론 심 정 뢰 시	마음 논하기로 한 묵은 약속 바로 시에 의뢰하셨다네.

(<次韻趙松岡見寄>, 續集 권2)

또 〈김명일이 와서(彦純來)…〉 시에서는 다음과 같이 읊었다.

別來肝膽因詩見 별 래 간 담 인 시 견	이별한 뒤 마음을 시로써 살펴보니,

16) ≪書抄≫ 권6, 〈趙士敬問答〉, 122쪽.

雅志深嘉不在文 아 지 심 가 부 재 문	우아한 뜻 깊고 아름다움이 글자를 넘어 있네.

(續集 권2)

작시(作詩)는 비단 「도정해수」(陶情解愁 : 마음을 즐겁게 하고 근심을 풂)할 수 있을 뿐만 아니라, 또한 「숙계론심」(宿契論心 : 오랜 친구와 마음을 털어놓음)할 수도 있고, 「상견간담」(相見肝膽 : 서로 만나 허물없이 말함)할 수도 있다. 나아가서는 「흉중묘처」(胸中妙處 : 가슴속의 오묘한 경지)를 표현해 낼 수도 있다. 그래서 퇴계는 다음과 같은 시를 읊기도 하였다.

日斜牕裏見游塵 일 사 창 리 견 유 진	해 창문 안으로 비끼니 떠도는 먼지 보이고,
迭唱頻題似轉輪 질 창 빈 제 사 전 륜	번갈아 창수하여 빈번하게 지으니 바퀴 도는 듯하네.
莫笑文章爲小技 막 소 문 장 위 소 기	웃지 말라 문장이 작은 재주라고,
胸中妙處狀來眞 흉 중 묘 처 상 래 진	흉중의 묘한 곳에서 모양 참되어진다네.

(<復用前韻>, 續集 권2)

「흉중묘처상래진」(胸中妙處狀來眞)이란 심경의 실록(實錄)이며, 심정의 전진(傳眞 : 사진)이다. 또한 문학예술의 구체적인 표현이라고 할 것이다. 시가 이러한 묘용이 있을 때에만 「질창빈제사전륜」(迭唱頻題似轉輪)하는 것처럼 괴상하게 되지 않을 것이다.

3

시집詩集

퇴계의 시로 지금 전하는 것은 내집(內集) 5권, 별집(別集) 1권, 외집(外集) 1권, 속집(續集) 2권[17] 등 9권에 수록된 2천 여 수이다.(퇴계시집 통계 간표 참고)

그 편차는 내집 5권이 비교적 훌륭하고, 별집이 그 다음이며, 속집이 또 그 다음이다. 외집이 가장 못한데, 그 연차(제작 연대순 배열)도 분명히 하지 않아 차례가 어지럽게 되어 있다. 그렇지만 내집 권3 이하도 다소의 하자(瑕疵)는 없지 않다.

예를 든다면 내집 권3의 〈도산잡기(陶山雜記)〉는 신유(辛酉:61세) 11월 동지에 지어진 것으로 맨 앞에다 놓았는데 〈도산서당에서 밤중에 일어나서(山堂夜起)〉편 다음에 놓아야 마땅할 것 같다. 〈탁영담의 달빛에 배를 띄우다(濯纓潭泛月)〉의 소서(小序)에는 「10월 16일」(十月十六日)에 지었다고 이르고, 그 아래 다시 「4월기망탁영범월」(四月既望濯纓泛月) 운운한 시가 있으니, 차례가 거꾸로 된 듯하다. 〈계상에서 가을의 흥취가 일다(溪上秋興)〉란 시 아래 또 〈봄추위에 보이는 것을 적다(春寒, 記所見)〉 및 〈봄날 계상에서, 절구 2수(春日溪上, 二絶)〉란 시들이 있으니, 전자를 마땅히 뒤로 옮기고, 후자를 앞으로 옮겨야 할 것이다. 권5에 있는 〈꿈을 적다(記夢)〉 시는 언행록에 의거하면, 병인년(丙寅年:66세)에 쓴 것이 틀림없는데, 여기서는 무진년(戊辰年:68세)에 지은 시 곁에 잘못 놓고 있다.

---

17) ≪增補退溪全書≫, 성균관대학교, 대동문화연구원 영인본에 의거함. 퇴계의 저술은 이 책이 가장 완비되어 있다.

별집에는 기유년(己酉年:49세) 아래 〈5월 그믐날 영천에서 여름 과거를 치러 온 여러 선비들에게 시험을 치르고 쌍청당에서 있는 그대로 적다(五月晦日, 榮川試夏課諸生, 雙清堂卽事)〉라는 시가 있는데 그 아래 10여 수를 지나서 또한 단오(端午)에 지은 〈귀원에서 경보황과 대임을 만나보고, 저녁에 군으로 돌아가는 말위에서(見敬甫·大任於龜院, 夕向郡馬上)〉란 시를 놓았다. 단오에 지은 시를 어찌 오월 그믐〔晦日〕에 지은 시 아래 둘 수 있겠는가? 이뿐만 아니라, 단오 뒤에 또 〈봄추위(春寒)〉란 작품이 있고, 그 아래 〈퇴계의 서쪽으로 초가집을 옮겨 짓고 이름을 한서암이라고 하다(移構草屋於退溪之西, 名曰寒棲庵)〉란 시가 있다. 연보를 상고해 보면 한서암(寒棲庵)을 지은 것은 경술년(庚戌年:50세) 2월이니, 그 위의 〈봄추위〉란 시 역시 경술년에 넣어야만 될 것이 분명한데도, 편자(編者)가 잘못하여 그 연차(年次)를 빠뜨리고 있다.

〔역주〕 ▪ <봄추위(春寒)> 시의 내용 「破屋春寒怯透颸, 呼兒添火衛形羸. 抽書靜讀南窓裏, 有味難名獨自怡.」

또 임자년(壬子年:52세) 말의 〈우연히 짓다(偶題)〉는 임자년 신정(新正)에 지은 것으로 되어 있다. 바로 그 다음에 나오는 〈임대수를 찾다(訪林大樹)〉라는 시는 계축년(癸丑年:53세) 3월에 지은 것으로 표시되어 있으니, 이 〈우연히 짓다〉는 임자년 신정에 지은 것인지, 혹은 계축년 신정에 지은 것인지 알 길이 없을 듯하다.

속집에 정유(丁酉:37세), 무술(戊戌:38세), 기해(己亥:39세) 3년 동안 시가 없는 것은 내집, 별집과 같은데, 이를 제하고도 (상세한 설명은 아래 글을 보라) 그 가운데 을미(乙未:35세), 계축

(癸丑:53세), 기미(己未:59세) 3년 동안도 역시 시가 없다. 이 점에 관해서는 의심을 품을 만한 점이 없지 않다. 그 권2의 임자년(壬子年:52세) 작품을 배열해 둔 시 중에 〈동짓달 16일에 눈이 내리다(至月十六日雪)〉란 시가 있는데, 분명히 겨울에 지은 시이다. 그런데 그 밑에 나오는 〈집승정(集勝亭)〉이란 시를 보면, 「추래미변동행계」(秋來未辨東行計)란 구절이 있는데, 만약 겨울에 지은 시와 가을에 지은 시가 서로 거꾸로 놓이지 않았다면, 후자는 반드시 계축년(癸丑年:53세) 가을에 지은 시일 것이다. 또 그 아래 〈손자인 아몽의 이름을 안도라 짓고 절구 2수를 지어서 보여주노라(孫兒阿蒙, 命名曰安道, 示二絶云)〉란 시에는 「가정 갑인납월 초8일, 서울에서 써 부치다」(嘉靖甲寅臘月初八日, 在漢京書寄)란 자주(自註)가 있는데, 갑인년(甲寅年:54세)에 지은 시는 겨우 이 2수뿐이니, 또한 의심할 만하다. 또 그 아래 〈동호를 나서 하루를 머물렀는데 진사 정경석이 눈 속에 와서 이별하다(出東湖, 留一日, 丁上舍京錫, 雪中來別)〉란 칠언절구 한 수가 있다. 내집 권2에는 〈동호 독서당에서, 민경렬〔箕〕 참의를 남겨두고서 떠나다, 2수(東湖, 留別閔景說參議, 二首)〉란 시가 있는데, 「2월에 영남으로 돌아가려고 하다」(仲春將歸嶺南)라고 자주(自註)하고 있다.

연보를 살펴보면, 을묘년(乙卯年:55세) 2월에 신병(身病)을 이유로 들어 세 번이나 벼슬을 사직하고, 해직(解職)되자마자 곧 성(城)을 나와 배를 사서 타고 동쪽으로 돌아갔다〔東歸〕. 이로 미루어 보면 속집의 「출동호유일일」(出東湖留一日) 운운한 시와 내집의 〈동호 독서당에서, 민경렬〔箕〕 참의를 남겨두고서 떠나다, 2수(東湖, 留別閔景說參議, 二首)〉란 시는 똑같이 을묘년 중춘(仲春)에 지은 것이다. 그런데 속집에서는 그 저작 연대 배열을 잘못하여 그 위에 있는 갑인년(甲寅年:54세)에 지은 시들과 서로 섞어

놓고 있다. 이러한 것들을 나는 통계표에서 그 잘못을 모두 바로 잡을 것이다.(역주 : 퇴계시집 통계 간표 참고)

통계표 중 정유(丁酉), 무술(戊戌), 기해(己亥) 3년 사이에 시가 없는 것은 모두 까닭이 있다. 연보를 보면 퇴계는 정유년(丁酉年:37세) 10월에 모친 박씨(朴氏)의 상고를 당하여 기해년 2월에 상복을 벗었는데, 상을 당하여서는 「나무같이 마른 몸이 헐어 병이 생기어 거의 구할 길이 없을 지경에 이르렀으니」〔柴毁成疾, 幾至不救〕 이러한 참혹한 고통 속에서 어떻게 시를 지을 수 있겠는가?

또 연보에는 다음과 같은 기록도 보인다. 「경술년(庚戌年:50세) 8월에 형님이신 좌윤공(左尹公) 이해(李瀣)의 부음(訃音)을 들었다.」 그렇기 때문에 내집, 속집에 기재된 퇴계가 이 해에 지었다는 시는 모두 경술년 7월 이전에 지은 것에 그친다. 역시 슬픔이 등골에까지 스미는데, 이런 심정으로는 시를 쓸 수 없었을 것이다. 그 부모형제에 대한 정이 독실함을 여기서도 엿볼 수 있다.

경자년(庚子年:40세)에서 경오년(庚午年:70세)에 이르는 30년간의 시작(詩作)을 살펴보면, 시를 가장 적게 지은 해가 을사년(乙巳年:45세)인데 겨우 11수밖에 되지 않는다. 여기에도 또한 이유가 있다. 속집 권1 을사년에 지은 작품으로 취급한 〈동지 형님께서 성절사로 북경에 가심에 삼가 전송해드리다(奉送同知兄聖節使朝京)〉라는 시에는 다음과 같은 자주(自註)가 있다.

> 작년 가을에 우리 형제가 함께 휴가를 얻어 예안에 가서 선영에 제사를 지내고 오려고 하였으나, 떠나려 할 때 형님은 일이 생겨 가실 수가 없었다. 나만 다녀오고 형님은 다시 금년 봄에 가시려고 하였으며, 나도 또한 장인의 상고가 있어 장차 안동으로 귀장하려 하므로 아마 함께 선영에 제사를 드릴 수 있을 듯하였

다. 그러나 나라의 국상과 사신을 맞는 일이 서로 이어져 지연하다가 형님은 이번에 성절사로 가시게 되고, 나는 또 병이 들어 드디어 소분(掃墳)하는 행사를 지낼 수 없게 되었다. 사람의 일을 짐작할 수 없음이 매양 이와 같은지라 작별을 고하며 여러 가지 일을 가만히 헤아려 보건대 감탄을 이기지 못하노라.

去年秋, 吾兄弟同受由, 埽墳于禮安, 臨發, 兄因事停行旆. 浼往還, 兄更以今春謀行, 而弟亦有外舅之喪, 將歸葬于安東. 庶可同時埽奠矣. 國恤與詔使事, 相繼遷延, 而兄有此行, 弟又患病遂不果. 人事之不可料, 每如是, 因別撫事, 不勝感歎.

이 시에는 다음과 같은 구절이 있다.

仲由空懷負米痛　　중유같이 공연히 쌀
중유공회부미통　　　　맬 수 없는 고통 품었고,
皐魚不盡風木傷　　고어같이 풍수지탄으로 받는 고통을
고어부진풍목상　　　　견디지 못했다네.
去年不得同上壟　　지난해엔 함께
거년부득동상롱　　　　성묘도 못하게 되었었고,
今年心事又乖張　　올해는 마음에 생각하였던 일
금년심사우괴장　　　　또한 크게 어그러졌다네.

(續集 권1)

〔역주〕 ▒ 중유공회부미통(仲由空懷負米痛): ≪공자가어(孔子家語)·치사(致思)≫ 「자로가 공자를 뵙고 말하였다. 명아주를 먹고 어버이를 위해 쌀을 지고 싶어도 다시는 그럴 수가 없습니다」. [子路見於孔子曰, 願欲食藜藿, 爲親負米, 不可復得也.]

▒ 고어풍목(皐魚風木): 고어(皐魚)는 공자와 같은 시대의 현자(賢者)로, 그가 바람이 나무에 그치지 않음을 어버이가 살아계시지 않음에 비유하여 슬퍼하였다고 함.

▒ 상롱(上壟): 조상의 무덤을 찾아 주변을 정비하고 성묘하는 것. 상총(上塚), 소묘(掃墓)를 말함.

이 시는 을사년(乙巳年:45세) 봄에 지은 것이다. 연보를 보면 이해 「정월에 원접사종사관(遠接使從事官)으로 차출되었으나, 신병으로 임무를 수행하지 못하였다」라는 기록이 있다. 또 별집 을사년 작품에 〈병으로 휴가를 얻어 중국의 사신을 맞는 원접사의 종사관을 맡지 않게 됨을 윤허 받다. 이로 인하여 동호에도 가지 못하여 문을 닫아걸고 지내며 감회를 적다(病暇, 許免遠接從事, 因此亦不往東湖,杜門書懷)〉라는 작품이 있는데 다음과 같은 구절이 있다.

韶光蕩人目 소 광 탕 인 목	화창한 경치는 사람의 눈을 움직이는데,
好鳥相和歌 호 조 상 화 가	아름다운 새들은 서로 즐겁게 지저귀네.
豈不感時節 기 불 감 시 절	어찌 이 좋은 계절 느끼지 않으랴만,
奈此幽憂何 내 차 유 우 하	이 깊은 근심 어찌할까?

〔역주〕 ▒ 호조상화가(好鳥相和歌): 당나라 이백(李白)의 <의춘원에서 수행하여 모시면서 용지의 버드나무 색이 막 푸르고 새 앵무새가 백 번 노랫소리를 바꾸는 것을 듣고 삼가 조칙을 받들어 짓다(侍從宜春苑, 奉詔賦龍池柳色初靑, 聽新鶯百囀歌)> 「위에서는 아름다운 새 서로 화답하여 우는데, 재잘재잘 일찍 봄바람 살랑이는 정 얻었다네.」[上有好鳥相和鳴, 間關早得春風情.]

▒ 기불감시절(豈不感時節): 당나라 한유(韓愈)의 <가을 회포(秋懷)> 제4수 「어찌 시절을 느끼지 못하리오? 귀와 눈에 거슬리던 것들 사라져 버렸네.」[豈不感時節, 耳目去所憎.]

그 심사(心事)가 어그러짐이 이와 같았기 때문에 비록 아름다운 경치가 앞에 있으나 그윽한 근심을 녹일 수조차 없었다. 또 그 편말에 「시가 이루어져 손으로 적으려 하니, 온 종이에 놀란 뱀을 그린 듯하구나.」〔詩成手自寫, 滿紙如驚蛇〕라고 하였다. 심사가 어긋나고 몸에 또한 병이 많아 붓을 쥐어도 힘이 없어 온 종이에 뱀을 그린 듯하였으니, 시흥(詩興) 또한 반드시 감소되었을 것이다. 또 연보를 보면 갑진년(甲辰年:44세) 11월에 중종(中宗)이 승하(昇遐)하고, 을사년(乙巳年:45세) 7월에 인종(仁宗)이 승하하였다. 사사로운 근심도 끊이지 않았는데 번갈아 가며 국상(國喪)을 당하였다. 통곡하기에 틈이 없는데 시흥이 어떻게 일어나겠는가? 을사년에 작품이 적은 것은 아마 이 때문일 것이다.

속집 권1 갑진년 작품을 보면 〈중종대왕님을 애도하는 만사(中宗大王挽詞)〉 뒤에는 겨우 시 2수만이 있을 뿐이고, 내집 권4 정유년 작품 〈명종대왕님을 애도하는 만사(明宗大王挽詞)〉 뒤에는 다시 시를 짓지 않았다. 이로 미루어 보아도 퇴계는 비단 효우(孝友)에만 돈독하였을 뿐만 아니라 임금의 은혜에 대해서도 또한 느낌이 많았다고 하겠다.

이 글 뒤에 만들어 붙인 통계 연표에 의거해 보면 작시(作詩)를 가장 많이 한 해는 신유년(辛酉年:61세)의 163수 및 신해년(辛亥年:51세)의 103수이다. 연보를 보면, 신해년에는 「이해에 선생은 벼슬을 않고 집에 계셨다.」〔是年先生不仕在家〕 신유년에는 「정월에 부름을 받아 나아가려다 마침 말에서 떨어져서 신병으로 벼슬을 사양하셨다. 3월에는 절우사(節友社 : 도산서당 곁에 꾸민 화단)를 쌓았다.」〔正月將赴召, 適墜馬, 以病辭, 三月築節友社.〕 이 해 연보에는 다음과 같은 주석이 있다.

> 하루는 선생이 상계에서 도산으로 걸어 나와 매화를 찾아서 시를 지었는데,
>
> 꽃은 바위 벼랑에 피었는데 봄은 적적하고,
> 새는 시냇가 나무에서 우는데 물은 졸졸 흐른다.

우연히 산 뒷길을 따라 아이들과 갓쓴 이를 데리고,
한가로이 산 앞에 이르러 고반을 보았네.

라 하였다. 이덕홍이 「이 시는 위와 아래가 같이 흘러서 각기 그 처소를 얻은 묘함이 있습니다」라 하니 선생은 「비록 그러한 의사가 있기는 하나, 그와 같이 추측하여 말하는 것은 너무 지나치다」라 하였다.

一日, 先生自溪上步出陶山訪梅, 有詩曰 :「花發巖崖春寂寂, 鳥鳴澗樹水潺潺. 偶從山後攜童冠, 閒到山前問考槃.」李德弘問曰 :「此詩有上下同流, 各得其所之妙.」先生曰 :「雖略有此意思, 惟言之太過.」

〔**역주**〕 ▒ 고반(考槃): ≪시경≫ <고반(考槃)> 장에 나오는 말. 은사의 생활을 뜻함.

이러한 정회(情懷)가 있는데다 이러한 아름다운 경치를 대하니, 경치에 마주쳐 감정이 생겨나고〔觸景生情〕, 시상(詩想)이 흘러넘쳐서, 저절로 시가(詩歌)가 형성되었다고 하겠다. 그러니 진정한 맛이 충분히 표현되고도 남고, 시 본래의 모습이 스스로 높아질 수밖에 없었다. 퇴계가 이 두 해 동안 시작을 특히 많이 한 것은 하나는 심정이 한적함 때문이요, 하나는 산수의 흥취가 도운 까닭이었다. 그러나 불사한거(不仕閒居 : 벼슬 않고 고요히 생활함)가 사실은 필요조건이었다. 아마 벼슬을 하지 않았기 때문에 비로소 한적한 심정이 생겼고, 한적해야만 비로소 산골〔溪山〕의 그윽한 경치를 누릴 수 있었을 것이다.

4

연원淵源

퇴계의 제자 정유일(鄭惟一)은 다음과 같이 말하였다.

> 선생은 시를 좋아하셨고, 도연명과 두보 시를 즐겨 보셨으며 만년에는 주자의 시를 더욱 즐겨 보셨다.
> 先生喜爲詩, 樂觀陶杜詩, 晩年尤喜看朱子詩.[18]

필자의 우견(愚見)으로는 퇴계는 시에 관해서 읽지 않은 것이 없는 듯하며, 위·진·당·송 사람들의 시를 거의 두루 읽은 듯하다. 그 바탕으로 취함이 넓었으며, 그 몸에 배임이 깊었다. 그러나 퇴계에게 가장 많은 영향을 끼친 사람은 넷이니, 곧 도연명(陶淵明)과 두자미(杜子美), 소동파(蘇東坡), 그리고 주자(朱子)이다. 도연명과 같은 감정, 주자와 같은 사상〔陶情朱思〕을 퇴계는 아울러 갖고 있었다. 여기에다 두자미의 격률(格律) 체제(體製)와 소동파의 위사(偉詞) 여구(麗句) 역시 바탕으로 취하는 바가 많았다. 그러나 그 정신으로 기울인 바는 성리(性理)를 탐구하는 학문에 있었기 때문에, 사물〔景致〕을 만나면 흥이 우러나와 그것을 표현하면 바로 시가 되었으며, 때때로 지극한 정취와 오묘한 이치를 지니며 표현은 담박하나 맛은 깊고, 그윽한 사람의 심오한 이치〔幽人深致〕가 정말 일반 시인들의 시와는 달랐다.

---

18) ≪全書≫ 제4책, 〈言行錄〉, 권1, 〈言行通述〉, 20쪽.

(1) 도잠(陶潛)

퇴계는 도연명의 시를 즐기고 사랑하였다. 그 이유는 대개 도연명의 고상한 운취를 호젓하게 간직함〔孤懷高致〕, 소박하게 자연을 사랑함〔質性自然〕, 벼슬을 좋아하지 않음〔不樂仕官〕, 시골로 돌아가서 숨어 삶〔歸隱丘園〕 등이 자기의 감정과 취지에 매우 꼭 들어맞았기 때문일 것이다. 〈정자중의 병풍 그림 여덟 폭에 지어준 칠언절구 8수(鄭子中求題屛畫, 八絶)〉 가운데 한 수인 〈율리로 돌아와 숨어살다(栗里隱居)〉 시는 다음과 같다.

地覆天飜事莫論 지 복 천 번 사 막 론	땅 엎어지고 하늘 뒤집힌 일 논하지 말게나,
秋香佳色滿霜園 추 향 가 색 만 상 원	가을 향기 풍기는 아름다운 색 서리 낀 동산에 가득하네.
知音世遠絃無用 지 음 세 원 현 무 용	소리 알아주는 이 세상에서 멀어졌으니 거문고 줄 소용없고,
慕義人攀足亦尊 모 의 인 반 족 역 존	뜻 흠모하는 사람 따르니 발자취 또한 높아졌다네.

(文集 권3)

〔**역주**〕 ▩ 율리(栗里) : 진나라 때 도연명이 은거했던 곳으로 지금의 강서성 구강시 서남쪽에 있음.

▩ 지복천번(地覆天飜) : 변화가 매우 큰 것을 형용하는 말로, 여기서는 진(晉)나라가 망한 것을 말함. ≪운급칠첨(雲笈七籤)≫ 「땅 엎어지고 하늘 뒤집어지니, 구해가 어둑해져 하나 되고, 마구 섞이어 하나가 되었네.」[地覆天飜, 九海冥一, 混沌爲一.]

▩ 추향가색(秋香佳色) : 추향은 가을에 피는 꽃인 국화를 말함. 도연명의 <술을 마시며(飮酒)> 제7수 「가을 국화 아름다운 색 띠고 있어, 이슬 머금은 그 꽃을 따네.」[秋菊有佳色, 裛露掇其英.]

▪ 지음(知音) : 자기의 마음을 알아주는 친한 벗을 말함. 백아(伯牙)는 거문고를 잘 탔고 종자기(鍾子期)는 듣기를 좋아하였는데, 백아가 곡을 연주할 때마다 종자기는 바로 그의 취지를 알아내었다고 한다. ≪열자(列子)·탕문(湯問)≫에 나옴.

▪ 모의인반족역존(慕義人攀足亦尊) : 강주자사(江州刺史) 왕홍(王弘)이 도연명이 신이 없음을 보고 발을 재어 신을 만들어 주었다 함. ≪속양추(續陽秋)≫.

퇴계는 비단 「추향가색만상원」(秋香佳色滿霜園)을 연명과 함께 좋아할 뿐 아니라, 「지음세원현무용」(知音世遠絃無用)에 있어서도 더욱 연명과 더불어 동감이었다. 그 가운데 〈정유일의 한거 시에 화답하다, 20수(和子中閒居, 二十詠)〉에는 다음과 같은 구절이 있다.

平生我未專師學 평 생 아 미 전 사 학	평생토록 내 온전하게 스승에게 배우지 못했거늘,
此日君能古譜尋 차 일 군 능 고 보 심	오늘 그대는 옛 악보를 찾았다네.
好待明年山月夜 호 대 명 년 산 월 야	내년 산에 달 뜨는 밤 되기만 하면,
無絃琴和有絃琴 무 현 금 화 유 현 금	줄 없는 거문고로 줄 있는 거문고에 화답하고자 하네.

(<彈琴>, 文集 권3)

〔**역주**〕 ▪ 무현금(無絃琴) : 줄 없는 거문고로 소금(素琴)이라고도 함. 도연명은 줄 없는 거문고를 가지고 술에 취하면 그것을 타면서 자신의 뜻을 기탁하였다고 함.

또 다음과 같은 시도 있다.

夜深手把無絃弄　　밤 깊어 손으로
야심수파무현롱　　　　현 없는 거문고 타니,
不恨如今聽者稀　　지금껏 듣는 이 드묾
불한여금청자희　　　　한스럽지 않네.

(<鶴峯秋月>, 文集 권5)

그 평소 마음씨와 운치는 자못 도연명의 「단식금중취, 하로현상성」(但識琴中趣, 何勞絃上聲 : 다만 거문고의 운취를 알면 그뿐이지, 어찌 수고롭게 거문고 줄에 소리나게 할까?)과 꼭 일치하는 뜻을 지니고 있다. 또 〈황중량이 그림에 적을 시 열 폭을 구하다(黃仲擧求題畫十幅)〉 중 〈율리로 돌아와 밭을 갈다(栗里歸耕)〉란 시는 다음과 같다.

卯金竊鼎勢滔天　　묘금도 유(劉)씨가 정권을 훔쳐
묘금절정세도천　　　　기세 세상에 넘쳤는데,
擷菊江城有此賢　　강성에서 국화 따는
힐국강성유차현　　　　어진 이 있네.
餓死首陽無乃隘　　수양산에서 굶어 죽은 것
아사수양무내애　　　　어찌 편협하다 않겠는가?
南山佳氣更超然　　남산의 아름다운 기운
남산가기갱초연　　　　더욱 초연하기만 하네.

(文集 권2)

〔역주〕 ▪ 묘금(卯金): 유(劉)씨를 가리킴. 여기서는 동진(東晋)을 멸하고 송(宋)을 세운 유유(劉裕)의 일당.

▪ 절정(竊鼎): 왕위를 빼앗은 것을 말함. 우(禹)임금이 천하의 구주(九州)를 상징하는 구정(九鼎)을 만들었는데, 그 뒤로 구정은 나라의 정권을 상징하였음.

▪ 도천(滔天): 세력이 지극히 큼을 말함. ≪서경·우서·요임금에 관한 기록(堯典)≫ 「아득하게 하늘에까지 닿았다.」[浩浩滔天.]

▒ 애(隘): 마음이 호좁거나 편협한 것을 말함.

굶어 죽으면서까지 절개를 온전히 하기보다는 숨어살면서 일신을 온전히 보전함이 낫다. 수양산에서 굶어 죽는 것을 속좁다고 함에 이르러서는 그가 도연명을 높이 추켜세운 뜻이 엿보인다. 남산의 맑은 기운도 더욱 초연하지만, 도연명의 인격 역시 더욱 초연하다. 퇴계의 〈산에 거처하며 사철을 읊다(山居四時吟)〉 중 한 수에 다음과 같은 시가 있다.

霜落天空鷹隼豪
상 락 천 공 응 준 호
서리는 내리고 하늘은 비고
매는 한창 힘찬데,
水邊巖際一堂高
수 변 암 제 일 당 고
물가의 바위 끝
한 집이 높네.
近來三徑殊牢落
근 래 삼 경 수 뢰 락
요즘 와서 삼경이
유난히 쓸쓸한데,
手把黃花坐憶陶
수 파 황 화 좌 억 도
손으로 국화를 쥐자
갑자기 도연명 생각나네.

(文集 권4)

〔역주〕 ▒ 삼경: 한(漢)나라 장후(蔣詡)가 대밭 속에 숨어살면서 세 길[三徑]을 내어 뜻맞는 친구 양중(羊仲) 구중(裘仲)과 왕래하였는데, 도연명이 지은 <귀거래사(歸去來辭)>에 「삼경은 묵었으나 국화는 아직 남았네」라 하였다.

매는 날아 하늘에 이르고, 산골살이에는 별 탈이 없다. 삼경은 한가롭고, 마음은 넓게 문을 열고 있으나 벗은 드물어 손에 누런 국화꽃을 잡고 앉아 도연명의 높은 풍모를 생각해 본다. 그윽한 마음씨를 누구와 더불어 나눌 것인가? 나의 뜻을 알아주는 이는 더욱 구하기 어렵도다. 두보는,

悵望千秋一灑淚 창망천추일쇄루	천추에 서러워라 한 번 눈물을 뿌리노니,
蕭條異代不同時 소조이대부동시	멀리 시대 달라 함께하지 못하는도다.19)

〔해제〕 전국시대 말기에 초나라 시인 송옥(宋玉)을 사모하여 쓴 시이다.

라고 하였는데, 퇴계가 도연명을 우러러 사모하는 심정도 또한 이러하였다. 이러한 정회(情懷)는 그의 〈김륭이 지은 시의 각운자를 써서 짓다, 절구 3수(次韻金道盛, 三絶)〉 시 가운데서도 유감없이 나타나고 있다.

聞昔潯陽歸臥客 문석심양귀와객	듣자니 옛날 심양으로 돌아와 누운 나그네,
結廬人境每關門 결려인경매관문	사람 사는 경계에 오두막 짓고는 항상 문 걸어 잠궜다네.
平生歎仰高風處 평생탄앙고풍처	평생 높은 기풍 탄식하며 우러르는 곳에,
不要逃喧自絶喧 불요도훤자절훤	시끄러운 곳 달아날 필요도 없이 절로 시끄러움 끊겨버렸다네.

(文集 권5)

〔역주〕 ▒ 김도성(金道盛): 김륭(金隆). 호는 물암(勿庵)으로 18세 때 퇴계의 문하에 들어 수학하였다. 임진왜란 때에는 여러 고을에 격문을 돌려 왜병과 싸울 것을 촉구하였음. 저서로 ≪물암집≫ 등이 있음.

▒ 심양귀와객(潯陽歸臥客): 진나라 도연명(陶淵明)을 말함. 도연명은 심양 시상 사람임.

▒ 결려인경(結廬人境): 도연명의 <술을 마시다(飮酒)> 제5수 「띠집 이

19) 〈詠懷古跡〉, ≪杜工部集≫(中華書局), 권15, 2쪽.

어 사람들 사는 곳에 있으나, 수레나 말 달리는 시끄러움 없네.」[結廬在人境, 而無車馬喧.]

시끄러움을 피함〔逃喧〕은 의식적으로 세상을 기피하는 것이니 반드시 저절로 시끄러움을 멀리하는 것이 될 수는 없다. 사람 사는 마을 안에다 초가집을 지어놓고 함께 어울려 사나, 저절로 시끄러움이 멀어지는 것, 이러한 마음의 수양과 공부야말로 인간의 마음에 달린 것이지 살고 있는 환경에 달린 것은 아니다. 소위 「마음이 속세와 멀어지니 살고 있는 땅이 저절로 두메산골처럼 치우쳐진다」〔心遠地自偏〕고 하는 이러한 경지는 실로 용이하게 도달할 수 있는 것이 아니다.

〔**역주**〕 ▒ 도연명의 <음주(飮酒)> 시 제5「結廬在人境, 而無車馬喧. 問君何能爾, 心遠地自偏. 採菊東籬下, 悠然見南山.」의 한 구절임.

또 그 말의 신기하고 절묘함도 도량이 탁 트이고 진리〔道〕를 깊이 연구하여 자연히 터득한 이가 아니면 말할 수 없는 것이다. 퇴계야말로 여기에 꼭 들어맞아 높은 풍모를 우러러 경탄하였기 때문에 표현한 말에도 저절로 맛이 있으니, 정말 도연명과는 시대를 달리하는 지기(知己)라 하겠다.

옛날 소동파는 유독 도연명의 시를 좋아하여, 거의 모든 도연명의 시에 대하여 화답하는 시를 지었다.[20] 퇴계도 역시 도연명 시

20) 지금 전해지는 도연명의 시는 150여 수이다. 소동파는 스스로 말하였다. 「나는 시인들 중 그리 좋아하는 사람은 없으나 유독 도연명의 시만은 좋아한다. 내가 전후로 그의 시에 화답한 것이 무릇 109편이나 된다.」〔吾於詩人無所甚好, 獨淵明之詩, 吾前後和其詩凡一百有九篇.〕 소동파가 지은 〈도연명 시에 화답한 시 서문(追和陶淵明詩引)〉 참고. 이 글은 ≪東坡續集≫ 권3, 中華書局, 東坡七集, 제4책에 실려 있다.

를 좋아하여 〈도연명집에서 거처를 옮기며라는 시의 각운자에 화답하다(和陶集移居韻)〉 2수 및 〈도연명집에서 음주 시에 화답하다(和陶集飮酒)〉 20수를 지었다. 그 〈도연명집에서 거처를 옮기며라는 시의 각운자에 화답하다〉의 전(前) 1수는 다음과 같다.

我生五十年　내 난 지 오십 년에,
아생오십년
今有半成宅　이제사 반이나마 지은 집 가졌다네.
금유반성택
地僻人罕至　땅 치우쳐 있으니 찾아오는 이 드물고,
지벽인한지
山深日易夕　산 깊어 해 빨리 지니 쉬이 저녁 되네.
산심일이석
亦知生事疎　또한 살아가는 일 성글어 쓸쓸함 알겠지만,
역지생사소
猶勝勞形役　그래도 육체의 노예로 수고롭힘보다는 낫다네.
유승로형역
省力撤舊材　힘 덜고자 묵은 재목 걷어치우고,
생력철구재
隨宜展敝席　편의한대로 해진 자리 펴리라.
수의전폐석
無論固窮節　실로 궁벽한 절개 논하지 말게나,
무론고궁절
野性諧夙昔　전원을 좋아하는 성격 예로부터 잘 어울렸으니.
야성해숙석
苟爲道不同　실로 도가 같지 않다면,
구위도부동
千言難剖析　천마디 말로도 판단하기 어렵다네.
천언난부석

(文集 권1)

이 시는 퇴계가 50세에 지은 것이다. 시 가운데 읊은 바와 도연명의 심사(心事)와 처경(處境)은 자못 서로 비슷한 점이 많다. 이 시에서 「지벽인한지, 산심일이석」(地僻人罕至, 山深日易夕)과 같은 것을 도연명의 시에서는 「야외한인사, 궁항과륜앙」(野外罕人事, 窮巷寡輪鞅 : 〈歸園田居〉)이라고 하였다. 이 시에서 「역지생사소, 유승로형역」(亦知生事疎, 猶勝勞形役)을 도연명 시에서는 「생생소자, 미견기술」(生生所資, 未見其術 : 〈歸去來辭〉), 「기자이심위형역, 해추창이독비」(旣自以心爲形役, 奚惆悵而獨悲 : 〈歸園田居〉)라고 하였다. 이 시에서 「생력철구재, 수의전폐석」(省力撤舊材, 隨宜展敝席)이라고 한 것을 도연명 시에서는 「폐려하필광, 취족폐상석」(敝廬何必廣, 取足蔽牀席 : 〈移居〉)이라고 하였다. 이 시에서 「무론고궁절, 야성해숙석」(無論固窮節, 野性諧夙昔)이라고 한 것을 도연명 시에서는 「소무적속운, 성본애구산」(少無適俗韻, 性本愛丘山 : 〈歸園田居〉)이라고 하였다. 이 시의 결구 「구위도부동, 천언난부석」(苟爲道不同, 千言難剖析)이라고 한 것은 도연명 시의 「지음구부존」(知音苟不存 : 〈詠貧士〉), 「의아여시괴」(疑我與詩乖 : 〈飮酒〉)라고 한 것과 비교해 보면 그 심정과 처경이 더욱 차이 난다.[21)]

연보를 살펴보면 이 해 정월에 「함부로 직장을 버리고 갔다하여 직급의 2등급 강등 당하였다」(以擅棄任所, 奪告身二等)고 하였는데, 이 또한 도연명의 스스로 떠나서 벼슬을 버렸다(自免去職 : 〈歸去來辭〉)는 일과 서로 비슷하다. ≪시경≫에 「아사고인,

---

21) 살펴보니 퇴계는 43세에 몸을 빌어 벼슬자리에서 물러날 것을 다짐하였다. 뒤에 비록 여러 번 부름을 받았으나, 자주 물러나기를 구하니, 여러 제자들이 서로 의심하는 자가 많았다. 뒤에 퇴계는 〈기대승에게 답하는 편지(答奇明彦書)〉에서 「도가 같은 자는 서로 말하지 않아도 서로 부합하고, 같지 않은 자는 천 마디를 말하여도 깨닫지 못한다」〔道同者不言而相符, 不同者千言而不諭〕라는 말을 하였다. 기씨와는 뜻이 서로 부합하지만 의심의 여지가 없을 수 없었다. 이로 미루어 보면 당시 퇴계의 심정과 처경(處境)을 미루어 알 수가 있다. 〈答奇明彦書〉는 ≪全書≫ 제1책, 권17, 447쪽 참고.

실획아심」(我思古人, 實獲我心 : 내가 고인을 생각해 보니, 실로 나의 마음을 사로잡는구나)[22]이란 말이 있는데 퇴계의 연명에 대한 감정 역시 이런 감정과 같았을 것이다. 아마 비단 그의 시만 좋아할 뿐 아니라 더욱 그 사람됨을 사모하였다. 그것은 〈도연명집에서 음주 시에 화답하다(和陶集飮酒)〉 제20수에, 그 뜻이 더욱 분명하게 드러난다.

近代蘇雲卿 근대소운경	가까운 시대에는 소운경이,
漢時鄭子眞 한시정자진	한나라 때에는 정자진이 있었다네.
遯迹意何如 둔적의하여	자취 감춘 뜻 어떠함인가?
聊欲還其淳 료욕환기순	애오라지 그 순박함으로 돌아가고자 함이었네.
千歲如流電 천세여류전	천년 세월 흐르는 번개와 같아,
萬事更故新 만사갱고신	만사 옛것 새롭게 바꾸었네.
伯夷本歸周 백이본귀주	백이는 애당초 주나라로 귀속하였고,
黃公竟避秦 황공경피진	황공은 끝끝내 진을 피하였다네.
古來英傑士 고래영걸사	예로부터 영걸한 선비들은,
終不墜風塵 종불추풍진	끝내 세속으로 떨어지지 않았다네.
聖賢救世心 성현구세심	성현들 세속적인 마음 구하는데,
豈必夙夜勤 기필숙야근	어찌 밤낮으로 부지런해야 하리?

22) 〈패풍(邶風)·녹의(綠衣)〉.

卓哉柴桑翁 탁재시상옹	우뚝하도다, 시상의 늙은이여!
百世朝暮親 백세조모친	백 년을 아침저녁으로 가까이 여기었네.
湯湯洪流中 상상홍류중	넘실넘실하는 큰 물결 속에서도,
惟子不迷津 유자불미진	그대만이 나루 찾아 헤매지 않았네.
同好陸修靜 동호륙수정	같이 즐기던 육수정은,
晚負廬山巾 만부려산건	늘그막에 여산의 두건 벗어버렸다네.
安得酒如海 안득주여해	어떡하면 바다 같은 술 얻어,
喚起九原人 환기구원인	구천(九泉)의 언덕에 누운 사람 불러 일으키리.

(文集 권1)

〔**역주**〕 ▒ 소운경(蘇雲卿): 남송(南宋)의 은자(隱者). 예장(豫章) 동호(東湖)에 초려를 짓고 은거하였는데 모두 그를 공경하고 사랑하여 소옹(蘇翁)이라 불렀다 한다.

▒ 정자진(鄭子眞): 이름은 박(樸). 한(漢) 성제(成帝) 때 곡구(谷口)에 산 은자.

▒ 황공(黃公): 한 고조 때 세상의 어지러움을 피하고 상산(商山)에 숨어산 상산사호(商山四皓)의 하나인 최광(崔廣)을 말함. 최광은 자가 문통(文通)으로 일찍이 하리(夏里)에 은거하였던 적이 있어서 호를 하황공(夏黃公)이라 하였음.

▒ 시상옹(柴桑翁): 시상에서 살았던 도연명을 말함.

▒ 미진(迷津) : 길을 잃다[迷途, 또는 迷塗]의 뜻임.

▒ 육수정(陸修靜): 승려. 자는 원덕(元德)이고 오흥(吳興) 사람임. 도연명과 혜원(惠遠) 스님과 더불어 여산에서 즐기며 그들과 함께 백련사(白蓮社)라는 동아리에 참여하다가 남조 황제의 부름을 받고 나아가서 후대를 받았음.

▒ 산건(山巾): 황관(黃冠)이라고도 하며, 야산에 은거하면서 지내는 도

사들이 간편하게 쓰는 두건을 말하는데, 보통 은자의 비유로 많이 쓰임.

▒ 구원(九原): 원래 춘추시대 진(晉)나라 경대부들의 묘지를 말하는데, 후에는 또한 일반 묘지를 범칭으로도 쓰이게 되었음.

「고래영걸사, 종불추풍진」(古來英傑士, 終不墜風塵)이야말로 고귀하고도 존경할 만한 바이다. 거침없이 도도히 흐르는 큰 탁류 가운데서도 오직 도연명 한분만은 자기의 갈 길을 잃지 않았다〔湯湯洪流中, 惟子不迷津〕. 이것은 모름지기 얼마나 높은 식견의 힘이며, 얼마나 훌륭한 판단의 힘이었던가? 연명을 사모할 수 있고 연명과 친할 수 있는 점이 바로 여기에 있었다. 은사(隱士)가 종적을 숨김은 진의가 그 순박함으로 돌아감에 있다. 그러나 퇴계의 은자로 돌아감〔歸隱〕은 뜻이 여기에만 있지 않다. 그의 〈도연명집에서 음주 시에 화답하다(和陶集飮酒)〉 제13수를 보면 그 뜻을 알 수 있다.

我思千載人 내 천년 성인 그리워하나니,
아사천재인

廬峯建陽境 노산의 봉우리 건양 땅에 계셨다네.
로봉건양경

藏修一庵晦 회암 초당에서 학문을 품고 닦아,
장수일암회

著書萬古醒 책을 지어 내어 만고에 홀로 깨우쳤네.
저서만고성

往者待折衷 지나간 것은 그에게서 올바름 얻기를 기다리고,
왕자대절충

來者得挈領 앞으로 올 것은 그에게서 옷깃 끄는 것 얻는다네.
래자득설령

懿哉誠授受 아름답도다, 주고받는 것 풍성함이여!
의재성수수

源遠雜魯穎 근원 멀어 노둔함과 영민함 뒤섞이었다네.
원원잡로영

口耳障狂瀾　　천박한 학문의 거센 물결 막았으니,
구이장광란

心經嘉訓炳　　아름다운 훈계가 ≪심경≫에 빛나네.
심경가훈병

(文集 권1)

〔역주〕 ▒ 천재인(千載人): 천재성인(千載聖人), 곧 천년에 하나 날까 말까한 성인을 말함. 여기서는 주자(朱子)를 가리켜 한 말임. 곧 주자 같은 이는 이 세상에 항상 있는 것이 아님을 말함.

▒ 노봉(蘆峯): 복건성(福建省) 건양현(建陽縣) 서북쪽에 있는 산. 주자가 운곡(雲谷)이라고 개명하고 초당을 짓고 독서함. 회암(晦庵)이 강학한 서실도 여기 있었음.

▒ 절충(折衷): 절중(折中)과 같음. 「절」은 어떤 것을 자르는 것[斷]이며, 「중」은 「합당하게 하는 것」[當]으로 곧 타당한 것을 가려서 사물을 판단하는 것을 준칙으로 삼는 것을 말함.

▒ 설령(挈領): 옷깃을 잡아당긴다는 뜻으로 요점을 파악했다는 뜻의 비유로 많이 쓰임.

▒ 노영(魯穎): 상기(上記) ≪퇴계선생문집고증≫에서는 정자(程子)가 그의 제자 윤언명(尹彦明 : 이름은 焞)을 노둔하다고 하였고, 양중립(楊中立 : 이름은 時)은 영오하다고 하였는데, 아마 이 말을 지적하는 뜻으로 추측함.(案:程子謂尹彦明魯, 楊中立穎悟, 恐或指此) 권1, 454쪽.

▒ 구이(口耳): 입으로 말하고 귀로는 듣기만 하는 학습을 말함.

▒ 장광란(障狂瀾): 광란(狂瀾)은 유교의 정통에 어긋나는 사상 조류들. 당 한유(韓愈)의 <진학해(進學解)> 「여러 갈래로 흘러가는 노(老), 불(佛) 등 사상을 막아 유가의 정도로 찾아 들어가게 하고, 이미 넘어져 가는 데서 미친 물결을 이끌어 멈추게 하였다.」[障百川而東之, 回狂瀾於旣倒.]

고정(考亭 : 복건성 건양현의 지명, 주자가 산 곳)의 주자를 으뜸가는 스승으로 삼고, 근본은 ≪심경(心經)≫으로 돌아간다. 유학 사상의 중심인 인(仁)에 머물러〔居安宅〕, 그 도를 후세에 이어주는 훌륭한 책임을 닦으며, 성인들의 교훈을 밝혀서 미친 듯이 거센 이단(異端) 사설(邪說)을 막는다. 이러한 퇴계의 생각과 뜻이 모두 연명과 서로 똑같았던 것은 아니다. 모름지기,

> 현자는 산림에서 하는 바가 있을 것이며, 반드시 얻는 바가 있을 것이요, 또 반드시 지켜서 편안케 하는 것이 있을 것이며, 반드시 마음에 즐거운 바가 있어서 남이 능히 함께 알지 못할 것이 있을 것입니다.
>
> 賢者之於山林, 其必有所事者矣, 其必有所得者矣, 其必有所守而安之者矣, 其必有所樂於胸中而人不能與知者矣.[23]

라고 하였으니, 퇴계가 산림에서 그림자를 쉬게 함도 그 뜻이 정말 여기에 있었던 것이다. 앞서 말한 「도연명의 감정, 주자의 생각」〔陶情朱思〕이라고 하였음도 여기서 그 이유를 대개 짐작할 수 있을 것이다.

(2) 두보(杜甫)

두보는 시를 집대성하였다. 격조가 높고 기품이 탁월하며, 표현은 담담하지만 맛은 끝이 없다. 나아가서 그 법도(法度)의 근엄(謹嚴)함, 조촐하게 가다듬음〔錘鍊精純〕은 더욱 고금독보(古今獨步)라고 하겠다. 정유일은 퇴계가 「젊을 때부터 일찍이 두시(杜詩)를 배웠다」〔少嘗學杜詩〕고 하였다.[24] 기실 퇴계는 젊어서부터 늙을 때까지 그가 지은 시에서는 두보의 영향을 많이 받았다. 그 문집 가운데서 두보 시에 화답한 시로는 다음에 열거하는 바와

23) 〈與曺楗中書〉, ≪書抄≫ 권1, 30쪽 참고.

24) ≪全書≫ 제4책, 〈言行錄〉 권5, 〈類編〉, 〈雜記〉 제5, 〈文錄〉, 103쪽.

같은 5제(題) 12수(首)가 있다.

1. 〈두보의 유인 시에 화답하다(和老杜幽人)〉 (文集 권2)
2. 〈청명절에 계상서당에서, 2수(淸明溪上書堂, 二首)〉 (文集 권2)
3. 〈봄날 한가로이 거처하면서, 두보가 지은 여섯 절구의 각운자에 맞추어 짓다(春日閒居, 次老杜六絶句)〉 (文集 권2)
4. 〈농암선생께서 가까운 시일 내에 왕림하시겠다고 하심에 두보 시의 각운자에 맞추어 시를 짓고, 퇴계를 나와 서당으로 올라가다(淸明. 李知事先生近許臨, 次杜子美, 出溪上書堂)〉 (別集 권1)
5. 〈봄날 강가의 마을에서라는 두보가 지은 시의 각운자를 쓰다, 2수(春日江村, 老杜韻, 二首)〉 (文集 권5)

이상 5제는 차례대로 오언고시(五言古詩), 칠언배율(七言排律), 오언절구(五言絶句), 칠언고체(七言古體), 오언율시(五言律詩)로 되어 있다. 그 가운데 앞의 4제는 모두 신해년(辛亥年)에 지은 것이고, 제5제 〈봄날 강가의 마을(春日江村)〉에는 다음과 같은 소서(小序)가 있다.

> 김언우가 나에게 근래에 지은 시 중 가작 여남은 편을 보여주었다. 청신하여 즐길 만하다. 병으로 머리가 괴로운 참이라 모두 다 화답할 수는 없어, 그 뜻이 미치는 것만 취하여 운을 맞추어 답해 띄우노라.
> 金彦遇示余近作佳什, 淸新可喜. 病惱中不容盡和, 就取其意所到者, 次韻答寄.

〔역주〕 ■ 일반 ≪퇴계집≫에는 위에 보이는 소서가 큰 제목으로 제시되어 있고, 그 아래 이 <봄날 강가의 마을> 2수 등 소제목이 붙은 시

7수가 수록되어 있다.

이 시는 무진년(戊辰年)에 지은 것이니 신해년에 두보 시에 화답해 지은 작품과는 거리가 이미 17년이나 멀리 떨어진다. 비록 역시 두보의 운(韻)을 사용하기는 하였으나, 단 「차운답기」(次韻答寄 : 다른 사람이 준 시의 운에 맞추어 답으로 띄운)한 것이니, 명백히 앞의 4제가 주동적 입장에서 나온 것과는 다름이 있다. 우리들의 주의를 끄는 것은 이 5제의 시의 체재가 모두 다르다는 점이다. 그런데 신해년에 퇴계는 벼슬하지 않고 집에 머물러 있었다. 〈청명절에 계상서당에서(淸明溪上書堂)〉 시의 자주(自註)에 의거하면 「보잘것없는 거처(한서암)를 뜯어다가 작은 집을 골짜기 북쪽에 옮겨 지었다」〔撤寒棲移構小堂於溪北〕고 하였고, 또 연보를 보면 퇴계는 경술년 2월에 「비로소 퇴계의 서쪽에 살 곳을 정하여 한서암을 지었다」〔始卜居於退溪之西構寒棲庵〕라고 하였다. 신해년에 이미 퇴계 북쪽에 집을 옮겨지었으니 거처는 안정되었고, 또 여가도 많았기 때문에 그가 지은 시가 특히 많다. 그런데 그가 두보의 시에 화답한 시는 각 시가 그 체재가 같지 않으니 또한 그 재력(才力)이 풍부함을 볼 수 있다. 그렇기 때문에 탁월하게 스스로 일가(一家)를 이룰 수 있었다. 그의 〈권응인에게 답함(答權生應仁)〉이란 시에는 다음과 같은 구절이 있다.

事忌爭雄長　　일은 씩씩하고 뛰어남 다투는 것 꺼리고,
사 기 쟁 웅 장

詩難突過前　　시는 이전의 것 뛰어넘기 힘드네.
시 난 돌 과 전

(文集 권2)

「사기쟁웅장」(事忌爭雄長)은 정말 퇴계가 몸에서 떼지 않았던

〔服膺〕 것이다. 「시난돌과전」(詩難突過前) 역시 목표한 바 있어서 한 말씀이다. 대개 퇴계는 시에 관하여 연구가 매우 깊었기 때문에 옛사람들보다는 낫게 지으려는 뜻이 없지 않았던 것이다. 옛사람들보다 나음을 구하고자 한 뒤에야 옛사람들보다 쉽게 나아질 수 없음을 안다. 그래서 「시는 갑자기 앞사람들보다 낫기가 어렵다」고 말한 것이다. 〈정유일에게 보낸 편지(與鄭子精書)〉에는 다음과 같은 말이 있다.

> 시란 비록 지엽 말단적인 기예(技藝)이기는 하나, 사람의 마음에 바탕을 둔 것이기 때문에 체(體)가 있고 격(格)이 있어서 정말 쉽게 다룰 수는 없는 것이다. 또 두보는 이렇게 말하기도 하였다. 「시에서 표현하는 말이 사람들을 깜짝 놀라게 할 정도로 놀랍고 묘한 경지에 이르지 않는다면 죽을 때까지라도 시에 관한 공부를 그치지 않겠노라」고. 이 가운데는 무한한 말의 뜻이 내포되어 있다.
>
> 詩雖末技, 本於性情, 有體有格, 誠不可易而爲之. 又曰 : 語不驚人死不休. 此間有無限語言.
>
> (文集 권35)

시에 「체가 있고 격이 있게」 하려면 먼저 두보를 따르지 않으면 안 된다. 그런데 그것은 본래 「쉽게 지을 수는 없는 것」이기 때문에 모름지기 많은 공부를 해야만 한다. 퇴계가 이 글을 쓴 것은 병인년인데, 당시 이미 67세의 고령이었음에도 불구하고 오히려 끝내 두보의 이 「어불경인사불휴」(語不驚人死不休)란 구절을 잊지 않았고 이로써 제자를 가르쳤다. 「이 가운데는 무한한 말의 뜻이 들어 있기」 때문에 또한 무한한 공부를 해야만 한다. 이것이 바로 퇴계가 두보의 시의 체격(體格)에 관하여 반드시 한 차례의 연구를 거친 이유가 될 것이다. 정유일은 퇴계가 「일찍이 젊어서 두보의 시를 공부하였다」〔少嘗學杜詩〕고 하였는데 말은 그대로이나, 그래도 미진한 점이 오히려 있다.

> 신유년 3월 그믐날에 선생이 시내 남쪽 서재에 나갈 때 이복홍, 덕홍들을 데리고 도산으로 가서 무덤 위의 소나무 밑에서 쉬었다. 그때 산꽃이 만발하고 안개 감도는 숲은 밝고 고왔다. 선생은,
>
> 「소용돌이 물에 백로가 목욕함은 무슨 심성인고?
> 외로운 나무에 꽃이 핀 것 저절로 분명하네.」
>
> 라는 두자미(杜子美)의 시 한 구절을 읊었다. 이에 「무슨 뜻입니까?」 하고 덕홍이 물으니, 「자기를 위함이니라. 『군자는 위함이 없이 저절로 그러하다』는 것이 이 뜻에 들어맞는다. 군자는 모름지기 이를 체험하여 『그 의(義)를 바르게 하고 그 이(利)를 꾀하지 말아야 할 것이며, 그 도를 밝히고 그 공을 헤아리지 말아야 할 것이다.』 만일 털끝만큼이라도 위하는 마음이 있으면 그것은 학문이 아니리라」 하였다.
>
> 〔李德弘言〕 辛酉三月晦, 先生步出溪南齋, 率李福弘・德弘等往陶山, 憩冢頂松下. 時山花盛開, 煙林明媚, 先生詠杜詩「盤渦鷺浴底心性? 獨樹花發自分明.」 德弘問 : 「此意如何?」 曰 : 「爲己. 『君子無所爲而然』者, 暗合於此意思. 學者須當體驗, 『正其義不謀其利, 明其道不計其功.』 若小有一毫爲之之心, 則非學也.」[25)]

신유년에 퇴계는 이미 61세였으나, 오히려 두시를 읊고 마음에 합하는 바가 있었으며, 또 그 구절들을 빌려다가 자기의 뜻을 밝혔다. 이러한 「단장취의」(斷章取義 : 문장의 일부를 끊어서 작자의 본의에 구애받지 않고 자기 마음대로 사용함)하는 방식은 바로 공자가 문하생들에게 시로 이치를 설명하는〔說詩〕 일관된 수법이

25) ≪全書≫ 제4책, 〈言行錄〉 권3, 樂山水 201쪽.

었다. ≪맹자≫나 ≪순자≫ 같은 책에도 이러한 수법이 많이 있다. 또 퇴계가 〈김이정에게 보낸 편지(與金而精書)〉에는 다음과 같은 말이 있다.

> 나는 쇠약함이 날로 심하여 오직 소박한 상태로 되돌아가서 분수를 지키고 있을 뿐인데, 두자미의 「졸한 것으로 나의 도를 간직하고, 그윽이 거처하여 물정을 가까이한다」는 어구가 자못 뜻 있게 느껴진다.
> 滉衰憊日甚, 只以反素安分, 甚有味於杜子美「用拙存吾道, 幽居近物情」之語耳.
>
> (文集 권30)

이 편지는 기사년(己巳年)에 쓴 것이고, 그 다음해에 퇴계는 작고하였다. 여기서 우리들은 퇴계가 두보의 시에 매우 마음이 통하였음을 볼 수 있고, 나아가서는 일생을 마칠 때까지 몸에서 떼지 않았음을 알 수 있다. 그가 두보에게서 받은 영향은 진실로 격률(格律) 한쪽에만 그칠 뿐이 아니었다. 그가 시를 짓는데 글자에서나 시행(詩行)에 있어서 두보를 본받은 흔적은 매우 분명하다. 그 보기들은 아래 각 항목과 같다.

갑, 그 구절들을 모두 그대로 쓴 것〔全用其句〕

병중(病中)「배민강재시」(排悶强裁詩: 〈次韻松岡〉, 文集 권1)
고음(高吟)「좌대진의만」(坐對眞宜晩: 〈西翠屛山〉, 文集 권3)
한애(閒愛)「추풍쇄정편」(秋風灑靜便: 〈愛閒〉, 文集 권3)
영득(贏得)「천한할밀방」(天寒割蜜房: 〈溪村卽事〉, 別集 권1)
사이(事異)「행장독의루」(行裝獨倚樓: 〈追次金惇叙西行留別諸友韻〉, 外集 권2)

이상 「 」 안의 오언은 모두 두시의 원구(原句)인데, 퇴계는 다만 그 위에 각각 2자씩을 더하여 칠언이 되도록 한 것이다. 그렇기 때문에 완전히 베낀〔抄襲〕 것과는 다르다. 퇴계의 시가 칠언보다는 오언이 나음을 여기서도 보조 자료로 들 수 있다.

을, 그 시구를 바꾼 것

「강 가운데 바람 일고 비바람 캄캄하게 몰아치네.」(江中風起雨冥冥: 〈七月望日狎鷗亭卽事〉, 文集 권1): 두시의 「강중풍랑우명명」(江中風浪雨冥冥)을 바꿈.

「가슴을 씻어내니 호탕한 기운 생겨나고,」(盪胸生浩氣: 〈淩雲臺〉, 文集 권1): 두시의 「탕흉생층운」(盪胸生層雲)을 바꿈.

「술 가운데 묘한 이치 있나니,」(酒中有妙理: 〈和陶集飮酒〉 제18수, 文集 권1): 두시의 「탁주유묘리」(濁酒有妙理)를 바꿈.

「두보는 새로 지은 시를 고치고 나면 으레 길게 읊었다오.」(草堂改罷自長吟: 〈吟詩〉, 文集 권3): 두시의 「신시개파자장음」(新詩改罷自長吟)을 바꿈.

「쌓인 가슴 어찌 쉽게 열리오리까?」(懷抱詎能開: 〈次友人寄詩求和韻〉, 文集 권3): 두시의 「일생회포향수개」(一生懷抱向誰開)를 바꿈.

「혼자 앉아 입을 열어 웃기도 어렵나니.」(獨坐難成開口笑: 〈九日獨登北山次瀛奎律髓九日詩寄士遂〉, 別集 권1): 두시의 「진세난봉개구소」(塵世難逢開口笑)를 바꿈.

「절묘한 시구는 실로 비단 도포 얻을 만하네.」(妙句眞堪博錦袍: 〈李仲久正郎代余從事之行索詩〉, 別集 권1): 두시의 「시성득금포」(詩成得錦袍)를 바꿈.

「어망 거두니 은빛 고기 어지러이 날뛰고,」(撤網銀刀亂: 〈遊枕流亭次亭韻〉, 別集 권1): 두시의 「출망은도란」(出網銀刀亂)을 바꿈.

「가랑비 바람결에도 갈매기는 춤추며 날지 않네.」(細雨斜風不舞

鷗:〈仙倉泛舟〉, 別集 권1): 두시의 「세우사풍불습구」(細雨斜風不濕鷗)를 바꿈.

병, 그 시구를 간소화 한 것

「오래도록 평화를 얻어 초저녁마다 무사함을 보고하네.」(長得平安報夕烽:〈義州雜題州城地利〉, 文集 권1): 두시 「석봉래불근, 매일보평안」(夕烽來不近, 每日報平安)을 간소화.

「한 잔 술 놓고 글 논할 만한 계책 없네.」(一尊無計可論文:〈寄湖西監司閔景說〉, 文集 권3): 두시 「하시일준주, 중여세론문」(何時一樽酒, 重與細論文)을 간소화.

정, 분명하게 두보에게서 전고를 취한 것

「문 가리고 대 되기만 보고 있으니, 나는 가끔 두소릉을 배우네.」(門掩看成竹, 吾今學少陵:〈星山李子發索題申元亮畫竹·抽筍〉, 文集 권3): 두시의 「무수춘순만림생, 시문밀엄단인행. 회수상번간성죽, 객지종진불출영」(無數春筍滿林生, 柴門密掩斷人行. 會須上番看成竹, 客至終嗔不出迎)에서 씀.

「두보 늙은이 어찌 사양하겠는가? 초강의 마름 먹는 것을.」(老杜寧辭食楚萍:〈十三抵醴泉再辭待命, 呻吟之餘見軒有己酉經行拙句有感〉, 文集 권4): 두시의 「영화이소장, 기식초강평」(榮華異少壯, 豈食楚江萍)에서 씀.

「두보는 3년째 초나라 땅 밑의 우렛소리 듣는 것 슬퍼했는데,」(子美悲三蟄楚雷:〈至日有感〉 제3수, 別集 권1): 두시의 「삼칩초사뢰」(三蟄楚祠雷)에서 씀.

「두자미는 가마우지와 놀면서 백 번씩 오라고 했다네.」(杜狎鸕鷀詠百回:〈次韻寄李君君浩兼示南冥曺君〉, 續集 권2): 두시의 「문외로자구불래, 사두홀견안상시. 자금이후지인의, 일일수래일백

회」(門外鸕鶿久不來, 沙頭忽見眼相猜. 自今以後知人意, 一日須來一百回)에서 씀.

무, 두보에게서 전고를 어렴풋이 취한 것

「서녘 바람 불어불어 백발을 휘날리니, 모자를 매만지는 늙은 시인 우습구려.」(好遣西風吹白髮, 整冠詩老亦堪咍: 〈落帽峯次吳謙仲韻〉, 文集 권5): 두시의 「차장단발환취모, 소천방인위정관」(差將短髮還吹帽, 笑倩傍人爲正冠)에서 씀.
「배워야 하겠네, 모래 위에 나는 해오라기 호탕하게 노는 모습을.」(要學沙鷗浩蕩游: 〈湖上園亭偶出效康節體〉, 文集 권1): 두시의 「백구파호탕, 만리수능순」(白鷗波浩蕩, 萬里誰能馴)에서 씀.
「초당에서는 단지 산만 보네.」(草堂只看山: 〈金愼仲挹淸亭, 晩步〉, 文集 권5): 두시의 「간산앙백두」(看山仰白頭)에서 씀.
「장맛비와 단청으로 임금님의 촉망이 두터웠네.」(霖雨丹青屬望優: 〈挽權同志〉, 文集 권5): 두시의 「임우사량좌, 단청억로신」(霖雨思良佐, 丹青憶老臣)에서 씀.

기, 두보에게서 전고를 취했으나 반대로 쓴 것

「필요없다네, 높은 대문에 나물 쟁반 보내옴도.」(不用高門送菜盤: 〈正月二日立春〉, 文集 권2): 두시의 「반출고문행백옥, 채전섬수송청사」(盤出高門行白玉, 菜傳纖手送青絲)에서 반용.
「평소에 유자의 관이 몸 그르쳤다 한탄한 적 없었더니,」(平生不恨儒冠誤: 〈寄南時甫〉, 文集 권2): 두시의 「유관다오신」(儒冠多誤身)에서 반용.
「과거에 낙제함 참으로 괴이한 일이니」(竟蹶霜蹄眞怪事: 〈辛亥早春, 趙秀才士敬訪余於退溪, 語及具上舍景瑞・金秀才秀卿所和權景受六十絶, 幷景瑞五律. 余懇欲見之, 士敬歸卽寄示, 因次韻遣懷〉, 外

集 권1): 두시 〈취가행(醉歌行)〉의 「잠궐상제미위실」(暫蹶霜蹄未爲失)에서 반용.

(3) 소식(蘇軾)

도연명의 시는 고광(高曠)하며, 두보의 시는 공묘(工妙)하다. 퇴계는 도연명과 두보에 대해서는 더 말할 나위 없이 칭찬하였으나, 소동파에 대해서는 미사(微詞: 어렴풋이나마 그 잘못된 점을 지적함)가 없지 않았다. 퇴계는 그 ≪주자서절요(朱子書節要)≫ 가운데 자주 주자가 소동파를 비방한 말을 기록하고 있으니,[26] 그 어렴풋한 뜻을 엿볼 수 있다. 또 〈김돈서의 편지에 답하다(答金惇叙書)〉에서는 다음과 같이 적고 있다.

> 반드시 장자와 같이 예를 없애고, 소동파와 같이 이 공경 「경」(敬)자를 타파한 뒤라야 마음이 길러질 수 있겠는가?
> 必如莊周滅禮, 東坡打破這敬字, 而後心得其養也?
>
> (文集 권28)

이덕홍(李德弘)은 다음과 같이 적고 있다.

> 신유년 4월 16일에 선생은 그의 형의 아들 교와 손자 안도와, 덕홍과 더불어 탁영담에 배를 띄워 강물을 거슬러 올라가다가, 반타석에 배를 대고 역탄에서 닻줄을 풀었다. 술이 서너 잔 돈 뒤에 선생은 옷깃을 바루고 단정히 앉아 〈전적벽부〉을 외우다가 「소공이 비록 병통은 있기는 하지만, 그 마음의 욕심이 적었던 것을 『진실로 나의 소유물이 아니면 비록 털끝만한 것도 취하지

---

26) ≪朱子書節要≫ 권3 〈答汪尚書〉, 권8 〈答程允夫〉, 권11 〈答簷之善〉 참고.

않는다』라는 구절 이하의 몇 구에서 볼 수 있다. 그리고 또 그는 일찍이 귀양 갈 때에 관을 싣고 갔으니 그 속세에 구속받지 않는 것이 이러하였다.」고 하였다.

辛酉四月旣望, 先生與姪寯, 孫安道, 及德弘泛月濯纓潭, 泝流泊盤陀石, 至櫟灘, 解纜而下. 酒三行, 正襟端坐, 良久詠赤壁賦. 曰:「蘇公雖不無病痛, 其心之寡欲處, 於『苟非吾之所有, 雖一毫而莫取』以下數句見之矣. 又嘗謫去, 載棺而行, 其脫然不拘如此.」27)

〔역주〕 ■ 소공의 병통: 소동파는 정이천(程伊川)과 사이가 좋지 못하고 학풍이 다르므로 정주(程朱)를 숭배하는 퇴계는 그를 병통이 있다고 본 것이다.

여기서 퇴계는 소동파에 대하여 비록 그 병통을 알고 있기는 하였지만, 또한 그 아름다움도 숨기지 않았다. 그렇기 때문에 주자의,

소동파는 문장이 뛰어나게 아름다워 근세에는 대적할 만한 사람이 없다. 만약 글을 지으려고 하는 사람이 스스로 모범으로 삼는 것은 상관이 없을 것이다.

蘇公文辭偉麗, 近世無匹. 若欲作文, 自不妨模範.28)

라는 말을 취한 것이다. 퇴계가 동파의 시에 화답한 작품은 모두 아래에 나열하는 9제 11수이다.

1. 〈호당의 매화가 늦은 봄에 비로소 피었네, 소동파의 각운자를 사용하여, 2수(湖堂梅花暮春始開, 用東坡韻, 二首)〉 (文集 권1)

27) ≪全書≫ 제4책, 〈退陶言行錄〉, 권3, 〈類編〉, 59쪽.

28) ≪朱子書節要≫ 권8 〈答程允夫〉 참고.

2. 〈호당에서 아침에 일어나서, 소식의 정혜원에서 달밤에 우연히 밖에 나와서라는 시의 각운자를 사용하여(湖堂曉起, 用東坡定惠院月夜偶出韻)〉(文集 권1)

3. 〈새벽에 시내 곁에 있는 집에 이르러 우연히 소동파가 쓴 신성으로 가는 도중에라는 시가 생각나 그 각운자를 사용하여, 2수(晨至溪莊, 偶記東坡新城途中詩, 用其韻, 二首)〉(文集 권1)

4. 〈이요루에서 동파의 황루 시를 차운하다(二樂樓, 次東坡黃樓詩)〉(文集 권1)

5. 〈11일 밤 농암선생을 모시고 달빛 아래 살구나무 밑에서 술을 마시며 소식이 지은 시의 각운자를 써서 짓다(十一日夜, 陪聾巖先生, 月下飮酒杏花下, 用東坡韻)〉 (文集 권2)

6. 〈길에서 송기수와 마주쳤는데 저녁에 돌아오면 잠시 들러 보겠다고 기약하였다. 그가 왔으므로 꽃 아래서 조촐하게 마시다, 소식의 달 아래 살구꽃 아래서 마시다라는 시의 각운자를 쓰다(遇宋台叟於途, 期夕回見過, 旣至, 小酌杏花下, 用東坡月下吟杏花下韻)〉 (文集 권2)

7. 〈살구꽃 아래에서, 동파가 지은 시의 각운자를 써서 짓다(杏花下, 用東坡韻)〉 (別集 권1)

8. 〈8월에 임사수에게 부치다, 동파의 운을 쓰다(中秋月寄士遂, 用東坡韻)〉 (別集 권1)

9. 〈도중에 눈을 만나다라는 제목으로 보내준 시에 답하다, 동파의 운을 쓰다(酬途中遇雪見寄詩, 用東坡韻)〉 (別集 권1)

이상 각 시를 합해 보면 오언고시 2수, 칠언고시 5수, 칠언율시 3수, 칠언배율 1수이다. 칠언율시 3수 이외에는 나머지가 모두 장편이다. 더욱이 주의를 요하는 것은 위에 열거한 시 중 5, 6, 7의 3수는 모두 동파의 〈달밤에 손님과 함께 살구꽃 아래에서 술을 마시다(月夜與客飮酒杏花下)〉란 시의 운을 사용하고 있다. 이것은 혹 아름다운 사물을 만나자 곧 감정이 우러나서〔卽景生

情] 스스로 참을 수 없어서 짓게 된 것으로 볼 수도 있으나, 또한 그의 소동파 시에 대한 애호를 엿볼 수도 있다. 이 세 시가 지어진 연대를 살펴보면, 앞의 한 수는 신해년에 지어진 것이니, 그때 나이가 51세였고, 뒤의 두 수는 모두 갑인년에 지어진 것이니 그때 나이가 54세였다. 퇴계가 소동파 시에 화답한 것으로는 이 2수가 가장 늦다. 가장 이른 것은 〈호당의 매화가 늦은 봄에 피었네(湖堂梅花暮春始開)〉 2수로 갑신년에 지은 것이다. 그때 나이가 44세였다. 이는 가장 먼저 두보 시에 화답한 신해년보다도 7년이나 더 빠르다. 또 화답한 시의 편폭(篇幅)으로 논하더라도 두시에 화답한 것보다는 많다.

이로써 퇴계의 소동파시 애호가 두시의 애호보다 못하지 않음을 짐작할 수 있을 듯하다. 〈11일 밤 농암선생을 모시고 달빛 아래 살구나무 밑에서 술을 마시며 소식이 지은 시의 각운자를 써서 짓다(十一日夜, 陪聾巖先生, 月下飮酒杏花下, 用東坡韻)〉 시를 보면 그것을 알 수 있다.

暮春欲暮前年春 모춘욕모전년춘	늦은 봄날 다 저물려던 지난해 봄에는,
花開月缺愁殺人 화개월결수쇄인	꽃은 피었으나 달이 없어 시름이 사람 괴롭혔었네.
暮春未半今年春 모춘미반금년춘	늦은 봄 반도 지나지 않은 올해 봄에는,
月滿花樹風生蘋 월만화수풍생빈	달은 꽃핀 나무 위에 가득 차고 바람은 마름 끝에서 일어나네.
臨流對酒高興發 림류대주고흥발	흐르는 물 내려다보면서 술 마주하니 높은 흥취 생겨나고,
萬斛閒愁如沃雪 만곡한수여옥설	만 휘나 되는 부질없는 시름 마치 눈 녹듯 하네.

蘇仙一去幾今古 소선일거기금고	소동파 같은 신선 한 번 떠나간 후 몇 해나 되었던가?
依舊杯中一片月 의구배중일편월	예와 똑같이 술잔 속에는 한 조각 달 떠있네.
唱徹瓊詞幔亭中 창철경사만정중	붉은 옥같이 아름다운 가사 만정에서 다 노래하시고 나니,
仙風浩氣如憑空 선풍호기여빙공	신선의 풍모 호탕한 기운이 허공에 기대어 생겨나는 듯하네.
醉宿江樓香滿懷 취숙강루향만회	취하여 강가의 누대에서 자니 향기 품에 가득하여,
夢魂不到東華紅 몽혼부도동화홍	꿈속에서도 다시 이르지 않는구나 붉은 궁성 동쪽 문쪽으로는.

(文集 권2)

〔역주〕 ▒ 옥설(沃雪): 글자 그대로 윤택한 눈. 옛 글에 흔히 탕옥설(湯沃雪)이란 문구가 나오기 때문에(枚乘의 <七發>, ≪晉書·列女傳≫ 등) 「눈같이 쉽게 녹는다」는 문맥적인 연상을 지님.

▒ 동화(東華): 동화문(東華門). 중국 궁성의 동쪽 문. 한림학사(翰林學士)들이 드나듦. 여기서는 퇴계선생이 이전에 근무하던 홍문관.

▒ 저자는 다음에 나오는 이 시의 해설에서 제7행 「신선 같은 소동파」 이하를 오로지 소동파를 생각하고 썼다고 말하고 있으나, 사실은 농암 선생을 소동파에 비유하여 쓴 것임.

이 시의 「소선일거기금고」(蘇仙一去幾今古) 이하의 4구는 오로지 소동파를 생각하는 감정과 회포를 적었다. 그 사람을 「소선」(蘇仙)이라고 불렀고, 그 말을 「경사」(瓊詞 : 붉은 옥같이 아름다운 가사)라고 일컬었으며, 또한 「창철경사」(唱徹瓊詞 : 붉은 옥같이 아름다운 가사 다 노래하시고 나니)라고 칭찬함에 이르러서 마치 「일창삼탄」(一唱三歎)하는 감개를 나타낸 것 같기도 하다. 나아가서 「선풍호기여빙공」(仙風浩氣如憑空)이란 구절에서는, 오히려 소동파가 당시 적벽(赤壁)에서 노닐 때에 「넓고도 넓은 허공에 기대어 바람을 몰고 가는」〔浩浩乎如憑虛御風〕 듯한 모습을 상상해 볼 수 있을 듯하다. 마지막 구절 「취숙강루향만회」(醉宿江樓香滿懷)에서는 꽃 아래서 술을 마시는 즐거움을 알 수 있을 것 같고, 「몽혼부도동화홍」(夢魂不到東華紅)에는 벼슬을 좋아하지 않는 뜻이 있다.

동파의 시가 문장이 훌륭하고 아름다움은 정말 주자가 말한 바와 같다. 퇴계의 시집 가운데 바탕을 동파에게서 따온 것도 적지 않게 자주 보인다.

갑, 그 구절들을 끊어 온 것

「키 큰 옛 군자」〔長身古君子 : 〈金愼仲挹淸亭, 養鶴〉, 文集 권5〕와 같은 것은 소동파의 시 「누가 알리오? 큰 키 옛 군자라」〔恰似長身古君子〕란 구절에서 끊어 온 것인데, 이것은 앞서 본 두시의 오언을 그대로 가져다가 두 글자만 보태어 칠언으로 사용한 것과는 다른 바 있다.

〔**역주**〕 ▒ 저자의 원문에서는 「恰似」로 되어 있으나, 「誰識」으로 된 판본도 있음.

을, 그 구절을 고치고 바꾼 것

「하느님이 호령하심이 헛나오는 것이 아니라」(天公號令不虛出: 〈大雷雨行〉, 文集 권1)

는 소시(蘇詩)의 「천공호령부재출」(天公號令不再出)에서 겨우 한 자만 바꾸었다. 그러나 「不再出」은 미래의 일을 예언한 것이고,

「不虛出」은 이미 있었던 일을 추서(追敍)한 것이다. 전자는 허(虛)하고 후자는 실(實)하니 뜻은 역시 판연히 다른 것이다.

> 「마판에 매어둔 말 마른 풀 먹는 소리 비바람 소리치듯 요란하네.」(櫪馬齕草風雨聲:〈夜起有感〉, 文集 권1)

소시 「여관에 드러누워 들으니 말이 마른 풀 뜯는 소리가 마치 비바람 부는 듯하였네.」(臥聞齕草風雨聲) 그 주에,

> 말뚝에 매어놓은 말이 풀을 씹는 소리를 자다가 꿈속에서 들으니 마치 먼 강에서 바람을 이끌어 오는 소리와 같더라.(櫪馬齕草, 睡夢閒聞之, 如遠江引風之聲)

라고 하였다. 퇴계는 주의 뜻도 아울러 취하여 「와문」(臥聞)의 허(虛)함을 「역마」(櫪馬)의 실(實)함으로 고쳤다. 의상(意象 : 心象)이 더욱 드러나고 밀도가 더욱 짙어졌다.

병, 그 구절을 조금 변화시킨 것

> 「창문 앞의 푸른 물은 차갑게 거울을 연 것 같고, 바위 위의 검푸른 소나무는 늙어 비늘이 쭈그러진 것 같네.」(窓前綠水寒開鏡, 石上蒼松老蹙鱗:〈聾巖先生愛日堂〉, 文集 권1)

위 구절은 소시의 「녹수담한경」(綠水澹寒鏡)을 조금 변화시킨 것인데 「澹寒鏡」은 정태(靜態)이기 때문에 「寒開鏡」으로 바꾸었다. 「開」 한 자로 드러내었기 때문에 곧 생동하는 맛이 있음을 느끼게 된다. 아래 구절은 소시 「송설간창린」(松雪看蒼鱗)을 조금 변

화시킨 것이다.

「어느 때에 벼슬 진흙같이 털어 버릴 것인가?」(何時官爵棄如泥: 〈丙申七月晦日與兄同宿西齋〉, 別集 권1)

는 소시 「기관여기니」(棄官如棄泥)를 조금 변화시킨 것이고,

「달빛은 천만 리나 비치는데 가는 털끝까지 분별할 수 있네.」(月色萬里纖毫分: 〈七月十三夜月〉, 文集 권2)

는 소시 「명월경경분추호」(明月耿耿分秋毫)를 조금 고친 것이다. 「경경」(耿耿)이란 글자는 허(虛)하나 「만리」(萬里)란 글자는 실(實)하다. 「추호」(秋毫)와 「섬호」(纖毫)는 같은 뜻이다. 「分秋毫」라고 하였다면 달이 「밝은 것」〔明〕을 알 수 있기 때문에 「耿耿」(밝고 밝다)은 군말이 될 것 같다. 이렇게 조금씩 고쳐 나가 글자마다 착실(着實)해지고 말을 허하게 놓은 것〔虛設〕이 없어진다.

정, 분명하게 전고(典故)를 끌어다 사용한 것

「동파 선인도 또한 가소로우니, 군수자리 빌어놓고 또 강다 하사하시기를 기다렸다네.」(坡仙亦可笑, 乞郡待綱茶: 〈後數日再用前韻〉, 別集 권1)

는 분명히 소시의 「걸군삼장자반사, 대사두강팔병다」(乞郡三章字半斜, 待賜頭綱八餠茶)를 끌어다 썼다.

「소동파 같은 신선 한 번 떠나간 후 몇 해나 되었던가? 예와 똑

같이 술잔 속에는 한 조각 달 떠있네.」(蘇仙一去幾今古, 依舊杯中一片月:〈十一日夜, 陪聾巖先生, 月下飮酒杏花下, 用東坡韻〉, 文集 권2)

는 분명히 소시 「권군차흡배중월」(勸君且吸盃中月)에서 끌어왔다.

무, 전고를 어렴풋이 취한 것

계수나무 노 저으며 부르는 소리 사라지자 회포는 아득아득, 새깃 옷 입은 신선 꿈에 보니 깔깔대며 크게 웃네.」(桂棹歌殘懷渺渺, 羽衣夢見笑呵呵:〈濯纓潭泛月〉, 文集 권3)

위 구절에서는 〈전적벽부(前赤壁賦)〉에 나오는 말을, 아래 구절에서는 〈후적벽부(後赤壁賦)〉에 나오는 말을 어렴풋이 사용하고 있다.

「옛날에는 여산을 비껴보고 옆으로만 볼 줄 알았더니」〔舊知橫側廬山面:〈入山〉, 文集 권3〕

는 소시 「횡간성령측성봉, 원근고저각부동. 불식여산진면목, 지연신재차산중.」(橫看成嶺側成峰, 遠近高低各不同. 不識廬山眞面目, 只緣身在此山中)에서 어렴풋이 사용하고 있다.

기, 전고를 취하기는 하였으나 반대로 사용한 것

「붉은 촛불 반드시 요뇨말의 울음을 재촉할 것은 없네.」(紅燭不須催騕褭:〈蓮亭小集〉, 文集 권1)

는 소시의 「홍촉조정시요뇨」(紅燭照庭嘶騕褭)를 반대로 사용하였다.

「만 휘나 되는 부질없는 시름 마치 눈 녹듯 하네.」(萬斛閒愁如沃雪: 〈十一日夜, 陪聾巖先生, 月下飮酒杏花下, 用東坡韻〉, 문집 권2)

는 소시 「만곡한수도사설」(萬斛閒愁都似雪)을 반대로 사용하였다.

경, 전수(全首)를 전고로 취한 것

玉人頩頰出天姿 옥인병협출천자	옥 같은 사람 뾰로통한 빰 하늘의 자태에서 나왔는데,
肯恐冰容不入時 긍공빙용불입시	걱정할 것 있으랴 얼음 같은 용모 시속에 들지 않음.
可笑坡仙嘲石老 가소파선조석로	소동파가 석연년 비웃음 가소롭기만 한데,
却緣花惱自成癡 각연화뇌자성치	오히려 꽃에 홀리어 절로 바보 되었다네.

(<題畫梅>, 續集 권2)

첫 구는 소시의 「옥인병협갱다자」(玉人頩頰更多姿)에서 겨우 두 자만 바꾸었다. 다음 구는 소시 「자공빙용불입시」(自恐冰容不入時)에서 겨우 한 자만 바꾸었다. 3, 4 두 구는 소시 「시로부지매격재, 갱간연엽여청지」(詩老不知梅格在, 更看緣葉與靑枝)에서 취하였다. 동파의 이 시에는 다음과 같은 자주(自註)가 붙어 있다.

석만경(이름 연년延年)의 〈홍매〉 시에 「복숭아꽃인가 보았더니 녹엽이 없고, 살구꽃인가 하였더니 푸른 가지가 있네.」라고 하였다. 나는 일찍이 이렇게 평하였다. 이 시는 고루한 표현이다. 촌

학당에서나 볼 수 있는 체다.

石曼卿紅梅詩云 : 「認桃無綠葉, 辨杏有青枝.」 坡嘗云 : 此至陋語, 村學堂中體也.

또 〔동파의〕 이런 매화시(梅花詩)도 있다.

東坡先生心已灰 동파선생심이회	동파선생의 마음은 이미 재같이 시들어졌네,
爲愛君詩被花惱 위애군시피화뇌	그대의 시가 꽃 때문에 시름겨워함을 사랑하다가 보니.[29]

신, 그 출처를 자주(自註)로 밝힌 것

傳杯聊遣興 전배료견흥	잔을 돌리며 오로지 근심을 흩어버리니,
魚蟹莫訝茶 어해막아차	어안이니 해안이니 하며 차를 평하지 마시게.

자주: 「동파의 <시원에서 차를 끓이며>라는 시에 『게의 눈이 이미 사라지고 물고기의 눈이 생기네.』라는 구절이 있다.」

自註 : 東坡<試院煎茶>詩, 有「蟹眼已過魚眼生」之句.

어안(魚眼 : 고기눈)과 해안(蟹眼 : 게눈)은 모두 물을 끓일 때 생기는 거품을 형용한 것인데, 어안은 크고 해안은 작다. 만약 이 주가 없다면 이 구절을 이해하는 데 자못 힘이 들 것이다.

29) ≪全書≫ 제4책, ≪退溪先生文集考證≫ 권8, 608쪽. 역주 : 위에서 인용한 2구는 소동파의 〈진태허(秦觀)의 매화시에 화답하다(和秦太虛梅花)〉라는 시에 나오는 구절인데, 이 ≪고증≫에서는 시제는 밝히지 않고 시구만 제시하고 있음.

因君起我江源興　　그대 때문에 내
인군기아강원흥　　　　강호의 흥 일으키니,
欲趁春風返舊耕　　봄바람에 어울려 틈타
욕진춘풍반구경　　　　옛날 밭 갈던 곳 돌아가고 싶네.

(<題柳彦遇河隈畫屛>, 文集 권5)

다음과 같은 소서(小序)가 있다.

일찍이 소동파의 〈금산사〉 시를 보니 「우리 집은 강물이 발원하는 곳인데, 벼슬살이 따라 바로 강물이 바다로 흘러들 듯 내려왔네.」라 하였고, 그 끝구에 「고향을 두고 못 돌아가니 한 번 내려오면 올라가지 못하는 강물과 같네.」라고 하였다. 지금 우리 두 사람의 일이 그와 서로 비슷하기 때문에 맨 뒤에다 아울러 언급하는 것이다.
嘗見東坡金山寺詩, 「我家江水初發源, 宦遊直送江入海」云云. 其末云, 「有田不歸如江水」, 今吾二人, 事與彼相類, 故最後幷及之.

「물가에는 이미 한 쌍의 오리 날았으니,」(水鄕先已雙鳧颺: 〈甲子六月望日, 陪郭明府, 與諸人避暑月川亭, 因泛風月潭〉, 外集 권1)
자주: 이날 곽영감 나리께서 먼저 이르렀으므로 소동파의 「물구름이 먼저 쌍오리를 날게 했다.」라는 말을 인용했다.
自註: 是日明府先至, 故用東坡「水雲先已颺雙鳧」之語.

「정자는 명승지를 택한 듯 가장 풍류가 넘치니,」(亭如擇勝最風流: 〈霞皐小亭. 名以漱石, 山奇水麗余甚樂之〉, 別集 권1)
자주: 동파가 일찍이 택승정을 지었다.
自註: 東坡嘗作擇勝亭.

이로 보면 비단 그 시만 좋아하였을 뿐만 아니라, 그 풍류(風流)도 역시 좋아하였다.

(4) 주자(朱子)

학자들은 퇴계의 학문을 주자학이라고 하는데, 이것은 그 이학(理學) 방면에 대하여 하는 말이다. 퇴계의 시에 대해서, 우리들은 비록 그것이 주자에게서 나왔다고 할 수는 없으나, 주자의 영향을 많이 받았다는 것은 재론할 필요가 없는 사실이다. 시험 삼아 〈이요루에서 동파의 황루 시를 차운하다(二樂樓, 次東坡黃樓詩)〉를 보면 다음과 같은 구절이 있다.

吾聞名教中 오문명교중	나는 들으니 인륜의 명분을 밝히는 가르침 가운데,
心法謹毫氂 심법근호리	마음을 수련하는 법은 사소한 것을 삼간다네.

이 시는 무신년에 지은 것이니 당시 48세였다. 소동파의 시에 화답하면서 심법(心法)에 대하여 언급한 것은 그 뜻이 소동파 쪽에는 적음을 말한다. 〈도연명집의 음주 시에 화답하다(和陶集飮酒)〉에도 다음과 같은 구절이 있다.

我思千載人 아사천재인	내 천년 성인 그리워하나니,
蘆峯建陽境 로봉건양경	노산 봉우리 건양 땅에 계셨다네.

이 시는 경술년, 나이 50세에 지은 것이다. 또 그 〈청명절에 계상서당에서 두보의 각운자를 사용하여(淸明溪上書堂次老杜韻)〉에서는 다음과 같이 말하였다.

補過希前垂至戒　　잘못을 고치고자 앞 성인들을 우러러보니
보과희전수지계　　　　지극한 훈계를 남기셨는데,
令人長憶紫陽翁　　사람으로 하여금 늘 기억나게 하네
령인장억자양옹　　　　자양산의 주자님을.

이 시는 신해년에 지은 것이니 그때 나이가 51세였다. 소동파의 시에 맞추어 지으면서도 뜻은 소동파에 있지 않았고, 도연명에 맞추어 지으면서도 주자를 생각하였으며, 두보 시에 맞추어 지으면서도 주자를 생각하였다. 그러니 퇴계가 사모하고 우러러보기를 그치지 않았던 이는 사실 주자가 그 목표였음을 알 수 있다. 무릇 사람의 감정이란 사랑하는 것〔愛之者〕이 좋아하는 것〔好之者〕만 같지 못하고 좋아함이 즐겨하는 것〔樂之者〕만 같지 못하다. 퇴계의 도연명, 두보, 소동파 삼가(三家)에 대한 태도는 좋아하고 사랑할 뿐이지만, 주자에 대한 태도는 사랑할 뿐만 아니라 또한 즐겨하기에 조금도 권태로움 없이 평생 한결 같았다. 그렇기 때문에 그가 주자 시에 화답한 시가 유난히 많다. 모두 아래 열거하는 8제 29수나 된다.

1. 〈주자께서 서림원에서 지으신 시의 각운자에 맞추어 2수. 3월에 월란암에 들어가서 잠시 머물다(和西林院詩韻 二首. 三月寓月瀾庵)〉 (文集 권1, 丁未)
2. 〈한가롭게 거처하며 ≪무이지≫를 읽고서 무이구곡의 뱃노래 시의 각운자에 맞추어 지은 시 10수(閒居讀武夷志次九曲櫂歌韻十首)〉 (文集 권1, 丁未)
3. 〈산에서 노닐며 있었던 일을 쓰다 12수. 주자의 운곡에서 읊은 여러 시의 각운자를 쓰다(遊山書事, 十二首 用雲谷雜詠韻)〉 (文集 권2, 乙卯)
4. 〈정존재 이담이 부쳐온 시의 각운자를 써서 짓다, 아호사 시의

각운자를 사용하여(次韻李靜存見寄, 用鵝湖韻)〉 (文集 권3, 乙卯)
5. 〈3월 3일, 회암선생께 한 일(一)자가 들어간 글자를 각운자에 넣은 예를 사용하여(三月三日, 用晦庵先生一字韻)〉 (文集 권4, 丙寅)
6. 〈동짓날 느낌이 있어, 회암선생의 10월 초하룻날 아침에 선친의 산소를 생각하다는 시의 각운자를 사용하여(至日有感, 用晦庵十月朔旦懷先壟韻)〉 (別集 권1, 丙午)
7. 〈3월 병중에 뜻을 적다, 회암 시의 운자로(三月病中言志, 晦庵詩韻)〉 (續集 권1, 癸卯)
8. 〈목욕하고 돌아가다라는 뜻을 담은 시의 운자로(浴歸韻)〉 (續集 권2, 庚申)

이상 화답한 시가 모두 29수인데, 그 가운데 오언고시가 15수, 칠언율시가 1수, 칠언절구가 13수이다. 퇴계의 시는 본래 칠언절구가 뛰어난 듯이 보인다. 그러나 그 화두(和杜), 화소(和蘇) 시 중에는 똑같이 칠언절구가 없고, 유독 화주(和朱) 시에만 칠언절구가 있는데, 이 점도 매우 완미(玩味)해 볼 만한 점이다. 대개 주시는 감정과 이치〔情理〕가 아울러 훌륭한데, 칠언절구는 성조(聲調)가 힘차고, 음절(音節)이 유창하여 비록 구두어(口頭語 : 어떤 사람이 담화할 때 관용하는 말)나 안전경(眼前景 : 눈앞에 벌어진 광경)을 모두 시에 담을 수 있고, 감정을 직서(直敍)하든지 혹은 의리(義理)를 천명하든지 간에 다같이 오언시에 비해서는 모두 우수하다. 또 퇴계는 칠언율시에 뛰어나고 감정과 이치가 깊었기 때문에, 주시에 화답한 시에서 칠언율시가 유독 많았다. 퇴계는 주자를 으뜸으로 섬겼기 때문에 그가 주자에게 화답한 시의 풍격(風格) 역시 매우 비슷하다. 여기 몇 가지 보기를 들면 다음과 같다.

〈서림원 시의 각운자에 맞추어(和西林院詩韻)〉 2수

似與春山宿契深 사여춘산숙계심	마치 봄 산과 옛날 약속이 깊었던 듯이,
今年芒屩又登臨 금년망교우등림	금년에도 짚신 신고 또 올라왔네.
空懷古寺重來感 공회고사중래감	하염없이 옛 절을 그리워함을 다시 오며 느끼게 되었지만,
詎識林中萬古心 거식림중만고심	어찌 알리오? 숲속에 담긴 만고에 변하지 않는 마음을.

從師學道寓禪林 종사학도우선림	스승을 좇아 도를 배우실 제 절간에 묵었었지,
壁上題詩感慨深 벽상제시감개심	벽 위에 적어둔 시 감개가 깊네.
寂寞海東千載後 적막해동천재후	적막하다, 해동 땅 천년 뒷날에,
自憐山月映孤衾 자련산월영고금	스스로 안타깝네, 산달이 외로운 이불에 비침을.

(文集 권1)

이 시에 대하여 살펴보면 다음과 같다. 주자는 소흥(紹興) 경신년(庚申年 : 1160) 겨울에 농서인(隴西人) 이연평(李延平) 선생을 배알하고 물러나와 서림원(西林院)의 유가(惟可) 스님의 집에 묵었다. 그때 〈서림원의 유가 스님의 달관헌에 적어둔다(題西林可師達觀軒)〉란 시를 지었다. 그 뒤 임오년(壬午年) 봄에 다시 연평선생을 건안(建安)에서 배알하고, 드디어 그를 따라 돌아와 또 서림원에 묵으며, 앞서 쓴 시와 똑같은 운으로 다시 시를 지은 것이 곧 퇴계가 화답한 전 1수의 원시(原詩)다. 주자는 별도로 〈서림원 유가 스님에게 보이노라(示西林可師)〉 2수를 썼는데, 퇴계가 화답한 후 1수는 곧 〈서림원 유가 스님에게 보이노라〉의 제2수이다. 주자의 원시는 다음과 같다.

〈똑같은 시를 다시 쓴다(再題)〉

古寺重來感慨深 고사중래감개심	옛 절에 다시 오니 감개 깊구나,
小軒仍是舊窺臨 소헌잉시구규림	조그마한 달관헌은 옛날 엿보고 오르던 그대로구나!
向來妙處今遺恨 향래묘처금유한	앞서 오묘하던 곳 지금 한스럽게 남았으니,
萬古長空一片心 만고장공일편심	언제나 늘 공허하구나, 나의 한 조각 마음이여![30]

(2수 중 후 1수)

30) 주자의 소서에서 다음과 같이 말하였다. 「소흥 경진년 겨울, 나는 농서〔李侗〕 선생을 와서 뵙고, 물러나서 서림사의 유가 스님 집에 묵으면서, 조석으로 왕래하면서 선생님에게 가르침을 받았다. 몇 달을 있다가 떠났다. ……임오년 봄에 다시 선생님을 건안에서 뵙고 좇아서 배운 이래 또 여기서 머문 지가 몇 달이나 되었다. 스님이 나를 싫어하지 않았기 때문이다. 또한 나는 그 전말을 적어 벽에다 붙이고자 하여, 옛날에 적어 붙여 놓았던 시를 떼어서 읽어보니 세월은 흘러갔으나 나의 마음에 이른 것은 조금도 진전이 없다. 이 때문에 재삼 탄식하고 스스로 글을 적지 않으려고 했다. 오직 스님이 한 수 적어 줄 것을 간곡히 청하므로, 사양할 수가 없어 이에 손으로 적어서 스님에게 주노라.」〔紹興庚辰冬, 予來謁隴西先生, 退而寓於西林院惟可師之舍, 以朝夕往來受教焉, 閱數月而後去. ……壬午春, 復拜先生於建安, 而從以來, 又舍于此者幾月, 師不予厭也. 且欲予書其本末置壁間, 因取舊詩讀之, 則歲月逝矣, 而予心之所至者, 未尺寸進焉, 爲之三歎自廢. 顧師請之勤勤, 不得辭, 於是手書授之.〕

〈서림원 유가 스님에게 보이노라(示西林可師)〉

幽居四畔只空林　그윽이 묵으니 사방이
유거사반지공림　빈 수풀뿐인데,
啼鳥落花春意深　우는 새 지는 꽃
제조락화춘의심　봄뜻이 깊었구나!
獨宿塵龕無夢寐　홀로 티끌 세상에 살며
독숙진감무몽매　꿈을 깨어나지 못하는데,
五更山月照寒衾　오경에 산 달만
오경산월조한금　찬 이불을 비추네.

(≪朱子大全≫ 권2)

퇴계가 화답한 전 1수의 「금년망교우등림」(今年芒屩又登臨)은 주시 「급천망교거등림」(急穿芒屩去登臨, 〈春日偶作〉) 및 「소헌잉시구규림」(小軒仍是舊窺臨) 2구에서 탈화(脫化)된 듯하다. 「공회고사중래감」(空懷古寺重來感)은 곧 주시 「고사중래감개심」(古寺重來感慨深)의 뜻이다. 「공회」(空懷)라고 말함으로써 그 그리워하는 뜻을 더욱 깊게 나타내었다. 「거식림중만고심」(詎識林中萬古心)은 곧 주자의 〈무이도가(武夷櫂歌)〉

林間有客無人識　숲 사이에 나그네 있으나
림간유객무인식　아무도 알지 못하고,
欸乃聲中萬古心　어기여차 뱃노래 소리 가운데
애내성중만고심　만고에 참된 마음 느끼네.

란 구절과 〈봄날에 우연히 짓다(春日偶作)〉

誰識乾坤造化心　누가 알리오? 하늘과 땅이
수식건곤조화심　조화된 마음을!

의 구법(句法)을 아울러 사용한 것이다. 퇴계가 화답한 후 1수의 전 2구는 주자의 〈서림원 유가 스님의 달관헌을 다시 쓴다(再題西林可師達觀軒)〉 시의 소서(小序)에 기술한 일을 사용하였고, 후 2구는 곧 퇴계가 동국〔朝鮮〕에 성리학자가 적음을 한탄하여 주시의 원구 「산월조한금」(山月照寒衾)의 뜻을 따다가 스스로의 감개를 붙이는데 매우 적절하게 사용한 것이다.

퇴계의 문집 가운데, 주자의 시에 화답한 시 중에는 〈구곡도가(九曲櫂歌)〉의 운을 그대로 쓴 10수가 자못 용의주도하게 된 것이다. 그는 〈기대승(奇大升)에게 보낸 편지(與奇明彥書)〉 가운데 일찍이 그 저작 의도를 다음과 같이 밝혔다.

> 저는 한가로운 틈을 타서 일찍이 ≪무이지≫를 읽고, 당시 여러 사람들이 주자의 〈무이도가〉에 화답한 것이 매우 많으나, 선생의 뜻을 깊이 체득한 사람은 없는 것 같음을 보았습니다. 또 일찍이 별도로 대개 (대개 槩자는 아마 서판 槧자로 되어야 옳을 듯함) 간행된 ≪도가시주≫를 보니 〈구곡〉 시의 차례를 학문을 닦아 도에 들어가는 차례대로 놓은 듯이 보았으나, 아마 선생의 본의는 이와 같이 구구하지는 않았을 것입니다. 또 저는 일찍이 이 〈도가〉에 화답하였는데, 지극히 외람된 일임을 느끼고 있으나, 굳이 주위의 사람들에게 숨길 것은 없어, 지금 기록하여 보내드리오니 훑어보고 틀린 것을 고치고 평해 주시기를 바랍니다. 그 중 제9곡은 절구 2수인데, 그중 주(註)의 뜻을 그대로 반영한 것은 옛날에 지은 것입니다. 뒤에 그 「更覓」 「除是」 등의 어의를 반복해서 생각해 보니, 꼭 그런 것 같지는 않아서 또 별도로 1수를 지었습니다.
>
> 滉閒中嘗讀武夷志, 見當時諸人和武夷櫂歌甚多, 似未有尋得先生意者. 又嘗見別槩(槩, 疑當作槧)所刊行櫂歌詩註以九曲詩首尾爲學問入道次第, 竊恐先生本意不如是苟苟也. 又滉嘗和櫂歌, 極知僭妄, 而

不敢有隱於左右，今錄寄呈．望賜訂評．其中第九曲有二絶，其用註意者，舊所作也．後來反復其更覓除是等語意，似爲不然，故又別作一首．

(文集 권16)

〔**역주**〕 ▒ 주의(註意): 원(元)나라의 진보(陳普)는 무이구곡에 대하여 다음과 같은 주를 달아 설명하였다. 즉 주자의 <무이도가> 구곡에서 붙인 뜻은 오로지 도(道)로 나아가는 차례를 설명한 것이지, 그 뜻이 다만 무이의 산수를 묘사함에 있었던 것은 아니다.(≪退溪先生文集考證≫ 권4 <答金成甫> 주에서 인용)
▒ 갱멱(更覓)·제시(除是): <무이도가> 제9곡에 나오는 말. 「九曲將窮眼豁然，桑麻雨露見平川．漁郞更覓桃源路，除是人間別有天.」(≪朱子大全≫ 권9)

퇴계는 당시 여러 사람들이 화답한 〈무이도가〉 시가 모두 주자의 본의(本意)를 깊이 체득하지 못하였으므로 자기가 한 번 화답해 보지 않을 수 없었다. 그가 화답한 제9곡은 일찍이 지은 절구 2수였는데 그 중에 앞서 지었던 절구 1수는 다음과 같다.

九曲來時却惘然 구 곡 래 시 각 망 연	구곡에 왔을 때는 도리어 망연해졌네.
眞源何許只斯川 진 원 하 허 지 사 천	참된 근원이 어찌 오직 이 물줄기뿐이랴.
寧須雨露桑麻外 녕 수 우 로 상 마 외	차라리 모름지기 일반 속세 밖에서도,
更問山中一線天 갱 문 산 중 일 선 천	다시 물을 수 있을 것이다, 산속에 보이는 한 가닥의 하늘을.31)

31) 이 시는 지금 통용되는 ≪퇴계집≫에는 실려 있지 않다. ≪全書≫ 제4책 ≪退溪文集考證≫ 권4, 518쪽에서 인용하였다.

이 구작(舊作) 시는 무이구곡의 주에서 밝힌 뜻을 그대로 적용하여 지었다. 첫 구절에서 공부하는 사람이 도를 찾아도 보이지 않기 때문에 도리어 망연해하는 감정을 표현하였다. 다음 구절에서는 「사천」(斯川)으로 진원(眞源 : 참된 근원)을 비유하였는데, 진원은 곧 자성(自性)의 본체(本體)이다. 후 2구는 「우로상마」(雨露桑麻)로서 본체의 현상을 비유하였다. 체(體 : 본체)는 용(用 : 실제 행위)을 통하여 드러난다. 이것이 곧 도(道)인데 반드시 별도로 딴 하늘을 구할 필요가 없다. 이것이 아마 퇴계가 처음 지은 시의 뜻일 것이다. 그 뒤에 또 다시 지은 시는 다음과 같다.

九曲山開只曠然 구곡산개지광연	아홉째 구비 들어서니 산 열리고 오직 훤하기만 한데,
人烟墟落俯長川 인연허락부장천	사는 사람 촌락에서 긴 시내를 굽어보네.
勸君莫道斯遊極 권군막도사유극	그대에게 권하노니 말하지 말라! 이 놀이가 다라고,
妙處猶須別一天 묘처유수별일천	묘한 곳 오히려 기다리고 있을 걸세, 별다른 세상에는!

(文集 권1)

산은 활짝 열리고 긴 냇물이 굽어보이며 사람들 사는 속세의 마을이 모두 눈 아래로 보인다. 그래서 훌륭한 경지는 여기만 있고, 별도로 오묘한 곳을 찾지 못할 것으로 생각한다. 여기서 사용한 비유는 스스로 학문을 해나가는데 깊이 연구하여 이치를 터득함이 있으며 시야가 확 트이고, 눈앞에 보이는 사리(事理)가 마음속으로 분명하게 이해되기 때문에 도가 여기서 끝나는 것으로 여기게 된다는 것이다. 그러나 모름지기 학문에는 그치는 경지란 있을 수 없고 도에는 끝이 없기 때문에 마땅히 정밀한 것에서 더욱 정밀함을 구해야 할 것이요, 더욱 오묘함을 찾아야 할 것이라는 것이 퇴계가 이 시를 고쳐 지은 뜻일 것이다.

그의 〈산에서 노닐며 있었던 일을 쓰다(遊山書事)〉 12수는 주자의 〈운곡잡영(雲谷雜詠)〉의 운을 그대로 사용한 것인데, 퇴계가 화답한 제가(諸家)의 시 가운데서는 이 시가 비교적 특수하다. 대개 이 시는 매 수에 오직 5언을 6구씩 사용하였는데, 퇴계가 지은 오언육구의 고시(古詩)는 이 12수 이외에 겨우 〈죽창〔安珽〕이 지은 시의 각운자를 써서 짓다(次竹囱韻)〉(續集 권1) 3수가 있을 뿐이다. 〈산에서 노닐며 있었던 일을 쓰다〉에는 그 제목에 〈등산(登山)〉, 〈치풍(値風)〉, 〈완월(玩月)〉, 〈사객(謝客)〉, 〈노농(勞農)〉, 〈강도(講道)〉, 〈회인(懷人)〉, 〈권유(倦遊)〉, 〈수서(修書)〉, 〈연좌(宴坐)〉, 〈하산(下山)〉, 〈환가(還家)〉 등이 있어 〈운곡잡영〉과 완전히 서로 같다. 이로 보아 그의 마음속에 주자를 본받고자 함이 얼마나 정성스러웠던가를 알 수 있다.

퇴계가 주자 시에 화답한 것을 살펴보면 가장 먼저 지은 것은 계묘(癸卯 : 〈三月病中言志〉) 43세 때 작품이고, 가장 늦은 것은 병인(丙寅 : 〈三月三日〉) 66세 때 작품이다. 전후 24년이나 오랜 기간 동안 계속한 것이니 도연명, 두보, 소동파에 비교해 보아도 훨씬 오래되었다고 하겠다. 이로써도 역시 그가 주자의 시를 독실하게 좋아함이 이상 삼가(三家)보다 훨씬 더했음을 알 수 있다. 그가 주자의 시를 독실하게 좋아하였음은 비단 유독 그 시에 화답만 하였을 뿐만 아니라, 또한 말로는 아낌없이 칭찬하였고, 더러는 주자의 시구로 사람들에게 증별시를 지어주기도 하였음을 볼 수 있다.

妙處自應從我得 묘처자응종아득	"묘한 곳 스스로 나의 마음으로부터 깨달아야 하리라" 한,

晦庵詩句爲君吟　　회암선생의 시 구절
회암시구위군음　　그대에게 읊어 주네.

(<湖南卞成溫秀才字汝潤來訪, 留數日而去>, 文集 권3)

윗 구는 주자의 〈차임택지(次林擇之)〉이며,

〔역주〕 ▒ 주자의 이 시와 퇴계의 위의 시에서 「妙處自應從我得」 7자는 똑같다.

折寄遙憐人似玉　　가지 꺾어 멀리 옥 같은
절기요련인사옥　　어여쁜 임에게 보낸다는,
晦庵詩句表深衷　　회암선생의 시 구절
회암시구표심충　　깊은 마음 표현하였다네.

(<前日靜存書末, 有「嶺梅吐芬時寄一枝」之語云云>, 外集 권1)

윗 구는 주자의 〈차유수야설후(次劉秀野雪後)〉의 시구 그대로이다.

혹, 주자의 시구를 끌어다 술회(述懷)한 것

一川風月要人看　　온 땅에 가득한 바람과 달을
일천풍월요인간　　사람으로 하여금 보게 만들고,
萬古青山依舊青　　만고에 푸른 산은
만고청산의구청　　옛날같이 늘 푸르네.

(<雨晴述懷>, 文集 권1)

윗 구는 주자의 〈기적계호장급유공보(寄籍溪胡丈及劉共父)〉 2수의 첫째 시의 끝구 그대로이고, 아래 구는 전제(前題) 2수의 둘째 시의 끝구에서 벗어나온 것이다. 주시 원구(原句)는 「만고에 푸른 산은 오직 푸르기만 하겠네.」〔萬古靑山只麽靑〕이다.

혹, 주자의 어록(語錄)을 시에 넣은 것

四兵耘草一兵遲 네 편으로 나누어 풀 매는데,
사병운초일병지 한 편은 느릿느릿,
捷手三兵共詑伊 손 빠른 세 편이
첩수삼병공타이 모두 그를 꾸짖네.

(<齋中偶書示諸君及安道孫>, 文集 권3)

〔**해제**〕≪주자어류(朱子語類)≫「선생이 병산서당에서 책을 읽는데, 하루는 여러 제자들과 함께 대에 올라 풀이 무성함을 보고, 몇 명씩 편을 갈라 네 조로 나누고, 각각 한 귀퉁이씩 풀을 매게 하였는데, 한쪽은 풀의 뿌리까지 뽑아가서 매는 속도가 매우 느렸다.」[先生讀書屛山書堂, 一日與諸生登臺, 見草盛, 命數兵分作四段, 各耘一角, 有一兵逐根拔去, 耘得不多.]

〔**역주**〕■ 타이(詑伊): 이(伊)는 2인칭 대명사로 쓰였음. ≪자휘(字彙)·인부(人部)≫「이는 또 피라고도 한다.」[伊, 又彼也.]

晦庵嘉訓尤深服 주자의 훌륭한 훈계
회암가훈우심복 더욱 깊이 감복되었으니,
二字丁寧只謹勤 두 글자 정녕
이자정녕지근근 삼가고 근면하라는 것뿐이네.

(<次韻山谷次郭右曹>, 別集 권1)

〔**해제**〕주자의 <아들에게 학문을 권하는 글(訓子從學帖)>「삼가고 근면하라는 두 글자는 그것을 따라서 올라가면 한없이 좋은 일이 있을 것이고, 그 이상 좋은 일이 없을 것이고, 그것을 어기고 내려가면 한 없이 나쁜 일이 생길 것이다.」[謹勤二字, 循之而上, 有無限好事, 而下有無限不好事.]

혹, 한 수의 시에 모두 주자의 전고(典故)를 사용한 것

臥雲庵裏存心法 와운암리존심법	와운암에서는 마음 보존하는 법 배웠다면,
觀善齋中日用功 관선재중일용공	관선재에서는 일용사물을 공부하였다네.
要識講明歸宿處 요식강명귀숙처	밝게 이야기한 결론을 알려고 한다면,
請將踐履驗吾躬 청장천리험오궁	부디 실천하여 내 몸으로 징험해 보기를.

(<示諸友>, 文集 권3)

〔**해제**〕 와운암은 ≪주자어류≫에서 등덕수(滕德粹)를 훈계한 곳에 보이며, 관선재는 <무이정사> 시를, 강명 천리에 관한 이야기는 <정윤부에게 답한 편지> 가운데 참고.[臥雲庵見語類訓滕德粹處, 觀善齋見武夷精舍詩, 講明踐履之說, 見答程允夫書中.]

〔**역주**〕 ▒ 와운암(臥雲庵): 주자가 등린(滕璘, 자는 德粹)에게 물음「어저께 와운암에서 무엇을 하였는가?」 인의 대답「돌아갔을 때에 날이 이미 저물어 책은 보지 못하고, 고요히 앉아[靜坐] 있었을 뿐입니다.」 주자께서 장횡거(張橫渠)의 육유설(六有說)을 들어서 설명하셨다.「말에는 가르침이 있고, 움직임에는 법이 있으며, 낮에는 하는 일이 있어야 하고, 밤에는 이치를 터득해야만 하며, 쉴 때는 기름이 있어야 하고, 눈 깜박하는 사이에도 마음에 지닌 바가 있어야 한다.」[言有敎, 動有法, 晝有爲, 宵有得, 息有養, 瞬有存] 하였으니, 비록 고요히 앉아 있어도 역시 마음 가운데 지키고 있는 바가 있어야 한다. 그렇지 않다면 산만해질 뿐이다.(≪주자어류≫)

▒ 강명(講明)·천리(踐履): 주자의 <정윤부에게 답한 편지(答程允夫書)>「연구하였거든 문득 실천에 옮겨야 바로 거둠이 있느니라.」[講了便將來踐履, 卽有歸宿.]

그 이외에도 주자의 시를 모의하거나 주자의 구절을 조금씩 변

화시킨 것은 더욱 많아 이루 다 헤아릴 수 없다. 어떤 사람의 저서를 읽으면 그 저자의 사람됨을 보고 싶어 하는 법이다. 퇴계는 주자에 대해서 더욱 이러한 뜻을 더욱 간절하게 나타내었다. 더러 그 학문을 다음과 같이 칭찬하기도 하였다.

朱門博約兩工程 주문박약량공정	주자 문하의 박문(博文)과 약례(約禮) 두 가지 공부,
百聖淵源到此明 백성연원도차명	온갖 성현의 연원 이에 이르러 밝아졌다네.

(<寄謝尹安東復>, 續集 권2)

雲谷書傳千聖心 운곡서전천성심	주자의 글은 여러 성인 마음 전수하여,
讀來如日破昏陰 독래여일파혼음	읽어보면 저 태양이 어두운 그늘 깨뜨리듯.

(<次韻金秀才士純>, 文集 권3)

若非雲谷千言鑑 약비운곡천언감	운곡의 천 마디 귀감 아니었더라면,
何異蘧廬一宿人 하이거려일숙인	여관에서 하루 묵는 나그네와 무엇이 다르리오?

(<易東書院示諸君>, 文集 권5)

雲谷遺書百世師 운곡유서백세사	주자님의 유서는 백대의 스승이라,
際天蟠地入毫絲 제천반지입호사	하늘에도 닿고 땅에도 서리고 털끝에도 다 들었네.

(<吳子强正字將行贈別>, 文集 권3)

學到能尋考亭緖 학도능심고정서	학문하여 고정의 실마리 찾아 이르려 하였으니,

方知河伯謾誇河　　바야흐로 황하의 신
방지하백만과하　　　　황하에서 오만하였음 알겠네.

(<舟行東歸, 南時甫追至大灘. 同行有絶句, 次韻>, 別集 권1)

〔**역주**〕 ▩ 고정(考亭): 복건성 건양현(建陽縣) 남쪽에 있는 지명임. 주자가 만년에 이곳에서 거처하며 죽림정사(竹林精舍)를 세우고 학문을 강론하였음.

혹, 주자와 육상산(陸象山)을 나란히 언급하면서 주자의 옳음과 육상산의 틀림을 드러낸 것

陸禪朱辯障橫流　　육구연의 선학(禪學)을 주자가 변론하여
륙선주변장횡류　　　　마구 흐름을 막았으니,
天下幾成盡爲劉　　천하에 몇 번이나
천하기성진위류　　　　유씨의 편이 되듯 주자를 따랐던가?

(<閒居次趙士敬·具景瑞·金舜擧·權景受諸人, 唱酬韻>, 文集 권2)

不信朱門還待陸　　주자의 학통 믿지 않고
불신주문환대륙　　　　오히려 육씨를 기대한다면,
沛然時雨望添霅　　줄기차게 때맞추어 내리는 비에
패연시우망첨삼　　　　가랑비 보탬이 되길 바라는 것이리!

[자주] 「삼은 가랑비다. 주자를 따르면 근본과 끝이 아울러 들리어 치우침이 없게 될 것이며, 육씨를 따른다면 지름길로 가려고 하다가 이교도의 학문으로 귀착되고 말 것이다.」
[霅, 小雨也. 從朱則本末兼擧而無偏, 從陸則欲徑而歸於異學.]

(위와 같음)

舊聞狂作聖　　옛날에 듣자니 미치광이 성인 된다 하였는데,
구문광작성

今見智歸愚　　이제 보니 슬기로운 사람 어리석음으로 돌아가네.
금견지귀우

邈邈朱山嶽　　주자의 높은 산 막막하기만 한데,
막 막 주 산 악

滔滔陸海湖　　육상산의 바다와 호수 도도하기만 하네.
도 도 륙 해 호

(<病中, 偶記前日無字韻和句, 錄呈存齋>, 文集 권5)

주자를 따르면 미친 자도 성인이 되고, 육상산을 따르면 지혜로운 자도 어리석어진다. 여기서는 주자학의 희미해짐을 탄식하고 육상산의 학이 물결을 일으킴을 슬퍼한 것이다.

혹, 그 풍모(風貌)를 사모하나 같은 때 태어나지 못했음을 한스러워 하는 것

不是仙山詫異靈　　신선산의 이상한 신령을 보고서
불 시 선 산 타 이 령　　놀란 것이 아니라,

滄洲遊跡想餘淸　　주자의 창주의 유적에서
창 주 유 적 상 여 청　　남은 향기가 생각되기 때문이네.

(<閒讀武夷志次九曲櫂歌韻>, 文集 卷1)

창주(滄洲)는 고정계(考亭溪) 안에 있는데, 주자가 자리를 잡아 고정을 짓고, 스스로 창주병수(滄洲病叟)라고 하였다.

如吾恨不執鞭去　　채찍 잡고 가지 못한
여 오 한 부 집 편 거　　이 몸이 한스럽구나,

試終石灘聯騎時　　석탄 따라 나란히 타고
시 종 석 탄 련 기 시　　갈 때 추억하네.

(<次韻金士純踏雪乘月登天淵臺>, 文集 권4)

여기서는 주자 시의 「도리어 말을 나란히 하여 석탄 지날 때 생각하겠지」〔却思聯騎石灘時, 〈後洞雪壓竹枝橫道〉〕를 이끌어 썼다.

一粟吾生海外身　　좁쌀 같은 이내 인생
일속오생해외신　　　바다 바깥에 있고,
可憐賢聖未同辰　　가련하도다 성현들과
가련현성미동진　　　때 같이 못했다네.

(<易東書院示諸君>, 文集 권5)

성현은 주자를 가리킨다. 퇴계의 이 시 아래 구 「운곡의 천 마디 귀감이 아니었다면」〔若非雲谷千言鑑〕을 보면 저절로 드러난다.

老艮歸來感晦翁　　늙은 간재(艮齋) 돌아오니
로간귀래감회옹　　　회옹 생각나는데,
託梅三復嘆羞同　　매화에 세 번 거듭 부탁하니
탁매삼부탄수동　　　같음 부끄러워함 탄식하네.
一杯勸汝今何得　　한 잔 그대에게 권하노니
일배권여금하득　　　지금 무엇 얻었는가?
千載相思淚點胸　　천 년 그리워하자니
천재상사루점흉　　　눈물만 가슴에 듣네.

(<陶山月夜, 詠梅>, 文集 권5)

이것은 주자의 〈여러 사람과 더불어 동파의 운을 사용하여 함께 매화를 두고 시를 지음(與諸人用東坡韻共賦梅花)〉 시를 전고(典故)로 이끌어 쓴 것이다. 그 시에는 「한 잔 술을 너에게 권함은 나의 뜻이 얕지 않음이니」(一杯勸汝吾不淺)란 구절이 있다.[32)]

32) ≪朱子大全≫ 권2에서는 다음과 같이 이르고 있다. 「여러 사람과 더불어 동파의 운을 사용하여 함께 매화를 두고 시를 지었다. 마침 원리의 편지를 받으니 그 사람이 그리워져서 다시 이를 지어 나의 뜻을 보내노라.」 시 가

요컨대 주자가 퇴계에게 준 영향은 지극히 광범하다고 하겠으나, 실은 사상 방면이 더 많을 것이다. 이 점은 도연명에게서 한정(閒情)을, 두보에게서 격률(格律)을, 소동파에게서 여사(麗辭)만을 주로 취한 점과는 다르다. 비록 그러하나 도정(陶情)·주사(朱思)·두격(杜格)·소사(蘇辭)라고 하더라도 퇴계가 이 네 사람에게서 법을 취한 것이 어찌 정〔感情〕·사〔思想〕·격〔格律〕·사〔麗辭〕 넷에만 그치겠는가? 여기서 적은 바는 그 큰 항목만 들어 약술한 것에 불과할 뿐이다. 두보는 「많은 스승에게 바꾸어 이익을 취하는 것이 그대의 스승이 된다.」〔轉益多師是汝師〕고 하였는데, 이 네 사람 이외에도 퇴계가 바꾸어 가며 배우고 널리 참고한 바가 실로 많을 것이다. 대개 시의 천지(天地)는 가장 넓고 시의 소제(素題)는 지극히 많다. 지름길을 취하지 않을 수 없고, 그 지름길로 취하는 것이 곧 연원이 된다. 다음과 같은 주정진(朱庭軫)의 말이야말로 정말 훌륭하다.

> 시를 잘 짓는 사람은 상하 고금에서 훌륭함을 취하고 나쁜 것을 버리며 정수를 흡수하고 껍데기는 버린다. 온갖 묘함을 융합하고 관통하여 나아가서 그것을 변화시켜 별도로 참된 자기를 형성함으로써 모든 시를 모아 집대성함을 구하게 된다.
> 善爲詩者, 上下古今, 取長棄短, 吸神髓而遺皮毛. 融貫衆妙, 出以變化, 別鑄眞我, 以求集詩之大成.[33)]

....

운데는 『부끄럽도다, 복사꽃 오얏꽃과 함께 봄빛에 아양 떪이, 해바라기 곽향 더불어 아침볕을 다투랴?』 『한 잔 술을 너에게 권함은 나의 뜻이 얕지 않음이니, 바라건대 너와 함께 지키고 싶구나, 산림에 숨어사는 뜻을 높이.』라는 구절이 있다.」〔與諸人用東坡韻, 共賦梅花, 適得元履書, 有懷其人, 因復賦此, 以寄意焉. 詩中有『羞同桃李媚春色, 敢與葵藿爭朝暾.』『一杯勸汝吾不淺, 要汝共保山林罇.』〕

위원리(魏元履)는 호가 간재(艮齋)였기 때문에 퇴계가 「간씨」〔老艮〕라고 하였다.

퇴계는 시에 대하여 「힘을 기울인 바가 자못 많았기 때문에」〔用力頗深〕 바탕으로 취한 것이 많았고 훈련을 쌓음이 오래되었다. 그렇기 때문에 능히 「여러 사람의 묘함을 융회관통하여, 별도로 참다운 나를 만들어 내어」〔融貫衆妙, 別鑄眞我〕 잡된 기운을 모두 씻어내고 스스로 일가(一家)를 이루었다.

33) ≪筱園詩話≫ 권1.

5

체식體式

퇴계의 시로 지금 전하는 것은 모두 9권, 2천여 수나 되니, 수량으로 본다면 중국의 시성(詩聖) 두보(杜甫)보다도 많다고 하겠다.[34] 그러나 두보의 시는 장편이 많고, 퇴계의 시는 절구(絶句)가 많기 때문에 수량상으로는 비록 두보보다 더 많다고 할지라도 편폭(篇幅)은 두보에 비하여 적다고 하겠다. 형식을 가지고 논하면 4언, 5언, 6언, 7언이 다 있다.(附表 1 참고) 4언은 27수로, 그중 26수는 모두 신유년(61세)에 지은 것인데, 오언잡영(五言雜詠) 26절구(絶句)의 매 시제(詩題) 밑에 붙어진 것이므로 단독으로 시장(詩章)을 이룰 수는 없다. 6언은 겨우 4수인데, 우연히 흥이 솟아날 때 지어본 것에 불과하다. 그렇기 때문에 그의 시는 오언과 칠언이 주가 된다. 그중에도 칠언이 오언보다 많고, 근체(近體)가 고체(古體)보다 많다.

고체만 가지고 본다면 오언고시가 칠언고시보다 많고 근체만 가지고 본다면, 칠언율시(律詩)가 오언율시보다 많으며, 칠언절구가 오언절구보다 많다. 그 가운데 칠언절구는 모두 1,117수나 되니, 전체 시의 2분의 1이나 된다. 이 한 가지로서도 퇴계가 즐겨 쓴 시체(詩體)가 무엇인지 알 수 있다. 칠언시 중에 또한 파자시(破字詩 : 한자의 자획을 풀어서 글자를 맞추는 수수께끼시) 절구 4수와(文集 권4), 〈조송강이 지은 회문시의 각운자를 써서 짓다

34) 조사해 보니 퇴계의 시는 모두 2,013수이다.(附表 二 퇴계시 통계 간표 참고) 두보의 시는 모두 1,405편이다.(≪杜工部集≫ 卷首에 실린 王洙의 서문에 의거함)

(次松岡回文韻, 회문이란 바로 거꾸로 세로 가로로 읽어도 뜻이 성립되는 시)〉 1수(別集 권1)는 유희로 지은 작품에 불과하지만, 시식(詩式)의 일종으로 넣을 수는 있다.

그의 칠언절구의 압운 중에는 더러 다음과 같이 변격(變格)을 쓴 것도 있다.

〈비가 개자 흥이 넘쳐(雨晴漫興)〉

雨罷閒雲矗遠空 우 파 한 운 촉 원 공	비 그치자 한가로운 구름 먼 하늘에 우뚝 솟았고,
碧溪靑嶂遶重重 벽 계 청 장 요 중 중	푸른 개울 파란 산봉우리 겹겹이 둘러싸고 있네.
我來獨坐溪邊石 아 래 독 좌 계 변 석	내 나와 홀로 시냇가 바위에 걸터앉아서는,
默數平沙古篆蹤 묵 수 평 사 고 전 종	잠자코 평평한 모래사장의 전자(篆字) 같은 자취 헤아려보네.

(別集 권1)

〔**역주**〕 ▒ 벽계청장(碧溪靑嶂): 송나라 소식(蘇軾)의 <건주의 여덟 경계를 그린 그림(虔州八境圖)> 「저녁 무렵 어부며 나무꾼 다 떠난 뒤에, 푸른 개울 파란 산봉우리 나정 둘러싸고 있네.」[薄暮漁樵人去盡, 碧溪靑嶂遶螺亭.]

▒ 평사고전(平沙古篆): 당나라 한유(韓愈)의 <성남에서 여러 구절씩 이어서 짓다(城南聯句)> 「모래 위의 전자도장 다시 평평해지네.」[沙篆印迴平.] ≪退溪先生文集攷證≫(이하 ≪고증≫으로 줄임) 권8 참고.

이 시의 첫 구〔首句〕에서 압운한 「공」(空)자는 상평성(上平聲)의 제1의 동운(東韻)이고, 다음 구에 압운한 중(重)자와 끝구에 압운한 종(蹤)자는 같이 상평성 제2의 운인 동운(冬韻)에 속한다. 운서(韻書)에서 보는 1「東」과 2「冬」은 서로 통용되는 통운

(通韻)이고, 고체시에 있어서는 서로 압운할 수 있다. 근체시에서도 서로 압운할 수 있는가 없는가 하는 문제는 모름지기 사정에 따라 결정된다. 퇴계의 이 시와 같이 수구(首句)에는 통운으로 압운하고, 2, 4 양 구는 본운(本韻)으로 압운하는 것은 절구의 변격이라고 하겠는데, 시가(詩家)는 이런 것을 「비안입군」(飛雁入群)이라고 부른다. 왜냐하면 수구에서 통운으로 압운하는 것은 마치 외로운 기러기가 홀로 나는 것과 같은데, 다음 구에서 본운으로 압운하여서 마치 외로운 기러기가 무리 가운데로 날아 돌아오는 것과 같기 때문에 「비안입군」이라고 부른다. 그러나 이러한 것은 반드시 수구를 통운으로 압운한 것이라야만 되지, 그렇지 않으면 곧 운에서 벗어나게 된다. 이러한 변격이 퇴계의 시 중에서는 드물지 않게 자주 보인다. 아래 예로 드는 2수는 이러한 것과 똑같은 유형이다.

〈집승정 시의 각운자를 쓰다, 절구 10수·산사의 저녁 종소리(次韻集勝亭, 十絶·山寺暮鐘)〉

薄暮禪居隱翠峯 박모선거은취봉	저물녘에 선방에 거처하자니 비취빛 봉우리 숨기고,
鐘聲來自有無中 종성래자유무중	종소리 있는 듯 없는 듯한 곳에서 이른다네.
倩工欲畫烟鐘景 천공욕화연종경	화공 써서 안개 낀 종루 경치 그리려는데,
其奈聲聲入太空 기내성성입태공	소리소리 하늘로 들어감을 어이하리.

(文集 권5)

〔역주〕 ▪ 집승정(集勝亭): 예천군(醴泉郡) 서쪽에 있음. ≪예천읍지(醴

泉邑誌)≫에 의하면 「이 정자는 동쪽으로 학수(鶴岫)를 대하고, 서쪽으로 봉산(鳳山)을 바라보며, 북쪽으로 덕봉(德峯)을 향하여 고개 숙이고 있으며, 굽어보면 맑은 못이 있어 가장 경치가 뛰어난 곳이다. 퇴계선생이 이곳을 읊은 절구 열 수는 중국에까지도 소문이 났다.」고 적혀 있음. ≪고증≫ 권3에서 옮김.

▪ 산사(山寺): 절 이름은 서악사(西岳寺). 예천군 서쪽에 있음. 위와 같음.

▪ 유무중(有無中): 당나라 왕유(王維)의 <한강임범(漢江臨帆)>이라는 시 「楚塞三湘接, 荊門九派通. 江流天地外, 山色有無中. 郡邑浮前浦, 波瀾動遠空. 襄陽好風日, 留醉與山翁」의 한 구절. 여기 인용한 퇴계의 이 시와 다음 시의 운자 중(中)·공(空)·옹(翁)은 모두 이 왕유의 시에서 사용되고 있음.

▪ 천공(倩工): 글자 그대로의 뜻은 일시적인 고용인, 임시 대서(代書) 고용인의 뜻. ≪大典會通·五·推斷≫.

〈안견이 그린 산수화첩에 적다(題安堅所畫山水帖)〉

山橫盾劒樹虯龍
산 횡 순 검 수 규 룡
산에는 방패와 검 걸쳐 있는 듯하고
나무는 이무기 같은데,

野水漫漫接遠空
야 수 만 만 접 원 공
들판의 물은 질펀하게
먼 하늘과 닿아 있네.

何許孤舟來晩泊
하 허 고 주 래 만 박
어디쯤에서 외로운 배
와서 저녁에 정박하는가?

無家無住一漁翁
무 가 무 주 일 어 옹
집도 머물 곳도 없이 떠도는
한 어부 늙은이 탔네.

(續集 권2)

〔역주〕 ▪ 안견(安堅): 자(字)는 가도(可度). 세종 때의 화가. 이 시는 8수 중 제2수임.

▪ 규룡(虯龍): 뿔 없는 용. 이무기.

이 두 수의 시에 압운한 「봉」(峯), 「용」(龍) 2자는 모두 상평성 제2의 동(冬)자 운에 속하며, 그 제2, 4구에 압운한 「중」(中), 「공」(空), 「옹」(翁) 석 자는 모두 상평성 제1의 동운(東韻)에 속한다. 동(東), 동(冬) 2운을 통용하여 압운한 것 이외에 또한 다음과 같은 것이 있다.

〈이중구에게 부쳐 주다(寄贈李仲久)〉

靜存贈我一丸朱 정존증아일환주	정존재 나에게 부쳐주었네 한 자루 붉은 먹,
我正昏眸欲廢書 아정혼모욕폐서	내 마침 눈 흐릿하여 책 읽기 그치려 하네.
結習未除時點染 결습미제시점염	좋아하는 취미 없앨 수 없어 이따금 점 찍으니,
山窓非是注蟲魚 산창비시주충어	도산의 창문에서 벌레나 물고기에 주석이나 다는 것은 아니라네.

(文集 권3)

〔역주〕 ▒ 이중구(李仲久): 퇴계의 제자. 이름은 이담(李湛), 호는 정존재(靜存齋). 퇴계보다 9세 연하로 한때 같은 관직에 재임하기도 했지만 끝내 후학으로 자처하며 질의하기를 그치지 않았음.

▒ 일환주(一丸朱): 주(朱)는 붉은 먹[朱墨]으로 한문 문장의 구두점을 찍거나 틀린 데를 고칠 때 사용함. 주묵은 호분(糊粉) 또는 연주(鉛朱)라고도 하며, 환(丸)은 먹 따위를 세는 데 쓰는 단위사임.

▒ 결습(結習): 불교용어로 인간세상의 번뇌와 욕망을 나타내는 말이었으나, 후에는 주로 몹시 좋아하여 버릴 수 없는 취미를 가리키는 말로 쓰이게 되었음.

▒ 점염(點染): 붓에 먹을 찍어 종이를 물들인다는 뜻으로, 그림을 그리거나 시문을 짓는 일을 가리킴.

▒ 충어(蟲魚): 고서에 대해서 번거롭게 고증을 늘어놓은 것을 비방하여 충어지학(蟲魚之學)이라고 함. 한유의 <황보식 공의 안원지 시를 읽고 그 뒤에 쓰다(讀皇甫湜公安園池詩書其後詩)> 「≪이아≫란 사전에

작은 벌레 이름, 작은 고기 이름 따위에 상세한 주를 다는 이는, 결코 기상이 큰 사람은 못될 것이다.」[爾雅注蟲魚, 定非磊落人.]

〈권경유 이상에게 답하여 드림(答寄權景由貳相)〉

同遊才傑騁亨衢 동유재걸빙형구	같이 놀던 뛰어난 재사들 모두 출세가도를 달렸으나,
柱國功名滿世譽 주국공명만세예	주국의 공명 그중에도 가장 세상의 명예를 독차지하였네.
朽鈍不堪雕鏤質 후둔불감조루질	낡고 둔한 나의 재주 바탕을 다듬을 것도 못되어,
山齋終日注蟲魚 산재종일주충어	산골 서당에 물러나 앉아 종일토록 옛날 책 주석이나 다네.

(續集 권2)

〔**역주**〕 ▒ 권경유(權景由): 중종 29년, 퇴계와 함께 식년과(式年科)에 급제하고 선조 때에 영의정을 지낸 권철(權轍). 경유는 자(字), 호는 쌍취헌(雙翠軒).

▒ 이상(貳相): 좌우찬성을 삼정승 다음간다는 뜻으로 일컫는 말.

▒ 동유(同遊): 같은 해에 과거에 급제함을 말함.

▒ 주국(柱國): 훈위(勳位)의 둘째 등급.

▒ 조루(雕鏤): ≪국어(國語)≫「흙과 나무를 가지고서는 높고 화려하게 다듬어 아름답게 만들 수 있다는 말을 듣지 못했다.」[不聞其以土木之崇高雕鏤.]

〈상산(象山)〉

象山淩跨自鵝湖 상산릉과자아호	육상산 주자 타고 오름은 아호에서부터 비롯되었으니,
狠執逾深極論餘 한집유심극론여	사납게 고집함 더욱 심하여졌다네 극심한 논쟁 끝에.

痛惻無如洪水患　　애통하게 슬퍼함 홍수의
통측무여홍수환　　　　근심 못지않았으니,
只今天下盡爲魚　　지금 천하의 사람들
지금천하진위어　　　　모두 물고기 되었다네.

(續集 권2)

〔역주〕 ▒ 상산(象山): 강서성(江西省) 귀계현(貴溪縣)에 있는 응천산(應天山). 송나라 철학자 육구연(陸九淵)이 여기서 공부하면서 산모양이 코끼리와 같다고 하여 상산(象山)으로 칭하고, 여기에 상산서원(象山書院)을 세웠기 때문에 세상 사람들이 육구연을 상산선생으로 부름. ▒ 아호(鵝湖): 산 이름. 강서성(江西省) 연산현(鉛山縣)에 있음. 산 위에 호수가 있는데, 호수에 연꽃이 많아 원래 하호산(荷湖山)이라고 하였으나, 진말(晉末)에 공(龔)씨라는 사람이 거위를 길렀다고 아호산으로 개명함. 남송 때 철학자 주희(朱熹), 여조겸(呂祖謙), 육구연 형제가 이 산 위에 있는 아호사(鵝湖寺)에서 학문 토론을 한 바 있고, 뒤에 이 산 위에 아호서원이 지어짐.

〈계상에서 김신중과 김돈서, 김사순, 금훈지, 우경선과 함께 ≪역학계몽≫을 읽고(溪上與金愼仲·惇敍·金士純·琴壎之·禹景善, 同讀啓蒙)〉

邵闢乾坤傳我朱　　소강절 선생 건곤 열어
소벽건곤전아주　　　　우리 주자님께 전하시니,
易中心髓洞玆書　　≪주역≫ 속의 깊은 정수
역중심수통자서　　　　이 책에서 통찰하셨네.
幾加硏索兼咨訪　　몇 번이나 거듭 연마하고 찾고
기가연색겸자방　　　　아울러 물으러 찾아다녔던가?
到老猶嫌術業疎　　늙어서도 오히려 혐오스럽네
도로유혐술업소　　　　학술 아직도 엉성함이.

(續集 권2)

〔역주〕 ▒ 김신중(金愼仲): 읍청정(挹淸亭) 김부의(金富儀)를 말함.

■ 돈서(惇叙): 설월당(雪月堂) 김부륜(金富倫)의 자.
■ 사순(士純): 학봉(鶴峯) 김성일(金誠一)의 자.
■ 훈지(壎之): 면진재(勉進齋) 금응훈(琴應壎)의 자.
■ 경선(景善): 추연(秋淵) 우성전(禹性傳)의 자.
■ 계몽(啓蒙): 주자의 ≪역학계몽(易學啟蒙)≫을 말함.
■ 소(邵): 북송의 도학자인 강절(康節) 소옹(邵雍)을 말함. 자는 요부(堯夫)로 안락(安樂)선생이라 불렸으며, ≪주역≫에 뛰어났음.
■ 건곤(乾坤): ≪주역≫의 이치를 풀이하는데 쓰는 괘 이름인데 ≪주역≫을 대표하여 말함.
■ 심수(心髓): 마음 깊숙한 곳을 말함.

이상 네 시의 첫 구에 압운한 「주」(朱), 「구」(衢), 「호」(湖) 세 자는 모두 상평성 제7 우(虞)에 들어가는 운이고, 그 2, 4구에 압운한 「서」(書), 「어」(魚), 「예」(譽), 「여」(餘), 「소」(疏) 다섯 자는 모두 상평성 제6 어(魚)에 들어가는 운이다. 첫 구에서 압운한 제7 우(虞)운은 통용되는 운〔通韻〕이고, 제6 어(魚)운은 본래의 운〔本韻〕이다. 한(寒), 산(刪) 양운이 통용되는 경우도 있는데 다음과 같다.

〈집승정 시의 각운자를 쓰다, 절구 열 수・긴 다리의 낙조(次韻集勝亭, 十絶・長橋落照)〉

古渡長橋入眼看 고도장교입안간	옛 나루터 긴 다리 눈에 들어와 보이고,
歸雲平遠暮鴉還 귀운평원모아환	돌아가는 구름 평평하고 먼데 저녁 까마귀 돌아오네.
主人登眺饒詩興 주인등조요시흥	주인 올라 바라보니 시 짓는 홍취 풍부한데,
思在明霞落照間 사재명하락조간	생각 밝은 놀과 낙조 사이에 있네.

(文集 권5)

〔역주〕 ▪ 장교(長橋): 서울의 나루터[京津] 하류에 있으며, 이름은 기위교(沂渭橋)라고 한다. ≪고증≫ 권3.
▪ 모아환(暮鴉還): 송나라 진사도(陳師道)의 <후호에서 저녁에 앉아(後湖晩坐)> 「앉아서 저녁 까마귀 돌아옴 기다리네.」[坐待莫鴉還.]

〈봄날 한가로이 지내다 마침 흥이 일다(春日閒居偶興)〉

朝來庭院尙輕寒 조래정원상경한	아침 되어도 뜰 여전히 쓸쓸한데,
日出空林鳥韻閒 일출공림조운한	빈 숲 사이에 해 떠오르니 새소리 한가로이 들리네.
細草無名多事在 세초무명다사재	이름 모를 잔풀들은 일이 많은 듯하고,
春風吹綠萬階間 춘풍취록만계간	봄바람은 푸르름을 온 섬돌에다 불어넣네.

(別集 권1)

〔역주〕 ▪ 경한(輕寒): 조금 추움, 쌀쌀함.
▪ 춘풍취록(春風吹綠): 당나라 맹교(孟郊) <연주를 3장으로 읊음(連州吟三章)> 「봄바람 아침저녁으로 일어, 푸르름 불어 날로 깊어지게 하네.」[春風朝夕起, 吹綠日日深.]

이 두 시의 첫 구에 압운한 「간」(看), 「한」(寒), 두 자는 모두 상평성 제14 한(寒)운이고, 그 2, 4 양구에 압운한 「환」(還), 「한」(閒), 「간」(間) 세 자는 다같이 상평성 제15 산(刪)운에 속한다. 또한 마(麻), 가(歌) 두 운을 통용하여 압운한 것도 있다.

〈가재(石蟹)〉

負石穿沙自有家 부석천사자유가	돌 지고 모래 뚫으니 절로 집이 되었고,

前行卻走足偏多　앞으로 갔다 뒤로 물러났다
전행각주족편다　　다리 많기도 하네.
生涯一掬山泉裏　평생을 한 움큼
생애일국산천리　　산의 샘물 안에 있으며,
不問江湖水幾何　강과 호수의 물
불문강호수기하　　얼마나 되는지 묻지 않는다네.

(續集 권1)

〈산사의 달밤(山寺月夜)〉

聞道花開不見花　꽃이 피었단 말은 들었는데
문도화개불견화　　꽃은 보지 못하고,
一春風雨病中過　온 봄바람과 빗속에서
일춘풍우병중과　　병치레로 지났다네.
今宵陡覺山家景　오늘 밤 갑자기
금소두각산가경　　고향 산의 경치 생각나니,
滿地淸光月似波　온 땅에는 맑은 빛 감돌고
만지청광월사파　　달은 흐르는 물결 같으리라.

(續集 권2)

〔**역주**〕 ▪ 두각(陡覺): 두각(斗覺)이라고도 하며, 「갑자기 깨닫다」라는 뜻임.

이 두 시의 첫 구에서 압운한 「가」(家), 「화」(花) 두 자는 모두 하평성 제6 마(痲)운이고, 그 2, 4 각 구에 압운한 「다」(多), 「하」(何), 「과」(過), 「파」(波) 네 자는 다 같이 하평성 제5 가(歌)운에 속한다. 우리들의 주의를 끌 만한 것은 곧 앞에 나온 게를 읊은 시인데, 이는 퇴계 나이 15세 때 작품이다. 이로 보아 그는 소년시대에 이미 「비안입군」(飛雁入羣)의 변격을 알고 있었음을 알 수 있다. 이러한 변격은 송나라 사람들의 시에 상용되고 있다.

동파의 시를 예로 들겠다.

〈오공탑(悟空塔) 앞의 큰 회나무(塔前古檜)〉

當年雙檜是雙童 당년쌍회시쌍동	당년의 두 회나무는 어린 쌍둥이였는데,
相對無言老更恭 상대무언로갱공	서로 보며 말이 없고 늙어가며 더욱 공손하네.
庭雪到腰埋不死 정설도요매불사	정원에 쌓인 눈 허리에 차도 죽지 않고,
如今化作兩蒼龍 여금화작량창룡	지금에는 변화하여 두 마리의 푸른 용이 되었네.

(≪東坡集≫ 권4)

〈구시에 지금 운자를 맞추어 담수 스님에게 드린다(擧舊詩次今韻呈曇秀)〉

春風何處不歸鴻 춘풍하처불귀홍	봄바람에 어느 곳인들 기러기 돌아가지 않으랴?
非復羸羊踏舊蹤 비부리양답구종	다시 파리한 양은 옛날 자취를 되밟지 않는가?
但願老師眞似月 단원로사진사월	오직 원하노니 스님께서는 정말 달님과 같으시기를,
誰家甕裡不相逢 수가옹리불상봉	누구 집 창문에서나 서로 만나지 않겠는가?

(≪東坡續集≫ 권2)

〈8월 15일 조수를 바라보다(八月十五日看潮)〉

萬人鼓噪懾吳儂
만인고조섭오농
천만 사람이 북을 치고 떠들면서
오나라 사람들을 겁나게 하니,

猶似浮江老阿童
유사부강로아동
뜬 강에 돌아다니는
늙은 아이들 같네.

欲識潮頭高幾許
욕식조두고기허
조수 머리 높이가 얼마나
되는지 알고자 하니,

越山渾在浪花中
월산혼재랑화중
월나라 산이 흔연히
거품 속에 숨어 버렸네.

(≪東坡集≫ 권5)

〈관령의 송어에 차운하며(次韻關令送魚)〉

擧網驚呼得巨魚
거망경호득거어
어망을 들고 놀라 부름은
큰 고기를 잡았기 때문,

饞涎不易忍流酥
참연불역인류소
탐나기는 정말 흐르는
타락죽과도 바꿀 수 없도다.

更煩赤脚長鬚老
갱번적각장수로
번갈아가며 맨발과
긴 수염을 바꿔 보냄에,

來趁西風十幅蒲
래진서풍십폭포
서풍이 불어온 틈을 타서
열 폭 저포를 보내노라.

(≪東坡集≫ 권10)

〔**역주**〕 ▪ 참연(饞涎): 굶주렸을 때 먹을 것을 보고 흘리는 침. 먹는 것을 탐내는 사람을 비유함.

▪ 적각(赤脚)·장수(長鬚): 한유의 <기노동(寄盧仝)> 시 「한 남자 종은 긴 수염을 가졌는데 머리를 싸매지도 못하였고, 한 여자 종은 맨발인데 늙어 이가 빠졌다.」[一奴長鬚不裹頭, 一婢赤脚老無齒.]

앞의 첫 수는 동(東)과 동(冬)을 통용해서 압운〔通押〕한 것이고, 제3수는 동(冬)과 동(東)을 통압(通押)한 것이며, 제4수는 어(魚)와 우(虞)를 통압한 것이다. 이러한 사정은 위에서 든 퇴계의 시에서 동(東)·동(冬)과 어(魚)·우(虞)를 통압한 사정과 서로 비슷하다.

퇴계의 시에는 별도로 일종의 압운 변격이 있는데 위에서 든 각 예와 정반대가 되는 것이 있으니, 곧 전식(前式) 수구(首句)에 압운한 통운(通韻)을 거꾸로 구말(句末)에다가 사용하는 것이다. 다음에 그 두 가지 보기를 든다.

〈신해년 7월 23일(辛亥七月二十三日)〉

連旬陰雨鎖秋山 수십 일을 내린 비가
련순음우쇄추산 가을 산을 묶어 놓으니,
溪漲洪波鬪石頑 시냇물 불어 큰 물결이
계창홍파투석완 돌을 사납게 두드리네.
咫尺溪堂歸不得 지척에 있는 시내 건너
지척계당귀부득 서당에 돌아갈 수 없으니,
滿床書怕蠹魚殘 책상 위에 가득한 책이 걱정되네,
만상서파두어잔 좀이나 치지 않았는지.

(別集 권1)

〈신해년 이른 봄에 수재인 조사경이 퇴계로 나를 찾았다. …… 같은 각운자를 써서 지어 감회를 풀다(辛亥早春, 趙秀才士敬, 訪余於退溪, 云云, 因次韻遣懷)〉

濫恩當日偶將通 은혜 넘쳐 그날
람은당일우장통 어쩌다 벼슬길 통하려 하다가,
隨分如今得返窮 분수 따라 지금에야
수분여금득반궁 궁함으로 돌아오게 되었다네.

自笑於人都不逮　스스로 웃네, 남보다
자소어인도불체　　조금도 미치지 못하면서,
嘐嘐援古欲追蹤　뜻 크게 옛것 잡고
교교원고욕추종　　자취 좇으려 했음을.

(外集 권1)

〔**역주**〕 ▪ 조수재사경(趙秀才士敬): 수재(秀才)는 원래 재능이 우수한 사람, 또는 그러한 인재로 고을에서 발탁된 사람이라는 뜻이지만, 후대에 와서는 모든 과거시험 응시자, 또 지방 학교의 학생들을 이렇게 불렀음. 사경(士敬)은 월천(月川) 조목(趙穆)의 자.
▪ 교교(嘐嘐): 뜻도 크고 소리도 큰 것. ≪맹자·진심(盡心) 하≫ 「그 뜻이 높고 크다.」[其志嘐嘐然.]

전 1수의 1, 2 양구에서 압운한 「산」(山), 「완」(頑) 두 자는 모두 상평성 제15 산(刪)운이고, 그 끝구에서 압운한 「잔」(殘)자는 상평성 제14 「한」(寒)운이다. 후 1수의 전 2구에서 압운한 「통」(通), 「궁」(窮) 2자는 모두 상평성 제1 동(東)운이고, 끝구에 압운한 「종」(從)자는 곧 상평성 제2 동(冬)운이다. 이 두 운은 제2구에서는 본래의 운대로 압운하여 기러기가 무리 가운데 있는 듯이 하였으나, 끝구에 가서는 통운을 사용하였으니 마치 기러기 한 마리가 무리를 떠나서 날아감과 같다. 그렇기 때문에 시인들은 이러한 것을 「비안출군」(飛雁出羣)이라고 하였다. 이러한 변격은 「비안입군」(飛雁入羣)에 비하면 훨씬 적다. 그래서 송나라 시인들의 시 중에도 이러한 예는 그리 많이 보이지 않는다. 여기서 동파의 시를 예로 들어 본다.

爛斑碎玉養菖蒲　알록달록한 옥 부스러기는
란반쇄옥양창포　　창포를 기르고,
一勺清泉養石盂　한 작의 맑은 물은
일작청천양석우　　돌바리에 가득하네.

淨几明窓書小楷　　깨끗한 책상 밝은 창 아래서
정궤명창서소해　　　　작은 해서를 쓰니,
便同爾雅注蟲魚　　곧 ≪이아≫란 사전에
편동이아주충어　　　　벌레 이름 고기 이름을 주 다는 듯하네.

(≪東坡續集≫ 권2)

〔**해제**〕 이 시의 제목은 <양주 수녕 땅의 대각 현공 스님의 절간 방에 들러서(過揚州壽寧大覺顯公房)>이다.

〔**역주**〕 ▒ 이아(爾雅): 앞에 나온 <이중구에게 부쳐 주다(寄贈李仲久)>의 역주 참조.

▒ 제2구에 「양자는 만자가 되어야 할 것 같다.」[養疑當作滿]는 원주가 붙어 있다.

이 시의 전 2구에서 압운한 「포」(蒲), 「우」(盂) 2자는 모두 상평성 제7 우(虞)운이고, 끝구에서 압운한 「어」(魚)자는 제6 어(魚)운이다. 소동파의 시 중에도 이러한 변격은 드문 것이다.

이상 양종(兩種) 칠절(七絶)의 변격은 퇴계시에서 나타나는 숫자와 압운하는 형편이 모두 소동파와 매우 비슷하다. 퇴계는 평소에 소동파의 시를 매우 즐기고 사랑하였으니 이러한 유사점은 우연이 아니라고 하겠다.

또 퇴계의 칠절 압운이 상술한 양종의 변격의 중간에 놓여 있는 것도 있으니, 다음과 같은 것이 그 예다.

〈3월 초8일에 홀로 신암에서 노닐다(三月初八日, 獨遊新巖)〉

杜鵑花發爛霞明　　두견화 피니
두견화발란하명　　　　찬란한 놀 빛나고,
翠壁中開作錦屛　　비취색 벽 가운데 열리어
취벽중개작금병　　　　비단 병풍 되었네.
滿耳泉聲仍坐久　　온 귀에 샘 소리뿐이라
만이천성잉좌구　　　　그냥 오래 앉았자니

洗來塵慮十分淸　　속세의 생각 씻어져서
세래진려십분청　　　　몹시도 개운하네.

(文集 권4)

〔해제〕 병인년, 선생 나이 68세에 지은 작품으로 같은 제목의 6수 중 제3수이다.

이 시 첫 구에서 압운한 「명」(明)자는 하평성 제8 경(庚)운이고, 다음 구의 「병」(屛)자는 제9 청(靑)운이며, 끝구의 「청」(淸)자는 또한 제8 경(庚)운이다. 첫 구와 끝구는 본운(本韻)으로 압운하고 다음 구는 통운으로 압운하는 이러한 사정을 시가들은 「출운(出韻)」이라고 규정하였다. 이러한 출운 현상은 옛사람들의 시 가운데 또한 그 예가 적지 않은데 배건여(裴虔餘)의 시 같은 것이 그 한 예이다.

滿額鵝黃金鏤衣　　이마에 가득한 예쁜 황색
만액아황금루의　　　　금실로 지은 옷,
翠翹浮動玉釵垂　　비취색 깃 떠서 움직이고
취교부동옥채수　　　　옥비녀 늘어졌네.
從敎水濺羅裙濕　　가령 물을 흘려
종교수천라군습　　　　비단 바지를 젖게 한다면,
疑是巫山行雨歸　　무산에 내리는 비를
의시무산행우귀　　　　돌아오게 했는가 의심스럽네.

〔역주〕 ▒ 무산행우(巫山行雨): 초나라 송옥(宋玉)의 <고당부(高唐賦)> 서문에 다음과 같은 말이 있다. 초 양왕(襄王)이 꿈속에 고당(高唐)에 가서 노닐었는데, 신녀(神女)와 함께 잠자리를 같이하였다. 떠나면서 그 신녀가 자기를 소개하기를 자기는 무산(巫山 : 四川省에 있음) 남쪽에 살고 있는데 「아침이면 구름이 되고, 저녁이면 비가 된다.」[旦爲行雲, 暮爲行雨]고 하였다. 이로부터 「무산」은 남녀가 은밀히 만나는 장

소, 「운우(雲雨)」는 남녀가 정사를 나눈다는 뜻으로 사용되었다.

이 시에서는 첫 구에서 압운한 「의」(衣)자는 상평성 제5 미(微)운이고, 다음 구에 압운한 「수」(垂)자는 상평성 제4 지(支)운이고, 끝구에서 사용한 「귀」(歸)자는 또한 상평성 제5 미(微)운이다. 시에서 압운하는 목적은 시를 읊조리고 노래함에 있다. 청(淸)나라의 오교(吳喬)는 「시는 목으로 노래 부르기 때문에 반드시 운이 있어야 하나 운은 말단적인 것이다.」〔詩入歌喉, 故須有韻, 韻乃其末務也〕라고 하였다.35)

그렇기 때문에 옛날 좋은 시는 흔히 입으로 발음하기에 적합하기만 하면 되고, 각운(脚韻)에 잘 들어맞지 않아도 그것이 훌륭한 시가 되는 데는 방해가 되지 않았다. 대개 시에 변격이 있는 것은 압운의 궁함을 구제하려는 것인데, 시인들은 잘 처리할 수 있는 것이나, 초학도(初學徒)들은 배울 만한 것이 못된다.

퇴계의 칠언절구의 평측에도 또한 변격을 사용한 예가 있다.

〈곤양에서. 어관포 선생이 지은 동주도원 열여섯 절구의 각운자를 써서 짓다(昆陽. 次魚灌圃, 東州道院十六絶)〉

野人結習在淸閒 야인결습재청한	야인의 고질병은 맑고 한적함에 있어,
不信居官能愛山 불신거관능애산	믿지 않았었네, 관직에 있어도 산을 사랑할 수 있음을.
誰識昆陽吏非吏 수식곤양리비리	누가 알리 곤양의 관리는 관리 같지 않아,

35) ≪圍爐詩話≫ 권1.

年年拄笏對孱顔　　해마다 홀을 턱에 괴고서
년 년 주 홀 대 잔 안　　　　높은 산 대함을.

(別集 권1)

〔**역주**〕 ▒ 곤양(昆陽): 지금의 경남 사천시에 통합된 옛 군(郡) 이름.

▒ 어관포(魚灌圃): 이름은 어득강(魚得江). 자는 자순(子舜) 또는 자유(子游)이며 달리 호를 혼돈산인(渾沌山人)이라고도 하였음. 연산군 때 태어나서 문과에 급제, 외직을 자청하여 각 지방 수령으로 전직하다가 중종 때 대사간(大司諫)에 이름. 뒤에 벼슬을 버리고 진주(晋州)로 돌아가 전원생활을 즐김. 퇴계가 그의 문집인 ≪관포집≫에 발문을 지어 주었음.

▒ 동주도원(東州道院): 어관포가 흥해군수(興海郡守)로 재직할 때에 동주도원을 만들고 절구시 16수를 지어 이를 노래하였는데, 거기에 화답한 좋은 시가 많았다. 퇴계의 이 시는 어관포가 뒤에 전직되어 곤양군수(昆陽郡守)로 재직할 때에 지어준 16수의 회답시 중 제3수이다. ≪퇴계집≫ 본시 소서(小序) 참조.

▒ 결습(結習): 불교용어로 인간세상의 욕망과 번뇌 등을 가리키는 말이며, 여기서는 몹시 좋아하여 버릴 수 없는 취미나 습관 등을 말함.

▒ 이비리(吏非吏): 송나라 진여의(陳與義)의 <진염과 함께 관아재에서 운자를 나누어 시를 짓는데 스스로 자 자를 얻다(同叔易于觀我齋分韻得自字)> 「딱 그대 관리이면서도 관리 아니라네.」[政爾吏非吏.]

▒ 주홀(拄笏): 주(拄)는 괸다는 뜻. 곧 홀을 뺨에 괴고 산을 바라본다는 뜻의 주홀간산(拄笏看山)을 말함. 관직에 있지만 마음은 한가함을 비유하는 말임.

▒ 잔안(孱顔): 산이 높고 험준한 모양. 참암(巉巖)과 같은 뜻. 소식(蘇軾)의 <협산사(峽山寺)> 시 「옷을 걷고서 험한 산을 걷네.」[攝衣步孱顔.]

이 시의 제3구는 마땅히 「仄仄平平平仄仄」이 되어야 하고, 그 제6자는 마땅히 측성(仄聲)이 되어야 하나, 평성인 비(非)자로 돌려썼기〔拗用〕 때문에 제5자는 측성인 「리」(吏)자를 돌려써서 구제하여 「仄仄平平仄平仄」의 구식을 이루었다. 그 마지막 3자는 평측이 서로 섞이어 억양이 교착하기 때문에 낭송할 때에 음절이 미묘하며, 「골격이 우뚝함」〔骨格峻峭〕이 나타난다. 다음의 두 가지 예 또한 이러한 식과 같다.

〈삼가현의 쌍명헌에서(三嘉雙明軒)〉

滴殘簷雪暮凄凄 처마에서 눈 녹은 물 떨어지니
적잔첨설모처처 저녁 쓸쓸하기만 하고,
古屋烟生一半低 옛집에선 연기 나와
고옥연생일반저 반이나 낮게 깔렸네.
自是南中有佳致 이곳의 남쪽에
자시남중유가치 아름다운 경치 있는데,
竹林多處翠禽啼 대나무 숲 곳곳에서는
죽림다처취금제 물총새 우지짖네.

(別集 권1)

〔**역주**〕 ▒ 삼가(三嘉): 지금의 합천시에 속한 옛 고을 이름. 쌍명헌은 이 현의 객관(客館) 동헌(東軒)이었음. ≪국역신증동국여지승람≫ 권4.
▒ 죽림다처(竹林多處): 당나라 백거이(白居易)의 <정처사의 집에 들르다(過鄭處士)> 「듣자하니 마을의 둑 사이로 옮겼다는데, 대나무 숲 많은 곳 홀로 문 열려 있네.」[聞道移居村塢間, 竹林多處獨開關.]

〈차운하여 이공간에게 답하다(次韻答李公幹)〉

曾嘗世味覺餘辛 내 일찍이 세상 맛 보고서
증상세미각여신 많은 괴로움 깨달아,
松鶴因緣遭色嗔 솔과 학 인연 삼으려다
송학인연조색진 성난 얼굴빛 만났다네.
留得青田好光景 푸른 밭 좋은 경관을
류득청전호광경 남겨두게 되었으니,
助君詩思發淸新 그대 시상에 청신함
조군시사발청신 나타내는 데 도움되리.

(別集 권1)

〔**해제**〕 이 시의 원문에는 다음과 같은 소주(小注)가 있다. 「공간은 이중량(李仲樑)이다. 이때 청송군수였다. 나는 일찍이 신병 때문에 청송(青松) 고을살이를 구하였으나 인사담당 관리[銓官]들이 몹시 준엄하게 거절하였다. 그리하여 배익신(裵益臣)을 『청송백학』(青松白鶴)이란 말로 희롱하여 불렀다.」 ≪고증≫ :「배익신은 정덕(正德) 임신 연간에 청송부사로 있었음」

〔**역주**〕 ▩ 청전(青田): ≪영가기(永嘉記)≫에는 「푸른 밭에 백학 한 쌍이 날아와 해마다 알을 품다가 새끼가 다 자라면 떠나간다.」[青田雙白鶴, 年年生伏, 子長便去]라는 말이 있고, 두보의 <가을날 기주에서 속마음을 읊어 비서감 정심과 태자빈객인 이지방에게 2백 구를 지어 부치다(秋日夔州詠懷, 奉寄鄭監審, 李賓客之芳一百韻)>에 「학 울었다 하면 모두 청전의 학이라네.」[鶴淚必青田]라는 말이 있음. ≪고증≫.

왕어양(王漁洋 : 사정士禎, 청나라 초기의 문인・학자)은 ≪율시정체(律詩定體)≫(1권, ≪清詩話≫에 수록)에서 다음과 같이 말하였다. 「무릇 제6자를 평성으로 돌려쓰는 경우에는 제5자는 반드시 측성으로 구제해야 한다.」〔凡第六字拗用平, 則第五字必用仄以救之〕 이러한 요구법(拗救法)은 문기(文氣)의 강도를 배가시킬 수 있고, 성조를 더욱 아름답게 할 수 있다. 두보의 근체시 중에서 이러한 식을 찾아볼 수 있다. 〈강남에서 이구년을 만남(江南逢李龜年)〉이란 시가 바로 이런 것이다.

岐王宅裏尋常見 기 왕 댁 리 심 상 견	기왕 댁에서 자주 만나보았고,
崔九堂前幾道聞 최 구 당 전 기 도 문	최구의 대청 앞에서 몇 번이나 그대의 노래를 들었던가?
正是江南好風景 정 시 강 남 호 풍 경	바야흐로 강남땅에 풍경이 아름다운데,
落花時節又逢君 락 화 시 절 우 봉 군	꽃 지는 계절에 또 그대 만났네.

(≪杜工部集≫ 권17)

〔역주〕 ▒ 기왕(岐王): 당 현종(玄宗)의 아우. 이구년은 당시 궁중에서 이름을 날리던 가수였음.
▒ 최구(崔九): 이름은 최척(崔滌). 당시 귀족의 한 사람으로 최구는 최씨 집의 같은 항렬 사람 중 아홉 번째 사람이란 뜻.

퇴계의 「유득청전호광경」(留得青田好光景)이라는 구절은 두보의 「정시강남호풍경」(正是江南好風景)이란 구절과 구식이 서로 같다. 더욱이 끝에 3자 「호광경」(好光景)과 「호풍경」(好風景)은 비록 풍광의 다름은 있으나, 뜻에는 다름이 결코 없다. 생각건대 퇴계는 두보의 「호풍경」이란 말과 꼭 같이 쓰는 것을 피해서 광(光)자로 바꾸어 쓴 것이 아닌가 싶다. 그러나 그가 모의(模擬)한 흔적은 끝내 감출 수는 없다.

퇴계의 율시는 모두 553수나 되는데 수량으로 말하면 절구 다음이라고 할 수 있다. 그 중에 칠언율시가 381수에 달하며, 두보와 비교해 보아도 훨씬 많으니 그가 여기에 관심이 많았음을 볼 수 있다.[36] 퇴계는 칠언율시에서 두보를 가장 많이 따랐는데, 그 용운(用韻)은 절구에 비하여 더욱 엄격하지만, 지극히 엄격한 가운데서도 또한 변통(變通)된 곳이 있으니, 다음에 열거하는 것과 같은 두 수의 시가 있다.

〈정유일의 한거 시에 화답하여 · 물고기를 낚음(和子中閒居 · 釣魚)〉

淸時多病早投閑 청시다병조투한	태평성세에 병이 많아 일찍이 한가한 데 던져지니,
萬事漁竿本不干 만사어간본불간	세상 온갖 일 낚시로 고기나 낚으며 애당초 간섭하지 않네.

36) 두보는 칠언율시가 모두 159수이며, 퇴계는 칠률이 두보보다 222수나 많다.

小艇弄殘宜月宿　작은 배 젓다 두고
소정롱잔의월숙　　달빛에 잠도 자고,

寒絲收罷任風餐　차가운 낚싯줄 거두어 두고
한사수파임풍찬　　바람 앞에 밥도 먹는다네.

荻花楓葉深秋岸　억새꽃 단풍잎
적화풍엽심추안　　가을 언덕 깊어가고,

篛笠蓑衣細雨灘　대 삿갓 도롱이 쓰고 있으니
약립사의세우탄　　가랑비 여울에 내리네.

可笑從前閑失脚　우습구나, 예전에 어쩌다
가소종전한실각　　발 잘못 디디어,

軟紅塵土沒高冠　연한 붉은 흙먼지 속에
연홍진토몰고관　　검은 갓 빠뜨렸으니.

(文集 권3)

〔역주〕 ▒ 청시(淸時): 청평지시(淸平之時), 곧 세상이 잘 다스려지는 태평성세를 말함.

▒ 투한(投閑): 당나라 한유(韓愈)의 <학문에 나아감을 비방하는데 대한 해명(進學解)>에 「한직에 던져두고 산직에 놓아주는 것(投閑置散)이 곧 분수에 알맞다」라는 말이 나오는데, 「치한(置閑)」이라고도 함.

▒ 적화풍엽심추안(荻花楓葉深秋岸): 당나라 백거이(白居易)의 <비파인(琵琶引)> 시 「심양의 강가에서 밤에 나그네 보내려니, 단풍잎이며 억새꽃에 가을 쓸쓸하기만 하네.」[潯陽江頭夜送客, 楓葉荻花秋索索] 구에서 차용한 듯함.

▒ 약(篛): 약(箬)이라고도 하며, 대를 엮어 만든 삿갓을 말함.

▒ 연홍(軟紅): 연홍(輭紅)이라고도 하며 번화하고 시끌벅적한 것을 비유하는 말임.

▒ 고관(高冠): ≪퇴계잡영≫에는 오관(烏冠)으로 되어 있음. 오관은 관복에 맞춰 쓰는 검은 모자를 말함. 중국에서는 오사모(烏紗帽)라 하였음.

〈경주부윤 이강이에게 드림(贈慶州府尹李剛而)〉

千里關河再動轓
천 리 관 하 재 동 번
천리나 되는 관문과 하천을
수레 거듭 움직이시어,

不辭重險爲停雲
불 사 중 험 위 정 운
겹쳐진 험난함 사양치 않는 것은
멈춘 구름 때문이라네.

交情淡淡明霜在
교 정 담 담 명 상 재
사귄 정 담담하여
밝은 서리처럼 남아 있으나,

世事茫茫白髮紛
세 사 망 망 백 발 분
세상일 아득하고 아득하게 흘러가
백발만 분분하게 되었네.

此日陶山猶阻我
차 일 도 산 유 조 아
이날은 도산이
오히려 나를 막았으니,

他年泗水幾思君
타 년 사 수 기 사 군
훗날 사수 곁으로 내 마음 내달아
그대 몇 번이나 생각할는지?

好歸努力崇明德
호 귀 노 력 숭 명 덕
잘 돌아가 힘쓰시어
밝은 덕 높이게나,

只在躬行不在文
지 재 궁 행 부 재 문
다만 몸소 실천함에 있지
글에 있음 아니라네.

(文集 권3)

〔역주〕 ▒ 이강이(李剛而): 이름은 이정(李楨). 호는 구암(龜巖). 경남 사천(泗川)에 거주. 퇴계선생보다 11세 연하의 제자로 송나라 이후의 유학자들의 저서를 많이 간행함. 이 시에는 원래 다음과 같은 설명이 붙어 있음. 「강이(剛而)가 큰비를 무릅쓰고 두 차례나 행차하여 나를 찾아보고자 하였으나, 앞서는 길이 끊어져 돌아가고, 지금 겨우 예까지 왔으나, 나의 강변 집이 또한 물로 막혔다. 하는 수 없이 내가 예안현관(縣館)으로 나아가 맞이해 보고 함께 자고, 그 다음날 이 시 두 수를 지어 주었다.」 이 시는 그중 제1수로, 신유년 61세 작(作)이다.

▒ 정운(停雲): 정(停)은 엉기어 흩어지지 않는다는 뜻임. 도연명 시 <멈추어 움직이지 않는 구름(停雲)>의 서문에 「멈추어 움직이지 않는 구름은 친한 벗을 생각함이다.」[停雲, 思親友也]라고 하였음. 《고증》 권2.

▪ 명상(明霜): 남조(南朝) 송(宋) 포조(鮑照)의 시 <환도국호(還都國號)> 「흰 서리는 돌아갈 계절을 급히 재촉하고, 그윽한 구름은 하늘 모습 처참하게 만든다.」[明霜急歸節, 幽雲慘天容.] 서리는 흔히 귀밑 살쩍 털[鬢]이 흰 것에 비유함.
▪ 사수(泗水): 이정의 본관이 사천(泗川)이므로 이렇게 말하였음.
▪ 숭명덕(崇明德): 고시(古詩) 「원하노니 밝은 덕 높이소서.」[願言崇明德.] 상동.

앞 시의 제1구에 압운한 「한(閒)」자는 상평성 제15 산(刪)운이고, 그 2, 4, 6, 8 각 구에 압운한 「간」(干), 「찬」(餐), 「탄」(灘), 「관」(冠) 넉 자는 다 같이 상평성 제14 한(寒)운에 속한다. 뒤 시의 제1구에 압운한 「번」(幡)자는 상평성 제13 원(元)운이고, 그 2, 4, 6, 8 각 구에 압운한 「운」(雲), 「분」(紛), 「군」(君), 「문」(文) 넉 자는 다 같이 상평성 제12 문(文)운에 속한다. 「한」(寒)과 「산」(刪), 「문」(文)과 「원」(元)은 모두 통운이다. 제1구에는 통운으로 압운하고 기타 4구는 본운으로 압운하는 이러한 사정은 이 글 앞에서 논한 칠절(七絕)의 「비안입군」 식과 서로 같은데 칠절 양구만 본운으로 압운하는 것이 괜찮다면, 이 4구을 본운으로 압운하는 것도 불가능할 게 없을 것이다. 다음에 드는 시는 이런 시들과는 교묘하게 정반대되는 예다.

〈9월에 서울로 가는데 25일에야 비로소 험한 길을 벗어나 유신현에 다다르다(九月如京, 卄五日, 始出險, 抵惟新)〉

一路迢迢接玉京　　한 길 까마득히
일로초초접옥경　　　　서울과 맞닿아 있는데,
多山多水儘難行　　산 많고 물 많아
다산다수진난행　　　　모두 가기 어렵네.

他鄕到處厭機巧　타향 이르는 곳마다
타향도처염기교　　교묘하게 속이는 것 싫증나고,
逆客逢時知物情　나그네 맞아보고 때 만나니
역객봉시지물정　　사물의 실정 알겠네.
霜氣曉侵喬嶽冷　서리 기운 새벽에 스미니
상기효침교악랭　　높은 산 싸늘하고,
鴈行遙帶片雲橫　기러기 행렬은 멀리
안항요대편운횡　　조각구름에 가로 걸쳐 있네.
向來丘壑風流事　지금까지 언덕과 골짜기에서
향래구학풍류사　　풍류 즐겼던 일,
回首無言倚驛亭　고개 돌려 힘없이 회상하며
회수무언의역정　　역의 정자에 기대어 있네.

(文集 권2)

〔해제〕 ≪연보≫에 의거하면 무오년(선생 나이 58세) 9월에 부름을 받고 서울로 들어와서 10월에 성균관 대사성에 임명되었다. 이보다 앞서 대신들이 경연에서 임금께 선생에게 서울의 벼슬을 주게 할 것과 감사로 하여금 말하여 올려 보내게 할 것을 청하였다. 선생이 상소하고 벼슬을 사양하기를 빌었으나, 임금이 허락하지 않자 드디어 명령을 받들어 서쪽을 향하여 길을 떠났던 것이다. ≪고증≫ 권2.

〔역주〕 ▒ 유신(惟新): 명종 때 이홍윤(李洪胤)의 역모 사건으로 충주목(忠州牧)을 유신현으로 강등시킴. 상동 참조.

▒ 옥경(玉京): 이백의 시[經亂離後流夜郞]에 「하늘 위에는 흰 옥 같은 서울 있는데 ….」[天上白玉京] 구가 있음.

▒ 기교(機巧): 영민(靈敏)하여 교묘한 생각이 있음. ≪후한서(後漢書)·장형전(張衡傳)≫ 「장형은 생각이 빠르고 교묘하며 더욱 천문에 관하여 생각이 미치었다.」[衡善機巧, 尤致思于天文.]

▒ 역객(逆客): 「역」(逆)자는 「영」(迎)자의 뜻으로 쓰임. 이백(李白)의 <춘야연도리원서(春夜宴桃李園序)> 「대저 천지라는 것은 만물을 맞이하는 여관이다.」[夫天地者, 萬物之逆旅.]

▒ 구학(丘壑): 은퇴하여 재야에 파묻혀 지내면서 자연을 즐기는 것을 말함. ≪한서(漢書)·서전(敍傳)≫에 나오는 반사(班嗣 : 班固의 당숙)의 말

「한 언덕에서 낚시를 하고 있으면 만물이 그 뜻을 간섭할 수 없고, 한 골짜기에서 여유있게 안식을 취하고 있으면 온 천하도 그 즐거움을 바꿀 수 없다.」[漁釣於一丘則萬物不能干其志, 棲遲於一壑則天下不能易其樂.]

이 시에서 1, 2, 4, 6 각 구에서 압운한 「경」(京), 「행」(行), 「정」(情), 「횡」(橫) 넉 자는 모두 하평성 제8 경(庚)운에 속하고 끝구에서 압운한 「정」(亭)자는 하평성 제9 청(靑)운에 속한다. 이것은 앞에서 논한 칠절의 「비안출군」 식과 서로 같다. 이러한 변격은 역시 「비안입군」보다는 적다.

퇴계의 칠언율시는 두보 시를 많이 따랐다. 두보의 칠언율시는 159수(首)인데 요구(拗句 : 정해진 평측을 변화시켜 지은 시구)가 무릇 열아홉 번이나 나온다. 퇴계의 칠언율시에도 또한 요구가 적지 않는데, 요구의 작용은 고평(孤平 : 평성 한 자가 앞뒤 측성 사이에 끼이는 것)을 피하게 하여 성조를 생동감 나게 들리게 함에 있다. 요구의 성조에서 중요한 것은 구말(句末) 3자에 있는데, 이 3자는 「仄平仄」이거나 「平仄平」 두 가지뿐이다. 퇴계의 칠률 중 「平仄平」으로 요용(拗用)한 것은 다음과 같다.

山巖情性鹿麋同　　산과 바위 좋아하는 나의 성질
산암정성록미동　　　　노루 사슴과 같아서,
自分年來天放翁　　스스로 인정하네, 근래에는
자분년래천방옹　　　　하늘이 풀어놓은 늙은이 되었음을.

(<冒雨入用安驛>, 文集 권2)

有客同心期不來　　뜻을 같이하는 손님
유객동심기불래　　　　언약하고 아니 오니,

孤節延佇白雲堆　　외로운 막대 구름 속에
고 공 연 저 백 운 퇴　　서성대며 기다리네.

(<陶山訪梅, 緣被去冬, 寒甚蘂傷, 殘芳晩發, 憔悴可憐, 爲之歎息, 賦此>, 文集 권3)

이상 「자분년래천방옹」(自分年來天放翁)과 「유객동심기불래」(有客同心期不來) 2구는 모두 마땅히 「仄仄平平仄仄平」이 되어야 한다. 그 제5자는 마땅히 측성이 되어야 하나, 퇴계는 평성인 「천」(天)과 「기」(期) 두 자를 요용하여 「仄仄平平平仄平」으로 바꾸었다. 이러한 요구는 읽는데 결코 입에 어그러짐이 없기 때문에 두보의 시 가운데 상용되고 있다. 〔두보의〕 〈촉상(蜀相)〉의 「승상사당하처심」(丞相祠堂何處尋), 〈추흥(秋興)〉의 「옥로조상풍수림」(玉露凋傷楓樹林), 「유향전경심사위」(劉向傳經心事違), 「승로금경소한간」(承露金莖霄漢間) 등 구가 바로 이러한 예에 해당한다.

그 끝구에 「仄平仄」을 요용한 것은 또한 평기식(平起式 : 제1구의 제2자를 평성으로 시작하는 시구)과 측기식(仄起式 : 평기식의 반대, 제2자를 측성으로 시작) 두 가지로 나눌 수가 있는데, 평기식은 다음과 같다.

橫空飛雨一時變　　하늘을 가로질러 날던 빗방울
횡 공 비 우 일 시 변　　일시에 그치니,
入眼長江萬古流　　눈앞에 들어오는 긴 강물
입 안 장 강 만 고 류　　영원히 흐르네.

(<矗石樓>, 文集 권1)

風雲動處有神助　　바람일고 구름 움직이는 곳에는
풍 운 동 처 유 신 조　　시를 짓도록 귀신이 돕고,

葷血消時絶俗音　묵은 피 녹을 때
훈혈소시절속음
속된 노래 끊어지네.
(<吟詩>, 文集 권3)

이상 「횡공비우일시변」(橫空飛雨一時變), 「풍운동처유신조」(風雲動處有神助) 2구는 모두 마땅히 「平平仄仄平平仄」이 되어야 하고 그 제5자는 마땅히 평성이 되어야 하나, 이 2구는 측성인 「일」(一)과 「유」(有)를 각각 사용하여 「平平平仄仄平仄」 「平平仄仄仄平仄」의 구식이 되었다. 그 측기식은 다음과 같다.

錦帳圍將廣寒月　비단 장막은 에워싸고 있네,
금장위장광한월
광한전(廣漢殿)의 달을.
玉簫吹入太清烟　옥퉁소 소리는 흘러들어 가는구나
옥소취입태청연
하늘 안개 자욱한 곳으로.
(<嶺南樓>, 文集 권1)

暫出瀛洲弄烟艇　잠시 영주를 벗어 나와서
잠출영주롱연정
안개 낀 배를 타고 놂이,
何如耕釣赴初盟　밭 갈고 낚시하고자 하였던 당초의
하여경조부초맹
맹서를 지키려 함과 비교하여 어떤가?
(<夕霽舟上示應霖·景說>, 文集 권1)

이상 「금장위장광한월」(錦帳圍將廣寒月), 「잠출영주롱연정」(暫出瀛洲弄烟艇) 2구는 모두 마땅히 「仄仄平平平仄仄」이 되어야 하고, 그 제6자는 마땅히 측성이 되어야 할 것이나, 여기서는 평성인 「한」(寒), 「연」(烟)자를 요용하고 제5자에서는 「광」(廣), 「롱」(弄)을 요용하여 그것을 구제하여 「仄仄平平仄平仄」인 구식(句式)을 만들고 있다. 두보의 〈곡강(曲江)〉의 「전어풍광공류전」(傳語風

光共流轉), 〈추흥(秋興)〉의 「서망요지강왕모」(西望瑤池降王母) 등의 구도 모두 이러한 예이다. 이 외에도 이의산(李義山 : 이름은 상은商隱, 당나라 말의 시인)의 「직도상사료무익」(直道相思了無益)(〈無題〉), 왕지환(王之渙)의 「강적하수원양류」(羌笛何須怨楊柳)(〈出塞〉) 따위가 모두 이러한 예이다. 이상 평기식은 제5자에 마땅히 평성을 사용해야만 하는데 측성을 쓰기 때문에 어떻게 구제할 도리가 없다. 측기식은 제6자를 평성으로 바꾸어 사용하면, 제5자는 반드시 측성을 사용하여 서로 구제할 수 있고, 그렇지 않으면 곧 낙조(落調)가 된다.

이상 열거한 각 예는 모두 단요(單拗 : 한 구절 안에서 평측을 앞뒤 한 자씩 서로 바꾸어 씀)이고 또한 쌍요(雙拗 : 한 쌍이 되는 두 구절에서 각기 앞뒤 한 자씩 서로 바꾸어 씀)도 있다. 칠언 쌍요의 출구(出句 : 한 쌍의 시구 중 앞 구절을 말함. 뒤 구절은 대구對句라 함)는 반드시 평기식이어야 하는데 퇴계의 다음과 같은 1연(聯)이 그 예다.

移書稍稍舊龕盡　책을 이 서당으로 옮겨오니 점점
이서초초구감진　　옛 책상자가 비었고,
植竹看看新笋生　대 심어 보고 보는 동안
식죽간간신순생　　새 죽순 돋아나네.

(<陶山言志>, 文集 권3)

〔**역주**〕 ▒ 간(看): 회화 발음[口音]일 때는 측성이고, 독서 발음[讀音]일 때는 평성임.

이 연의 구식은 마땅히 「平平仄仄平平仄, 仄仄平平仄仄平」이 되어야 하고, 출구의 제5자는 마땅히 측성이 되어야 측성인 「구」

(舊)자로 바꾸어 쓰고〔拗用〕 하구(下句 : 對句) 제5자는 마땅히 측성이 되어야 하나 평성인 「신」(新)자로 바꾸어 써 그것을 구제할 수 있다. 그래서 이 구절은 「平平仄仄仄平仄, 仄仄平平平仄平」이라는 구식이 된다. 그 구말의 「측평측」(仄平仄)과 「평측평」(平仄平)은 서로 대가 되어, 한 번 내려갔다가 한 번 올라가서 성조가 아름답게 울리고 음성의 절주〔音節〕가 미묘해진다. 그러므로 쌍요는 단요보다도 더욱 좋음을 알 수 있다. 이전 사람들로서 이러한 식을 많이 사용한 사람으로는 두보의 「영계벽초자춘색, 격엽황려공호음」(映階碧草自春色, 隔葉黃鸝空好音)(〈蜀相〉), 위응물(韋應物 : 당나라 시인)의 「춘조대우만래급, 야도무인주자횡」(春潮帶雨晩來急, 野渡無人舟自橫)(〈滁州西澗〉), 조하(趙嘏 : 당나라 시인)의 「잔성기점안횡색, 장적일성인의루」(殘星幾點雁橫塞, 長笛一聲人倚樓)(〈長安秋望〉) 등이 있다.

이전에 흔히 이야기하던 「삼오불론, 사륙분명」(三五不論, 四六分明 : 시구에서 제3, 제5자의 평측은 논하지 않고, 제4, 제6자의 평측은 분명히 밝힘)이란 설을 왕부지(王夫之 : 청나라의 문인·학자. 호는 선산船山)는 「꼭 신빙할 만큼 요긴한 것은 아니다.」〔不可恃而爲典要〕라고 하였고 그가 쓴 시 중에는 「수기동산사안석, 위군담소정봉연」(誰起東山謝安石, 爲君談笑淨烽烟)〔楊用修警句〕 같은 것이 있다. 만약 안(安)자가 실점(失黏 : 뒤에 나오는 대가 되는 말과 잘 풀이 붙지 않는다는 뜻. 여기서는 뒷 구에 나오는 「봉」(烽)자가 평성이기 때문에 「안」(安)자도 평성이어서 대가 잘 안 된다는 뜻)이라면 다시 「수기동산사태부」(誰起東山謝太傅)라고 고쳐 지을 수도 있겠으나, 그렇게 되면 음이 날카롭지 못하여 아름다운 음향이 나지 못한다. 그러니 무릇 법이 될 수 있다고 하는 것이 모두 다 법이 될 수 없음을 알겠다.37)

법을 사용하되 법에 얽매이지 않고 시를 신(神)과 같이 잘 씀은 오로지 시를 쓰는 사람의 역량에 달린 것이다. 시문가들도 이러한 것을 잘 아나 생각이 절반도 못 미친다.

퇴계의 시에도 스스로 법도가 있지만, 상법(常法)에 능히 구속되지는 않는다. 상법으로 말한다면 칠언율시의 단구의 끝에 흔히 사성(四聲), 혹은 삼성(三聲)을 호용(互用)한 것이 많고 그중에 우연히 고루 다 갖추지 못하고 두 번씩 겹쳐 쓴 것이 있더라도, 또한 반드시 제3구와 제7구 끝에 띄어서 쓰며〔三七隔用〕 결단코 제5구의 끝과 상·하 단구(單句)에서 같은 성조를 사용하는 예는 없다. 이러한 것은 두보의 시에는 분별이 매우 엄격하다. 퇴계의 칠률을 살펴보면 사성을 호용한 것도 있지만, 역시 다 그런 것은 아니다. 사성을 호용한 예를 들어 본다.

〈비 때문에 신번현에서 묵다(雨留新蕃縣)〉

已見中秋月欲虧 이견중추월욕휴	이미 팔월대보름 달이 한쪽 허물어져 감을 보는데,
南州行客尙逶遲 남주행객상위지	남쪽 고을 길 떠나온 과객은 아직도 돌아갈 길 느리고 또 느리네.
紅雲北闕三千里 홍운북궐삼천리	붉은 구름 감도는 북쪽에 있는 궁궐은 삼천리나 멀리 떨어져 있고,
白髮高堂十二時 백발고당십이시	백발이신 어머니께서 고향에 계시니 하루 종일 생각나네.
醉別故人風挽袖 취별고인풍만수	취하여 옛 친구들과 이별할세 바람이 소매를 끌어당기고,
愁吟孤館雨催詩 수음고관우최시	슬픈 생각 외로운 여관에 앉아 홀로 읊조리니 빗소리 오히려 시를 재촉하네.

37) 〈夕堂永日緖論〉.

徒令倦僕知飢渴　　부질없이 지친 종으로 하여금
도령권복지기갈
　　　　　　　　　　배 곯리고 목만 마르게 하였으니,
屈指歸程倂日期　　손가락 꼽아가며 돌아갈 길을
굴지귀정병일기
　　　　　　　　　　이틀을 하루 잡아 기약해 보네.

(文集 권1)

〔역주〕 ▒ 신번현(新蕃縣): 경남 의령현의 속현.

▒ 위지(逶遲): 길이 멀어서 끝이 없는 모양. 또는 느릿느릿 천천히 가는 모양을 나타내기도 함.

▒ 홍운북궐(紅雲北闕): 옥황상제가 거처하는 곳에는 항상 붉은 구름이 감돌고 있다고 함.(翼聖傳) 소동파의 <정월 대보름날 황제를 모시고 마시는 누대에서 3수를 지어 같은 반열에 있는 관원들에게 드림(上元侍飮樓上三首, 呈同列)> 시에 「한 떨기의 붉은 구름이 옥황상제를 받들고 있네.」[一朶紅雲捧玉皇]란 구절이 있음. ≪고증≫ 권1 참조. 북궐이란 신번현이 서울보다는 남쪽에 있었기 때문에 이렇게 말함.

▒ 백발고당(白髮高堂): 고당은 부모를 높여 일컫는 말. 당시 선생의 어머니 박씨가 시골에 계셨음.

▒ 십이시(十二時): 황산곡(黃山谷)의 시 「하루 종일 어버이 생각 열두 시간 동안일세.」[一日思親十二時.] 옛날 한 시간은 지금의 두 시간임. 상동.

▒ 우최시(雨催詩): 두보의 <여러 귀공자를 모시고 장팔구에서 기생들을 데리고서 더위를 식히는데 저녁 무렵에 비를 만나다(陪諸貴公子, 丈八溝攜妓納凉晩際遇雨)> 시 「조각구름 머리 위에 검게 드리우니, 응당 비가 시 재촉하는 것이리라.」[片雲頭上黑, 應是雨催詩.]

▒ 병일(倂日): 이틀치를 하루에 하는 것을 말함. 여기서는 어머니를 하루 바삐 뵙고 싶은 마음에 이틀 걸릴 거리를 하루로 계산하는 것을 말함.

이 시 첫 구 끝의 「휴」(虧)자는 평성이고, 3구 끝의 「이」(里)자는 상성이며, 5구 끝의 「수」(袖)자는 거성이고, 7구 끝의 「갈」(渴)자는 입성이다. 평, 상, 거, 입 사성이 모두 갖추어져 있으며, 이 아래 두 수도 역시 이 예와 같다.

〈정유일의 한거 시에 화답하여 · 나물밭을 손질함(和子中閒居 · 治圃)〉

褊性幽棲嗜簡便 편 성 유 서 기 간 편	편협한 성격이라 숨어살며 간편한 것 좋아하여,
不煩老圃也能先 불 번 로 포 야 능 선	능숙한 채마지기 수고롭히지 않아도 또한 앞장서 할 수 있네.
瓊苗沃沃培雲壤 경 묘 옥 옥 배 운 양	구슬 같은 싹 반들반들 구름 흙에 북돋우고,
玉本鮮鮮洗澗泉 옥 본 선 선 세 간 천	흰 옥은 싱싱한데 냇가 샘물에서 씻네.
理罷抛鋤閑曳杖 리 파 포 서 한 예 장	일 끝나 호미 던지고 한가로이 지팡이 끌고,
摘來迎客不憂錢 적 래 영 객 불 우 전	따 와서 손님 맞으니 돈 걱정할 것 없네.
秋深更愛黃金菊 추 심 갱 애 황 금 국	가을 깊어지니 더욱 사랑스럽네 누런 금빛 국화,
滿地風霜尙傑然 만 지 풍 상 상 걸 연	온 땅 가득 바람서리 날려도 여전히 빼어나네.

(文集 권3)

〔역주〕 ▒ 편성유서(褊性幽棲): 두보의 <남들을 꺼리다(畏人)> 「남들 꺼리어 작은 집 쌓았는데, 성품이 편협하니 숨어살기 알맞네.」[畏人成小築, 褊性合幽棲.]라는 구절에서 따다 썼음.

▒ 노포(老圃): 경험이 풍부하여 노련한 채마지기를 말함. ≪논어 · 자로(子路)≫ 「공자가 말하기를, 『나는 늙은 채마지기만 못하느니라』고 하였다.」[曰, 吾不如老圃.]

▒ 옥옥(沃沃): 풍성하게 광택이 나는 모양을 말함. ≪시경 · 회풍(檜風) · 진펄에 보리수나무 있으니(隰有萇楚)≫에 「어린 것이 반들반들하니, 너의 알지 못함을 즐거워하네.」[夭之沃沃, 樂子之無知]라는 구절이 있는데, 주자는 「옥옥은 광택이 나는 모양」이라고 풀이함.

▒ 운양(雲壤): 메말라 척박하지 않은 땅.

▒ 옥본(玉本): 송나라 진여의(陳與義)의 <새벽에 일어나다(早起)> 「하

느님께서 풍년 내리시어, 나물이며 뿌리 흰 옥 같네.」[皇天賜豐年, 葉本如白玉]라는 구절이 있음. 주자의 <무(蘿蔔)>「어수선하게 널린 푸른 떨기 잘라내고, 물기 많은 옥 같은 뿌리 뽑네.」[紛敷前翠叢, 津潤擢玉本]라는 구절이 있음.

▒ 풍상걸연(風霜傑然): 도연명의 <곽주부에게 화답함(和郭主簿)>「이 곧고 빼어난 자태 그리나니, 우뚝하게 서리 아래 호걸 되었네.」[懷此貞秀姿, 卓爲霜下傑.]

〈신녕의 고을원인 황준량이 지은 시의 각운자에 맞추어 짓다(次韻答新寧宰黃仲擧)〉

夜枕强懷不滿張 밤중에 베개 베고 누웠더니 장한 회포
야침강회불만장 당겨도 가득 차지 않아,

其如一念費稱量 그것 맞추려는 일념 어찌할까?
기여일념비칭량 양 맞추느라 다 썼으니.

沂公尙戒愚難免 자사는 오히려 어리석으면서 일만 꾸미는 자는
기공상계우난면 화를 면하기 어렵다 경계하였고,

邵子猶思智善藏 소옹(邵雍)은 다만 지혜로운 자
소자유사지선장 잘 갈무리하는 것 생각하였네.

涉歷始知新得趣 두루 섭렵해 보니 새로 얻은
섭력시지신득취 취미 알 듯도 하고,

歸來眞覺舊迷方 돌아와 보니 옛날이 잘못된
귀래진각구미방 방향이었음 정말 깨닫겠네.

誰言簡策爲粗粕 누가 책이며 서적을
수언간책위조박 찌꺼기라 말했던가?

此事應須問紫陽 이 일 응당 주자에게
차사응수문자양 물어봐야 하리.

(文集 권2)

〔역주〕 ▒ 강회(强懷): 한유(韓愈)의 <추회(秋懷)> 제10수「강한 생각은 아무리 당겨도 가득 차지 않고, 약한 생각은 부서졌다가 또 가득

차네.」[强懷張不滿, 弱念缺已盈.]

■ 칭량(稱量): 저울을 써서 무게를 맞추어 다는 것을 말함.

■ 기공(沂公): 공자의 손자 자사(子思). 기국(沂國) 술성공(述聖公)에 봉해짐. ≪중용(中庸)≫을 지음.

■ 우난면(愚難免): ≪중용≫ 「어리석으면서도 스스로 지모를 사용하기를 즐기면 재앙이 그 몸에 미칠 것이니라.」[愚而好自用, 災及其身.] ≪고증≫ 권2 참조.

■ 소자유사지선장(邵子猶思智善藏): 소자(邵子)는 북송의 도학자인 소옹(邵雍)을 말함. ≪장자(莊子)≫ 「그 재주를 숨기고 나타내지 않는다.」[藏其智而不發.] 주자는 소강절(邵康節 : 소옹)이 장자방(張子房 : 良)을 매우 좋아하였는데, 그 이유는 자방이 그 지모를 잘 감추어 놓고 사용함 때문이라고 말하였다. 상동.

■ 섭력(涉歷): 두루 거치다, 경험하다, 또는 섭렵(涉獵)하다와 같은 뜻임.

■ 미방(迷方): 방향을 잃다[失迷]라는 뜻이며, 또 불교용어로 방향을 잃게끔 하는 경지라는 뜻도 있음.

또한 사성이 엇섞인 것으로는 다음과 같은 두 가지 예가 있다.

〈정유일의 한거 시에 화답하여・거문고를 탐(和子中閒居・彈琴)〉

先王作樂意尤深 선 왕 작 악 의 우 심	선왕께서 지으신 음악이라 뜻 더욱 깊어,
天地中和發自心 천 지 중 화 발 자 심	하늘과 땅의 중화가 내 마음에서 피어나네.
鳳下南薰元盡美 봉 하 남 훈 원 진 미	봉황 내려오니 남풍의 노래 으뜸이라 지극히 아름답고,
鶴來東國別成音 학 래 동 국 별 성 음	학이 동쪽 나라로 오니 따로이 소리 이루었네.
平生我未專師學 평 생 아 미 전 사 학	평생토록 내 온전하게 스승에게 배우지 못했거늘,

此日君能古譜尋 오늘 그대는 옛 악보를
차일군능고보심 찾았다네.

好待明年山月夜 내년 산에 달뜨는
호대명년산월야 밤 되기만 하면,

無絃琴和有絃琴 줄 없는 거문고로 줄 있는 거문고에
무현금화유현금 화답하고자 하네.

(文集 권3)

〔**역주**〕 ▪ 선왕작악의우심(先王作樂意尤深): ≪고증≫ 「복희씨가 거문고를 만들어 몸을 닦고 성품을 다스리니 사람 마음의 천진스러움이 모두 거기에 반영되었다. 신농씨는 처음으로 오동나무를 잘라서 거문고를 만들고 줄을 꼬아 현(絃)을 만들어서 천지신명(神明)의 덕과 통하게 하였다.」 ≪광아(廣雅)≫(중국 고대의 物名 사전)에는 다음과 같은 설명이 있다. 「신농씨가 만든 거문고는 길이가 3척(尺) 6촌(寸) 6분(分). 위에 다섯 줄이 있으니 가로되 궁(宮), 상(商), 각(角), 치(徵), 우(羽)이다. 문왕(文王)과 무왕(武王)이 두 줄을 보태니 가로되 소궁(小宮), 소상(小商)이다.」 ― 권2.

▪ 천지중화(天地中和): ≪중용≫ 「중과 화에 이르면 천지가 자리를 잡게 되고 만물이 길러진다.」[致中和, 天地位焉, 萬物育焉.]

▪ 남훈(南薰): 글자대로는 남쪽의 훈풍이란 뜻. 남쪽으로부터 불어오는 훈훈한 바람이 만물을 잘 생육시키듯이 부모가 자식을 키워준 은혜를 생각하여, 순(舜)임금이 오현금(五絃琴)을 만들고 <남풍시(南風詩)>를 지어 노래 불렀다 함. ≪대한화사전(大漢和辭典)≫, 2750－2763.

▪ 원(元): 원(原)과 통용.

▪ 학래동국별성음(鶴來東國別成音): ≪고증≫ 「신라 진흥왕 때 현학금(玄鶴琴)이 있었다. 옛날 진나라 사람들이 칠현금(七絃琴)을 고구려에 보냈으나, 고구려 사람들이 그것을 연주하는 법을 알지 못하였다. 그때 그 나라의 재상인 왕산악(王山岳)이 거문고의 모양은 그대로 두고서 그 연구하는 방법만 고쳐 짓고, 아울러 1백여 곡목을 제조하여 연주하니, 검은 학이 날아와서 춤을 추었다. 그래서 현학금이라고 이름을 지었다.」(≪東史≫) ―권2.

▪ 사학(師學): 악사(樂師)를 줄여서 사(師)로 부르는 예가 많으므로(師廣, 師己, 師乙 따위) 「음악의 이론」으로도 생각되기도 하나, 「사학」

이란 말에는 「스승으로서의 학문」(≪荀子·正論≫ 「立師學, 成文典」), 「스승과 제자」(≪公羊傳≫疏 「散宜生等受學于太公, 太公除師學之禮, 酌酒切肝, 約爲朋友」)란 뜻으로 사용된 예도 있음.

■ 능(能): 시구에서는 이렇게(這樣), 심하게(甚, 深), 다만(只), 한갓(徒) 따위로 사용되는 예가 있음. ― 장상(張相) ≪시사곡어사회석(詩詞曲語辭匯釋)≫, 324~328쪽 참조.

■ 고보(古譜): 생각건대 고보란 오곡(五曲), 십이조(十二操), 구인(九引), 이십일장(二十一章)과 같은 것일 것이다. 오곡은 유춘(遊春), 녹수(淥水), 좌수(坐愁), 추사(秋思), 유거(幽居) .― 혜강(嵇康)의 <금부(琴賦)> 주(注), 십이조는 장귀(將歸), 의란(猗蘭), 구산(龜山 : 孔子), 구유(拘幽 : 文王), 기산(岐山 : 周公), 이상(履霜 : 伯奇), 치조비(雉朝飛 : 沐瀆子), 별작(別鵲 : 商陵穆子), 잔형(殘形 : 曾子), 수선(水仙), 회릉(懷陵).

■ 무현금(無絃琴): 줄 없는 거문고로 소금(素琴)이라고도 함. 줄이 다 낡아 없어진 거문고. 도연명이 애용하였다 함. 여기서는 음악을 제대로 이해하지 못하는 사람이 가지고 있는 거문고를 말하며, 곧 퇴계 자신은 음악을 모르지만 정유일은 음악을 잘 이해한다는 뜻으로 스스로를 낮추어서 쓴 표현임.

〈서당을 고쳐 지을 땅을 찾아 도산 남쪽에서 얻어 느낌이 일어 짓다(尋改卜書堂地, 得於陶山之南, 有感而作)〉

風雨溪堂不庇牀
풍우계당불비상
계상서당에 비바람 부니
침상조차 가려 주지 못하여,

卜遷求勝徧林岡
복천구승편림강
거처 옮기려고 빼어난 곳 찾아
숲과 언덕을 누볐네.

那知百歲藏修地
나지백세장수지
어찌 알았으리? 백년토록
마음 두고 학문 닦을 땅이,

只在平生採釣傍
지재평생채조방
바로 평소에 나무하고
고기 낚던 곳 곁에 있을 줄이야.

花笑向人情不淺
화소향인정불천
꽃 사람보고 웃는데
정의(情誼) 얕지 않고,

鳥鳴求友意偏長　　새는 벗 구하면서 지저귀는데
조명구우의편장　　　　뜻 오로지 의미심장하다네.
誓移三徑來棲息　　세 갈래 오솔길 옮겨와
서이삼경래서식　　　　거처하고자 다짐하였더니,
樂處何人共襲芳　　즐거운 곳 누구와
락처하인공습방　　　　함께 향기 맡으리?

(文集 권2)

〔**해제**〕 이 시는 퇴계 나이 60세 작으로 2수 중 1수이다.

〔**역주**〕 ▪ 도산(陶山): <도산기(陶山記)>에 의하면 「이 산에 또 이루어졌기 때문에」 도산(곧 또산)이라고 하였다 하며, 또 「이 산속에 예전에는 도자기 가마가 있었으므로 실상을 들어 이름한 것이다」고 하였다 함.

▪ 계당(溪堂): 퇴계의 <도산기>에 다음과 같은 말이 있다. 「처음 내가 이곳 퇴계의 자리를 잡은 뒤, 요양하며 독서나 할 생각으로 초옥 두어 간을 얽어 짓기를 무려 세 번. 그러나 그 초옥들은 비바람에 죄다 허물어지고 말았다.」 — 번역문은 정비석 저 ≪퇴계소전≫ 127쪽에서 인용.

▪ 장수(藏修): 마음에 두고 학문을 갈고 닦는 것을 말함.

▪ 삼경(三徑): 전한(前漢)의 장후(蔣詡)가 송경(松徑), 죽경(竹徑), 국경(菊徑)의 세 길을 만들었음. 후에 은사의 거처를 흔히 삼경이라고도 함.

전 1수의 제1구의 「심」(深)자는 평성, 3구의 「미」(美)자는 상성, 5구의 「학」(學)자는 입성, 끝구의 「야」(夜)자는 거성이다. 이것은 평·상·입·거 사성이 서로 섞여 있는 예이다. 후 1수의 제1구의 「상」(狀)자는 평성, 3구의 「지」(地)자는 거성, 5구의 「천」(淺)자는 상성, 7구의 「식」(息)자는 입성이니, 이것도 평, 거, 상, 입 사성이 서로 섞인 예이다.

퇴계시집 중에는 삼칠격용(三七隔用)의 예가 사성호용(四聲互用)에 비하여 훨씬 많은데, 이로 보아 역시 사성을 구비하기가 쉽지 않음을 알 수 있다.

〈정유일의 한거 시에 화답하여 · 소나무를 심음(和子中閒居 · 種松)〉

嶺上蒼蒼盡對楹 재 위에서 푸릇푸릇
령 상 창 창 진 대 영
모두 기둥을 보고 있는데,

移根何事下崢嶸 뿌리 옮겨 무슨 일로
이 근 하 사 하 쟁 영
가파른 데서 내려왔나?

山苗枉使校長短 산의 싹 헛되이 길고
산 묘 왕 사 교 장 단
길고 짧음 헤아리게 하여,

院竹何如作弟兄 뜰의 대와 어이하여
원 죽 하 여 작 제 형
아우 형님 맺게 하나?

風雨震凌根不動 바람 언덕 흔들어도
풍 우 진 릉 근 부 동
뿌리 꼼짝도 않으며,

雪上凍裂氣逾淸 눈서리에 얼고 터져도
설 상 동 렬 기 유 청
기세는 더욱 맑네.

誰知喜聽茅山隱 누가 알리오, 모산의 은사
수 지 희 청 모 산 은
그 소리 듣기 좋아하여,

隴上和雲有宿盟 언덕 위의 구름과
롱 상 화 운 유 숙 맹
오랜 맹약하였음을.

(文集 권3)

〔역주〕 ▒ 대(對): 당(當)자와 같은 뜻.

▒ 이근(移根): 당나라 이상은(李商隱)의 <자미(紫薇)> 「하늘 끝 땅 한 쪽에서 함께 피고 함께 질 뿐, 어찌 뿌리를 옮겨서 황제의 상림원에 심겨지기를 바랄 것인가.」[天涯地角同榮謝, 豈要移根上苑栽.]

▒ 쟁영(崢嶸): 보통은 산이 가파른 것을 형용하는 말로 사용되나, 여기서는 깊고 멀다는 뜻[深遠貌]. 사마상여(司馬相如)의 <대인부(大人賦)> 「아래로는 깊고 멀어 땅이 없구나.」[下崢嶸而無地兮] 안사고(顔師古)의 주: 「崢嶸, 深遠貌」—≪연면자전(聯緜字典)≫

▒ 산묘왕사교장단(山苗枉使校長短): 서진(西晉) 좌사(左思)의 <영사(詠史)>

「무성하고도 무성한 골짜기 아래 선 소나무, 밑으로 늘어진 산 위에 선 묘목. 저 몇 마디 되지 않는 묘목 줄기로, 2백 자가 넘게 큰 소나무 가지를 가렸네. 세상에 높은 귀족집 자제들은 높은 자리를 다 차고 앉았으니, 뛰어나고 탁월한 선비들이 보잘것없는 아랫자리에 잠겨 있네. 지세가 그렇게 만든 것이라, 그 유래가 하루아침에 이루어진 것이 아닐세.」[鬱鬱澗底松, 離離山上苗. 以彼徑寸莖, 蔭此百尺條. 世冑躡高位, 英俊沈下僚. 地勢使之然, 由來非一朝.] 이태백의 시 「산 위의 묘목이 여울 아래로 떨어지고, 그윽한 소나무가 높은 산부리에 나타났다.」[山苗落澗底, 幽松出高岑.]

■ 원죽하여작제형(院竹何如作弟兄): ≪당나라의 역사(唐書)≫ 「현종은 말하였다. 『형제간에 친함이 마땅히 이 대나무와 같아야 할지니라.』」[兄弟相親當如此竹.] 생각건대 유관부(劉寬夫: 당나라의 문인)의 <과죽기(剿竹記)>라는 글에는 다음과 같은 말이 있다. 「좌사원(左史院)에 대나무 한 떨기가 있는데, 푸른빛이 제단 위까지 이어졌다. 그 굳음은 소나무나 잣나무와 짝할 것이요, 굳굳함은 서리와 눈을 이길 만하였다.」 여기서 형제가 되었다[作兄弟]라 퇴계가 말씀한 것은 아마 그 절개가 소나무와 대나무가 서로 어금버금(伯仲)하기 때문일 것이다. ≪고증≫ 권2에서 옮김.

■ 유(逾): 다른 판본에는 여(餘)로 되어 있음.

■ 모산은(茅山隱): 남북조시대 제(齊)나라와 양(梁)나라에 걸쳐서 모산에 숨어살면서 벼슬하지 않은 은자인 도홍경(陶弘景)을 말함. 모산의 원명은 구곡산(九曲山)이나 한나라 때 모영(茅盈), 모고(茅固), 모충(茅衷) 삼형제가 이 산에 들어와서 신선이 되었다고 해서 삼모산(三茅山), 또는 모산(茅山)으로 불렀음. 강소성 구용현(句容縣)에 있음. 도홍경은 이 산의 최고봉인 화양봉(華陽峰)에 숨어살면서 장원에 소나무를 심어 놓고서 매양 바람에 그 가지와 잎이 흔들려서 나는 음향을 듣고 즐거워하였다 함. ≪고증≫ 권2 <석강십영(石江十詠)> 참조.

■ 농상운(隴上雲): 제(齊)나라 고제(高帝) 소도성(蕭道成)이 도홍경에게 「산중에 무엇이 있는가?」[山中何所有]고 묻고 나와서 벼슬하기를 권하였을 때 다음과 같은 시를 지어 답하였다 함. 「산중에 무엇이 있는가? 고개위에는 흰 구름이 많도다. 다만 스스로 그것을 즐길 수 있을 뿐이요, 어떻게 그대에게 갖다 바칠 도리가 없도다.」[山中何所有? 嶺上多白雲. 只可自怡悅, 不堪持贈君.] 농상(隴上)과 영상(嶺上)은 같은 뜻.

〈정유일의 한거 시에 화답하여 · 시원함을 받아들임(和子中閒居 · 納凉)〉

寒暑相推酷與嚴　추위와 더위 서로 미룸
한서상추혹여엄　　혹독한 듯 준엄한데,
人情當劇每難淹　사람의 정리란 극한에 처하면
인정당극매난엄　　그때마다 견뎌내기 어렵네.
雲峰矗熱如團戶　구름 봉우리까지 열기 곧장 솟으니
운봉촉열여단호　　지게문을 감쌀 듯하고,
火傘張空欲透簾　불 우산 하늘에 펼치니
화산장공욕투렴　　발이 뚫릴 듯하네.
大厦深簷渠自得　커다란 집 처마 깊으니
대하심첨거자득　　그네들은 스스로 만족한 듯하고,
茂林泠澗我還添　우거진 숲 시내 맑으니
무림령간아환첨　　나 오히려 거기 들어가네.
氷頒玉井渾如夢　옥 곳간서 얼음 나누어 주시던 일
빙반옥정혼여몽　　도무지 꿈같은데,
感此淸陰豈病嫌　여기 내리신 고마우신 시원한 그늘
감차청음기병혐　　어찌 병이라고 꺼리리까?

(文集 권3)

〔**역주**〕 ▒ 한서상추(寒暑相推): ≪주역·십익(十翼)≫ 「추위가 가면 더위가 오고, 더위가 가면 추위가 온다. 추위와 더위가 서로 밀고 나아가서 해가 이루어진다.」[寒往則暑來, 暑往則寒來. 寒暑相推而歲成焉.]

▒ 인정당극매난엄(人情當劇每難淹): ≪요존록≫ 「인간의 정리는 꼭 그렇지 않아 그 극심한 데에 맞닥뜨리면 그때마다 오래 견디기가 어려움을 말한 것이다.」[而情當其極處, 每難於淹留也.]

▒ 운봉여단호(雲峰如團戶): 도연명의 시(화가 고개지顧凱之의 시란 설도 있음) 「여름 구름은 기이한 봉우리를 자주 짓도다.」[夏雲多奇峰.] 두보의 <백학사모옥(柏學士茅屋)> 「개인 구름 창문에 가득하니 일산을 기울인 듯하구나.」[晴雲萬戶當傾蓋.] 주(註) 「구름이 창문 앞에 둥

글게 모이니, 그 모양이 마치 수레의 포장을 기울인 듯하다는 뜻.」≪고증≫ 권2에서 인용.

▩ 촉(矗): 위로 솟아 나와서 높이 일어남[聳上而高起也.] ≪中華大字典≫

▩ 화산장공(華傘張空): ≪고증≫ 권1 한유의 <유청룡사(遊青龍寺)>「빛나고 빛나는 더위를 맡은 관리가 불덩어리 우산을 펴놓았도다.」[赫赫炎官張火傘.] 화산은 보통 뜨거운 햇볕, 여름의 더운 하늘을 비유하는 말로 사용됨. ≪大漢和辭典≫

▩ 빙반옥정(氷頒玉井): ≪주례(周禮)·천관(天官)≫「여름에는 얼음을 나누어 준다.」[夏頒氷.] 두보의 <다병집열봉회이상서(多病執熱奉懷李尙書)>「왕궁의 은혜로 옥정의 얼음을 나누어 받기를 원하네.」[敢望官恩玉井氷.] 주(註)「당나라 제도에 의하면 백관들에게 얼음을 나누어 주었다.」≪고증≫ 권2에서 인용.

▩ 감차청음기병혐(感此淸陰豈病嫌): 고시(古詩)「맑은 그늘이 사방에 흩어지네.」[淸陰分四方.] ≪강록(江錄)≫「옛날에는 늘 얼음을 나누어 받고 사사롭게 임금의 은혜를 입는 것을 혐의스럽게 여겼더니, 오늘날 물러가서 이러한 맑은 그늘을 얻으니 거리낄 일이 없다는 뜻.」≪고증≫ 권2에서 옮김.

〈황준량에게 답하다(答黃仲擧)〉

愚者常爲智所籠
우자상위지소롱
어리석은 자는 언제나
지혜로운 자에게 농락당하고,

非非是是巧相蒙
비비시시교상몽
그른 것은 그르고 옳은 것은 옳은데
교묘하게 서로 속이네.

未知何事爲長策
미지하사위장책
모르겠네, 어떤 것이
뛰어난 계책인지,

唯覺隨人最下風
유각수인최하풍
오직 깨닫겠네, 남을 따르기만 하는 것이
가장 아래로 낮은 것임을.

萬紫千紅微雨後
만자천홍미우후
온갖 자줏빛 붉은빛 꽃
가랑비 온 뒤에 생겨나고,

白雲靑鶴故山中
백운청학고산중
흰 구름과 푸른 학은
옛 산속에 있네.

明時會見憐衰疾　　밝은 세상이라 병들어 쇠약해짐
명시회견련쇠질　　　가련히 여기심 보여주시리니,
此樂何憂未占終　　이 즐거움 무엇 근심하리오
차락하우미점종　　　좋은 결말 없을까.

(文集 권2)

〔**해제**〕 원시의 끝에는 다음과 같은 주가 붙어 있다. 「황중거의 시에서는 『다만 걱정되네, 임금님의 조서가 학의 꿈 놀래어, 마음속으로 고기와 새 가까이하고자 하나 사랑함 끝내기 힘들까!』라 하였다.」[仲擧詩, 但恐鸞書驚鶴夢, 心親魚鳥愛難終.] 이 구절은 아마 퇴계의 심정을 짐작해서 지어 보낸 것인 듯하다.

〔**역주**〕 ▒ 중거(黃仲): 금계(錦溪) 황준량(黃俊良)의 자.

▒ 우자상위지소롱(愚者常爲智所籠): ≪열자(列子)≫ 「성인은 슬기로써 뭇 어리석은 자를 얽는다.」[聖人以智籠群愚.] ≪고증≫ 권2에서 인용.

▒ 비비시시(非非是是): 한유의 <행난(行難)> 「육(陸)선생 참(參)의 어짊은 옳은 것을 옳다 하고 그른 것을 그르다고 하였다.」[陸先生參之賢, 是是而非非.] 상동.

▒ 상몽(相蒙): 서로 속이는 것을 말함.

▒ 수인최하풍(隨人最下風): ≪주역≫ 「뜻이 남을 따라 얽매이는 바 있으면 가장 못하다.」[志在隨人, 所執下也.] ≪장자(莊子)≫ 「붕새가 날아가는 것이 구만 리나 되면 바람은 이 아래 있을 것이다.」[九萬里則風斯下矣.] 상동.

▒ 백운청학(白雲靑鶴): 백운은 보통 은거의 비유로 쓰임. 청학은 태평성세를 말함.

이상 세 수는 모두 삼칠격용(三七隔用)이다. 삼칠격용이란 3구 끝과 7구 끝의 성조가 서로 같기 때문에 5구 끝에 오는 다른 성조와 격리된다는 것이다. 전 1수 3구 끝의 「단」(短)자와 7구 끝의 「은」(隱)자는 모두 상성이기 때문에 5구 끝의 거성 「동」(動)자와 서로 격리되는데, 이것은 상성격용(上聲隔用)이다. 중 1수의 3구 끝의 「호」(戶)자와 7구 끝의 「몽」(夢)자는 다 같이 거성으로

5구 끝의 입성 「득」(得)자와 서로 격리되니 이것은 입성격용(入聲隔用)이다. 후 1수 3구 끝의 「책」(策)자 및 7구 끝의 「질」(疾)자는 똑같이 입성으로 5구 끝 거성 「후」(後)자와 서로 격리되니 이것은 입성격용(入聲隔用)이다. ≪퇴계시집≫ 중에는 삼칠격용의 예로 거성격용(去聲隔用)이 가장 많다. 그러나 또한 3·5·7구에 모두 거성을 사용한 것도 있는데, 이것은 변칙(變則)이다. 다음에 그 두 가지 예를 든다.

〈임형수의 ≪관서행록≫을 읽은 뒤에 적음(題林士遂關西行錄後)〉

捭闔奇謀漢子房 패 합 기 모 한 자 방	기이한 꾀를 열었다가 닫았다 함은 꼭 한나라 때의 장자방과 같으니,
當年曾受石公方 당 년 증 수 석 공 방	당시에 일찍이 받아서 익혔네 황석공(黃石公)의 병법을,
未飜巢窟龍庭界 미 번 소 굴 룡 정 계	오랑캐들의 소굴인 용정까지 들고 엎어버리지는 못하지만,
先作干城鰈海疆 선 작 간 성 접 해 강	먼저 지었네, 든든한 성벽을 동해 바다 언저리에다가.
絶域病攻天拂亂 절 역 병 공 천 불 란	절해고도에서 병마(病魔)가 공격하였으나 하늘이 어지러운 것을 제거하였고,
荒城雷鬪鬼驚忙 황 성 뢰 투 귀 경 망	거친 성터에 우레가 다투니 귀신이 놀라서 분주하였더라.
豪吟百首凌雲氣 호 음 백 수 릉 운 기	호탕하게 읊은 시 백 수나 넘었는데 구름을 타고 넘었고,
妙句何妨鐵石腸 묘 구 하 방 철 석 장	묘한 구절 무엇이 방해되랴? 철석 간장을 지닌 것이.

(文集 권1)

〔역주〕 ▦ 임사수(林士遂): 이름은 임형수(林亨秀)이며, 호는 금호(錦湖).

젊어서 문과(文科)에 올라 문장에 능하였으며, 활을 잘 쏘았고 풍채가 아름답고 기재가 호방하였으므로 일찍이 장재(將才)로 추천되었는데, 윤원형(尹元衡)에게 잘못보여 정미사화(丁未士禍)에 피살되었다.

▪ 관서행록(關西行錄): 관서의 기행시(紀行詩)임.

▪ 패합(捭闔): 원래는 전국시대 병가의 일파인 ≪귀곡자(鬼谷子)≫에 나오는 병법 이론의 한 가지로 「개폐(開閉)」, 곧 열었다가 닫았다가 함의 뜻임.

▪ 장자방(張子房): 전한(前漢) 건국에 참여한 이름 높은 정치가 장량(張良)으로, 자방은 그의 자임.

▪ 석공(石公): 장량의 스승 황석공(黃石公).

▪ 용정(龍庭): 고대 흉노족이 천신(天神)에게 제사 지내던 장소임.

▪ 접해(鰈海): 우리나라 근해에서 가자미[鰈]가 많이 잡히기 때문에, 우리나라를 「접역(鰈域)」, 우리나라 근해를 「접해」라고 하였음.

▪ 능운(凌雲): 구름을 뚫고 하늘로 올라가듯이 뭇사람보다 뛰어남을 형용하는 말.

〈도산에서 뜻을 말하다(陶山言志)〉

自喜山堂半已成 자 희 산 당 반 이 성	스스로 기뻐하네, 도산서당 반 이미 이루어졌음을,
山居猶得免躬耕 산 거 유 득 면 궁 경	산에 살면서도 오히려 몸소 밭가는 것 면할 수 있네.
移書稍稍舊龕盡 이 서 초 초 구 감 진	책 옮기니 차츰차츰 옛 서실 다 비고,
植竹看看新笋生 식 죽 간 간 신 순 생	대나무 심어보고 또 보니 새 죽순 싹트네.
未覺泉聲妨夜靜 미 각 천 성 방 야 정	깨닫지 못하겠네, 샘물 소리 밤 고요함에 방해되는 줄,
更憐山色好朝晴 갱 련 산 색 호 조 청	더욱 사랑스럽네, 산의 경치 아침에 개니 좋음이.
方知自古中林士 방 지 자 고 중 림 사	바야흐로 알았네, 예로부터 숲속의 선비,

萬事渾忘欲晦名　　모든 일 깡그리 잊고
만사혼망욕회명　　　　이름 숨기려 함을.

(文集 권3)

〔역주〕 ▒ 감(龕): 원래는 신불(神佛)이나 신위(神位)를 모시는 작은 석실(石室)이나 누각, 곧 감실(龕室)이나 감벽(龕壁)을 말함. 여기서는 보잘것없는 초라한 작은 집이라는 의미로 쓰였음.
▒ 신순생(新笋生): 송나라 매요신(梅堯臣)의 <주표신 및 제군들과 번씨의 동산에서 놀다(同朱表臣及諸君, 游樊氏園)>「옛것 대나무 그대로 있는데, 나중에 새 죽순 많이 났다네.」[舊物此君在, 後生新竹多.]
▒ 회명(晦名): 이름을 숨기다.

법이란 없을 수는 없으나, 또한 거기에 구속되어서도 안 된다. 법이 없으면 야(野)하고, 법에 얽매이면 병든다. 이몽양(李夢陽 : 명나라의 문인)은 다음과 같이 말하였다.

글은 반드시 법식이 있어야 한다. 그래야만 음악적인 법칙에 조화되게 된다. 그것은 마치 사각형과 둥근꼴이 자와 컴퍼스에 맞게 그려지는 것과 같다. 옛사람들도 이러한 규칙을 사용하였는데, 그것은 그들에 의하여 스스로 만들어진 것이 아니라 정말 자연에 의하여 창조된 것이다. 지금 사람들이 옛사람들이 사용하던 법식을 그대로 따른다고 하나, 이것은 옛사람들이 사용하던 법식을 그대로 따른다기보다는, 오히려 사실은 사물의 자연 법칙을 따른다고 하여야 할 것이다.
文必有法式, 然後中諧音度, 如方圓之於規矩, 古人用之, 非自作之, 實天生之也. 今人法式古人非法式古人也, 實物之自則也.[38]

시작할 때는 시의 법식이 중시되나, 시의 궁극적인 목표는 인간

38) ≪空同集≫ 권61.

의 성정(性情)을 표현함에 있다. 성정에 통달하면 법식을 버릴 수는 있으나, 발을 깎아 내고 신을 신길 수는 없다. 시는 본래 퇴계의 말기(末技)요, 법식은 또한 시의 말기다. 위에서 논한 바는 다만 퇴계의 일면을 조사하여 초학자들에 일조가 되게 할까 하는 취지에서 쓴 것에 불과하다.

6

내용內容

퇴계의 시는 2천여 수에 달하며, 그 내용은 빛나게 온갖 것을 다 갖추어 거의 포괄하지 않은 것이 없을 정도이다. 옛날 호종유(胡宗愈 : 명나라 문인)는 두공부(杜工部 : 두보)의 시를 다음과 같이 말하였다.

> 무릇 세상에 나아가서 활동함과 물러나서 조용히 거처함, 벼슬을 버리고 물러섬과 취임하여 나아감, 활동과 휴식, 노고와 은퇴, 슬퍼함과 기뻐함, 근심함과 즐거워함, 충성심에 가득 찬 분노와 사물을 보고 느끼는 감격, 어진 사람을 좋아하고 나쁜 사람을 미워함이 모두 시에 드러나 있다.
> 凡出處去就, 動息老佚, 悲歡憂樂, 忠憤感激, 好賢惡惡, 一見於詩.[39]

나는 호(胡)씨의 이 말을 퇴계에게 적용시켜도 똑같으리라고 생각한다. 설명에 편리를 위하여 퇴계시의 내용을 언지(言志), 술회(述懷), 산수(山水), 감사(感事), 영물(詠物) 다섯 가지로 나누어 보겠다. 그 가운데 영물에는 매화를 읊은 것이 가장 많으므로, 매화시(梅花詩) 항목을 하나 따로 만들어 그 특색을 드러내어 그 고고한 생각과 고상한 운취를 엿보도록 하겠다.

---

39) 〈成都新刻草堂先生詩碑序〉, ≪杜工部集≫ 卷首 葉七, 中華書局聚珍倣宋版 참고.

(1) 언지(言志)

시는 언지(言志 : 뜻을 읊음)를 위주로 한다. ≪퇴계집≫ 중에서 분명히 언지시라고 기재된 것은 다음 다섯 수가 있다.

1. 〈3월 병중에 뜻을 적다(三月病中言志)〉(續集 권1) 癸卯作
2. 〈동쪽 바위 곁의 집에서 뜻을 읊다(東巖言志)〉(文集 권1) 丙午作
3. 〈동쪽 바위 곁의 집에서 뜻을 읊다(東巖言志)〉(續集 권1) 丙午作
4. 〈뜻을 구함(求志)〉(〈和子中閒居〉, 文集 권3) 辛酉作
5. 〈도산에서 뜻을 말하다(陶山言志)〉(文集 권3) 辛酉作

이 중에 〈3월 병중에 뜻을 적다(三月病中言志)〉를 가장 먼저 지었고, 〈도산에서 뜻을 말하다(陶山言志)〉를 가장 늦게 지었다. 〈동쪽 바위 곁의 집에서 뜻을 읊다(東巖言志)〉 2수는 모두 병오년에 지은 것인데 내용은 대개 비슷하며, 다 유거(幽居 : 그윽하게 거처함)를 취지로 삼고 임천(林泉 : 산수)을 즐긴 것이다. 두 시를 서로 비교하면 전자가 조금 낫다. 〈뜻을 구함(求志)〉과 〈도산에서 뜻을 말하다〉 2수는 비록 다 신유년에 지은 것이나, 내용은 크게 다르다. 그렇지만 양자는 결코 서로 모순되는 것이 아니라 실은 상보상성(相輔相成 : 서로 보조하여 서로 완성시키는)하기 때문에 반드시 이 두 수는 서로 대조해 보아야 비로소 퇴계의 언지의 궁극적인 목표를 알게 된다. 나아가 〈3월 병중에 뜻을 적다〉는 계묘년에 지은 것인데, 이 해는 바로 퇴계가 조정에서 물러날 것을 결정한 해이기 때문에, 이 글은 더욱 역사적인 의의를 갖추고 있다. 이에 아래와 같이 나누어 설명하고자 한다.

〈3월 병중에 뜻을 적다(三月病中言志)〉

晴鳩喚屋角 청구환옥각	날 개니 비둘기 집 모서리서 부르며,
勸我開新扉 권아개신비	나더러 새 사립문 열라 권한다네.
策杖步西園 책장보서원	지팡이 짚고 서쪽 동산 거닐자니,
花木爭芬菲 화목쟁분비	꽃과 나무는 향기 다툰다네.
城中春霧籠 성중춘무롱	성안에는 봄 안개 덮여 있고,
樓閣映丹暉 루각영단휘	누각에는 붉은 빛 비치네.
覽物撫幽懷 람물무유회	사물 둘러보며 깊은 정회 어루만지니,
所慕豈輕肥 소모기경비	흠모하는 것 어찌 가벼운 갖옷과 살진 말이겠는가?
田園春事作 전원춘사작	들판과 동산에서 봄 일 시작하니,
野興濃於玆 야흥농어자	들의 흥취 이보다 짙네.
向來樗散質 향래저산질	줄곧 가죽나무 같은 쓸모없는 바탕으로,
平生丘壑期 평생구학기	평소에 언덕과 골짜기 기약하였다네.
悵望青山郭 창망청산곽	슬피 푸른 산 둘레 바라보면서,

目送白雲歸　　눈으로 흰 구름 돌아감 보내네.
목송백운귀

(續集 권1)

〔역주〕 ▩ 삼월(三月): 퇴계가 43세 되던 해인 계묘년(1543) 3월임.

▩ 청구(晴鳩): 비둘기는 날이 개려 하면 암컷을 소리쳐 부르고, 비가 내리려 하면 암컷을 소리 내어 쫓는다 함. 송나라 황정견(黃庭堅)의 시 <파릉으로부터(自巴陵…)> 「들판 물은 저절로 더해져서 밭에 물이 가득하고, 맑음을 재촉하는 비둘기 도리어 비를 재촉하는 비둘기를 불러오네.」[野水自添田水滿, 晴鳩却嘆雨鳩來.]

▩ 분비(芬菲): 향기와 같은 말.

▩ 경비(輕肥): 경구비마(輕裘肥馬), 곧 가벼운 갖옷과 살진 말이라는 뜻. 부귀하고 호화로운 생활을 형용함. 두보의 <추흥(秋興)> 「옛날 함께 공부하던 소년들은 흔히 출세를 하여, 오릉과 같은 별장지대에 살면서 옷과 말을 마음대로 가볍고 살진 것을 택할 수 있다.」[同學少年多不賤, 五陵衣馬自輕肥.]

▩ 저산질(樗散質): 가죽나무와 같이 작은 옹이가 많고 가지가 꼬불꼬불하여 아무 쓸모가 없는 나무를 저력산목(樗櫟散木)이라고 함. ≪장자·소요유(逍遙遊)≫에 나오는 고사에서 연유함.

▩ 구학(丘壑): 은퇴하여 재야에 파묻혀 지내면서 자연을 즐기는 것을 가리킴.

이 시 가운데 「성안에는 봄 안개 덮여 있고, 누각에는 붉은 빛 비치네.」〔城中春霧籠, 樓閣映丹暉〕라고 읊은 것으로 보아, 그때까지도 퇴계가 아직 서울에 있었음을 알 수 있다. 그런데 「사물 둘러보며 깊은 정회 어루만지니」〔覽物撫幽懷〕라고 한 구절은 바로 위의 구절 「누각에는 붉은 빛 비치네」〔樓閣映丹暉〕를 이어서 나온 것이다.

그 다음에는 「흠모하는 것 어찌 가벼운 갖옷과 살진 말이겠는가?」〔所慕豈輕肥〕라고 하였으니, 부귀영달을 버리고 벼슬길을 즐기지 않는다는 뜻이다.

「줄곧 가죽나무 같은 쓸모없는 바탕으로, 평소에 언덕과 골짜기 기약하였다네.」〔向來樗散質, 平生丘壑期〕라고 한 것은 윗 구절에서는 세상에 쓰일 만한 재주가 없다는 것을 겸손하게 한 말이고, 아래 구절에서는 그 뜻이 초야에 있다는 것을 말하였다. 이해 8월에 퇴계는 〈김인후 수찬이 휴가를 얻어 고향으로 어버이를 뵈러 가는 길에 지어준 송별시(送金厚之修撰乞暇歸覲)〉에서 다음과 같이 노래하였다.

君知處世如虛舟 그대는 알았네, 세상에 사는 것을
군지처세여허주 마치 빈 배와 같이 해야 함을,
我信散材同樗櫟 나는 믿었네, 쓸모없는 재주
아신산재동저력 가죽나무와 상수리나무와도 같음을.
富貴於我等浮雲 부와 귀는 나에게 있어
부귀어아등부운 뜬구름과 같은 것이니,
偶然得之非吾求 우연히 얻는다고 하여도
우연득지비오구 추구하지는 않겠네.
…… ……
秋風蕭蕭吹漢水 가을바람 쓸쓸하게
추풍소소취한수 한강을 스치는데,
我夢夜夜白石青雲間 내 꿈꾸네 저녁마다
아몽야야백석청운간 흰 돌 푸른 구름 사이를 감도는 것이,
青雲白石我尙阻 푸른 구름 흰 돌 사이에 이르기까지
청운백석아상조 내 아직도 길 막혀 있으나,
海山千里君先去 바다와 산 천리길을
해산천리군선거 그대는 먼저 떠나가네.
…… ……
儻來軒冕如塵微 갑자기 큰 수레와 면류관을 가지고 와서
당래헌면여진미 초빙한다고 하여도 티끌과 같이 물리

칠 것을.

不羨圖凌雲 불선도릉운	부러워할 것 없네 능운각에 화상을 그려 두는 것을.
不須擁旌麾 불수옹정휘	바랄 것 없네 가는 곳마다 깃발로 에워싸는 것을.
子眞巖耕名已振 자진암경명이진	정자진은 바위 아래서 밭을 갈았으나 이름은 이미 떨치었고,
原憲蓬居道非吝 원헌봉거도비린	원헌은 쑥대로 사립문을 하고 살았지만 학문에는 부족함이 없었네.

(文集 권1)

〔역주〕 ▪ 저력(樗櫟): 가죽나무와 상수리나무. 재목으로 사용하기에 부적합하기 때문에, 재능이 보잘것없음의 비유로 사용함.

▪ 능운(凌雲): 구름을 뚫고 높이 올라 솟아 있다는 말인데, 당 태종이 유명한 화가 염입본(閻立本)으로 하여금 24공신의 화상을 그려 걸어 두게 한 능연각(凌煙閣)을 두고 한 말 같음.

▪ 자진(子眞): 정자진(鄭子眞). 한(漢)나라의 은사로 곡구(谷口)에서 밭을 갈았으나 그 이름이 수도에까지 들렸다 함.

▪ 원헌(原憲): 공자의 제자로 매우 가난하게 살았으므로 후세에는 가난한 선비의 대명사같이 사용되었음.

이 시는 사실 위의 〈3월 병중에 뜻을 적다〉 시의 가장 훌륭한 각주가 될 것이다. 「내 꿈꾸네 저녁마다 흰 돌 푸른 구름 사이를 감도는 것이」〔我夢夜夜白石靑雲間〕에서 넉넉히 「천석고황, 연하고질」(泉石膏肓, 烟霞痼疾)의 깊은 정을 엿볼 수 있다. 또 「정자진이 바위 아래서 밭 갈고, 원헌이 쑥대로 사립문을 하고 산 것」〔子眞巖耕, 原憲蓬居〕도 역시 그가 자나 깨나 구하고자 하였던 평소의 뜻이었다.

〈도산에서 뜻을 말하다(陶山言志)〉

自喜山堂半已成　스스로 기뻐하네, 도산서당
자희산당반이성　반 이미 이루어졌음을,
山居猶得免躬耕　산에 살면서도 오히려
산거유득면궁경　몸소 밭가는 것 면할 수 있네.
移書稍稍舊龕盡　책 옮기니 차츰차츰
이서초초구감진　옛 서실 다 비고,
植竹看看新筍生　대나무 심어보고 또 보니
식죽간간신순생　새 죽순 싹트네.
未覺泉聲妨夜靜　깨닫지 못하겠네, 샘물 소리
미각천성방야정　밤 고요함에 방해되는 줄,
更憐山色好朝晴　더욱 사랑스럽네, 산의 경치
갱련산색호조청　아침에 개니 좋음이.
方知自古中林士　바야흐로 알았네, 예로부터
방지자고중림사　숲속의 선비,
萬事渾忘欲晦名　모든 일 깡그리 잊고
만사혼망욕회명　이름 숨기려 함을.

이 시도 역시 〈3월 병중에 뜻을 적다〉 시의 뜻을 이어서 지은 것으로, 「스스로 기뻐하네, 도산서당 반 이미 이루어졌음을」〔自喜山堂半已成〕은 위의 「평소에 언덕과 골짜기 기약하였다네.」〔平生丘壑期〕라는 평소의 뜻이 능히 실현될 수 있었음을 즐거워함에 불과하다. 책 옮기니〔移書〕라는 구절에서 그 학문을 좋아하는 마음을 볼 수 있고, 대나무 심어보고〔植竹〕란 구절에서 그 사물의 이치를 체득한 마음을 알 수 있다. 이 1연은 두보의 「졸함으로써 나의 도를 간직하고 그윽하게 사니 물정에 가깝도다.」〔用拙存吾道, 幽居近物情〕(〈屛跡〉)라고 한 뜻이 아니겠는가? 「미각천성」(未覺泉聲)과 「갱련산색」(更憐山色) 2구에는 물을 좋아하고 산을 좋아하는〔樂山樂水〕 뜻이 말로 표현된 것을 크게 넘치고 있지만, 〈3월 병중에 뜻을 적다〉 시에는 다만 「슬피 푸른 산을 바라보면서, 눈으로 흰 구름 보내는」〔悵望靑山, 目送白雲〕 애타는 흠선스러운 마음만 안고 있을 뿐이다. 그러니 퇴계가 산수를 즐김은 성정(性情)을 기르기 위한 바탕으로 삼자는 것이지, 「틈을 내어 경치를 즐기고, 산수 간에 뜻을 풀어놓자」〔偸閒玩景, 放意林泉〕는 것과 비유할 수는 없다. 〈뜻을 구함(求志)〉 시를 보면 그의 마음씀이 어디 있는지 알 수 있다.

隱志非他達所由 은 지 비 타 달 소 유	숨은 뜻은 다름이 아니라 행하는 이류를 통달하게 해서,
天民德業尙須求 천 민 덕 업 상 수 구	하늘이 낸 백성의 덕과 사업을 모름지기 찾고자 함이네.
希賢正屬吾儕事 희 현 정 속 오 제 사	현인을 바람이 정말 우리 같은 사람들이 할 일이지마는,
守道寧忘此日憂 수 도 녕 망 차 일 우	도를 지키는데 어찌 오늘날의 근심거리를 망각하리오?
大錯鑄來容改範 대 착 주 래 용 개 범	큰 착오 나타나면 거푸집 모양 바꾸어야 하고,
迷途覺處急回輈 미 도 각 처 급 회 주	길 잘못 들었음 깨달은 곳에서는 빨리 수레 돌려야 하네.
祇從顔巷勤攸執 지 종 안 항 근 유 집	다만 안자의 누추한 골목 좇아 부지런히 잡으니,
貴富空雲一點浮 귀 부 공 운 일 점 부	부귀는 빈 구름처럼 하나의 뜬 점일세.

〔역주〕 ▪ 구지(求志): 은거하면서 자신이 뜻하는 바를 구하여 이를 간직한다는 뜻임.

▪ 천민(天民): 하늘의 이치[天理]에 밝고 천성(天性)에 적합한 현자를 가리킴.

▩ 희현(希賢): 송나라 주돈이(周敦頤)의 ≪통서(通書)·학문에 뜻을 둠(志學)≫ 「성인은 하늘이 되기를 바라며, 현자는 성인이 되기를 바라고, 선비는 현자가 되기를 바란다.」[聖希天, 賢希聖, 士希賢.]
▩ 대착(大錯): 돌이킬 수 없을 정도의 매우 큰 잘못, 착오를 말함. 원래 착(錯)은 착도(錯刀), 즉 칼 모양으로 생긴 옛날의 돈인데 착오를 비유하고 있음.
▩ 안항(顔巷): 공자의 수제자인 안회(顔回)가 가난하게 살았던 골목.

첫 구에서 말한 「은지」(隱志)는 공자의 고사에서 인용한 것이고,[40] 다음 구절의 「천민」(天民)은 맹자의 고사에서 인용한 것이니,[41] 그 뜻한 바가 큼을 볼 수 있다. 중간의 양련(兩聯)에서는 그 「희현」(希賢), 「수도」(守道)의 뜻과 「미도」(迷途), 「개범」(改範)의 절실함을 드러낸 것이다. 결구의 「안자의 누추한 골목 좇아 부지런히」〔勤從顔巷〕에서는 그 공부가 독실함을 보겠고, 「부귀는 빈 구름처럼」〔富貴空雲〕이란 말에서는 그 마음의 담박함을 알 수 있다. 이 시는 이학(理學)에 관련된 일을 읊은 것이요, 또 선비〔儒者〕의 본색을 드러낸 것이라 하겠다.

퇴계의 시에는 때때로 고요하고 담박〔沖淡〕한 마음씨와 학문을 좋아하는 뜻을 나타내고 있다. 다음에 열거하는 시구가 그 예이다.

夙昔抱沖素 옛날부터 소박함을 좋아하여,
숙 석 포 충 소

生平不狎世 평소에 세상과 친하지 않았네.
생 평 불 압 세

(<溪堂前方塘, 微雨後作>, 文集 권2)

40) ≪논어·계씨편(季氏篇)≫ 「공자께서 말씀하셨다. 『숨어살면서 그 뜻을 구하고, 의를 행하면서 그 도에 통달한다는 것을, 나는 그런 말을 듣기는 하였어도 그것을 행하는 사람은 보지 못하였노라.』」
41) ≪맹자·진심편 상≫ 「천민이라는 것이 있으니, 통달하여 천하에 행할 수 있는 뒤에 행하는 자이니라.」 조기(趙岐) 주 「천민이란 도를 아는 자이다.」

尋師黃卷裏　누런 책 속에서 스승 찾으니,
심사황권리

此志未應衰　이 뜻 시들지 않으리라.
차지미응쇠

(<早起>, 續集 권1)

覺來忽得跫然喜　깨어보니 별안간
각래홀득공연희　　발자국 소리에 기뻐,

疏飯藜羹意自閒　거친 밥에 명아주 국에도
소반려갱의자한　　뜻 저절로 한가롭네.

(<絶句>, 續集 권1)

好風深院無餘事　바람은 좋고 정원은 깊고
호풍심원무여사　　딴 일은 없으니,

誰信遺經餉我多　뉘 알리, 묵은 경서
수신유경향아다　　참 즐거움 많다는 것을.

(<次韻林大樹>, 文集 권2)

퇴계는 항상 「유인」(幽人) 혹은 「기인」(畸人)으로 자처하였다. 유인이란 말은 ≪주역≫의 이괘(履卦)에 나오고, 기인이란 말은 ≪장자·대종사(大宗師)≫에 나온다. 유인이란 그윽이 숨어사는 은자란 뜻이고, 「기」(畸)란 짝이 없다는 말인데, 「기인」이란 곧 장자가 이른바 「사람들과는 짝이 되지 않지만 하늘과는 짝이 된다」〔畸於人而侔於天〕는 것이다. 여기서 퇴계의 뜻한 바를 알 수 있다.

≪퇴계집≫에는 〈두보가 지은 유인 시에 화답함(和老杜幽人)〉이란 오언고시 한 수가 있다. 그 시에는 다음과 같은 구절이 있다.

幽人在何許　그윽이 사는 사람 어디 있는가?
유인재하허

擧世誰同歸　온 세상에 누구와 함께 돌아가리!
거세수동귀

中林遠垢氛　숲속이라 먼지 낀 공기와는 멀고,
중림원구분

獨立靜其儀　홀로 섰으니 그 몸가짐 조용도 하네.
독립정기의

……　……

有時騎白鸞　이따금 흰 난새 타고,
유시기백란

游天略瑤池　하늘에 노닐며 주목왕 놀았던 요지 돌아보네.
유천략요지

濯髮洧盤水　유반의 물에서 머리 감고,
탁발유반수

觀日扶桑枝　부상나무의 가지에서 해 살펴보네.
관일부상지

〔**역주**〕▒ 기백란(騎白鸞): ≪고증≫ 권2「당 명황(明皇)이 달[月宮]에 사는 소아(素娥)가 흰 난새를 타고 계수나무 아래서 춤추는 것을 보았다 함.」

▒ 요지(瑤池): 상동. ≪목천자전(穆天子傳)≫에 목왕(穆王)과 서왕모(西王母)가 요지 곁에서 연회를 베풀고 놀았다는 이야기가 있음.

▒ 탁발유반수(濯髮洧盤水): 상동. <초사>에는「아침에 유반에서 머리를 씻는다.」(朝濯髮於洧盤.)란 말이 나옴. 유반은 물 이름으로 해가 들어간다는 엄자산(崦嵫山)에서 흘러나온다 함.

▒ 부상(扶桑): 동해(東海) 가운데 있다는 큰 신목(神木), 또는 그 신목이 있다는 곳으로 거기서 해가 뜬다고 함.

이러한 구절은 자못 옛날의 유선시(遊仙詩)와도 비슷한데 그 더러운 티끌과 속된 먼지를 초연히 뛰어넘고자 하는 뜻이 표현을 넘어서 나타나고 있다. 소위「숲속이라 먼지 낀 공기와는 멀고, 홀로 섰으니 그 몸가짐 조용도 하네.」〔中林遠垢氛, 獨立靜其儀〕란 말에는 그 스스로 비겨보려는 뜻이 없지 않을 것이다. 이 시는 신해년 정월(正月) 16일에 지어진 것이다. 같은 달 18일에 지은 〈아침이 밝아지자 느낌이 있어 적음(朝晴感興)〉이란 시에도 다음과 같은 구절이 있다.

幽人枕書臥　　그윽이 사는 사람 책을 베고 누웠는데,
유 인 침 서 와

燈影翳半壁　　등잔불 그림자 벽을 반쯤 가리었네.
등 영 예 반 벽

不知厲風濟　　사나운 바람 끝난 줄도 모르고,
부 지 려 풍 제

夢中餘怵惕　　꿈길은 두렵기만 하네.
몽 중 여 출 척

이 시에 이르면 스스로 비기는〔自擬〕 경지를 넘어서서 스스로 그러한 상태에 머물고〔自居〕 있는 경지에 이른 듯하다. ≪퇴계집≫ 중에는 이와 같이 유인(幽人)으로 자처한 시구가 많다.

明月在天上　　밝은 달은 하늘 위에 있고,
명 월 재 천 상

幽人在窓下　　그윽이 사는 사람 창 아래 있네.
유 인 재 창 하

(<八月十五日夜, 西軒對月>)

幽人坐不寐　　그윽함을 찾는 사람 잠 이루지 않았더니,
유 인 좌 불 매

寒鏡低梵屋　　찬 거울 달 절간 나직이 드리워져 있네.
한 경 저 범 옥

(<遊山書事·翫月>, 이상 文集 권2)

幽人隱几寂無語　　그윽이 사는 사람 책상에 몸 기대고
유 인 은 궤 적 무 어　　적적하게 말 없는데,

念在先生尊性銘　　생각은 주선생의
념재선생존성명　　　　「존덕성명」에 잠겼어라.

(<東齋月夜>)

幽人爲卜居　　은자 터 잡고 살고자 하니,
유인위복거

一瓢眞相得　　표주박 하나 실로 알맞네.
일표진상득

(<冽井>)

若問幽人在何許　　만약 그윽이 사는 사람
약문유인재하허　　　　어디 있는가 묻는다면,

淸溪白石掩雲關　　맑은 시내 흰 돌이
청계백석엄운관　　　　구름에 묻힌 곳이라고.

(<李大用將之星州, 戱贈一律>)

正是幽人觀樂處　　바로 그윽이 사는 사람
정시유인관락처　　　　즐기는 곳에,

灘聲何事抑還揚　　여울물 소리 무슨 일로
탄성하사억환양　　　　올라갔다 또 떨어지는가?

(<次韻金舜擧學諭, 題天淵佳句>)

西舍悄無蹤　　서녘 집 쓸쓸하여 인적 없으니,
서사초무종

幽人夢仙遨　　숨은 사람 신선과 꿈에 노니네.
유인몽선오

(<山堂夜起>)

渚宮淸艶雖藏好　　물가 궁전 맑고 고움
저궁청염수장호　　　　감춘 것도 좋겠지만,

何厭幽人百匝看　　그윽이 사는 사람 백 번
하염유인백잡간　　　　본들 싫다 하리오?

(<梅梢明月>)

都將灑落淸眞境
도장쇄락청진경
쇄락하고 청진한
저 경지를 모두 잡아,

分付幽人絶俗因
분부유인절속인
속된 인연 끊어 버린
그윽한 사람에게 맡겼다네.

(<天淵玩月>, 이상 文集 권3)

月映寒潭玉宇淸
월영한담옥우청
달은 찬 못 비치고
하늘 맑은데,

幽人一室湛虛明
유인일실담허명
그윽한 사람
고요한 데서 편하네.

(<山居四時吟 秋夜>)

雪月溪山凝素瑤
설월계산응소요
눈 내리고 달 비친 시내와 산은
흰 구슬 엉킨 듯한데,

幽人登覽意迢遙
유인등람의초요
그윽한 사람 올라보니
생각 넓어지네.

(<次韻金士純踏雪乘月登天淵臺>)

幽人肯似之
유인긍사지
그윽한 사람 어찌 몸이 명리에 쫓기어,

將身逐名利
장신축명리
소같이 끌리어 다니는 꼴 될 것인가?

(<題畵二牛>)

豈識幽人無苦事
기식유인무고사
그윽이 사는 사람 어찌
괴로움 없다 하리?

反招歌罷入雲深
반초가파입운심
숨어사는 은자를 불러내는 것을 반대하는 노래
끝내자마자 구름 깊이 들어갔네.

(<招隱臺>, 이상 文集 권4)

山禽不識幽人意 산새 그윽한
산금불식유인의 은자의 뜻 알지 못하고,
款曲嚶鳴至日斜 간곡하게 짹짹
관곡앵명지일사 해 비낄 때까지 조잘거리네.

(<陶山暮春偶吟>, 文集 권5)

幽人準擬營茅棟 그윽한 은자 띠집
유인준의영모동 짓고자 하니,
俗士應難躡徑蹤 속세의 선비 오솔길의 자취
속사응난섭경종 밟기 어려우리.

(<次韻士敬芙蓉峰諸作>, 外集 권1)

유인(幽人)은 항상 명월(明月)과 매화(梅花)로 친구를 삼고 청계(淸溪)와 백석(白石)으로 이웃을 삼는다. 가난함에 안주하고 도(道)를 즐기기 때문에 명리(名利)에 담박하다. 띳집에 홀로 거처하며 기개가 맑고 높아 속세와 인연을 끊는다. 더러 책을 베고 눕기도 하고, 더러 신선과 같이 노는 것을 꿈꾸기도 한다. 혹 아름다운 경치를 찾아 구경하기도 하며, 혹 책상을 대하고 앉아 말이 없기도 하다. 이것은 퇴계의 자화상과 다를 바 없다. 아래 적은 한 수의 시에서도 역시 같은 모습을 볼 수 있다.

〈현령이신 곽황이 산수를 그린 화폭에 시를 지어 줄 것을 구하다(郭景靜城主求題山水畫幅)〉

亂山縈帶水淸深 어지러운 산 둘러싸고
란산영대수청심 물은 맑고 깊은데,
中有衡茅鎖竹林 그 가운데 허름한 초가집
중유형모쇄죽림 대 숲에 닫혀 있네.

想見幽人高枕臥　그윽한 은자 베개 높이하고
상견유인고침와　　누워 있음 생각해 보니,

世間榮辱不關心　세상살이 영예와 욕심 따위는
세간영욕불관심　　마음조차 쓰이지 않는 듯.

(文集 권3)

〔역주〕 ▒ 곽경정(郭景靜): 이름은 황(趪). 함양군수로 재직 중 죽었는데, 퇴계가 고을 사람을 대신하여 지어준 제문과 그를 애도한 만사가 ≪퇴계집≫에 전함.

▒ 성주(城主): 고을의 원을 달리 이르는 말.

▒ 형모(衡茅): 두 기둥 사이에 나무 하나만 비스듬하게 걸쳐 만든 허술한 문[衡門]이 달린 초라하고 누추한 초가집을 말함.

▒ 유인고침와(幽人高枕臥): 유인(幽人)은 은자를 말함. 고침와(高枕臥)는 고와(高臥)와 같은 말로 벼슬하지 않음을 말함.

퇴계는 스스로 유인으로 자처하였으나, 때때로 주자를 유인으로 은연중에 지적하기도 하였으니, 여기서 우리들은 유인은 도가 있는 선비〔有道之士〕이지 단순한 은자(隱者)가 아님을 알 수 있다.

〈경류정에 적다(題慶流亭)〉

美酒高亭月正臨　아름다운 술 높은 정자에 차려놓고
미주고정월정림　　달 마침 내려다보는데,

何須一斗百篇吟　어찌 모름지기 술 한 말에
하수일두백편음　　시 백 편 써내야 하리?

小塘灑落如寒鏡　작은 연못 깨끗하기가
소당쇄락여한경　　차가운 거울 같아,

眞覺幽人善喩心　그윽한 은자 마음
진각유인선유심　　잘 깨우쳐줌 실로 느껴지네.

(續集 권2)

〔**해제**〕 이 시의 취지로 보아 유인은 경류정주인(慶流亭主人)을 염두에 두고 썼다고 보아야 할 듯하다.

〔**역주**〕 ▒ 경류정(慶流亭): 안동 진성 이씨 주촌파 종택에 딸린 별당. 이름은 퇴계가 지었으며, 정자에는 퇴계와 허목이 쓴 편액 두 개가 걸려 있음.

이 시의 3구는 주자의 〈관서유감(觀書有感)〉의 시의(詩意)를 이끌어 쓰고 있는데, 여기에서 말한 유인도 역시 당연히 주자를 가리킬 것이다.42)

주자의 시 중에는 또한 자주 유인으로 스스로를 비유하고 있는데, 소동파의 시에서도 또한 그러하다.43) 앞서 인용한 「유인은궤적무어」(幽人隱几寂無語)는 곧 소동파의 〈과거 합격 동기인 선씨가 덕흥의 유씨 취원루에 관한 시를 구하여(單同年求德興兪氏聚遠樓)〉 시구이다. 여기에서도 역시 퇴계가 근본한 바를 알 수 있다. 단 소동파 시에서는 그 다음 구에 「마음은 나는 기러기가 아득히 사라지는 순간을 맴돌고 있다.」〔心在飛鴻滅沒間.〕라고 하였으니, 공허하고 적막한 이치를 체득함〔空寂體道〕에 있다는 뜻이다. 그러나 퇴계는 곧 「생각은 주선생의 존덕성명에 잠겼어라.」〔念在先生尊性銘, 〈존덕성명(尊德性齋銘)〉은 ≪주자대전≫ 권85에 실려 있음 — 역주〕라고 하였으니, 이것은 바로 정신수양에 관련된 공부이지, 공허하고 적막한 이치를 체득함에 있는 것은 아니다.

42) 주자의 시 「그윽이 사는 사람 마주보고 탄식하니, 계수 향기는 창틈으로 피어오네.」〔幽人起晤歎, 桂香發窗間.〕(〈月夜述懷〉, ≪朱子大全≫ 권1, 15쪽) 「그윽이 사는 사람 마주보고 탄식하며, 쳐다보니 은하수가 하늘 가운데 있네.」〔幽人幽人起晤歎, 仰視河漢天中央〕(〈秋夜歎〉, ≪朱子大全≫ 권1, 28쪽)

43) 동파의 시 「빈 계단에 남은 방울은, 마치 그윽히 사는 사람의 말과 같구나.」〔空階有餘滴, 似與幽人語.〕(〈秋懷〉, ≪東坡集≫ 권4)
「그윽이 사는 사람 그침 없이 나아가니, 풀 이슬이 짚신을 적시네.」〔幽人行未已, 草露濕芒屨.〕(〈梵天寺見僧守詮小詩淸婉可愛次韻〉, 동상) 따위.

여기서 퇴계와 동파의 서로 다른 바를 볼 수도 있다.

기인(畸人)이란 단어에 대해서는 시 가운데 무릇 네 번이나 보인다.

〔**역주**〕 ▪ 기인(畸人): 기인(奇人, 기이한 사람)과 다르게 인도(人道)에는 부합하지 않지만, 천도(天道)에는 부합되는 사람이다.(≪장자·소요유≫) 여기서는 기인(奇人)과 구별하기 위하여 「천치 선비」로 옮겨 본다. 천치는 학문에만 몰두하는 경우가 있기 때문이다.

畸人厲孤操 천치 선비는 외로운 절개에 힘쓰고,
기인려고조

靜女守舊恩 정숙한 여자는 옛 사랑을 지키네.
정녀수구은

脉脉如有懷 서로 물끄러미 보니 마음속에 간직한 뜻 있는 듯 하지만,
맥맥여유회

迢迢竟不言 아득하고도 아득하여 끝내 말을 할 수가 없네.
초초경불언

(<當軒綠叢花 四季>, 文集 권1)

絶境無塵涴 동떨어진 곳이라 더러운 먼지 없고,
절경무진완

畸人斷俗喧 천치 선비는 시끄러운 속세와 끊고 사네.
기인단속훤

(<石江十詠, 爲曹上舍雲伯作>, 文集 권2)

穉竹種我庭 어린 대 내 뜰에 심었는데,
치죽종아정

亦在幽巖下 또한 그윽한 바위 아래에도 있다네.
역재유암하

....

畸人有時來 나 같은 천치 때때로 찾아오니,
기인유시래

俗駕寧對謝　　세속이라고 어찌 맞대어놓고 사절하리.
속가녕대사

(<移竹. 次韻康節高竹>)

〔역주〕 ▒ 속가(俗駕): 세속인(世俗人)을 말함. 가(駕)는 곧 거가(車駕)를 말하는데, 그런 것을 타고 다니는 사람을 가리키는 말로 빌려 썼음.

月潭西畔月川村　　풍월담 서쪽 가의
월담서반월천촌
　　다래 마을,
鬱鬱蒼雲護蓽門　　뭉게뭉게 검푸른 구름
울울창운호필문
　　대나무 엮어 만든 문 지키네.
中有畸人好書癖　　그 가운데 천치 선비
중유기인호서벽
　　책을 좋아하는 버릇 있는데,
客來枯吻對牀論　　손님 오면 입술 말라가며
객래고문대상론
　　책상 마주하고 토론한다네.

(<過月川>, 이상 續集 권2)

〔역주〕 ▒ 월담(月潭): <조목(趙穆)에게 드림(贈趙士敬)>에 보면 만담풍월(滿潭風月)이란 구절이 나오는데, ≪고증≫에서는 「부용봉 아래에는 풍월담이 있다.」[芙蓉潭, 有潭風月.]라고 하였음.
▒ 필문(蓽門): 쑥대를 엮어 만든 문과 대나무를 쪼개어 만든 문이란 뜻의 봉호필문(蓬戶蓽門)을 줄인 말.

「천치 선비는 외로운 절개에 힘쓴다」〔畸人厲孤操〕라고 한 데서 그 맑음을 볼 수 있고, 「천치 선비는 속세의 시끄러움을 끊는다」〔畸人斷俗喧〕에서 그 높은 경지를 볼 수 있다. 「천치 선비가 때때로 온다」〔畸人有時來〕에서 그 취향을 알 수 있다. 「천치 선비는 책을 좋아하는 버릇이 있다」〔畸人好書癖〕에서는 그 학문을 알 수 있다. 글 뜻으로 살펴보건대, 앞의 두 시는 스스로를 비긴 것은 아닌 듯하나, 스스로의 모습을 묘사한 흔적이 없지도 않다. 그러나 뒤의 두 시에서는 바로 「천치 선비」로 자처하였다. 그런데 퇴계는 그가 지은 〈도산기(陶山記)〉란 글 끝에 「천치 선비는 적노라」〔畸人記〕(文集 卷3)라고 스스로 서명하고 있다. 이로 보아 퇴계가 「천치 선비」로 자처함이 「유인」보다 못하지 않음을 알 수 있다. 대개 기인(畸人)이니 유인이니 하는 말은 대개 산림에 은거하는 뜻이 높은 선비를 이르는 것으로, 본래는 그 사이에 별 구별이 없이 사용하였다. 그런데 퇴계가 「기인(畸人)」이라고 스스로 서명한 바는 앞사람들 중에 이 단어를 말한 사람이 적어 「유인」만큼 자주 보이지 않았기 때문일 것이다. 주자의 〈서원암기(西原菴記)〉에는 다음과 같은 말이 있다.

> 유독 듣자니 이 정자의 위치의 특이함은 천하에서 가장 뛰어나다고 하며, 기인(畸人)과 일사들이 왕왕 그 사이에서 노닐고 있다고 한다.
> 獨聞廬阜之奇, 秀甲天下, 而畸人逸士往往徜徉於其間.44)

이 말에서 퇴계가 「기인(畸人)」이란 뜻을 취해 온 것이 아닐까 한다.

(2) 술회(述懷)

지(志 : 뜻)라는 것은 마음이 움직임을 말한다. 회(懷 : 생각)라는 것은 감정이 느낀 바를 말한다. 지는 의(意)가 주가 되고 회는 정(情)이 주가 된다. 그러나 의가 주가 되는 것도 정이 없을 수는 없고, 정이 주가 되는 것도 의가 없을 수는 없다. 그러나 이 두

44) ≪朱子大全≫ 권79.

가지는 사실 엄격하게 쪼개어 보기는 어렵다. 그렇기 때문에 이 글에서 대강 구분해 본 바는 설명의 편리를 위해서 일 뿐이다.

퇴계의 술회시의 주요 내용은 아래 나열하는 몇 가지이다.

고향 친척을 그리워한 것

三年京洛春 삼년경락춘	삼년째 서울에서 봄을 맞으니,
局促駒在轅 국촉구재원	움츠러들기 망아지가 수레멍에에 매인 듯하네.
悠悠竟何益 유유경하익	하염없이 지났으니 끝내 무슨 이익 있었던가?
日夕愧國恩 일석괴국은	아침저녁으로 나라의 은혜에 부끄럽구나.
……	……
隣里事東作 린리사동작	이웃 사람들 봄 되면 들에 나가 농사 지으니,
鷄犬護籬垣 계견호리원	닭과 개는 울타리와 담을 돌며 집을 지키네.
圖書靜几席 도서정궤석	책을 펴고 고요히 책상 앞에 앉으면,
烟霞映川原 연하영천원	안개와 노을이 시내와 언덕 위에 감도네.

(<感春>, 文集 권1)

〔**역주**〕 ▒ 삼년경락춘(三年京洛春) : 경락(京洛)은 한나라와 당나라 때의 서울인 낙양(洛陽)을 말하나 일반적으로 서울을 나타내는 말로 많이 쓰임. ≪연보≫ 갑오년(34세) 3월에 선생은 과거에 급제하여 4월에 부정자(副正字 : 承文院)로 뽑히고, 검열(檢閱 : 藝文館)을 받았다. 을미년 6월에는 왜국(倭國) 사신을 호송하는 호송관으로 차출되었고, 병신년(36세) 3월에 선무랑(宣務郞)이 되었다. ≪고증≫에 의함.

▒ 국촉구재원(局促駒在轅): 국촉(局促)은 어떤 일로 움츠러들어 위축된

것을 말함. ≪사기(史記)≫(105권) 「임금이 노하여 정당시에게 이르기를 그대들의 오늘 조정의론은 작게 쭈그러들어 수레 아래 따라다니는 망아지 같구나.」[上怒鄭當時曰, 公今日廷論, 局促駒效轅下駒.] 주: 「국촉(局促)은 작게 쭈그러든 모습이다.」[蹙小之貌.] ≪고증≫에서 인용. 국촉을 「局趣」로 적은 판본도 있고, 그 해석을 「섬소지모」(纖小之貌 : 작은 모양)로 한 책도(≪史記正義≫) 있음.

▪ 유유(悠悠): 원래는 한가로이 여유가 있는 모습을 나타내는 데 주로 쓰이나, 여기서는 하는 일 없이 허송세월만 하였다는 뜻으로 쓰였음. 동작(東作): 봄이 되어 농사를 시작하는 것을 말함. ≪상서·요전(堯典)≫ 「희중에게 따로 명하여 해가 뜨는 것을 경건히 인도하여 봄 농사를 고루 다스리게 하셨다.」[分命羲仲寅賓出日, 平秩東作.] 음양오행설에 의하면 동쪽은 봄에 해당한다. 김학주(金學主) 역주 ≪서경(書經)≫(자유교양협회, 1966) 235쪽 참고.

〈연말에 고향에서 온 편지를 받고 회포를 적음(歲季得鄕書書懷)〉

憶我辭北堂 억 아 사 북 당	내 어머님 슬하를 작별하고 떠나오던 날을 생각해 보니,
霜風菊花節 상 풍 국 화 절	서릿발 치고 국화꽃 피던 늦가을날이었네.
西來何所爲 서 래 하 소 위	서쪽으로 서울에 와서 무엇을 하고자 하는가?
悶默繫袍笏 민 묵 계 포 홀	아무 말 없이 관복을 입고 홀(笏)을 잡고 있네.
……	……
撫躬良自愧 무 궁 양 자 괴	자신을 살펴보니 정말 스스로 부끄러워지고,
報國亦云缺 보 국 역 운 결	나라에 보답한 일 또한 아무것도 없구나.
胡不早收愚 호 부 조 수 우	어찌 진작 어리석은 일 거두어 물러나지 않는가?

歸安在蓬蓽 귀안재봉필
돌아가서 편안하게 쑥대 대나무 엮은 대문 안에 살고 싶어라.

力耕給公上 력경급공상
힘써 밭 갈아 관청에 세금 바치고,

甘旨奉怡悅 감지봉이열
맛좋은 음식 지어 어버이 즐겁게 받들리라.

(文集 권1)

〔역주〕 ▒ 북당(北堂): 어머니를 말함. 한유(韓愈)의 <시아(示兒)> 「주부는 북당을 다스린다.」[主婦治北堂.] ≪고증≫ 참고.

▒ 포홀(袍笏): 조회 때 입는 관복과 홀을 말함. ≪용재수필(容齋隨筆)≫ 「당나라 제도에는 조복(朝服)에 청(靑)·녹(綠)·주(朱)·자(紫) 등 사시(四時)에 따라 다른 빛깔로 된 도포가 있었고, 송나라에는 녹(綠)·비(緋)·자(紫) 3등급의 도포가 있었다.」 ≪예기·옥조(玉藻)≫편 「제후가 천자를 알현할 때면 가신(家臣)이 상아로 된 홀을 올렸다.」[將適公所, 史進象笏.] ≪고증≫에서 옮김.

▒ 봉필(蓬蓽): 쑥대를 엮어 만든 문과 대나무를 쪼개어 만든 문이란 뜻의 봉호필문(蓬戶篳門)의 준말로, 가난한 사람의 집이란 뜻으로 쓰이며 보통 선비의 집을 형용할 때 쓰임. 두보의 <북으로 가다(北征)> 「초라한 집으로 돌아가도록 허락받았네.」[許詔歸蓬蓽.] ≪고증≫에서 옮김.

▒ 공상(公上): 조정 또는 관청[官家]을 말함.

▒ 감지(甘旨): 맛좋은 음식이란 뜻과 양친을 봉양하는 음식이란 두 가지 뜻이 있는데, 여기서는 후자의 뜻으로 쓰였음.

〈형님의 편지를 받았는데 황해감사로 나가신다 하였다. 5월에 임금님께 작별 인사를 드린다 하시므로 시를 지어 삼가 부친다(得家兄書, 出按黃海. 將以五月陛辭作詩奉寄)〉

去歲何時弟出京 거세하시제출경
지난 해 어느 때 아우가 서울 나섰던가?

東郊細雨傷春情　　동쪽 교외의 가랑비는
동교세우상춘정　　　　봄을 맞은 마음 아프게 하였다네.

今年何時兄去國　　올해는 또 어느 때에
금년하시형거국　　　　형님이 서울 떠나시는가?

榴花照眼黃梅節　　석류꽃 눈부시고
류화조안황매절　　　　누런 매화 열매 맺는 계절이라네.

等是作別今更遠　　작별은 똑같으나
등시작별금갱원　　　　이제 더욱 멀어지니,

西海漫漫望不極　　서해 아득하여
서해만만망불극　　　　바라봐도 끝이 없네.

……　　……

懷鄕憶弟意若何　　고향생각이며 아우 걱정에
회향억제의약하　　　　뜻 어떠하실 것이며,

戀闕憂民見華髮　　대궐 그리워하고 백성 걱정에
련궐우민견화발　　　　흰머리 보이겠네.

……　　……

鶺鴒詩成寄鴈足　　형제 이별한 시 이루어져
척령시성기안족　　　　기러기 다리에 부치니,

出處悲歡俱努力　　나아가든 물러나든 슬프든 즐겁든
출처비환구노력　　　　함께 노력하사이다.

(別集 권1)

〔**역주**〕 ▪ 거세하시제출경(去歲何時弟出京): 지난해 3월에 휴가를 받아 서울을 떠나 고향인 예안으로 돌아온 것을 말함.

▪ 국(國): 도성(都城), 곧 서울을 말함.

▪ 조안(照眼): 요안(耀眼)이라고도 하며, 물체가 밝거나 밝기가 센 것을 형용하는 말임.

▪ 황매절(黃梅節): 누렇게 매화 열매가 익는 계절. 5월. 당나라 저광희(儲光羲)의 <만재(晩齋)>「오월 누런 매실 익는 계절에, 음침한 기운

이 멀리 가까이 덮이네.」[五月黃梅時, 陰氣蔽遠邇.]

▒ 화발(華髮): 백발.

▒ 척령(鶺鴒): 척령(脊令)이라고도 하며, 우리말로는 할미새라고 함. 날 때 울고 들까불고 하여 큰일이라도 난 것처럼 날아다님. 사람에게 어려운 사고가 생겼음을 비유함. 형제 사이의 어려움을 비유하는 말로도 씀.

▒ 안족(鴈足): 편지를 말함. ≪한서·소무(蘇武)의 전기≫「천자가 상림원에서 활을 쏘아 기러기를 잡았는데 다리에 비단에 쓴 편지가 매어 있었다.」[天子射上臨中, 得鴈, 足有係帛書.]

임금과 나라를 생각한 것

十年國恩重於山
십년국은중어산
지나간 십년 동안 나라에서 입은 은혜는
산보다도 더 무거우나,

一生多病終無成
일생다병종무성
일생동안 병이 많으니
끝내 성취한 것이 아무것도 없네.

(<夜起有感>, 文集 권1)

乞退佇聞天賜允
걸퇴저문천사윤
물러나와 임금님께서 나의 사직
윤허하여 주시기를 우두커니 기다리자니

夢魂長繞紫宸間
몽혼장요자신간
꿈길에도 나의 영혼 붉은 대궐 사이에서
무슨 소식 있을까 자꾸 맴돈다네.

(<十三日, 抵醴泉, 再辭待命, 有感>, 文集 권4)

綸音誤作窮閻賁
륜음오작궁염분
조칙 잘못 일어나
궁벽한 시골 빛났는데,

痼疾仍纏北闕情
고질잉전북궐정
깊은 병 여전히
북쪽 궁궐 향한 마음 얽혔다네.

(<次韻朴監司見寄>, 文集 권5)

主屹山頭雲漠漠
주흘산두운막막
주흘산 어귀에는
구름 빽빽하고,

觀音院裏雨浪浪 관음원에는
관음원리우랑랑 비 주룩주룩.
卻憐關嶺雖重蔽 오히려 어여쁜 생각 드네, 관문 고개
각련관령수중폐 비록 겹겹이 막혔어도,
不隔思君一寸腸 임금님 생각하는 마음의
불격사군일촌장 한 치의 간격도 없음이.

(<觀音院避雨>, 續集 권1)

친구를 생각한 것

〈가을 회포, 매계 왕십붕(王十朋)이 한유의 추회 시에 화답한 시를 읽고 감회가 일었다(秋懷, 讀王梅溪和韓詩有感)〉

美人隔天涯 그리운 이 하늘가 저편에 있는데,
미인격천애
宿昔同所好 옛날에는 즐기는 것 함께 했었다네.
숙석동소호
相思不能忘 너무나 그리워 잊을 수 없는데,
상사불능망
爾來胡不早 그대 어찌하여 빨리 오지 않는가?
이래호부조
我有一畝園 내게 한 마지기 동산 있는데,
아유일묘원
松菊幽貞保 솔과 국화 그윽하게 은자의 곧음 지키네.
송국유정보
亦有梅與竹 또한 매화와 대나무 있는데,
역유매여죽
並我形癯槁 나와 함께 형체는 야위고 메말랐다네.
병아형구고
悵望無與晤 슬피 바라나 함께 만날 수 없으니,
창망무여오
誰哉肯此道 누구리오, 이 말 수긍하려는 이.
수재긍차도

(文集 권2)

〔**해제**〕 당나라 한유(韓愈)의 <추회(秋懷)> 시 11수를 보고 송대 학자 왕십붕(王十朋 : 호 梅溪)이 같은 제목으로 지은 작품을 보고 퇴계가 그 운(韻)자대로 지었음. 원제목은 <秋懷, 十一首. 讀王梅溪和韓詩有感, 仍用其韻>로 이 시는 그 제11번째 시이다.

〔**역주**〕 ▩ 유정(幽貞): ≪주역·이괘(履卦)≫의 「이의 도가 탄탄하니 유인(곧 은자)은 정하고 길하다.」[履道坦坦, 幽人貞吉]에서 나온 말로 은사를 가리키며, 또한 고결하며 바르고 굳센 절도를 가리키기도 함.

▩ 구(癯): 구(臞)와 같음.

▩ 도(道): ≪요존록≫ 「도는 말하다라는 뜻이다.」[道, 言也.]

〈호서감사 민기에게 부침(寄湖西監司閔景說)〉

兩別東湖一後園 량별동호일후원	두 번을 동호에서 헤어지고, 한 번은 뒤뜰에서 헤어졌는데,
中間人事幾紛紛 중간인사기분분	그 사이 사람의 일 몇 번이나 부산했던가?
聞君又按湖西節 문군우안호서절	듣자니 그대 또 호서절도사로 나간다는데,
顧我仍耕嶺外雲 고아잉경령외운	나 돌아보니 여전히 재 넘어 구름 속에서 밭 간다네.
千里有懷難命駕 천리유회난명가	천리 길 그리워도, 멍에 지우기 힘들고,
一尊無計可論文 일준무계가론문	한잔 술에 계책 없네, 문장 논할 만한.
西風獨臥思君處 서풍독와사군처	서쪽 바람에 홀로 누워 그대 생각하는 곳에,
鴈過長空菊吐芬 안과장공국토분	기러기 긴 하늘 지나고 국화 향기 뱉어내네.

(文集 권3)

〔**역주**〕 ▩ 민경열(閔景說): 이름은 민기(閔箕), 자는 경열(景說), 호는 관

물재(觀物齋). 명종 말년에 우의정을 지냄.

▪ 양별동호(兩別東湖): ≪고증≫에 의하면 병오년 봄(명종 원년 46세)과 을묘년 봄(55세)에 두 번 동호에서 헤어졌음. 동호는 동호독서당(東湖讀書堂), 즉 문신들에게 사가(賜暇) 독서를 시키던 곳. 이보다 몇 해 앞서 중종 38년 계묘년에 퇴계[43세]와 민기, 김인후(金麟厚) 등 10여 명이 사가독서하고 수계(修禊)한 동호수계첩(東湖修契帖)이 고(故) 김상기 교수의 동빈문고(東濱文庫)에 전하고 있음. ≪국사대사전≫ 446쪽.

▪ 일후원(一後園): 무신년(48세) 봄에 있었던 일. ≪고증≫.

▪ 문군우안호서절(聞君又按湖西節): 이 시는 신유년(61세)에 쓴 것임. 호서는 충청도, 안호서절(按湖西節)은 글자 그대로 옮기면, 호서의 부절(符節 : 옛날에 사신이 가지고 다니던 물건으로 둘로 갈라 하나는 조정에 보관하고 하나는 본인이 가짐)을 어루만진다는 뜻. 안(按)은 순행 또는 순시의 뜻으로 쓰이나, 여기에서는 나가다의 뜻으로 쓰였음.

▪ 천리명가(千里命駕): <혜강전(嵇康傳 : 진나라 죽림칠현의 한 사람인 혜강의 전기. ≪晉書≫ 열전 제19)>「진나라 동평(東平) 여안(呂安)은 혜강과 교분이 두터워, 언제나 한 번 서로 생각이 나기만 하면, 문득 천리 밖에서라도 수레를 메워 달려갔다.」≪고증≫ 참고.

▪ 일준논문(一尊論文): 두시 <춘일억이백(春日憶李白)>「언제나 한잔 술을 기울여, 다시 자세히 글을 논하리오?」[何時一樽酒, 重與細論文?] ≪고증≫에서 인용. 두보의 이 시는 그의 시우(詩友) 이백을 생각하여 지은 작품임. 준(尊)은 술잔이란 뜻으로 준(樽), 준(罇)자와 통용함.

▪ 서풍(西風): 가을바람을 말함. 오행에 의하면 가을은 서쪽 방위에 해당되기 때문에 이렇게 부름.

스스로 감개를 적은 것

〈가을날 속마음을 쓰다(秋日書懷)〉

我是山中拙滯蹤 아 시 산 중 졸 체 종	나는 산속에서 졸렬하게 발자취 머물게 하고자 하였는데,
如今百計墮虛空 여 금 백 계 타 허 공	지금 모든 계책 허공으로 떨어졌다네.

求醫浪試千方驗　의원 찾아 공연히
구의랑시천방험　　천 가지 효험 시험하여 보았다네,
作吏難酬一寸功　관리 되니 한 치의
작리난수일촌공　　공부하여 내기 어렵다네.
鴈引愁心天共遠　기러기 근심스런 마음 끄니
안인수심천공원　　하늘과 함께 멀고,
風牽歸思水無窮　바람 돌아갈 생각 당기나
풍견귀사수무궁　　물은 끝이 없다니.
重陽屈指催家釀　중양절에 손가락 꽂으며
중양굴지최가양　　집에서 술 빚기 재촉하니,
莫負煌煌滿鈿叢　번쩍번쩍 가득한
막부황황만전총　　국화더미 저버리지 말게나.

(續集 권1)

〔**해제**〕 무신년(48세)에 휴가를 받고 고향으로 돌아오기 전에 지은 것으로 보임.

〔**역주**〕 ▒ 일촌(一寸): 일촌심(一寸心), 곧 마음을 말함.

▒ 막부황황만전총(莫負煌煌滿鈿叢): 이 구절은 국화를 가리키는 듯함. 주돈이(周敦頤)의 <애련설(愛蓮說)>「국화는 은자의 꽃」[菊, 花之隱者也]이라 하였는데, 다시 돌아가고 싶은 뜻을 붙이고 있는 것으로 보임. 전(鈿)은 황금빛 비녀 장식인데, 가을의 노란 국화를 표현하여 전총(鈿叢)은 곧 국화더미라는 뜻임.

소원을 나타낸 것

〈비 갠 뒤 느낌을 적다(雨晴述懷)〉

我獨來居古僧舍　나 홀로만 나와서 거처하고 있네
아독래거고승사　　옛날부터 중들이 살던 암자에서,
家操耒耜非躬耕　집에서는 쟁기를 다루고 있지만
가조뢰사비궁경　　나 자신은 밭갈이를 못하네.

不願少林從達摩　소림사에 들어가서 달마선사의 불교를
불원소림종달마　　배우고 싶지도 않고,

不願崆峒師廣成　공동산에 들어가서 광성자의 신선술을
불원공동사광성　　배우고 싶지도 않다네.

天開一片燭幽鑑　하늘은 열었네, 한 조각의
천개일편촉유감　　그윽한 곳까지 비추는 거울을,

篁墩旨訣西山經　정황돈 선생이 마음을 기울여 주석한
황돈지결서산경　　서산의 ≪심경≫이란 책을.

一川風月要人看　온 땅에 가득한 바람과 달을
일천풍월요인간　　사람으로 하여금 보게 만들고,

萬古青山依舊青　만고에 푸른 산은
만고청산의구청　　옛날같이 늘 푸르르네.

伐檀之歌畏力纖　≪시경≫의 〈박달나무 베는 노래〉도
벌단지가외력섬　　힘이 부족할까 두려우니,

莫道傍人聞絶纓　곁에 있는 사람은 말하지 말라
막도방인문절영　　갓끈 떨어지는 소리 들었다고.

(일부만 수록, 文集 권1)

〔역주〕 ▒ 가조뇌사(家操耒耜): 우리 집은 농사를 하고 있으니 농가에서 태어났다는 뜻. 두보의 <큰비(大雨)> 「사방에 사는 이웃집에서 모두 쟁기를 들고 나오나니, 하필이면 우리 집 것만 잡겠는가.」[四隣出耒耜, 何必吾家操.] ≪고증≫에서 인용.

▒ 불원소림종달마(不願少林從達摩): ≪전등록(傳燈錄)≫ 「달마는 천축국 사람으로 바다를 건너 중국에 와서 양(梁) 무제(武帝)를 알현하고 숭산(崇山)의 소림사(少林寺)에 올라가 벽을 향해서 9년 동안이나 앉아 참선을 하다가 단정히 앉아서 죽었다.」 ≪고증≫에서 인용.

▒ 불원공동사광성(不願崆峒師廣成): 공동(崆峒)은 공동(空同)으로 산 이름. 광성(廣成)은 고대의 신선인 광성자(廣成子)로 1200세를 살았다 함. ≪장자≫ 「황제(黃帝)는 광성자가 공동산 위에 있다는 말을 듣고서 가서 만나보고서 물었다. 『몸을 다스리는데 어떻게 해야 오래 살 수 있습니까?』 광성자의 대답 『지극한 도의 정수는 깊숙하고 까마득하며, 지극한 도의 극치는 어둑하고도 고요하오. 보는 것도 없고 듣는

것도 없이, 정신을 간직하고 고요히 있으면 육체는 자연히 올바르게 될 거요. 반드시 고요해야 하고 반드시 맑아야만 하며, 당신의 육체를 수고롭게 하지 않고 당신의 정신을 요동케 말아야만 곧 오래 살 수 있는 것이오. 나는 그 도[一]를 지키며 그 조화에 살고 있소. 그래서 나는 1200년 동안 몸을 닦아왔으나 내 육체는 전혀 쇠하지 않고 있소.』」 ≪일통지≫「공동은 산 이름. 공성자는 남양인(南陽人).」 이상 ≪고증≫에서 옮김. ≪장자≫ 원문 번역은 김학주 역 ≪장자≫(자유교육협회 세계고전선집) 59~61쪽에서 인용.

■ 촉유감(燭幽鑑): ≪심경(心經)≫ 서(序)에 나오는 말. ≪고증≫.

■ 황돈(篁墩): 정민정(程敏政)의 호. 자는 극근(克勤). 명나라 헌종 때 사람으로 ≪심경(心經)≫을 주(註)하였다. ≪고증≫.

■ 지결(旨訣): ≪어록(語錄)≫「지는 의취요, 결은 사다.」[旨, 意趣也, 訣, 辭也.] ≪고증≫.

■ 서산경(西山經): 진덕수(陳德秀)의 자는 희원(希元), 호는 서산(西山), 시호는 문충(文忠). 송나라 영종(寧宗) 때 사람으로 ≪심경(心經)≫을 지었다. ≪고증≫

■ 일천풍월(一川風月)~의구청(依舊靑): ≪주자대전(朱子大全)≫ <기적계호장급유공보이수(寄籍溪胡丈及劉恭父二首)>「남겨두고 그윽이 사는 사람이 취하여 빈 골짜기에 눕게 하고, 한 줄기 바람과 달을 사람들로 하여금 볼 수 있게 하였네.」[留取幽人臥空谷, 一川風月要人看.] 또 같은 시에는「뜬구름은 한결 같이 자연스럽게 한가히 펴졌다 말렸다 하고, 만고 청산은 다만 푸르기만 하구나.」[浮雲一任閒舒卷, 萬古靑山只麼靑.] ≪고증≫에서 옮김. 윗글의 일천(一川)은 온 땅에[滿地]라는 뜻. 장상(張相)의 ≪시사곡어사회석(詩詞曲語辭匯釋)≫(臺灣 中華書局 1973) 참조.

■ 벌단(伐檀): ≪시경·위풍(魏風)≫에 나오는 시편 명. 탐욕스러운 자를 풍자한 내용.

■ 절영(絶纓): ≪사기·골계열전(滑稽列傳)≫「순우곤이 하늘을 쳐다보고 크게 웃으니 갓끈이 모조리 끊어졌다.」[淳于髡仰天大笑, 冠纓索絶.]

이 시는 비록 술회라는 제목이 있기는 하나 뜻을 이야기한〔言志〕 바도 없지 않다. 앞에서 정(情)과 지(志) 양자를 엄격히 나누기가 어렵다고 하였는데, 그 이유가 여기에 있다.

(3) 산수(山水)

퇴계의 시는 산수시로 최대의 특색을 삼는다. 퇴계가 산수를 좋아한 것은 젊을 때부터 늙을 때까지 시종여일하였다. 스스로 「젊어서 숲과 샘 가운데 좋은 감회가 있었다.」〔少小林泉有好懷. 〈東齋感事〉, 文集 권3〕라고 말하였다. 만년에 도산(陶山)에 거처를 마련하고는 〈도산기(陶山記)〉를 지었는데, 「요산요수 하나도 없어서는 안 된다.」〔樂山樂水, 缺一不可.〕라고 하였다. 그가 죽은 해에도 다음과 같은 시를 지었다.

〈암서헌에서 ≪계몽≫을 읽으며 제군들에게 보이다, 2수(巖栖讀啓蒙, 示諸君, 二首)〉

七十居山更愛山 칠 십 거 산 갱 애 산	칠십 평생 산에 살며, 더욱 산 사랑하니,
天心易象靜中看 천 심 역 상 정 중 간	하늘 한가운데 ≪역≫의 모습 조용한 가운데 보게 되네.
一川風月須閒管 일 천 풍 월 수 한 관	온 시내 바람과 달 모름지기 한가로이 챙기니,
萬事塵埃莫浪干 만 사 진 애 막 랑 간	속세의 온갖 일 함부로 간여 말게나.

(文集 권5)

〔해제〕 암서헌(巖栖軒)은 도산서당 안에 있는 제자들을 가르치던 마룻방. ≪계몽(啓蒙)≫은 주자가 지은 주역 연구서로, 퇴계는 57세 때에 이 책을 연구하여 ≪계몽전의(啓蒙傳疑)≫ 3권을 지었다. 이 시는 같은 제목의 시 2수 중 제2수이다.

〔역주〕 ■ 일천풍월수한관(一川風月須閒管): 「일천(一川)」의 뜻은 바로

앞서 나온 <비 갠 뒤 느낌을 적다(雨晴述懷)> 시의 역주를 볼 것. 여기서 「관(管)」자의 뜻은 동사로 다스리다, 관심을 두다, 알다, 느끼다, 이회(理會) 따위의 뜻. 예 : 「청풍과 명월은 아무도 관심을 두지 않으나, 함께 모여 남쪽으로부터 오니 곧 시원한 맛이 나네.」[淸風明月無人管, 倂作南來一味凉.] ― 왕안석(王安石)의 <만루한망시(晩樓閒望詩)> ― ≪정중형음의종합대자전(正中形音義綜合大字典)≫ 증정본(增訂本) 1249쪽 참조.

그 요산요수(樂山樂水)의 정은 늙어갈수록 더욱 돈독해졌다고 하겠다. 〈연보〉에는 다음과 같은 기록이 있다 「무신년(48세)에 선생은 외직을 구하는 데 깊은 뜻이 있어, 청송군수를 구하였으나 얻지 못하고, 단양군수를 하게 되었다. 당시 다음과 같은 시를 적었다. 『푸른 솔과 흰 학은 연분이 없어도, 파란 물과 붉은 산은 인연이 깊은가 보구나.』〔靑松白鶴雖無分, 碧水丹山信有緣.〕45)」 이 시의 하구(下句)는 퇴계 자신의 마음을 스스로 분석한 것이나 다를 바 없다. 퇴계는 단양군수로 있을 때에 〈마상(馬上)〉이란 시를 지었다.

45) 〈단양으로 부임하여 갈 때에 호당에서 박충원·민기·남응룡·윤인서가 마련한 전별석상에 지어 남기다〔赴丹山. 書堂朴仲初左通禮·閔景說正·南景霖正·尹士推典翰, 餞席. 留贈〕〉「십년 동안 깊은 병 앓으면서 일 않고 봉록 받는 것 부끄러운데, 바다 같은 은혜 입어 도리어 군수의 부절 얻어 걸게 되었네. 청송의 백학과는 비록 연분 없으나, 짙푸른 물 단양과는 정말 인연 있다네. 북쪽 궁궐 그리워질 때는 촛불 나누어 주던 밤이 생각날 것이요, 독서당 떠나려 하니 매화 감상하던 일 생각하네. 시들어 앓는 백성 어루만지고 쓰다듬노라면 마음과 몸의 힘 다 피로해질 터이니, 방울 걸어 놓은 대문인들 도리어 꼭 고향땅 생각나지 않으리? 퇴계 자신의 주석 : 어떤 사문의 한 늙은이가 청송부사가 되어 스스로를 청송백학이라 호하였다. 내 일찍이 청송부사가 되기를 구하였으나 얻지 못하고 단산을 얻게 되었다.」〔十載沈痾愧素餐, 洪恩猶得郡符懸. 靑松白鶴雖無分, 碧水丹山信有緣. 北闕戀懷分燭夜, 東湖離思賞梅天. 撫摩凋瘵疲心力, 鈴閣飜應憶故田. 自註 : 有一斯文老爲靑松府使, 自號靑松白鶴. 余嘗求靑松不得, 而得丹山.〕

朝行俯聽淸溪響　아침에는 가면서 몸 숙여
조 행 부 청 청 계 향　맑은 시내 소리 듣고,

暮歸遠望靑山影　저녁에는 돌아오며 멀리
모 귀 원 망 청 산 영　푸른 산 그림자 바라보네.

朝行暮歸山水中　아침에 가고 저녁에 돌아오며
조 행 모 귀 산 수 중　산수간을 누비니,

山如蒼屛水明鏡　산은 푸른 병풍이요
산 여 창 병 수 명 경　물은 맑은 거울 같네.

在山願爲棲雲鶴　산에서는 구름 속에 깃든
재 산 원 위 서 운 루　학이 되고 싶고,

在水願爲游波鷗　물에서는 물결 타고 노니는
재 수 원 위 유 파 구　갈매기 되고 싶네.

不知符竹誤我事　대나무 부절이 나의 일
부 지 부 죽 오 아 사　그르친 줄도 모르면서,

强顔自謂遊丹丘　억지로 신선 사는 단구에
강 안 자 위 유 단 구　노닌다고 스스로 일러보네.

〔**역주**〕▩ 부죽(符竹): 부절(符節)과 같은 말. 대나무에 문자를 적고 그 것을 둘로 쪼개어 각기 한 쪽씩 나누어 가졌다가 나중에 서로 맞추어 보고 증명으로 삼는 것. 지방에 태수(太守)로 나아갈 때 부절을 받기 때문에 벼슬을 한다는 뜻으로도 사용됨. ≪大漢和辭典≫ 25935~6.
▩ 단구(丹丘): 신선이 사는 곳. 아침저녁으로 항상 밝다고 함. 단구(丹邱)로도 씀. 단양을 단구로도 씀. ≪고증≫ 참고.

「구름 속에 깃든 학」〔棲雲鶴〕의 자유자재로 한가함〔閒散〕과 「물결 타고 노니는 갈매기」〔游波鷗〕의 호탕하게 노니는 것은 티끌 묻은 속세를 뛰어넘어 사물 바깥에 노닐 수 있는 것이다. 퇴계의 요산요수에는 숨은 뜻을 담고 있음이 깊기 때문에 자못 그 가운데서 마음으로 터득한 바가 많아서 그것이 가득 차고 배양됨이 많아지면, 자연히 사물을 만날 때마다 흥이 일어나, 피어나서 이루어지고 참맛이 넘쳐흐르게 된다. 그렇기 때문에 내용이 충실해져서 훌륭한 작품이 매우 많다.

더러 시냇가에 사는 즐거움을 적은 것

買地青霞外　푸르른 자하봉 밖의 땅을 사서,
매지청하외
移居碧澗傍　파란 시냇가로 거처 옮겼네.
이거벽간방
深耽唯水石　깊이 즐기는 것 물과 돌뿐이요,
심탐유수석
大賞只松篁　크게 감상하는 것은 솔과 대뿐이라네.
대상지송황

(<溪居雜興>, 文集 권1)

園從塵外卜　동산은 속세 바깥에다 터를 잡았고,
원종진외복
家向水邊成　집은 물가를 향하여 지었네.
가향수변성
有趣孤棲樂　흥취 있으니 외로이 깃들어도 즐겁기만 하고,
유취고서락
無求萬事輕　추구함이 없으니 만사 가볍기만 하네.
무구만사경
五侯池館勝　다섯 제후의 못 가에 지은 집 빼어나,
오후지관승
爭比此間淸　이 사이에서 맑음 서로 다투네.
쟁비차간청

(<石江十詠, 爲曹上舍雲伯作>, 文集 권2)

〔**역주**〕 ▪ 오후(五侯): 한(漢) 성제(成帝)가 같은 날에 외삼촌인 왕담(王譚), 상(商), 입(立), 근(根), 봉(鳳)을 제후로 봉하여 세상에서 오후(五侯)라고 칭함.

▪ 석강(石江): 파주(坡州)에 있음.

▪ 조상사운백(曺上舍雲伯): 이름은 준룡(駿龍). 벼슬은 부사(府使). 서울에 살았음. 상사(上舍)는 과거에 급제한 사람[生員, 進士]. 이상 ≪고증≫ 권2, 461쪽 참조.

睡開翠牖迎風至 수개취유영풍지	잠결에 푸른 창문 열어 바람 불어옴 맞이하고,
歌擊瓠尊答鳥鳴 가격호존답조명	노래하며 호리병 주전자 두드려 새 울음소리에 답한다네.
豹隱不嫌山霧重 표은불혐산무중	표범 몸 숨김에 산안개 짙음 싫어하지 않고,
龍蟠自喜石潭淸 룡반자희석담청	용 서림에 바위 곁 못 맑음 스스로 기뻐한다네.

(<寄閔景說>, 續集 권1)

園容野鹿栖雲宿 원용야록서운숙	동산에서 조용히 쉬는 들사슴은 구름에 깃들어 묵고 있고,
窓對沙禽向日眠 창대사금향일면	창문 맞은편의 물새는 해를 향하여 자고 있네.
不獨身閒心亦泰 부독신한심역태	몸만 단지 한가로울 뿐 아니라 마음 또한 편안하니,
任從多病在人先 임종다병재인선	남보다 병 많은 것 아무렇지도 않네.

(<和子中閒居·愛閒>, 文集 권3)

〔역주〕 ▪ 사금(沙禽): 모래톱이나 모래 여울에 사는 물새를 말함.

더러 자연 경치의 아름다움을 묘사한 것

魚穿青柳線 어천청류선	고기는 푸른 버드나무 가지를 뚫고 들어가고,

蓑帶綠烟痕 도롱이는 녹색 안개 흔적을 띠고 있네.
쇠대록연흔

(<釣磯>, 文集 권3)

野闊烟凝樹 들판은 광활한데 안개 나무에 서려 있고,
야활연응수

江淸雨捲雲 강은 맑은데 비는 구름을 말았네.
강청우권운

(<洛東觀水樓>, 別集 권1)

晩日彩禽浮水渚 해질녘에 고운 새는
만일채금부수저
물가에 떠다니고,

春風瑤草滿巖林 봄바람에 아름다운 풀은
춘풍요초만암림
봉우리와 숲에 가득하네.

(<尋改卜書堂地, 得於陶山之南, 有感而作>)

秋回澗樹生涼籟 시냇가 나무에 가을 돌아오니
추회간수생량뢰
시원한 바람소리 나고,

雨過山堂滴翠嵐 산의 집에 비 지나가니
우과산당적취람
푸르스름한 안개 기운 듣네.

(<答季珍>, 이상 文集 권2)

墟烟埽盡溪鋪練 언덕 위에 안개 말끔히 그치자
허연소진계포련
시냇물은 흰 깁실을 늘어놓은 듯하고,

郡角吹殘月上眉 고을에 저녁을 알리는 호각소리 사라지자
군각취잔월상미
달은 이미 인중방에 떠올랐네.

(<集勝亭>, 續集 권2)

山光倒水搖紅錦 산 빛 물에 거꾸로 비치니
산광도수요홍금
붉은 비단을 흔드는 듯하고,

野色連天展碧羅　들 빛 하늘에 연이으니
야색련천전벽라
푸른 비단을 늘어놓은 듯하네.

(<山居觀物>, 文集 권1)

더러 야유(野遊)의 흥겨움을 적은 것

愛山晨獨往　산을 사랑하여 새벽에 홀로 거닐고,
애산신독왕

憐月夜忘歸　달을 좋아하여 밤에도 돌아갈 줄 모르네.
련월야망귀

(<石江十詠>, 文集 권2)

遊觀非是詫亭臺　놀고 구경함 정자와 대
유관비시타정대
놀라는 것 아닐 터인데,

每上山頭忘却回　매번 산꼭대기 오르면
매상산두망각회
도리어 돌아감 잊는다네.

(<次韻士敬芙蓉峯諸作>)

松籟滿襟人爽韻　소나무에서 나는 소리 옷깃 가득하니
송뢰만금인상운
사람들 운치 상쾌하게 하고,

火雲歸岫月生輪　불 구름 산굴로 돌아가니
화운귀수월생륜
달 바퀴처럼 생겨나네.

更教扶醉湖船上　다시 취한 몸 붙들게 하여
갱교부취호선상
호숫가의 배에 오르게 하니,

萬頃涵空玉鏡新　만 이랑 소수 하늘에 담아
만경함공옥경신
옥 같은 거울 새롭다네.

(<甲子六月望日, 陪郭明府, 與諸人避暑月川亭, 因泛風月潭>)

秋風吹我返寒溪　가을바람 내게 불어와
추풍취아반한계
차가운 시내로 되돌아왔는데,

曠野蒼茫日向西　너른 들엔 어렴풋하게
광야창망일향서
해 서쪽으로 넘어가네.

醉裏不知身遠近　취한 가운데 이 내 몸
취리부지신원근　　어디쯤 있는지 알지 못하겠는데,
亂峯多處碧雲低　어지러운 봉우리 곳곳에
란봉다처벽운저　　푸른 구름 낮게 드리웠네.

(<題士敬幽居>, 以上 外集 권1)

더러 산수(山水)를 그리워 찾고자 하는 정을 적은 것

白鷗似我閒　흰 갈매기는 나와 같이 한가롭고,
백구사아한

鯈魚知爾樂　피라미는 제 즐거움을 제가 아는구나.
조어지이락

何時辦小艇　어느 때나 작은 배를 장만하여,
하시판소정

長歌弄明月　길게 노래하며 밝은 달을 마음껏 즐길까?
장가롱명월

(<石潭曲>, 文集 권1)

山追竹杖水烟篷　산에서 대 지팡이 따르고
산추죽장수연봉　　안개 낀 물에서는 배로,
不使佳期竟墮空　아름다운 절기 끝내
불사가기경타공　　헛되어지지 않게 한다네.
我亦明年辦漁艇　나 또한 내년에는
아역명년판어정　　고깃배 마련하여,
飄然來往月明中　표연히 달 밝은 가운데
표연래왕월명중　　왔다 갔다 하리라.

(<次韻士敬芙蓉峯諸作>, 外集 권1)

春陰漠漠水悠悠　봄 그늘은 아득하기만 하고
춘음막막수유유　　물은 유유히 흐르는데,

去國孤臣一葉舟　서울 떠난 외로운 신하
거국고신일엽주
　　한 척 조각배에 몸 싣네.
好待晩天晴日景　흔쾌히 저녁 하늘 개어
호대만천청일경
　　햇빛 나기 기다려,
水禽多處玩芳洲　물새 많은 곳
수금다처완방주
　　꽃다운 모래섬에서 노네.

(<舟行, 示宏姪寯兒>)

散地身閒如不病　한산한 처지라 몸 한가로우니
산지신한여불병
　　병든 것 같지 않고,
凶年家空似眞淸　흉년이라 집 곤궁하니
흉년가공사진청
　　참 맑음인 듯하네.
邇來夢想仙遊地　꿈에서도 신선의 땅에서
이래몽상선유지
　　노는 것 생각한 후부터,
何日投簪獨遠征　어느 날에나 관잠 벗어던지고
하일투잠독원정
　　홀로 멀리 가려나?

(<病中, 有客談關東山水, 慨然遠想, 復和前韻>, 以上 文集 권2)

〔역주〕 ▒ 산지신한(散地身閒): 한가한 직책에 있다는 뜻의 투한치산(投閒置散)이라는 말과 같음.

▒ 공(空): 여기서는 거성(去聲)으로 곤궁, 궁핍의 뜻으로 쓰임.

▒ 잠(簪): 관모를 머리에 고정시킬 때 쓰는 도구인 관잠(冠簪)을 말함.

더러 꿈결에 나타난 것을 적은 것

〈꿈속의 즐거움(夢中樂)〉

我夢攜我友　내 꿈에 내 벗 이끌고,
아몽휴아우

扁舟泛湖江　조각배 타고 호수와 강 떠다녔다네.
편주범호강

青山揷兩岸　파란 산은 양쪽 언덕에 꽂혀 있고,
청산삽량안

綠水無濤瀧　푸른 물엔 거센 여울도 없었다네.
록수무도랑

飄颻凌萬頃　끄떡끄떡 만경창파 건너는데,
표요릉만경

浩蕩白鷗雙　호탕하게 흰 갈매기 한 쌍 날아가네.
호탕백구쌍

籊籊弄釣竿　호리호리한 대나무 낚싯대 드리우고,
적적롱조간

盈盈對酒缸　찰랑찰랑 넘치는 술 항아리 마주하네.
영영대주항

寒襟頓蕭爽　찬 옷깃 갑자기 확 트여 상쾌하니,
한금돈소상

眞境超鴻厖　진경 크고 넓게 뛰어넘었음이네.
진경초홍방

〔**역주**〕▒ 낭(瀧): 분단(奔湍), 곧 물결이 매우 빠른 여울을 말함.
▒ 적적(籊籊): 길고 끝으로 갈수록 가늘어지는 것을 형용하는 의태어.
▒ 홍방(鴻厖): 홍(鴻)은 크다는 뜻이고, 방(厖)은 두껍다는 뜻임.

〈꿈을 기록하다(記夢)〉

虛窓寂寂夜如水　텅 빈 창 쓸쓸하고
허창적적야여수
　밤은 물과 같이 흘러,

一枕夢中千萬里　잠들자마자 꿈속에서
일침몽중천만리
　천만리 달려가네.

流觀楚越窮岷峨　초나라와 월나라 두루 구경하며
류관초월궁민아
　아미산까지 오르고,

掣帆江海連天河　강과 바다에 돛배 띄워
체범강해련천하
　은하수에도 닿았다네.

淸都館闕空中起　천제 사는 하늘 궁궐
청도관궐공중기
　공중에 솟아 있고,

玉皇高居五雲裏　옥황상제 높은 집은
옥황고거오운리　　오색구름 속에 있네.
飛仙縹緲顔綽約　멀고 아득히 나는 신선
비선표묘안작약　　맑고 부드러운 얼굴로,
邀我共勸流霞酌　나 맞아 함께 권하며
요아공권류하작　　신선의 술 따르네.

(以上 別集 권1)

〔**역주**〕 ▩ 허창적적(虛窓寂寂): 송나라 육유(陸游)의 <절에 거처하다 잠이 들다(寺居睡覺)> 「빈 창 쓸쓸하고 밤은 삼경에 접어들었는데, 등불 남은 빛 거두어들이어 밝은 달 피하네.」[虛窗寂寂夜三更, 燈斂殘光避月明.]

▩ 민아(岷峨): 사천성의 민산(岷山)과 아미산(峨眉山)의 두 산을 말함.

▩ 청도(淸都): 천제, 곧 하느님이 살고 있는 궁궐.

▩ 오운(五雲): 청(靑)·백(白)·적(赤)·흑(黑)·황(黃)의 다섯 가지 구름. 다섯 가지 색의 상서로운 구름.

▩ 작약(綽約): 몸매가 부드럽고 아름다운 모습.

▩ 유하작(流霞酌): 신선이 마신다는 좋은 술.

〈김유지의 탁청정에 지어 부침(寄題金綏之濯淸亭)〉

夢裏每尋溪友約　꿈속에서는 언제나
몽리매심계우약　　시냇가 친구와 한 약속 찾을 때마다,
席間行見野人爭　자리에서는 노상
석간행견야인쟁　　농부들 다툼 보게 되네.
何當結屋淸泉上　어떡하면 맑은 샘가에
하당결옥청천상　　집 짓고서,
不使君家獨占淸　그대 집에서 맑음
불사군가독점청　　독점하지 않게 하겠는가?

(外集 권1)

酒闌人散江月出　　술 거나해져 사람들 흩어지고
주란인산강월출　　　　강 위로 달 돋으니,
夢騎白鶴遊蓬丘　　꿈속에서 흰 학 올라타고
몽기백학유봉구　　　　봉래산 노닐겠네.

(<宿淸心樓>, 別集 권1)

〈대수가 지은 시의 각운자를 써서 짓다(次大樹韻)〉

星軺餘事訪雲巒　　사행의 일 수행하고 남는 시간에
성초여사방운만　　　　구름 낀 봉우리 찾으니,
碧嶂丹崖在袖間　　푸른 봉우리며 붉은 벼랑
벽장단애재수한　　　　소매 사이에 있다네.
讀罷令人倍惆悵　　읽기 끝마치니 사람으로 하여금
독파령인배추창　　　　슬픔 배가시킨다네,
夜來歸夢繞千山　　밤 되니 돌아가는 꿈
야래귀몽요천산　　　　모든 산 감돈다네.

〔**해제**〕 이 시 원문에는 다음과 같은 뜻의 해제가 붙어있다. 「이때 대수가 국가의 명을 받아 일본국 사신을 맞이하러 가게 되었으나, 중도에서 사신이 오지 않게 되었다는 소문을 듣고서 가야(伽倻)에 가서 놀았다. 이윽고 이 일 때문에 벼슬에서 쫓겨나서 돌아왔다. 내가 어저께 그 집을 방문하여 그가 여러 산을 찾아다니며 지은 시를 얻어 보았다. 집으로 돌아와서 그 시에 차운(次韻)하여 이 시를 지어 바친다.」 이 시는 그 2수 중 제2수이다.

〔**역주**〕 ▪ 대수(大樹): 석천(石川) 임억령(林億齡)의 자. 임억령이 일본의 선위사로 임명된 것은 중종 37년(1542)이므로 퇴계 나이 42세에 지은 것으로 보임.

▪ 성초(星軺): 사자가 타는 수레. 또한 사자를 가리키는 말로도 쓰임. 임억령이 선위사에 임명되었으므로 이렇게 말한 것임.

〈병중에 이자발이 약을 구하다(病中李子發求藥)〉

青山入夢覺難尋　푸른 산 꿈속에 드는데
청 산 입 몽 교 난 심
　　　　　　　　깨어서는 찾기 어렵고,
舊雨來人不到今　옛날 비 내릴 때 오던 사람
구 우 래 인 부 도 금
　　　　　　　　지금은 이르지 않네.
與子隔鄰同抱病　그대 이웃하고 살면서
여 자 격 린 동 포 병
　　　　　　　　함께 병 안고 있으니,
不妨分藥共愁吟　약 함께 나누고
불 방 분 약 공 수 음
　　　　　　　　근심 읊조림 함께함도 무방하리.

(以上 續集 권1)

〔**역주**〕▣ 자발(子發): 휴수(休叟) 이문건(李文楗)의 자.
▣ 구우(舊雨): 구우(舊友)와 같은 뜻. 당나라 두보(杜甫)의 <가을 술회(秋述)> 「… 옛날에는 비가 내려도 왔는데 지금은 비가 내리니 오지 않았다.」[… 舊雨來, 今雨不來.]

가장 기이하고 특이한 것은 병인년(66세) 10월에 꿈을 적은 시〔記夢詩〕이다. 퇴계의 제자 이덕홍(李德弘)의 말에 의거하면 다음과 같다.

병인년 10월에 선생은 계당(溪堂)에서 꿈을 적은 시를 지어 손수 써 덕홍에게 주셨다. 그 시는 다음과 같다.

〈꿈을 적다(記夢)〉

我夢尋幽入洞天　내 꿈에 그윽한 곳 찾아
아 몽 심 유 입 동 천
　　　　　　　　동천에 들었더니,
千巖萬壑開雲烟46)　천 개 바위산 만 골짝
천 암 만 학 개 운 연
　　　　　　　　구름안개 뛰어넘네.

中有玉溪青如藍　그 가운데 옥 같은 시내
중유옥계청여람　파랗기가 쪽 같은데,

泝洄一棹神飄然　한 노 저어 물 거슬러 올라가니
소회일도신표연　정신 가뿐하네.

仰看山腰道人居　산허리 우러러 보니
앙간산요도인거　도인 거처 있는데,

行穿紫翠如登虛　자색과 비취 빛 뚫고 가보니
행천자취여등허　허공 오르는 듯하네.

迎人開戶一室淸　사람 맞아 지게문 여는데
영인개호일실청　온 방 맑고,

臞仙出揖曳霞裾　여윈 신선 나와 절하는데
구선출읍예하거　놀빛 옷자락 끌리네.

髣髴何年吾所遊　어느 해가 내 놀던 곳
방불하년오소유　흡사하기만 한데,

壁上舊題留不留　벽 위에 옛날 지은 시
벽상구제류불류　남았는지 남지 않았는지?

屋邊刳木飛寒泉　집 옆의 나무 쪼갠 홈통에선
옥변고목비한천　차가운 샘물 날리고,

團團桂樹枝相樛　방울방울 계수나무 이슬 맺히고
단단계수지상규　가지 서로 얽혔네.

同來二子顧且歎　함께 온 두 사람
동래이자고차탄　돌아보고 또 탄식하는데,

結樓永擬遺塵絆　누대 얽어 영원토록
결루영의유진반　속세의 굴레 버리려 하네.

忽然欠伸形蘧蘧　별안간 하품하고 기지개 펴니
홀연흠신형거거　몸 흠칫 놀라고,

雞呼月在南窓半　닭 울부짖는데 달은
계호월재남창반　남쪽 창에 반쯤 걸려 있네.

(文集 권5)

---

46) ≪전서≫ 제1책, 문집 권5에서는 「開」자가 「凌」자로 되어 있다.

〔역주〕 ▒ 동천(洞天): 신선이 사는 세계, 산에 싸이고 내에 둘린 경치 좋은 곳. ≪한한대사전≫(동아출판사) 615쪽.

▒ 천암만학(千巖萬壑): ≪세설신어(世說新語)≫ 「고장강(顧長康)이 회계(會稽)에서 돌아오니 사람들이 산수의 아름다움이 어떻더냐고 물었다. 그는『천 바위가 우뚝함을 경쟁하고, 만 골짜기가 흐름을 다투더라.』[千巖競秀, 萬壑爭流]라고 대답하였다.」 주자의 시 <무이도가 10수(武夷櫂歌十首)> 「만 골짜기와 천 바위는 비취색 안개에 묶여 있네.」[萬壑千巖鎖翠烟] ≪고증≫에서 인용.

▒ 일도(一棹): 하나의 노. 여기서 도(棹)자는 사물의 일부를 가지고 전체를 대표하는 말로 쓰여, 곧 한 척의 배를 가리킴.

▒ 자취(紫翠): 산의 아름다운 모습을 형용하는 말로 흔히 씀. ≪한한대사전≫ 1178쪽.

▒ 읍(揖): 옛날 선비들이나 지금 중국 사람들의 간단한 인사 방법. 두 손을 마주 잡고 올림.

▒ 고목(刳木): 통나무를 쪼개어 속을 파냄. 여기서는 처마의 홈통을 말한 것임.

▒ 한천(寒泉)·계수(桂樹): 계수나무는 추운 겨울, 찬 산에서 잘 자란다 함. <초사(楚辭)> 「계수나무는 겨울에 번성하는 것이 아름답다.」[麗桂樹之冬榮.] ≪문선≫(謝靈運의 <入華子岡> 시) 「계수나무는 찬 산을 이겨낸다.」[桂樹凌寒山.]

▒ 거거(蘧蘧): ① 형상이 있는 모양[蘧蘧然]. ② 스스로 깨어나는 모양. ≪장자·제물론(齊物論)≫ 「이윽고 깨어나 보니 놀랍게도 장주 나 자신 그대로였다.」[俄而覺, 則蘧蘧然周也.]

며칠 있지 않아 선생님께서 홀연히 달구경놀이〔月瀾〕를 마련하여 가셨다.47)

---

47) ≪全書≫ 제4책. ≪언행록≫ 권5. 〈유편〉〈잡기〉 제5. 〈간록〉. 이덕홍(李德弘)은 이 글 끝에 다음과 같이 적었다. 『선생님께서 돌아가시려 할 때 지팡이를 짚고 동구로 내려가셨다. 덕홍이 따라가니 말에 오르시면서 돌아보시고 말씀하셨다. 『내려올 필요가 무엇이냐.』고. 대개 〈꿈을 적다(記夢)〉 시와 부합하는 것이었다.』

이 시는 격(格)과 운(韻)이 뛰어나서, 인간 세계의 속된 티를 접한 기운이 하나도 없다. 퇴계의 기몽시(記夢詩) 중에는 이 시가 압권이라고 하겠다.

그 산수시의 아름다운 구성은 칠언절구에서 두드러진다. 여기에 두 수만 인용하여 그 일면을 잠깐 살펴보도록 하겠다.

〈저녁에 개어 높은 곳에 오르다(夕霽登臺)〉

天末歸雲千萬峯 하늘 끝으로 돌아가는 구름
천말귀운천만봉 봉우리는 천만 개나 되고,
碧波青嶂夕陽紅 짙푸른 물결 푸른 산봉우리에
벽파청장석양홍 석양 빛 붉네.
携筇急向高臺上 지팡이 짚고 급히
휴공급향고대상 높은 곳으로 올라가서,
一笑開襟萬里風 한 번 웃으니 마음 열리네
일소개금만리풍 만리 불어온 바람에.

(文集 권3)

〔**해제**〕 첫 번째 구절에 천(天)자와 운(雲)자가 들어가 있고, 또 두 번째 구절에서 「석양 빛 붉네.」[夕陽紅]라 읊은 것으로 보아 서쪽의 대(臺)인 천광운영대에서 지은 것이 아닌가 한다.

〈홀로 능운대를 찾다(獨尋凌雲臺)〉

穿林入谷訪烟霞 숲 뚫고 골짝 들어가
천림입곡방연하 안개 낀 놀 찾으니,
處處吹香野菊花 곳곳에서 들국화
처처취향야국화 향기 풍기네.
忽見丹崖臨碧水 별안간 붉은 낭떠러지
홀견단애림벽수 짙푸른 물 굽어봄 보이니,

愛深從此欲移家　　사랑 깊어 이곳으로
애심종차욕이가　　　　집 옮기고자 한다네.

(文集 권4)

〔역주〕▒ 능운대(凌雲臺): 곧 동촌(東村) 능운대니 예안현 동쪽 10리 밖에 있다. ≪고증≫ 권3.

앞 시는 시(時)·공(空)이 교감(交感)하고, 정(情)·경(景)이 상영(相映)하는 아름다움이 있다. 그 기구(起句)의 기세는 충만하다. 「천만봉」(千萬峯)이란 공간을 묘사한 것이며, 「천미귀운」(天未歸雲) 또한 비록 공간을 묘사한 것이기는 하나, 「미」(未)자를 쓴 것은 시간을 착안한 것이다. 봉우리가 보일 수 있음은 구름이 돌아가고 있지 않기 때문이다. 여기서 시·공이 교감하기 때문에 「운」(雲)과 「봉」(峯)의 인과관계가 생겨난다. 또 제목에서 「석제」(夕霽 : 저녁에 개어)라고 하였으니, 하늘에는 본래 구름이 없음을 알겠다. 구름이 없는데 「돌아가지 않는다」(未歸)라고 하였으니, 여기서 「무중유생」(無中生有, 역주 : ≪노자≫에 나오는 말. 天下萬物生於有, 有生于無)의 법을 깨닫겠다.

그 다음 구절은 아름답기가 그림과 같다. 「벽파청장석양홍」(碧波青嶂夕陽紅)은 풍경의 아름다움을 묘사한 것이다. 「碧波青嶂」은 공간을 묘사한 것이요, 「夕陽紅」은 시간에 착안한 것이다. 「석양이 붉기」 때문에 「짙푸른 물결 파아란 멧부리 둘레둘레」의 아름다운 경치가 오랫동안 머물 수 없음을 알 수 있다. 여기서 시공의 교감을 거쳐서 벽(碧), 청(青), 홍(紅)의 삼색(三色) 관계가 구성되고, 이 삼색을 통하여 색깔이 선명하고도 진한 한 폭의 그림이 이루어진다. 「碧」(짙푸름)과 「青」(푸름)은 다만 색택미(色澤美)만 있을 뿐이나, 「紅」(붉음)은 색택미 이외에도 광휘(光輝)가 있다.

그러므로 이 삼색은 「紅」색을 주요한 인소(因素)로 삼고 있다. 다음 구 「휴공급향고대상」(携笻急向高臺上)의 「急」자는 곧 바로 「紅」자에 이어서 나온다. 「붉음」이 오래 갈 수 없기 때문에 「急」해서 늦출 수가 없다. 급한 「마음」(情)은 붉은 「경치」(景)에서 나오며 마음〔情〕과 경치〔景〕가 서로 비추고 있다. 이러한 높은 누대에 올라서, 이러한 아름다운 경치를 대하고 옷깃을 풀고 한 번 웃으니, 웅장한 바람 만리를 스쳐온다. 여기서 그 정(情)이 경(景)과 어울리게 되는 즐거움과, 호당하게 뛰어넘음을 스스로 얻은 마음을 상상해 볼 수가 있다.

그 다음 시 「천림입곡」(穿林入谷 : 숲 뚫고 골짝에 들어감)은 「방연하」(訪烟霞 : 안개 낀 놀을 찾기)를 위함이니, 우아한 흥미가 얕지 않음을 엿볼 수 있다. 그런데 곳곳에 들국화가 향기를 피우니, 곧 이러한 경치가 공허하지 않음을 느낀다. 다시 붉은 낭떠러지〔丹崖〕와 짙푸른 물이 있어, 홀연히 눈앞에 나타나니, 이러한 경지〔境〕는 찾지 않고서는 찾을 수 없으며, 이러한 경치는 평소의 숙원에도 꼭 들어맞는다. 이로부터 애착이 깊어져 집을 옮기고 싶어졌으니, 마음〔情〕과 경지〔境〕가 흡족하게 들어맞아, 더불어 함께 변화한다고 할 것이다. 앞에서는 「별안간 보인다」〔忽見〕고 말하고, 뒤에 가서는 「이곳으로」〔從此〕라고 하였으니, 시간상으로 긴밀하게 이어져, 이러한 경치〔景〕를 「별안간 보자」, 「이곳으로」 애착이 깊어진다. 경(景)을 접하자 정(情)이 생겨나고, 경(景)을 접하자 애착이 깊어지고, 애착이 깊어지니 정(情) 또한 깊어져서, 집을 옮기고 싶은 것은 곧 애착이 깊은 감동이요, 또한 정(情)이 깊은 격동이라고 하겠다. 윗 구의 홀연히 보임이란 오로지 직관(直觀)에만 의지한 것이며, 아래 구의 애착이 깊어짐이란 오로지 직각(直覺)에만 의지한 것이다. 아름다운 경치〔美景〕의 직관(直

觀)을 통하여 이로부터 「사랑 깊어짐」을 직각(直覺)하게 되니, 한 줄로 서로 이어짐이 마치 메아리가 소리에 응함과 같다. 이(理)의 길에 닿지도 않고〔不涉理路, 역주 : 宋 嚴羽의 ≪滄浪詩話≫에 나오는 말, 「대저 시란 책과는 관련이 없는 별종의 재능을 내포하고 있다. …… 이른바 이(理)의 길에 닿지도 않고, 말의 통발에 빠지지도 않는 것이 최고다. 시라는 것은 정서와 본성을 읊조리는 것이다.」〔夫詩有別材, 非關書也 …… 所謂不涉理路, 不落言筌者, 上也. 詩者吟詠性情也.〕— 拙譯 ≪中國의 文學理論≫, 汎學, 1978, 83쪽 참조〕, 티끌 묻은 속세를 멀리 벗어나고 있다. 이야말로 「나는 증점(曾點)과 취미가 같다.」〔吾與點也, ≪논어≫에 나오는 말. 공자가 봄날 물가에 소요하고 싶다고 한 제자 증점의 취미에 동감을 표시한 말〕라고 한 뜻도 지니고 있다. 그러나 요산요수의 정은 말하지 않는 가운데도 모두 들어 있다.

(4) 감사(感事)

바깥으로 사물에 이끌리면, 감정은 마음속에서 움직인다. 그것이 다시 시로 읊조리게 표현 형식화 됨에 이르면, 감개가 없을 수 없다. 이러한 유의 작품은 감정과 뜻이 진지하고 내뿜는 말이 구슬프고 처량하여 사람을 감동시킴이 지극히 깊다.

옛일을 더듬어가며 감탄을 자아낸 것〔撫事興歎者〕

〈명옥대(鳴玉臺)〉

此地經遊五十年 차 지 경 유 오 십 년	이곳 지나며 논 지 오십 년이라,

韶顏春醉百花前　　아름다운 얼굴 흠뻑 취했었다네
소안춘취백화전　　　　갖은 꽃 앞에서.
只今攜手人何處　　지금 손잡고 놀던 사람들
지금휴수인하처　　　　어느 곳에 있는가?
依舊蒼巖白水懸　　푸른 바위 흰 물 걸린 것만
의구창암백수현　　　　옛날 그대로라네.

(文集 권4)

〔역주〕 ▒ 명옥대(鳴玉臺): 퇴계가 16세에 공부한 적이 있는 봉정사(鳳停寺) 앞에 있는 대. 본명은 낙수대(落水臺)였으나, 퇴계가 진(晋)나라 육기(陸機 : 자는 士衡)의 <초은시(招隱詩)>의 「폭포수는 소리 나는 옥을 양치하는 듯하네.」[飛泉漱鳴玉.]란 말을 취하여 명옥대로 이름을 바꿈. 본시 소주(小註) 등에 의함.
▒ 소안(韶顔): 빛을 발하듯 젊게 보이는 노인의 얼굴.

이 시 앞에는 다음과 같은 소서(小序)가 있다.

이전 병자년 봄에, 나는 종제인 수령(壽苓)과 함께 봉정사(鳳停寺)에 묵으며 공부를 하였는데, 그때 자주 여기에 와서 놀았다. 공생(貢生 : 향교의 유생)인 권민의(權敏義)와 강한(姜翰)도 함께 어울리기도 하였다. 한 번 이곳을 떠난 뒤로는 다시 오기가 어려웠다. 그런데 나의 아우는 불행하게도 일찍이 세상을 떠났고, 권·강 두 사람도 죽은 지 이미 오래되었다. 내 지금 여행에 지친 몸을 이끌고 터덜거리며 혼자 찾아와 옛일을 더듬으며 감회를 일으키니 어찌 감개가 없을소냐?
往在丙子春, 余與從弟壽苓棲寺讀書, 屢游於此. 貢生權敏義. 姜翰從之. 旣去, 無因再來, 而吾弟不幸早世, 權姜二生死亦已久. 余今旅困之餘, 踽踽獨來, 撫事興懷, 寧不慨然?

이 시는 시간을 날〔經〕로 삼고, 사실을 씨〔緯〕로 삼는다. 50년

전에는 소안(韶顔)이 봄에 취하였는데, 이러한 즐거움은 오직 추억에만 있을 뿐이다. 지금도 예와 같으니, 풍경은 남아 있지만 사람은 없다. 고개를 돌리어 옛일을 생각해 보니, 정을 어찌 견딜 수 있겠는가? 당시에 꽃 앞에서 봄에 취하여 즐거워하였던 것이 오늘날 다시 와서 거닐게 되는 감회를 더해 주고 있다. 다음에 열거하는 두 수의 시도 이러한 감정과 서로 비슷하다.

〈고조부와 증조부의 묘소에 술을 뿌려 제사를 지내다. 지난 을해년 중에 숙부께서 안동부사가 되어 오시어 제사를 지내셨으니 지금 35년이 되었다. 묘는 안동 북쪽에 있다(高曾墓澆奠. 去乙亥年中, 叔父爲府使來奠, 今三十有五年矣. 墓在安東北)〉

當時大府進澆床　당시에는 큰 고을 원님으로
당시대부진요상　　상석에 술 뿌려 올렸는데,
三十年來一瞬忙　삼십 년 세월이
삼십년래일순망　　일순간에 바삐 지나갔네.
得郡我來無百里　군수 되어 내 이곳에 오니
득군아래무백리　　백리도 되지 않아,
傷心重到掃烟荒　마음 아파하며 다시 이르러
상심중도소연황　　황폐한 묘 쓸고 닦네.

또 한 수

深松茂栢閱風霜　깊은 소나무 무성한 잣나무
심송무백열풍상　　모진 풍상 겪었는데,
存沒尋思自感傷　살고 죽음 생각하여 보니
존몰심사자감상　　스스로 슬픈 마음 생겨나네.
合族一歡須强飮　친족들 모여 한 차례 기뻐하며
합족일환수강음　　흠뻑 술 마시려는데,

明朝世事又茫茫　　내일 아침 세상일이
명조세사우망망　　　　또다시 망망하네.

(別集 권1)

〔**해제**〕 퇴계의 고조부[諱 云候]와 증조부[諱 禎, 善山府使를 지냄]의 묘는 모두 안동부 북쪽에 있었는데, 퇴계가 15세인 을해년에 그의 숙부 송재공(松齋公) 우(堣)가 안동부사로 부임하여 성묘를 행하였다. 퇴계가 이 시를 쓴 것은 그 35년 후인 기유년(49세) 한식(연보 참조) 때이고, 이때 풍기(豐基)군수로 있었으므로 시에서 여기서 백리 길도 안되는 곳이라고 읊었다. 이보다 한 해 앞서 2월에 둘째 아들 채(寀)가 죽었고, 다음해 경술년 8월에는 형 좌윤공(左尹公) 이해(李瀣)가 좌상(左相) 이기(李芑)를 탄핵한 일로 모함을 받아 곤장을 맞고 귀양 가다가 길에서 죽는 비운이 겹쳤다.

〔**역주**〕 ▩ 당시대부(當時大府): 을해년에 숙부인 송재(松齋)가 안동대도호부의 부사였음을 말함.

▩ 요상(澆床): 요전상(澆奠床), 산소에 차려 놓은 제물.

이러한 유의 감상에 젖은 시는 중년 이후에 많이 지어졌다. 옛날 땅에 다시 와서 가까운 사람들이 죽기도 하고 살아 있기도 한 것을 보며, 인간의 운명에 대하여 깊이 생각해 보게 되고, 이러한 일 저러한 일들을 접하면서 일어나는 감회와 느끼게 되는 감정을 스스로 억누를 수 없었다. 여기서 또한 퇴계가 친구나 가까운 사람들에 대한 정이 남달리 두터웠음을 알 수 있다.

시절에 느낌이 있어 탄식을 자아낸 것〔感時興歎者〕

〈이른 가을밤에 앉아서(早秋夜坐)〉

感時忽興嘆　　시절이 흘러감을 느껴 홀연히 탄식을 일으키나니,
감시홀흥탄

徂年水流速 한 해가 감이 마치 물 흐르듯 빠르구나.
조년수류속

舊學苦已晚 옛날 공부하던 것은 정말 잇기가 늦었고,
구학고이만

新知良可恧 새로운 지식에는 정말 부끄러울 뿐일세.
신지양가뉵

沈痾喜負心 깊이 병들어 차라리 내 마음을 저버리는 것이 나을지,
침아희부심

謬算難諧俗 잘못된 계산 시속에 조화되기만 어렵네.
류산난해속

小人思獻愚 소인들은 어리석은 죄를 바칠 것을 생각하지만,
소인사헌우

君子貴知足 군자는 만족함을 아는 것을 귀히 여기네.
군자귀지족

悠悠不成寐 아득하고도 아득하여 밤잠을 이루지 못하니,
유유불성매

耿耿照書燭 책 비추이는 촛불만 반짝반짝하네.
경경조서촉

(文集 권1)

〔**역주**〕 ■ 지족(知足): ≪노자(老子)≫ 「만족함을 알면 욕을 당하지 않게 된다.」[知足不辱.] ≪고증≫에서 옮김.

〈밤에 일어나다(夜起)〉

中歲負初心 중년에는 초심 저버렸지만,
중세부초심

當年慕前轍 그해에는 전철을 그리워하였다네.
당년모전철

榮道眞竊吹 현귀한 길 실로 몰래 피리 부는 것이고,
영도진절취

世故動遭掣 세상의 사정 걸핏하면 견제 당한다네.
세고동조철

時光不我延　　세월은 나를 위해 늘어나지 않는데,
시광불아연

得失空屢閱　　얻고 잃음 공연히 자주 살핀다네.
득실공루열

(續集 권1)

〔해제〕 계묘년(43세)에 쓴 오언고시의 일부분.

〔역주〕 ▒ 전철(前轍): 전거지복철(前車之覆轍)의 준말. 앞에 가던 수레가 넘어진 것을 보고 뒤에 가던 수레가 경계로 삼는다는 말. 전용되어 이전 사람의 그릇된 행동의 자취.

▒ 절취(竊吹): ≪한비자·내저설(內儲說)≫ 「전국시대 제(齊)나라 사람인 남곽처사(南廓處士)가 제 선왕(宣王)이 사람들로 하여금 생황을 불게 할 때에는 반드시 3백 명을 채우게 한다는 말을 듣고 자기 능력도 생각하지 않고 나아가 임금을 위해서 생황을 불 것을 청하였다. 선왕은 매우 즐거워하고, 이렇게 수백 사람을 먹여 살렸다. 선왕이 죽고 그 아들 민왕(湣王)이 임금이 되자 잘 부는지 하나하나씩 들어보자 처사는 도망하였다.」 뒤에 자격이 없이 자리를 차고 있는 것, 명성이나 인기를 누리고 은자(隱者)로 가장하고 있는 것 따위를 비유하는 말로 씀. 공치규(孔稚圭)의 <북산이문(北山移文)> 「주옹(周顒)이라는 사람이 초당이란 명의를 남용하며 남곽처사와 같이 생황을 훔쳐 불고, 함부로 북산[鍾山]에서 은자의 두건을 쓰고 다닌다.」[竊吹草堂, 濫巾北岳.]

▒ 동조철(動遭掣): 툭하면 견제를 당함. 동(動)자는 부사로 툭하면, 걸핏하면이라는 뜻이며, 철(掣)자는 제와 철 두 가지 음이 있지만, 여기서는 압운자로 쓰여서 철이라고 읽어야 함.

▒ 시광불아연(時光不我延): 주자의 <학문을 권하는 글(勸學文)> 「시간은 흘러가게 마련으로 나를 위해 더 늘어나 주지 않는다.」[日月逝矣, 歲不我延.]

밤은 깊어 인적이 고요한데, 외로운 등불만 깜박이고 있다. 더러 잠자리 속에 꿈이 오락가락하고, 이때 밤기운은 청명하고 맑은 정신은 더욱 뚜렷해져서 지나간 일을 검토해 보니 후회가 없을 수 없으나, 세월은 나를 위하여 기다려 주지 않으니 감개가 없을 수 없다. 이른바 「세월은 나를 위하여 천천히 흐르지 않으니, 잘잘못만 공연히 앉아 누누이 헤아려 보게 되네.」〔時光不我延, 得失空屢閱〕라느니, 「옛 배움은 이미 늦고, 새로 앎도 부끄러워」〔舊學苦已晩, 新知良可恧〕라느니 하고 읊은 데서 퇴계의 자기 성찰(省察)이 철저함을 볼 수 있다.

감정을 잃고 탄식을 자아낸 것〔奪情興歎者〕

〈동지 형님께서 성절사로 연경에 감에 삼가 전송해드리다(奉送同知兄聖節使朝京)〉

豈知三釜與五鼎
기지삼부여오정
어찌 알았으리오? 관리로 박봉 받든
후록 받든 간에,

國恩不曁慈恩償
국은불기자은상
나라의 은혜로 미처
어머니 은혜 갚지 못할 줄을.

仲由空懷負米痛
중유공회부미통
중유같이 공연히 쌀
맬 수 없는 고통 품었고,

皐魚不盡風木傷
고어부진풍목상
고어같이 풍수지탄으로 받는 고통을
견디지 못했다네.

去年不得同上壟
거년부득동상롱
지난해에 함께
성묘도 못하게 되었었고,

今年心事又乖張
금년심사우괴장
올해는 마음에 생각하였던 일
또한 크게 어그러졌다네.

抱弓方在哭鼎湖
포궁방재곡정호
저는 활 안고 바야흐로
정호에서 곡하고 있을 때,

乘槎已戒超銀潢
승사이계초은황
형님께선 뗏목 타고 이미 길에 올라
은하 넘으셨다네.

由來公義奪家私
유래공의탈가사
예로부터 공적인 의리
집안의 사사로움에 우선하였으니,

怵惕雨露凄風霜　　비와 이슬 같은 나라의 은혜
출척우로처풍상　　바람과 서리처럼 처량해질까 두렵다네.

(續集 권1)

〔**해제**〕 원시는 칠언시 장편이나 여기에 인용한 것은 그 중간의 일부분이다. 원시의 끝에는 이 시를 쓸 당시의 심정을 적은 자주(自註)가 있는데, 앞서 한 번 소개한 바 있다.

〔**역주**〕 ▒ 형(兄): 가선대부 예조참판 겸 동지중추관사 오위도총부 부총관을 지낸 이해(李瀣).

▒ 성절사(聖節使): 조선시대에 중국의 천자나 왕후의 생일을 축하하기 위해 보내던 사절이나 그 사신임.

▒ 삼부(三釜): 적은 봉급이란 뜻. 1부(釜)는 6두(斗) 4승(升). ≪장자·우언(寓言)≫ 「증자(曾子)는 다시 벼슬하자 마음이 다시 변하여 말하였다. 『내가 어버이가 계실 때에 벼슬할 때에는 봉급이 3부밖에 되지 않았지만 마음이 즐거웠으나, 뒤에 벼슬이 올라 봉급을 3천 종(鍾)이나 받게 되었지만 어버이가 계시지 않으니, 내 마음이 슬프다.』」 어버이에게 효성을 다하기 위해서 박봉도 즐거이 받고 벼슬하는 것을 삼부양(三釜養)이라고 함.

▒ 오정(五鼎): 정(鼎)은 반찬을 담는 그릇. 대부(大夫)는 제사 때 오정을 갖추고 제사를 지낸다고 함. ≪맹자·양혜왕(梁惠王) 하)≫ 「혹자가 과인(寡人, 양혜왕)에게 고하기를 맹자(孟子)의 어머니 초상 제사가 앞서 지낸 그의 아버지 초상 제사 때보다 더욱 융숭하였다 하니 …… 무엇을 말하십니까? 임금님께서 더욱 낫게 하였다고 하는 것은 앞서는 선비[士]의 신분에 불과하였으나, 뒤에는 다섯 그릇[五鼎]을 차려놓고 지낸 것을 두고 이르는 것입니까?」

▒ 중유(仲由): 공자의 제자. 자는 자로(子路), 성명이 중유. 성격은 용감하고, 효자였다고 함. ≪공자가어(孔子家語)·치사(致思)≫ 「자로는 일찍이 다음과 같이 말하였다. 『옛날 내가 두 어버이를 섬길 때에 늘 가난하여 명아주 잎과 콩잎[藜藿]밖에 먹을 것이 없었기 때문에 어버이를 위하여 백리 밖에 나가서 쌀을 지고 왔다.』」

▒ 고어(皐魚): ≪한시외전(韓詩外傳) 9)≫ 「공자가 길을 가다가 곡성이 매우 슬픔을 들었다. 공자는 『말을 빨리 몰아라. 어진 자가 있을 것이다.』라고 말씀하셨다. 이르러 보니 고어였는데, 칡옷을 입고 낫을 움

켜쥐고 길 곁에서 울고 있었다. 공자가 수레를 비키게 하고 더불어 말하였다. 『그대는 상을 당하여 슬퍼하는 듯한데, 곡성이 어쩌면 그렇게도 구슬픈가?』 고어의 대답 『……나무는 고요히 있으려 하나 바람이 그치지 아니하고, 자식은 봉양하려 하나 어버이가 기다리지 아니하시니[樹欲靜而風不至, 子欲養而親不待也], 지나가면 다시 모실 수 없는 것이 어버이라, 나는 여기서 세상을 하직하겠노라.』고 하면서 그 자리에 서서 말라 죽었다. 공자가 그 장면을 보고서 제자들을 훈계하니, 여기에 감동되어 문인들 중에서 공자를 작별하고 집으로 돌아가서 어버이를 섬기는 자가 열에 셋은 되었다.」

▒ 포궁(抱弓)~곡정호(哭鼎湖): ≪사기·효무제본기(孝武帝本紀) 제12≫「옛날 황제(黃帝)가 수산(首山)의 구리를 캐다가 형산(荊山) 아래서 솥[鼎]을 만들었다. 솥이 다 이루어지자 용(龍)이 턱 밑에 붙은 수염을 아래로 내려서 황제를 맞이하였다. 황제가 올라타고 가는데, 신하들과 후궁(後宮) 중에도 쫓아와 용을 탄 사람들이 70여명이나 되었다. 용은 하늘로 올라갔는데, 나머지 낮은 신하들은 하늘로 올라갈 수 없어 모두 다 용의 수염만 붙들고 늘어지니, 용의 수염이 빠지면서 황제의 활이 땅에 떨어졌다. 백성들은 황제가 이윽고 하늘로 올라가는 것을 쳐다보다가, 그 활과 용의 턱수염만 끌어 잡고서 슬퍼하였다. 그래서 후세에 그곳을 정호(鼎湖)라고 부르고, 그 화살을 오호(烏號 : 슬플 때 내는 감탄사, 嗚呼와 같은 말)라고 하였다.」 한 무제에게 도사인 공손경(公孫卿)이 한 말. 여기서 이 말은 갑진년(44세) 11월에 중종(中宗)이 승하한 사실을 비유한 듯함.

▒ 승사(乘槎)~은황(銀潢): 진(晉)나라 장화(張華)의 ≪박물지(博物志)≫「은하수[天河]와 바다는 서로 통한다. 근세에 어떤 사람이 바닷가에 살았는데, 매년 8월만 되면 어떤 뗏목[槎]이 떠밀려왔다가 밀려나가곤 하였는데, 항상 그 시기가 일정하였다. 그 사람이 기발한 생각을 내어 그 뗏목 위에다 비각(飛閣)을 세우고, 식량을 많이 싣고서 뗏목을 타고[乘槎] 떠났다. 한 곳에 이르니 성곽 같은 것이 있고 사람들의 주택이 매우 웅장하며, 멀리 바라보니 궁중에는 매우 많은 직녀(織女)가 있었으며, 한 장부(丈夫)가 소를 이끌고[牽牛] 물가에 이르러 물을 먹이고 있었다. 그 사람이 『여기가 어느 곳인가?』하고 물었다. 대답하기를 『그대가 촉군(蜀郡)으로 돌아가서 엄군평(嚴君平 : 한나라 때 성도에 살던 유명한 점쟁이, 이름은 遵)을 방문하면 알게 될 것이다.』하였다. 뒤에 촉 땅에 이르러 군평에게 물으니, 군평이 말하였다.

『모년 모월 모일에 어떤 객성(客星)이 견우 성좌를 침범하였다.』 그 날짜를 계산해 보니 바로 그 사람이 은하수에 이르렀던 때였다. 은황(銀潢)은 은하수. 옛날 외교사절로 중국이나 일본에 나가는 것을 흔히 승사(乘槎)라고 표현하였음. 이 시에서 은하수를 넘는 것을 경계하라고 한 뜻은 객성(客星)으로서 주성(主星)을 범하지 말라는 뜻을 담은 듯이 보임.

▒ 탈(奪): 승(勝)자의 뜻으로 쓰였으며, 우선하다는 말임.

〈18일, 비바람이 쳐 감회가 일다(十八日, 風雨感懷)〉

不覺吾心兩用難　　내 마음 양쪽으로 쓰기 어려움
불각오심량용난　　　　깨닫지 못했는데,

情懸北闕與南山　　감정 북쪽 대궐과
정현북궐여남산　　　　남쪽 산에 걸리어 있네.

客中謾恨風和雨　　나그네 길 바람과 비
객중만한풍화우　　　　아득히 한스럽고,

病裏深憂熱共寒　　병중이라 열과 추위
병리심우열공한　　　　깊이 근심하네.

(文集 권4)

〔해제〕 병인년(66세) 2월 18일에 쓴 시이다. 조정의 부름을 받고 고향으로부터 영주로 나왔다가, 조령을 넘기 위하여 풍기로 돌아 예천에 이르렀을 때이다. 원시는 칠언율시로, 여기 인용된 것은 그 상반(上半) 부분이다.

〔역주〕 ▒ 북궐(北闕): 옛날에는 궁궐을 궁성(宮城) 북쪽에 짓는 것이 상례였으므로, 북궐이란 흔히 임금이 계신 궁궐이란 뜻으로 사용되었음.

▒ 남산(南山): 도산을 가리킴. 도연명의 <음주(飮酒)> 시 「동쪽 울타리 아래서 국화를 캐다가 보니, 우연히 남산이 눈앞에 나타나 보이네.」 [採菊東籬下, 悠然見南山.] 즉 은자가 즐기는 곳을 뜻한 것임.

▒ 만한(謾恨): 역시(譯詩)에서는 「謾」(속일 만, 느릴 만)자의 뜻을 「空」(쓸데없다)자나, 「徒」(헛되다)자와 비슷하게 옮겨보았음. 장상(張相)의 ≪시사곡어사회석(詩詞曲語辭匯釋)≫ 229쪽 참조.

「중유같이 공연히 쌀 맬 수 없는 고통 품었고, 고어같이 풍수지탄으로 받는 고통을 견디지 못했다네.」〔仲由空懷負米痛, 皐魚不盡風木傷.〕라고 한 시구에서 그 부모에 대한 효성스러운 생각을 엿볼 수 있다. 「내 마음 양쪽으로 쓰기 어려움 깨닫지 못했는데, 감정 북쪽 대궐과 남쪽 산에 걸리어 있네.」〔不覺吾心兩用難, 情懸北闕與南山.〕라고 한 시구에는 그 나라에 대한 충성심을 엿볼 수 있다. 그런데 효는 또한 충이 오는 근원인 것이다. 맹자는 「큰 효자는 평생토록 부모를 생각한다.」〔大孝終身慕父母, 〈萬章 上〉〕라고 하였는데, 퇴계가 바로 그러하다. 그의 시 가운데 가장 사람의 마음을 깊이 감동시키는 것은 곧 죽음을 애도하는 시〔悼亡詩〕들이다. 이러한 유의 작품은 만년에 많이 지어졌다. 〈명종대왕님을 애도하는 만사(明宗大王挽詞)〉, 〈동지중추부사 권응창님을 애도하는 만사(挽權同志應昌)〉, 〈첨지중추부사 남치욱님을 애도하는 만사(挽南僉知致勗)〉, 〈노군〔노수신 부친〕을 애도하는 만사(挽盧君)〉, 〈함양군수 곽경정을 애도하는 만사(挽郭咸陽)〉, 〈정부인 김씨〔형수〕를 애도하는 만사(貞夫人金氏挽詞)〉 등이 모두 67세 이후에 지어진 것이다. 그 천성이 독후(篤厚) 인애(仁愛)로웠으므로 애만시(哀挽詩)에 나타난 말은 모두 마음속 깊은 데서 우러나온 것들이며, 피와 눈물이 엉키어 이루어진 것들이다.

〈중종대왕님을 애도하는 만사(中宗大王挽詞)〉

慟哭臣工同淚雨 통곡신공동루우	신료와 백관 통곡하니 칠석날 비와 같고,
悲號士女盡情田 비호사녀진정전	백성들 슬피 울부짖음 마음 다한다네.
······	······

幄座纔停宣政侍 조정에서 방금 멈추었네
악좌재정선정시
정사 펴실 때 모시던 일,

葵心叵耐薤歌篇 해바라기 같은 마음 자못 견디기 힘드네
규심파내해가편
애도곡 듣기가.

哀吟一曲頭渾雪 슬피 추모시 한 곡조 읊조리니
애음일곡두혼설
머리 온통 눈처럼 희어졌음은,

欲和春山口血鵑 봄 산에서 두견새 입으로
욕화춘산구혈견
피 토함에 화답하고자 함일세.

(續集 권1)

〔해제〕 중종대왕은 갑진년(퇴계 나이 44세) 11월에 승하하였다. 연보에 의하면, 조정에서 중국에 사신을 보내어 부고를 전하고, 또 시호를 청하였는데, 두 표문은 모두 선생이 짓고 썼다고 한다. 여기 인용된 것은 본 만사의 말미 일부이다.

〔역주〕 ▩ 신공(臣工): 신하들과 백관을 말함.

▩ 누우(淚雨): ≪세시잡기(歲時雜記)≫ 「7월 7일에 내리는 비를 눈물을 뿌리는 비(灑淚雨)라고 한다.」 ≪고증≫에서 옮김.

▩ 정전(情田): ≪예기(禮記)·예운(禮運)≫ 「인정은 어진 임금이 가꾼 밭이다.」[人情聖王之田.] 상동.

▩ 악좌(幄座): 장막 안에 앉는 것, 또는 그런 속에 설치된 좌석. 임시로 설치된 군사 지휘본부란 뜻으로 흔히 사용된 듯함.

▩ 규심(葵心): 해바라기는 항상 해를 따라 움직이듯이, 신하의 임금을 향한 마음을 규심이라고 함.

▩ 해가편(薤歌篇): 죽음을 조상하는 글. ≪고증≫ 「해는 훈채(葷菜: 마늘 파처럼 특히 냄새나는 소채)이다. 보통 薤로도 적는다. 음은 해(亥)다.」 인생을 해(부추라고도 함) 잎의 이슬과 같이 보잘것없음을 노래한 한나라 때의 해로가(薤露歌)라는 만가가 있었다고 함.

〈명종대왕님을 애도하는 만사(明宗大王挽詞)〉

孤臣獨無似 외로운 신하 유독 닮지 못하여,
고신독무사

宿疾遽增拏 묵은 병 갑작스레 더 잡아당기네.
숙질거증나

力竭無餘寸 력갈무여촌	힘 다하여 한 치의 남음도 없고,
神澌欲盡麽 신시욕진마	정신 다 녹아 모두 가늘어지려 하네.
命官官失守 명관관실수	벼슬 명하나 벼슬 지키지도 못하는데,
言祿祿仍奢 언록록잉사	녹봉은 여전히 사치롭기만 하네.
古義當遄去 고의당천거	옛 의리로는 빨리 떠나야 하는데,
今情有峻訶 금정유준가	지금의 정리 준엄하게 꾸지람하시네.
義情難並處 의정난병처	의리와 정 함께하기 어려운 곳에서,
今古奈殊何 금고내수하	이제와 예 다름 어찌하오리?
漠漠橋山遠 막막교산원	막막한 교산 멀기만 하고,
茫茫禹穴遮 망망우혈차	망망한 우혈 가리어져 있네.
更無他報地 갱무타보지	다시는 달리 은혜 갚을 곳 없으니,
永負此生涯 영부차생애	이 한 생애 영원히 저버렸다네.
都把靡身願 도파미신원	오로지 몸 바스러질 바람 가지고
裁成相紼歌 재성상불가	도와서 운구하는 노래 지어 이루었나이다.
霧昏西望眼 무혼서망안	안개 흐릿한 서쪽을 바라보며,
老淚只傾河 로루지경하	늙은이 눈물 하수같이 기울입니다.

(文集 권4)

〔**해제**〕 <연보> 정묘년(67세) 조에 다음과 같은 기록이 있다. 「6월에 부름에 응하여 서울로 들어갔다. 명종대왕이 승하하셨다. 7월에 대행왕(大行王 : 승하한 왕)의 행장수찬청 당상관이 되어 명종의 행장을 지었다. 예조판서로 임명되었으나, 8월에 병으로 사면되어 즉시 돌아왔다. 9월에 대행왕의 만시(挽詩)를 지어 올렸다. 오언으로 배율(排律)된 20운(韻)인데, 서문에 말한 개략을 들면, 『6월 25일에 신이 서울에 들어와서 26일에는 주상께서 편찮으시다는 말을 잠깐 들었는데, 27일에는 위독하시다 하고, 28일에는 왕의 수레가 영원히 가시고 말았다. …… 서울에서 이미 여러 신하들에게 각각 만사를 지어 올리게 하심을 들었으나, 신은 병으로 정신이 혼몽하여 생각해내어 짓는 것이 불가능하던 차에, 죽지 않고 살아 있는 동안은 청을 스스로 억제하지 못하여 이제 겨우 지어서 죄스러움을 무릅쓰고 서울 가는 사람 편으로 도감에 바치오나, 신이 인산(因山)을 마치지 아니하고 돌아왔기 때문에 방금 세상 사람들의 지탄을 받고 있는 중이므로 받아주지도 않을지 알 수 없다.』 하였다.」 ≪국역퇴계집 (2)≫(민족문화추진위원회편) 197쪽에서 인용하였다. 여기에 인용된 시는 그 끝부분이다.

〔**역주**〕 ▒ 시(澌): 흩어질 산(散)과 같은 뜻임.

▒ 마(麽): 세소(細小)와 같은 뜻임.

▒ 금정준가(今情峻訶): 이때 선생은 산릉(山陵)이 이루어지는 것을 기다리지도 않고, 물러나와 돌아왔다고 하는 비방을 들었기 때문에 이렇게 말한 것이다. ≪고증≫에서 인용.

▒ 교산(橋山): 황제(黃帝)의 능이 있다는 산. 위치에 관해서는 몇 가지 이론(異論)이 있음.

▒ 우혈(禹穴): ≪사기(史記)≫ 「우임금은 제후들을 모아놓고 공로를 계산하여 각기 땅을 나누어 준 뒤에 죽자, 그 자리에 장사를 지내고 묻었다. 그래서 그 땅이름을 회계(會稽, 會計라는 말과 동음)라고 불렀다.」 두주(杜註) : 회계산에는 석굴[石穴]이 굽은 것이 있는데, 이를 일러 우혈(禹穴)이라고 한다. 이상 ≪고증≫에서 인용.

▒ 상불(相紼): 생각해 보건대. 상(相)자의 뜻은 조(助 : 도운다)이고, 불(紼)은 영구를 이끄는 줄이다. ≪고증≫에서 옮김.

▒ 무혼(霧昏): 안개가 끼어 흐릿한 것을 말함.

▒ 서망안(西望眼): 퇴계가 있는 예안이 서울의 동쪽에 있으므로 이렇게 말하였음.

〈성주목사 황준량을 애도하는 만사(黃星州仲擧挽詞)〉

早騁詞華晩改求　일찍부터 빛나는 문장으로 내달리더니
조빙사화만개구　　만년에는 길을 바꾸어,

仕中爲學欲兼優　벼슬하는 가운데 학문하니
사중위학욕겸우　　두 가지 넉넉함 함께 갖추었네.

勤劬積日千痾集　부지런히 공부에만 몰두하니
근구적일천아집　　피로함 날로 쌓이고 온갖 병 모여,

歸去中途萬事休　벼슬 버리고 돌아오던 도중에
귀거중도만사휴　　모든 일 끝나 버렸네.

陶舍宿心違講習　도산서당에 오래 전부터 품은 뜻
도사숙심위강습　　그대와 더불어 강습하려 하였으나
　　어긋났고,

錦溪幽抱失藏修　금계의 골짜기에 들어앉아 그윽하게,
금계유포실장수　　공부하려던 마음 염두에 두고 닦으려
　　하였으나 기회 잃었네.

朱書每與人同讀　주자의 글 매번 다른 사람들과
주서매여인동독　　함께 읽을 때마다,

幾憶平生淚共流　평소에 그대가 이 책 만든 일 기억나서
기억평생루공류　　몇 차례나 함께 눈물 흘릴까?

(文集 권3)

〔**해제**〕 퇴계가 황준량의 죽음을 아까워하여 행장도 짓고, 손수 문집의 교정까지 보아주었다 한다. ≪도산문현록≫ 권1 참조. 이 시는 만시 2수 중 제1수이다.

〔**역주**〕 ▒ 황중거(黃仲擧): 황준량(黃俊良). 자가 중거(仲擧), 호 금계(錦溪)로 평해인(平海人)인데 풍기에 살았음.

▒ 사중위학욕겸우(仕中爲學欲兼優): ≪논어·자장(子張)≫ 「벼슬을 하면서 여가가 있으면 학문을 하고, 학문을 하다가 여가가 있으면 벼슬을 한다.」[仕而優則學, 學而優則仕]. 이 시에서 학문은 곧 마음을 바로 다스리는 학문을 말함.

▒ 만사휴(萬事休): ≪고증≫ 황공이 성주목사로 병을 얻어, 사직하고 돌아가는 길에 작고한 것을 두고 말한다.

▒ 도사(陶舍): 도산정사의 준말. 곧 도산서당을 말함.

▒ 숙심(宿心): 숙지(宿志), 곧 예전부터 품은 뜻을 말함.

▒ 강습(講習): ≪주역·태괘(兌卦)≫의 상사(象辭) 「두 못이 붙어 있는 것이 태괘이다. 군자는 두 못의 물이 서로 왔다갔다 하면서 서로 도우는 이치를 따라서 친구들과 강습한다.」[麗澤, 兌. 君子以朋友講習].

▒ 금계장수(錦溪藏修): ≪고증≫. 곧 욱금동(郁錦洞)이니, 소백산 아래 있다. 황공이 일찍이 조그마한 집을 짓고 금양정사(錦陽精舍)라고 하였음.

▒ 주서(朱書): 상동. 황공이 성주에 있을 때에 ≪주서절요(朱書節要)≫를 인쇄하고 발문을 지었는데, 유독 이 책에 대하여 아꼈기 때문에 한 말임.

도사는 곧 도산정사인데, 퇴계가 여기서 학문을 강론하였다. 금계는 곧 욱금동(郁錦洞)이니, 황준량이 일찍이 여기에다 정사(精舍)를 지었었다. 황준량은 성주목사로 재직할 때에 일찍이 ≪주서절요≫를 간행하였기 때문에 퇴계가 이렇게 말한 것이다.

〈함양군수 곽경정을 애도하는 만사(挽郭咸陽)〉

汗血臨千里 한 혈 림 천 리	한혈마는 천리 길에 임하여,
南圖擬萬程 남 도 응 만 정	남쪽으로 방향을 잡아 만리 붕정(鵬程)을 달리려 하였건만
宣城鸞去慕 선 성 란 거 모	선성 고을에서는 난새가 떠난 뒤에야 그리워하고,
天嶺鵩來驚 천 령 복 래 경	천령 고을에는 복조가 날아오니 놀랍네.
徹地慈親淚 철 지 자 친 루	땅을 버리니 자친(慈親)은 눈물을 흘리고,

咨天識友情 자 천 지 우 정	하늘을 원망함은 우정의 표현일세.
笑言如昨日 소 언 여 작 일	웃으며 말하던 모습 마치 어제와 같은데,
誰道隔幽明 수 도 격 유 명	누가 말할 수 있으리오? 이미 유명을 달리했다고.

〔**역주**〕 ▩ 한혈(汗血): 대원국(大宛國)에서 난다는 명마.

▩ 난거모(鸞去慕): ≪고증≫ 「≪사기≫에 보면 가시나무에는 난새와 봉황이 깃들지 않는다는 말이 있다. 그가 선성 고을을 살다가 떠난 뒤에야, 그를 생각하였던 까닭에 이렇게 읊은 것이다.」

▩ 복래경(鵩來驚): 전한(前漢) 가의(賈誼)의 <복조부(鵩鳥賦)> 「불길한 복조가 집에 모여들고, 들새들이 방에 날아 들어오니, 주인이 장차 쫓겨 나갈[죽을] 징조다.」

곽함양(郭咸陽)은 이름이 곽황(郭趪), 자는 경정(景靜)으로, 예안현감으로 있었는데, 떠난 뒤에야 백성들이 사모하게 되었다. 그렇기 때문에 「난새가 떠난 뒤에야 그리워하고」〔鸞去慕〕라고 하였다. 천령(天嶺)은 함양군명(咸陽郡名)이다. 곽씨가 함양에서 죽었기 때문에 「복조가 날아오니 놀랍네」〔鵩來驚〕라고 하였다. 마지막 구절에서 그가 뜻밖에 죽은 것을 말하였는데 말은 비록 평이하지만 뜻이 매우 비통하다.

(5) 영물(詠物)

사물을 읊조리는 시는 비흥(比興)을 중시한다. 비흥이란 사물에 의탁하여 감정을 붙인다는 탁물우정(託物寓情)의 뜻이다. 이중몽(李仲蒙 : 명나라 때의 문인인 듯하나, 자세한 것은 미상)은 다음과 같이 말하였다.

> 사물의 모습을 서술함으로써 정(감정)을 나타내는 것을 부(賦)라고 이르나니, 정과 사물이 다 드러나는 것이다. 사물을 찾아 정을 의탁하는 것을 비(比)라고 하나니, 정을 사물에 의탁하는 것이다. 사물에 접촉함으로써 정을 일어나게 하는 것을 흥(興)이라고 하나니, 사물이 정을 움직이는 것이다.
> 敘物以言情謂之賦, 情物盡也. 索物以託情謂之比, 情託物也. 觸物以起情謂之興, 物動情也.[48]

정을 사물에 의탁한다고 하는 것은 말하는 바는 사물이지만, 의탁되는 바는 정의(情意)이다. 말하는 바는 여기 있지만, 뜻은 저기에 있다. 실(實)로 허(虛)를 비유하고, 가까이 있는 것을 말하고 있지만 뜻은 멀다〔言近旨遠〕. 사물이 정을 움직인다고 하는 것은 사물에 접촉하여 정이 생기게 한다는 뜻인데, 뜻이 말 바깥에 있다. 사물의 모습이 나타나기 시작하면, 정도 또한 쉽게 드러나고 마음에 터득되기 쉽기 때문에 독자들이 쉽게 그 뜻을 짐작할 수 있다. 그러므로 시에는 비체와 흥체가 있은 뒤에야 그 경계(境界)가 완전히 나타난다.

퇴계의 영물시(詠物詩 : 사물을 소재로 삼아 읊은 시)에는 꽃과 나무가 많다. 꽃과 나무 중에도 절개 있는 친구〔節友〕로 생각한 것을 위주로 하였다. 그 시에는 이렇게 말하였다.

〈계당에서 우연히 흥이 일어(溪堂偶興)〉

已著游仙枕　　이미 신선세계 노니는 베개 베고 있다가,
이 착 유 선 침

48) ≪升菴詩話≫ 권20에서 인용.

還開讀易窓　도리어 ≪주역≫ 읽느라 창문 여네.
환개독역창

千鍾非手搏　천 종의 봉록 손으로 가로채려 않으니,
천종비수박

六友是心降　여섯 벗 이에 마음으로 복종하네.
륙우시심항

(文集 권2)

자주(自註): 소나무, 대나무, 매화, 국화, 연꽃과 내가 벗이 되었다.(松竹梅菊蓮己爲友)

〔해제〕 이 시는 신해년(51세) 그 전해에 신축한 상계(上溪)의 한서암(寒棲庵)에서 때때로 우연히 얻은 감흥을 적은 즉흥시 오언절구 10수 <계당에서 우연히 흥이 일어, 절구 10수(溪堂偶興, 十絶)> 중 제6수이다. ≪증보퇴계전서≫ 권2, 77쪽에는 이 시의 주석 「송죽매국련기위우」(松竹梅菊蓮己爲友)에 「어떤 책에는 연(蓮)자 아래 여(與)자가 있고, 위(爲)자 아래 육(六)자가 있다.」[一本蓮下有與字, 爲下有六字.]라는 두주(頭註)가 첨가되어 있다. 이렇게 되면 「소나무·대나무·매화·국화·연이 나와 더불어 여섯 벗이 되었다.」[松竹梅菊蓮與己爲六友.]로 뜻이 더욱 분명해진다.

〔역주〕 ▩ 유선침(游仙枕): 전설상의 베개로, 이것을 베고 자면 신선세계에 노니는 꿈을 꿀 수 있다고 함. ≪개원유사(開元遺事)≫에 「구자국(龜兹國)에서 마유침(瑪瑠枕)을 바쳤는데, 베고 잠이 드니 10주(洲)와 3도(島)가 모두 꿈속에 있었다. 그래서 유선침이라고 하였다」는 말이 있다. ≪고증≫ 권2, 56쪽에서 인용.

▩ 천종비수박(千鍾非手搏): 천종(千鍾)은 높은 벼슬을 하여 받게 되는 많은 관록이란 뜻. 종(鍾)은 양식을 담는 도량형의 단위. 수박(手搏)은 손으로 움켜쥐는 것을 말하며, 곧 탈취한다는 뜻임. 송나라 사람 충방(种放)이 왕사종(王嗣宗)에게 이르기를 「그대는 손으로 장원을 잡았다.」고 하였다. 상기 ≪고증≫에서 인용.

〈도산기(陶山記)〉에는 다음과 같은 말이 있다.

몽천이라는 샘 위의 산기슭을 깎아서 암서헌과 마주 보이게 단을 쌓고 매죽과 송국을 심어 절우사라 부르게 하였다.
蒙泉上山脚, 鑿令與軒對, 平築之爲壇, 而植其上梅竹松菊, 曰節友社.
– 역문은 정비석 저 ≪퇴계소전≫ 128~9쪽에서 인용함.

또한 〈절우사(節友社)〉 시가 있는데 다음과 같다.

松菊陶園與竹三 송국도원여죽삼	소나무와 국화 도연명의 동산에 대나무 더불어 셋인데,
梅兄胡柰不同參 매형호내부동참	매화 형은 어찌하여 함께 들지 않았던가?
我今併作風霜契 아금병작풍상계	내 이제 바람과 서리의 서약 함께 맺었으니,
苦節淸芬儘飽諳 고절청분진포암	굳은 절개 맑은 향기 너무나 잘 아네.

(文集 권3)

〔**해제**〕 <도산잡영(陶山雜詠)>이라는 칠언절구 18수 중 제6수이다. 이 18수 시 앞에 붙은 설명문이 유명한 <도산기>이다.

〔**역주**〕 ▒ 송국도원여죽삼(松菊陶園與竹三): 도연명이 서한의 장후(蔣詡)를 흉내 내어 집에 세 갈래 오솔길, 곧 삼경(三徑)을 만든 것을 말함. 장후의 삼경에는 소나무와 국화, 대나무를 심었음.

▒ 매형(梅兄): 매화의 아칭(雅稱)임.

▒ 고절청분(苦節淸芬): 청분(淸芬)은 맑은 향기라는 뜻으로 고결한 덕행을 비유하는데 쓰임. ≪요존록≫ 「굳은 절개는 소나무와 국화에 해당하고, 맑은 향기는 매화에 해당한다.」[苦節屬松菊, 淸芬屬梅.]

이 시에 관하여 스스로 주를 달기를 「도연명 공이 소나무를 심은 길, 국화를 심은 길, 대나무를 심은 길 — 세 지름길이 있었는데 매화만이 유독 빠졌다.」〔陶公三徑, 梅獨見遺〕라고 하였다. 도연명의 정원에 매화꽃이 없음은 아름다움 가운데 부족함을 면하지 못한다. 퇴계가 매화를 형이라고 부른 것은 송나라 시인 황정견(黃庭堅 : 자는 노직魯直)의 「산반은 아우고 매화는 형이다」〔山礬是弟梅是兄, 역주 : 산반은 운향芸香과 비슷한 꽃나무〕라는 〈수선화(水仙花)〉의 구절에서 따가지고 왔으나, 그 정인즉 더욱 친절하고, 뜻은 더욱 고원(高遠)함을 그가 지은 매화시를 보면 알 수 있다. 여기서 절개 있는 벗〔節友〕이라고 이른 것 중에서 송, 국, 매, 죽은 있으나 연이 없는 것은, 대개 연은 물에서 나기 때문에 함께 화단에 심을 수 없기 때문이지, 고의로 버린 것은 아니다. 그의 〈김돈서의 매화시 운에 맞추어 지음(次韻金惇叙梅花)〉이란 시에는 「나의 벗은 다섯 절개 있는 군들인데, 주고받는 정 담박함을 싫어하지 않네.」〔我友五節君, 交情不厭淡. ≪문집≫ 권5〕라고 하였다. 「다섯 절개 있는 군」〔五節君〕이라고 하였으니, 연도 그 가운데 있음을 알 수 있다. 옛날에 연을 정결한 벗〔淨友〕이라고 한 사람이 있었는데, 퇴계는 오히려 그 말로도 미진하게 여겼다. 그는 〈정우당(淨友塘)〉이란 시에서 다음과 같이 말하였다.

物物皆含妙一天 물물개함묘일천	온갖 사물 모두들 온 하늘의 오묘함 머금었는데,
濂溪何事獨君憐 렴계하사독군련	주염계는 어쩐 일로 유독 그대만 어여삐 여겼던가?
細事馨德眞難友 세사형덕진난우	향기로운 덕을 곰곰이 생각해 보니 정말 벗하기 어려운데,
一淨稱呼恐亦偏 일정칭호공역편	한마디로 깨끗하다고만 칭찬한 말 또한 치우친 듯하네.

(文集 권3)

〔**해제**〕 <도산잡영(陶山雜詠)> 칠언절구 18수 중 제5수이다.

〔**역주**〕 ▒ 묘(妙): 묘한 이치. 주염계(周濂溪)의 <태극도설(太極圖說)>에 만물이 각각 한 태극을 갖추었다 하였다.

자주(自註)에 「주염계의 〈연꽃을 사랑함에 대하여(愛蓮說)〉에는 연의 아름다움을 한 가지만 칭찬한 것이 아닌데, 증단백(曾端伯 : 이름은 曾慥)이 유독 정결한 벗이라고 부른 것은 아마 미진한 듯하다.」〔濂溪愛蓮說, 稱蓮美非一, 而曾端伯獨呼爲淨友, 恐未盡也.〕49) 라고 한 말이 보인다. 「묘일천」(妙一天)이란 것은 스스로 절묘한 몸을 지니어〔自性妙體〕 각각 한 세계를 가지고 있다는 뜻이다. 「물물개함묘일천」(物物皆含妙一天)이란, 곧 한 사물이 한 태극이란 뜻인데, 연꽃은 꽃 가운데 군자이기 때문에 향기와 덕이 한 가지에 그치는 것이 아니니, 퇴계는 정결한 것 한 가지만 일컫는 것은 뜻에 미진함이 있다고 여겼던 것이다. 그가 지은 〈주돈이가 연을 사랑하다(濂溪愛蓮)〉란 시에서는 다음과 같이 읊었다.

天生夫子闢乾坤 천생부자벽건곤	하늘이 선생 내어 하늘과 땅 열었으니,
灑落胸懷絶點痕 쇄락흉회절점흔	깨끗하고 상쾌한 마음 한 점 티도 없네.
卻愛淸通一佳植 각애청통일가식	오히려 맑게 통하는 아름답게 선 것 사랑하여,

49) 자주(自註)의 말은 문집에는 없다. 「退溪文集考證」 권2, 〈全書〉 제4책, 470쪽에서 인용하였음. 증단백이 화중십우(花中十友—茶蘼韻友, 茉莉雅友, 端香殊友, 荷花淨友, 巖桂仙友, 海棠名友, 菊花佳友, 芍藥豔友, 梅花淸友, 梔子禪友를 이름)에서 연꽃〔荷花〕을 정결한 벗〔淨友〕이라 부른 것은 문장의 흐름을 편하게 하면서, 그 특성을 약간 나타낸 것에 불과하다. 역시 퇴계가 「節友」로 동아리의 이름을 붙이고, 「淨友」로 못 이름을 붙인 것도 이와 같다. 퇴계는 저들이 「淨」으로써 연꽃을 부르는 것이 치우치다고 생각하였다면, 곧 「淨」으로서 못을 부른 것은 어찌 치우친 혐의가 없겠는가? 퇴계의 〈정우당(淨友塘)〉 시의 뜻으로 미루어 보건대 역시 고의로 구하는 것은 과장하려는 것도 아니고, 특이함을 크게 떠들려는 것도 아니었다. 대개 사물에 의탁하여 정을 붙이려는데, 연꽃으로써 자신을 비유하려는 뜻이 없지 않았기 때문에 어느새 저절로 시에 나타났을 뿐이다.

花中君子妙無言　　꽃 가운데 군자
화중군자묘무언　　　　오묘하여 아무 말이 없다네.

(文集 권3)

〔역주〕▒ 부자(夫子): 염계를 가리킨 것인데, 그는 <태극도(太極圖)>를 그려서 건곤(乾坤)의 이치를 밝혔음.
▒ 쇄락(灑落): 황산곡(黃山谷 : 이름은 庭堅)이 주염계의 인품을 칭찬하여 「흉금(胸襟)이 쇄락하여 광풍제월(光風霽月)과 같다.」 하였음.
▒ 청통(淸通): 연(蓮)이 탁한 물에 났으면서도 맑고, 줄기의 속이 비어 통한다 하였는데, 이것은 주염계의 <애련설>에 있는 말임.
▒ 화중군자(花中君子): 주돈이의 <연꽃을 사랑함에 대하여(愛蓮說)> 「연꽃은 꽃 가운데 군자이다.」[蓮, 花之君子者也].

이 시 첫 구의 「벽건곤」(闢乾坤)은 염계가 〈태극도설〉을 지어 도체(道體)의 본원을 발명한 것을 가리킨다. 그 다음 두 구는 염계가 지은 〈연꽃을 사랑함에 대하여(愛蓮說)〉란 글에 나오는 말을 암암리에 전고로 사용하였다. 연의 말쑥하고도 속이 빔, 꼿꼿하고도 정결한 것은 마치 염계선생의 티 하나 없는 조촐한 가슴속과 같다. 그렇기 때문에 주염계가 연을 사랑함은 정말 그 까닭이 있다. 연은 꽃 가운데 군자인데, 염계는 다만 연을 사랑하였을 뿐만 아니라, 군자를 사랑하였다. 군자를 사랑한다는 것은 나아가서 그 자신을 사람함에도 해당한다. 퇴계는 이밖에 또 〈채련정사(采蓮精舍)〉라는 시에서 다음과 같이 읊었다.

賞愛蓮花無極翁　　연꽃 감상하며 사랑했던
상애련화무극옹　　　　무극의 늙은이,
襟懷光霽月兼風　　가슴속에 비 온 뒤 맑게 개인
금회광제월겸풍　　　　바람과 달 모두 품었다네.
一般意思那無寓　　나의 뜻과 마찬가지라는 말
일반의사나무우　　　　어찌 의탁하지 않았으리오만,

通直分明在眼中　　통하고 곧음
통직분명재안중　　　분명 눈 안에 있다네.

(文集 권5)

〔**역주**〕 ▒ 무극옹(無極翁): 무극로(無極老)라고도 하며, 주돈이(周敦頤)를 가리킴. 주돈이가 <태극의 그림과 해설(太極圖說)>을 짓고 「무극이면서 태극」[無極而太極]이라 하였으므로 이르는 말임.

▒ 광제월겸풍(光霽月兼風): 「광풍제월(光風霽月)」을 말하며, 비 갠 뒤의 바람과 달이라는 뜻임. 보통 인품의 비유에 많이 쓰이는데 마음이 세속을 초탈하여 맑고 깨끗함을 형용함.

▒ 일반의사(一般意思): ≪두 정자가 남긴 글(二程遺書)≫ 「주돈이는 창 앞의 풀을 뽑아 없애지 않았다. 그 까닭을 물었더니 말하기를 『나의 의사와 같기 때문이다.』[與自家意思一般]라 하였다.」

▒ 통직(通直): 주돈이의 <연꽃을 사랑함에 대하여> 「속은 통하여 있고 바깥은 쭉 곧으며 ….」[中通外直 ….]

이 시는 앞의 시와 대동소이하나, 다만 중요한 것은 오로지 그 끝 구절, 「통하고 곧음, 분명 눈 안에 있다」는 것이다. 이렇게 마음이 서로 어울릴 수 있어야만, 연을 사랑할 수도 있고 연을 벗할 수도 있기에, 바야흐로 뜻〔意境〕이 있게 된다.

퇴계의 절우시(節友詩) 중에는 늘 송·죽·매·국 네 자를 한꺼번에 말하였는데, 간혹 이 네 가지를 차례차례로 나누어 읊은 것도 있다. 함께 말한 것으로는 다음과 같은 것이 있다.

〈가을 회포(秋懷)〉

我有一畝園　　내게 한 마지기 동산 있는데,
아유일묘원

松菊幽貞保　　솔과 국화 그윽하게 은자의 곧음 지키네.
송국유정보

亦有梅與竹　　또한 매화와 대나무 있는데,
역유매여죽

並我形癯槁　　나와 함께 형체는 야위고 메말랐다네.
병아형구고

(文集 권2)

송·국의 그윽함과 꿋꿋함은 나의 마음과 같고, 매·죽의 야윈 모습은 나의 몸과 같다. 송·죽·매·국은 곧 나의 화신이나 같다. 차례차례로 나누어 읊은 것은 다음과 같다.

〈대나무를 심다(種竹)〉

此君不可無　　이 군자 없을 수 없는데,
차군불가무

栽培最難活　　재배함에 살리기 가장 어렵다네.
재배최난활

如何艾與蕭　　어떻게 하면 쑥과 약쑥같이,
여하애여소

剪去還抽櫱　　잘라내도 움 다시 돋을까?
전거환추얼

〔역주〕 ▪ 차군(此君): 왕휘지(王徽之)가 「어찌 하루라도 이 군자가 없을 수 있겠는가.」[何可日日無此君邪]라고 한 데서 나중에는 대나무를 대신 일컫게 됨.

〈소나무를 심다(種松)〉

樵夫賤如蓬　　나무꾼은 쑥대처럼 천하게 여기지만,
초부천여봉

山翁惜如桂　　산 늙은이는 계수나무같이 아낀다네.
산옹석여계

待得昻青霄　　푸른 하늘까지 솟기 기다리자면,
대득앙천소

風霜幾淩厲　　바람서리 몇 번이나 견뎌야 할까?
풍상기릉려

〈매화를 심다(種梅)〉

廣平銷鐵腸　광평도 쇠 같은 창자 녹아내렸고,
광 평 소 철 장

西湖蛻仙骨　서호처사는 허물 벗고 신선 되었다네.
서 호 태 선 골

今年已蕭疎　올해는 이미 성글어졌으나,
금 년 이 소 소

明年更孤絶　내년에는 절개 더욱 고고해지리.
명 년 갱 고 절

〔**역주**〕 ▒ 광평(廣平): 당나라 재상 송경(宋璟)의 자(字). 사람이 꼿꼿하여 창자는 쇠로 되고 마음은 돌로 되었다고[鐵腸石心] 여겼는데, 매화를 보고 맑고 아름다운 부(賦)를 지었다는 이야기가 있음. ≪대한화사전≫ 4-9493-313에서 인용.

▒ 서호(西湖): 서호처사(西湖處士), 즉 송나라 시인 임포(林逋 : 시호 和靖). 항주(杭州)의 서호 근처 고산(孤山)에 은거하였기 때문에 소동파가 이렇게 불렀다 함. 평생 동안 매화를 읊은 시가 많음. 동파의 시 <진관의 매화시에 화답함(和秦太虛梅花詩)> 「서호처사의 뼈는 마땅히 말랐을 것이나, 다만 이 시는 그대가 압도될 것이다.」[西湖處士骨應槁, 只有此詩君壓倒.]

〈국화를 심다(種菊)〉

十年種都下　십년 동안은 서울에 심었었고,
십 년 종 도 하

二年種郡圃　이년 동안은 군의 밭에 심었다네.
이 년 종 군 포

何如故園中　어떡하면 고향 동산에도,
하 여 고 원 중

自有山野趣　절로 산야의 운취 나게 할까?
자 유 산 야 취

(別集 권1)

대나무는 그 고풍양절(高風亮節)을 사랑할 만하고, 소나무는 그 상설청조(霜雪淸操)를 사랑할 만하고, 매화는 그 소소고절(蕭疎孤絶)을 사랑할 만하고, 국화는 그 산야가취(山野佳趣)를 사랑할 만하다. 이 네 가지는 정말 기인(畸人) 일사(逸士)의 덕휘기취(德徽奇趣)를 상징한다. 이른바 「탁하고 더러운 가운데서 매미가 허물 벗듯 벗어나고, 만물의 바깥에 기러기처럼 까마득히 난다.」〔蟬蛻於濁穢之中, 鴻冥於萬物之表.〕라고 한 금회(襟懷)와 고취(高趣)는 반드시 사물을 이끌어다가 정을 붙이는 데서 나와야 비로소 완미(婉美)하고 맛이 날 수 있게 된다. 만약 자칫 실경(實境)에 빠지면, 곧 이취(理趣)가 없어지고, 담박해서 맛이 적어짐을 면하지 못할 것이다. 송·죽·매·국 넷에서도 퇴계는 매화를 특히 사랑하였다. 그렇기 때문에 매화를 읊은 시가 유독 많다. 이 점은 뒤에 가서 상세히 따로 논하기로 하고, 여기서는 송·죽·국 세 가지에 관해서만 몇 가지 예를 들어서 약간의 해석을 가하여, 그 뜻을 붙이고 있는 바를 살펴보고자 한다.

〈눈 속의 대나무를 노래함(雪竹歌)〉

幽軒綠竹我所愛　그윽한 마루 난간 앞의 푸른 대는
유헌록죽아소애　　내가 사랑하는 것인데,
夜夜風鳴如戛玉　밤이면 밤마다 바람에 우네
야야풍명여알옥　　마치 옥을 때리는 듯이.
兒童驚報導我出　어린아이 놀라서 고하며
아동경보도아출　　나를 인도하고 나갈세,
携杖來看久嘆息　지팡이 짚고 와서 살펴보고는
휴장래간구탄식　　오랫동안 탄식하였네.
梢梢埋沒太無端　줄거리마다 다 묻히어
초초매몰태무단　　거의 끝머리를 찾을 수 없고,

枝枝壓重皆欲折 지지압중개욕절	가지마다 무게에 눌리어 다 부러질 것 같네.
最憐中有一兩竿 최련중유일량간	가장 어여쁜 것은 그중에도 한두 줄기가,
高拔千尋猶抗節 고발천심유항절	천 길이나 우뚝 솟아 꼭 절개를 버티는 듯.
不愁虛心受凍破 불수허심수동파	근심하지 않네, 속이 비어 얼어서 깨어짐을 당함을,
無奈老根迸地裂 무내로근병지렬	어찌하리? 늙은 뿌리 땅을 가르고 나옴을.
杲杲太陽頭上臨 호호태양두상림	밝고 밝은 태양이 머리 위에 떠 있으니,
不應彩鳳終無食 불응채봉종무식	마땅하지는 않으리라, 저 붉은 봉황새 끝내 먹을 것 없다는 것이.

(文集 권1)

〔**해제**〕 이 시의 생략된 첫 부분은 다음과 같다. 「한양성 중에 사흘 동안 내린 눈에, 문밖 골목에는 찾아오는 이 갑자기 끊어졌다네. 병들어 드러누워 무심하게 몇 자나 왔느냐고 묻고 나니, 오직 느껴지네, 홑이불 차갑기가 쇠와 같음을.」[漢陽城中三日雪, 門巷來人遽隔絶. 病臥無心問幾尺, 唯覺衾裯冷如鐵.] 정미년(퇴계 나이 48세) 8월에 홍문관 응교(應敎)로 임명되어 서울에 가서 지낼 때, 겨울에 지은 것이다.

〔**역주**〕 ▩ 풍명여알옥(風鳴如戛玉): 알옥(戛玉)은 옥 조각을 두드린다는 말인데, 맑고 부드러운 소리가 귀에 선명하게 들어오는 것을 형용함. 고시(古詩) 「천리를 불어오는 좋은 바람은 맑기가 옥이 서로 부딪치는 소리와 같도다.」[千里好風淸戛玉, 吳融의 <河冰詩>]. 소동파의 시 「옥소리 차게 나니 위천의 가을일세.」[玉聲寒戛渭川秋.] ≪고증≫ 권1에서 인용함.

▩ 초(梢): 곁가지가 없는 긴 가지.

▩ 허심수동파(虛心受凍破): 당나라 유암부(劉巖夫)의 <식죽기(植竹記)> 「속은 허하고 곧다.」[虛心而直]. 백거이(白居易)의 <양죽기(養竹記)> 「대나무는 속이 비었다. 군자는 그 속을 들여다보면 곧 마음도 마땅히

허하게 받아들이는 쪽으로 기울어질 것이다.」[竹, 心空, 君子見其心, 則思應用虛受.] 상동.

▒ 병지렬(迸地裂): 한유의 시 「함께 솟아 나옴은 땅을 다투기 때문인가 의심스럽도다.」[迸出疑爭地, <新竹>] 소동파의 시 「봄이 오니 얼었던 땅이 갈라지고, 자줏빛 나는 대나무순은 빽빽이 벌써 삐쭉 솟았더라.」[春來凍地裂, 紫筝森已銳.] 상동.

▒ 불응채봉종무식(不應彩鳳終無食): ≪한시외전(韓詩外傳)≫ 「황제 때 봉황이 오동나무에 깃들면서 대나무 열매를 먹었다.」[黃帝時, 鳳凰棲梧桐, 食竹實.] 봉황은 대나무 열매가 아니면 먹지 않았기 때문이다. 상동.

대나무가 아무 까닭 없이 눈에 억눌림은 좋은 사람이 아무 까닭없이 나쁜 사람에게 속임을 당함과 같다. 「가장 어여쁜 것은 그 중에도 한두 줄기가, 천 길이나 우뚝 솟아 꼭 절개를 버티는 듯」〔最憐中有一兩竿, 高拔千尋猶抗節〕에서 이 한두 줄기란 절개를 드러내고 굽히지 않는 군자와 같으니, 또한 맹자(孟子)가 말한 「대장부」(大丈夫)와도 같은 것이다. 이러한 군자는 곧 인간 세계의 모범이 되고, 「밝고 밝은 태양」〔杲杲太陽〕은 군자의 도(道)가 장구함에 비유되고, 아름다운 봉황새〔彩鳳〕는 어진 임금에 비유된다. 봉황은 대나무 열매가 아니면 먹지 않고 어진 임금도 또한 오직 군자라야만 등용한다. 정말 퇴계의 이 시에 이러한 뜻이 깃들어 있는지 어떤지는 자세히 이야기할 수 없으나, 우리들은 여기서 이러한 마음이 느껴지지 않을 수가 없다. 그의 〈동헌에 대를 옮겨 심다(郡齋移竹)〉란 시는 더욱 이러한 풍취(風趣)가 풍부하다.

君不見 군 불 견	그대는 보지 못했는가!
子猷平生酷愛竹 자 유 평 생 혹 애 죽	왕휘지 평생토록 대나무를 몹시 좋아하여,

蕭灑風流眞絶俗 소쇄풍류진절속	초탈한 그 풍류 실로 속세를 벗어났음을.
一日不可無此君 일일불가무차군	하루라도 이 군자 없을 수는 없으니,
坐令百卉來匍匐 좌령백훼래포복	안온하게 온갖 수풀들 와서 엎드리게 하였네.
又不見 우불견	또 보지 못했는가!
樂天才調本浮華 락천재조본부화	백거이의 재주는 본래 가볍고 화려하기만 했으나,
相國亭中變初服 상국정중변초복	관상국의 정자 가운데서 처음의 깨끗한 옷으로 바뀌었다네.
櫻桃楊柳摠莫汚 앵도양류총막오	앵두와 양류는 모두 더러웠던 적 없고,
晩歲飄然八灘曲 만세표연팔탄곡	만년에는 훌가분하게 여덟 구비 여울을 열었네.
我從承明一麾出 아종승명일휘출	내 승명려에서 한번 깃발 흔들고 나와,
故山三載辭麋鹿 고산삼재사미록	고향의 큰 사슴 작은 사슴과 삼년간 하직했네.
鈴齋不有竹千挺 령재불유죽천정	군청 동헌에 천 줄기나 되는 대나무 없었다면,
曉夕何以淸隈隩 효석하이청외욱	아침과 저녁에 무엇으로 구석져 으슥한 곳 맑게 할 것인가?
舊林憔悴沒寒烟 구림초췌몰한연	옛 숲은 시들고 메마른 채 차가운 연기에 매몰되었고,
新笋縱橫翳凡木 신순종횡예범목	새 대나무 싹은 이리저리 뭇나무들에 가려져 있네.
窓前地偏石堪砌 창전지편석감체	창 앞의 땅 치우쳐 있어 돌로 계단 쌓을 만하고,

軒外人稀壇可築 난간 밖은 사람 드무니
헌외인희단가축 화단 하나 쌓을 만하리.

忽然霈澤遍農野 갑자기 흡족한 비
홀연패택편농야 농사 들에 두루 내려,

我亦携鑱斸蒼玉 나 또한 쟁기 날 들고
아역휴참촉창옥 푸른 옥 쪼아내네.

遷辰不待醉兀兀 죽취일 기다리지 않고
천진부대취올올 진일에 옮겨 심는데,

去故何曾戀碌碌 옛것 버렸지만 어찌
거고하증련록록 남들 좋아하는 것 그리워하리.

…… ……

抽枝展葉漸猗猗 가지 나고 잎 펴져
추지전엽점의의 점차 우거져 무성해지고,

脫綳行鞭更續續 거죽 벗고 뿌리 뻗으니
탈팽행편갱속속 더욱 이어져 끊이지 않네.

已知凉氣灑琴書 시원한 기운 거문고와 책에
이지량기쇄금서 맑게 와닿음 이미 알겠고,

行見高標出牆屋 높은 의표 담장 넘어
행견고표출장옥 밖으로 드러나네.

風敲雜佩韻琤戛 바람 와 닿으면 여러 가지 패옥
풍고잡패운쟁알 쨍그렁 부딪치는 소리 나고,

月碎寒金影熠煜 달이 차가운 금 잘게 부수니
월쇄한금영습욱 그림자 환하게 빛나네.

千尋强寫笑文同 팔천 자 억지로 그리려던
천심강사소문동 문동이 가소롭고,

萬夫錯比嗤杜牧 십만의 장부로 잘못 비유한
만부착비치두목 두목도 웃음거리라네.

世人區區鶴又州 세상 사람들 잔달게
세인구구학우주 학 타고 또 고을 원 바라지만,

誰肯同歸節也獨　　홀로 지닌 이 절개
수긍동귀절야독　　뉘와 함께 귀의하리.

(文集 권1)

〔**역주**〕 ▩ 자유혹애죽(子猷酷愛竹): 자유(子猷)는 명필 왕희지(王羲之)의 아들 휘지(徽之)의 자(字). 왕헌지(王獻之)의 형. 천성이 대나무를 좋아하였는데, 그때 오중(吳中)의 사대부 집에 좋은 대나무가 있다는 이야기를 듣고, 보고 싶어서 곧 달려 나가 견여(肩輿)를 타고 대나무 밑으로 가서 오랫동안 감탄하여 마지않았다. 주인이 땅에 물을 뿌리고 쓸어놓고 앉기를 권하자, 휘지는 돌아보지도 않고 떠났다고 한다. ≪고증≫에서 인용. 이하 동.

▩ 일일불가무차군(一日不可無此君): 왕자유는 일찍이 빈집을 빌려서 살면서 곧 대나무를 재배하게 하고서 말하였다. 「어찌 하루라도 이 군이 없을 수 있겠느냐.」[何可一日無此君.]라고. 소동파의 시 「집에 대나무가 없을 수 없다.」[不可居無竹, <綠筠軒>]

▩ 좌령백초래포복(坐令百草來匍匐): 휘지(徽之)가 창포(菖蒲)가 대나무에 비친 것을 보고 말하였다. 「창포는 다만 아홉 마디[九節]만 되어도 귀하다고 재는데, 이것(대나무)은 면목(面目)이 우뚝하니 마땅히 두 번 절하여야 하겠다. 이것이 어찌 절을 받지 않겠는가?」[徽之以菖蒲映竹, 曰菖蒲止以九節爲貴, 此君面目聳然, 正當再拜. 此君亦安得以不受耶?] 당시(唐詩) 「뭇 풀이 끝내는 얼굴을 북쪽으로 향하고 조회를 드릴 것이다.」[衆卉終當北面之.]

▩ 상국정중변초복(相國亭中變初服): 백거이(白居易)의 <양죽기(養竹記)> 「정원(貞元) 19년 봄에 교서랑(校書郎) 벼슬을 하여 처음으로 장안(長安)에 와서 거처를 빌릴세, 상락리의 고(故) 관승상(關丞相) 파(播)의 집[私第] 동쪽 정자를 얻어서 거처하게 되었다. 그 이튿날 이 정자 동남쪽 구석에 가보니, 대나무 떨기가 초췌하게 시들어 있었다. …… 이에 그 사이를 성글게 솎아내고 그 밑동을 북돋우어 주었다. 이에 해가 나오면 산뜻한 그림자를 지워주고 바람이 불어오면 맑은 소리가 일어나 옛 모습 그대로 떳떳하고 기꺼워함이 마치 자기를 이해해 주는 이를 만난 느낌이 있는 듯이 보이더라.」 초(楚)나라 굴원(屈原)의 <이소(離騷)> 「장차 물러나서 내가 처음 입고 있던 옷을 다시 손질하리라.」[退將復修吾服.] 생각건대 이 말은 백낙천(樂天 : 백거이의 자)이

부화(浮華)하게 변화하는 습성을 지적하여 한 말일 것이다. ≪고증≫에서 인용.

▪ 팔탄곡(八灘曲): 탄(灘)은 여울이란 뜻. 백낙천은 동도(東都, 즉 洛陽)에서 거처하는 곳에 용문팔절탄(龍門八節灘)을 팠다. 상동.

▪ 승명(承明): 승명려(承明廬)로 생각된다. 석거각(石渠閣) 밖에 있는데, 한나라 때에 엄조(嚴助)가 회계(會稽) 태수로 나갔을 때에 황제가 글을 내려 보내면서 말하였다. 「그대는 승명려를 싫어하기 때문에 군태수로 내어 보냈다」고. 백거이 시 「지금 승명려로부터 나온다.」[今出自承明.] 상동. 여(廬)는 숙직하는 관리들이 머무는 곳을 말함.(≪한서·嚴助傳≫ 注)

▪ 휴참촉창옥(携鑱斸蒼玉): ≪설문(說文)≫ 「참이란 것은 뾰족한 것을 말한다.」[鑱, 銳也] 두시(杜詩) 「긴 보습[犁鐵]이여, 긴 보습이여! 흰 나무로 자루를 만든!」[長鑱長鑱白木柄, <乾元中寓居同谷縣作七首> 其二] 고시(古詩) 「비에 맞추어 창죽을 쪼갠다.」[和雨斸蒼竹.] 구양수(歐陽修)의 시 「이 푸른 옥을 본다.」[見此蒼翠玉.] 이상 ≪고증≫에서 인용.

▪ 천진부대취올올(遷辰不待醉兀兀): ≪예원자황(藝苑雌黃)≫ 「5월 13일은 옛날 사람들이 죽취일(竹醉日)이라고 하였는데, 이날 재배한 대나무가 크게 무성하다고 함. 또한 이러한 것에 구애되지 않는 사람도 있음.」 안원헌(晏元獻, 이름은 殊)의 시 「만약 즐겁게 심을 수가 있다면, 하필 취중에 옮길 것인가?」[如能樂封植, 何必醉中移.] 황산곡(黃山谷, 이름은 庭堅)의 시 「뿌리는 모름지기 진일(辰日)에 쪼개어야 한다.」[根須辰日斵.] 주(註)에 「대나무를 쪼개어 심을 때는 마땅히 진일을 택하여야 한다.」 백거이의 시 「한 해 동안 오똑하게 취하여 있다.」[終年醉兀兀.] 상동.

▪ 탈팽(脫繃): ≪운서(韻書)≫ 「팽은 아이를 강보(襁褓)에 묶는 것이다.」 소동파의 시 「머리를 나란히 한 옥동자들이, 하나하나 비단 붕대에서 빠져 나왔네.」[駢頭玉嬰兒, 一一脫錦繃]. 당시(唐詩) 「어린아이는 비단 붕대에서 빠져 나와서, 머리를 가지런히 하였네. 향기로운 옥골 같은 모습을.」[穉子脫錦繃, 駢頭香玉骨.] 상동.

▪ 행편(行鞭): 소동파의 시 「섬돌을 둘러서 올연히 분묘가 갈라졌는데, 좇아 나온 대뿌리를 편(鞭)이라고 한다. ≪죽보(竹譜)≫에 이르기를 편이 흔히 서남쪽으로 파고 나가기 때문에 또한 그것을 『동쪽 집에서 대나무를 심으면, 서쪽 집에서는 땅을 묻는다.』[東家種竹, 西家

埋地.]라고도 한다.」≪고증≫에서 인용.

▪ 풍고(風敲): 정수우(鄭守愚, 이름은 谷, 당나라 말의 시인)의 시 「잠이 가볍게 들었으니 바람이 대나무를 침을 견딜 만하도다.」[睡輕可忽風敲竹.] 상동.

▪ 월쇄한금영(月碎寒金影): 한유(韓愈)의 시 「대나무 그림자 금가루가 부서지듯.」[竹影金瑣碎, <城南聯句>] 상동.

▪ 천심강사소문동(千尋强寫笑文同): 문동(文同)의 자는 여가(與可)이며, 재동(梓潼) 사람임. 운을 다룸[操韻]이 고결하였고 시문(詩文)과 전서·예서를 잘하였으며, 또 대나무 그림을 잘 그렸다. 소동파의 <문여가화운당곡언죽기(文與可畫篔簹谷偃竹記)> 「여가가 편지를 나에게 보내고 편지 끝에 다시 시 한 수를 적어 놓았는데, 그 대략은 『한 끈으로 붙은 아계견을 가지고서, 찬 대나무 끝 1만 자나 긴 것을 쓸어 취하고 싶어지네.』[擬將一段鵝谿絹, 掃取寒梢萬尺長.]라고 적혀 있었다. 나는 답하기를 『세간에는 또한 천 길이나 되는 대나무가 있는데, 달 지고 정원이 빌 때면 그림자도 그와 같이 길다.』[世間亦有千尋竹, 月落庭空影許長.]라고 하였다. 여가가 웃으면서 이를 계기로 그가 그린 운당곡의 누워 있는 대나무를 나에게 주면서 말하기를 『이 대나무는 키가 몇 자에 불과하지만, 만 자가 넘을 기세가 있다.』고 하였다. 운당곡은 섬서성의 양주(洋州)에 있다.」 상동. <운당곡기>는 ≪동파집(東坡集)≫ 권32에 있음.

▪ 만부착비치두목(萬夫錯比嗤杜牧): 당나라 두목(杜牧)의 <만청부(晩晴賦)> 「대나무 숲이 바깥을 둘러쌈이여, 10만 장부가 완전무장을 하고 진을 빽빽하게 하여 둘러싸고 모시고 있는 듯하구나.」[竹林外裹兮十萬丈夫, 甲刃摐摐密陣而環侍.] 소동파의 <문여가의 양천원지 30수에 화답하다(和文與可洋川園池三十首)>의 다섯째 시 <대나무 언덕(竹塢)> 「조잡한 두목의 재주 실로 웃을 만하여, 군중의 10만 병사를 불러 깨웠네.」[粗才杜牧眞堪笑, 喚作軍中十萬夫.] 상동.

▪ 세인구구학우주(世人區區鶴又州): ≪소설(小說)≫ 「어떤 손님이 자기 뜻을 말하는데, 한 가지 소원은 [강소성의] 양주(揚州)자사가 되는 일이요, 한 가지 소원은 재물을 많이 모음이요, 한 가지 소원은 학을 타고 하늘로 올라가는 것이라고 하였다. 그중에 한 사람은 말하기를 허리에 엽전 십만 꾸러미를 두르고, 학을 타고 양주로 가는 것이라고 하였다.」 소동파의 시 <녹균헌(綠筠軒)> 「만약 이 군[竹]을 대하고서 거듭 크게 감상한다면, 세간에 어찌 양주학 생각이 있겠는가.」[若對此

君仍大嚼, 世間那有揚州鶴.] 상동.

▪ 야독(也獨): ≪장자(莊子)≫ 「송백이 유독 푸르고 푸르다.」[松栢也獨靑.] 상동.

〔**해제**〕 기유년(49세) 풍기(豐基)군수 재임시에 지은 시이다. ≪고증≫에 의하면 풍기의 풍락정(豊樂亭) 뒤에 대나무 떨기가 있는데, 지금까지도 선생죽(先生竹)이라고 한다는 말이 있다. 여기 인용한 시구는 그 앞부분에 해당하고, 인용되지 않은 나머지 부분은 다음과 같다.

荒哉酒放林下七 황 재 주 방 림 하 칠	허황하구나, 술 마시며 마음껏 노닐었던 대나무 숲의 일곱 어진이여,
邈矣詩豪溪上六 막 의 시 호 계 상 륙	아득하도다, 시 호탕하게 써내었던 죽계의 여섯 은사들이여!
儻有翩翩丹穴禽 당 유 편 편 단 혈 금	혹시라도 훨훨 나는 단혈산의 봉황 있다면,
千載回翔此棲宿 천 재 회 상 차 서 숙	천년을 빙빙 돌며 날다가 이 숲에 와 깃들어 살리.
老我年來冷淡生 로 아 년 래 랭 담 생	내 늙어 나이 드니 냉담함 생기는데,
相對寧憂食無肉 상 대 녕 우 식 무 육	마주보고 있으니 어찌 식탁에 고기 없음 걱정하리.
從今更歎衛公賢 종 금 갱 탄 위 공 현	이제야 위 무공의 어짊 더욱 경탄스러워,
一篇淇澳湔心讀 일 편 기 욱 전 심 독	〈기욱〉 한 편 읽으며 마음 깨끗이 씻네.
何必柴桑歸去來 하 필 시 상 귀 거 래	어찌하여 반드시 시상촌으로 돌아가,
白衣悵望東籬菊 백 의 창 망 동 리 국	동쪽 울타리서 국화 따며 흰옷 입은 이 한탄하며 바라리.

〔**역주**〕 ▪ 임하칠(林下七): 죽림칠현을 말함.

▪ 계상륙(溪上六): 죽계육일(竹溪六逸)을 말함. ≪구당서(舊唐書)·이백

전(李白傳)≫「젊어서 노중(魯中)의 여러 선비인 공소보(孔巢父)·한면(韓沔)·배정(裵政)·장숙명(張叔明)·도면(陶沔) 등과 조래산에 숨어 지냈는데, 당시에 죽계의 여섯 은자라 하였다.」

▒ 편편(翩翩): 가볍고 빨리 나는 모양.

▒ 단혈금(丹穴禽): 단혈산에 산다는 전설상의 길조인 봉황을 말함.

▒ 기욱(淇澳): ≪시경·위풍(衛風)≫의 편명으로 욱(澳)은 오(奧)로도 쓰며, 위나라 무공(武公)의 덕을 칭송하는 내용을 담고 있음.

▒ 시상귀거래(柴桑歸去來): 시상은 심양(潯陽)에 있으며, 원래는 도연명이 살던 곳을 말하나 여기서는 곧 도연명을 가리켜 말한 것임. 도연명이 <귀거래사>를 짓고 돌아간 것을 말함.

왕자유(王子猷)는 대나무를 사랑하여 풍류가 속세를 뛰어넘었고, 백낙천(白樂天)은 대나무를 사랑하여 부화한 기질이 변하게 되었다. 그렇다면 퇴계가 대나무를 사랑한 것에서도 또한 그 숨겨진 의미를 볼 수 있을 것이다. 그래서 「시원한 기운 거문고와 책에 맑게 와닿음 이미 알겠고」〔已知涼氣灑琴書〕라 읊은 이하 네 구는 대나무의 우뚝한 줄기의 탁월한 운치가 속세 바깥에 멀리 뛰어남을 극진하게 표현한 것이니, 구구한 명리야 어찌 말할 수 있으리오?

또 퇴계가 대나무 그림에 제자(題字)를 지어준 시도 매우 많은데, 그 가운데는 가작도 적지 않다. 여기에 〈성주 사람 이문건(李文楗)의 호는 휴수(休叟)인데, 신잠(申潛)이 그린 대나무 그림 열 폭에 적을 시를 구하다, 절구 10수〔星山李子發號休叟索題申元亮畫十竹, 十絶〕〉 중 두 수에서 그 대강을 엿볼 수 있다.

〈눈 온 달밤의 대나무(雪月竹)〉

玉屑寒堆壓 옥 설 한 퇴 압	옥 부스러기 차갑게 쌓여 짓누르고,
冰輪逈映徹 빙 륜 형 영 철	얼음 바퀴 멀리서 비추어 꿰뚫네.

從知苦節堅　　굳은 절개 굳은 줄은 전부터 알았지만,
종지고절견

轉覺虛心潔　　점차 빈 마음 깨끗함 깨닫게 되네.
전각허심결

〔**해제**〕 이자발(李子發)은 중종 때의 학자로, 이름은 문건(文楗), 호는 휴수 또는 묵재(默齋)이다. 조광조(趙光祖)의 문인으로 승지를 지냈으나 을사사화에 휩쓸려 성주(星州)에서 23년간 귀양살이하다가 작고하였다. 신원량(申元亮)의 이름은 잠(潛), 호는 영천자(靈川子)로 오랜 귀양살이를 한 뒤 지방 수령을 지냈다. 문장, 글씨, 그림에 뛰어났으며, 난과 죽을 잘 그렸고, 퇴계와 친한 벗이었다.

〔**역주**〕 ▪ 옥설(玉屑): 눈가루를 말함. 퇴계의 시에는 눈을 옥으로 표현한 예가 많이 보임.

▪ 퇴압(堆壓): 쌓이어 짓누름을 말함.

▪ 빙륜(冰輪): 달을 말함. 송나라 마존(馬存)의 <달을 맞이하는 정자(邀月亭)> 「푸른 바다 동쪽 모퉁이에서 항아 맞으니, 얼음 바퀴 맷돌처럼 파란 유리 위로 올라오네.」[滄溟東角邀姮娥, 冰輪碾上靑琉璃.]

▪ 허심(虛心): 대는 속이 비었으므로 허심이라고 함.

〈마른 대나무(枯竹)〉

枝葉半成枯　　가지와 잎은 반쯤 말라붙었으나,
지엽반성고

氣節全不死　　기세와 절개는 전혀 죽지 않았네.
기절전불사

寄語膏粱兒　　기름진 기장밥 먹는 자제들에게 말하건대,
기어고량아

無輕憔悴士　　초췌한 선비 가벼이 보지 말게나.
무경초췌사

(文集 권3)

〔**역주**〕 ▪ 고량아(膏粱兒): 고량(膏粱)은 기름지고 맛있는 음식이라는 뜻에서, 이런 음식을 먹는 부귀한 집안의 자제라는 뜻으로 쓰임.

앞 시의 첫 구는 눈이 대를 누르는 것을 묘사하였고, 다음 구는 달이 대나무에 비치는 것을 묘사하였다. 「옥 부스러기 쌓여 짓누르고」〔玉屑堆壓〕란 말에는 눈이 두터움을 볼 수 있고, 「얼음 바퀴 비추어 꿰뚫네」〔氷輪映徹〕에서는 달이 밝음을 볼 수 있다. 차면서도 쌓여 짓누르니 거듭 그 괴로움이 나타나고, 멀면서도 비추어 꿰뚫으니 그 맑음이 더욱 드러난다. 앞 두 구절은 경(景)을 묘사한 것인데, 경 중에도 정(情)이 있다. 뒤 두 구절은 정을 묘사하였는데, 정은 경을 통하여 살아나고 또한 경으로 말미암아 깊어진다. 셋째 구절은 첫 구절을 긴밀하게 이은 것이고, 끝 구절은 둘째 구절을 긴밀하게 이은 것이다. 쌓여 짓누름이 차고 또 두텁지 않다면, 괴로운 절개가 굳음을 알지 못할 것이다. 비추어 꿰뚫음이 또 멀지 않다면, 빈 마음의 정결함을 깨닫지 못할 것이다. 이렇게 응하여 잇고 확충하여 나아감으로써 거기 담긴 뜻을 더욱 깊게 한다. 그래서 이 대나무는 이러한 표현을 거침으로써 인격화되고 이성화된다. 이 시는 경을 통하여 정이 생겨나고, 정속에 이(理)를 담고 있어서, 정과 이가 함께 융화되고, 사물과 내가 일체가 된다.

뒷 시의 첫 구절은 제목의 뜻을 드러낸 것인데, 다음 구절은 첫 구절에서 나온 것이다. 첫 구절에서 말한 바는 사물(事物)이요, 다음 구절에서 되돌아 본 바는 도리(道理)이다. 「반쯤 말라붙었다」〔半成枯〕라고 하였으니 이미 이지러진 물건이 된 것이다. 그 다음에 「전혀 죽지 않았다」〔全不死〕라고 말한 것은 비단 이지러진 것을 떨치고 황폐한 것을 일어나게 하였을 뿐만 아니라, 실은 구체화한 것이다. 「반성고」와 「전불사」는 강렬한 대비로 안성맞춤인데, 말은 마치 서로 반대되는 것 같으나, 사실은 다 도(道)에 부합된다. 아래 두 구는 「고량아」(膏粱兒 : 기름진 기장밥 먹는 자제들)로써 「초췌사」(憔悴士 : 초췌한 선비)와 대비시켰고, 또 「초췌사」로써 고죽(枯竹)을 서로 응하게 하였다. 「초췌한 선비」〔憔悴士〕를 가볍게 여기지 말라고 한 것은 뜻은 올바르나, 말은 알맹이 없이 들릴 혐의가 있으니, 앞 시와 같이 온자(蘊藉)한 맛이 덜한 듯하다.

그가 소나무와 국화를 읊은 시는 매우 적다. 각기 그 보기 한 수씩만 다음에 인용한다.

〈소나무를 읊음(詠松)〉

石上千年不老松 석상천년불로송	바위 위 천년 된 늙지 않는 소나무,
蒼鱗蹙蹙勢騰龍 창린축축세등룡	검푸른 비늘 쭈글쭈글 기세 용이 뛰어오르는 듯하네.
生當絶壑臨無底 생당절학림무저	살아서 깎아지른 골짜기 바닥 보이지 않는 곳 내려다보고,
氣拂層霄壓峻峯 기불층소압준봉	기운은 겹겹의 하늘에 떨치며 높은 봉우리 누르고 있네.
不願靑紅戕本性 불원청홍장본성	단청 칠하여 본성 해침 원하지 않으니,
肯隨桃李媚芳容 긍수도리미방용	어찌 복숭아나 오얏처럼 아름다운 모습으로 아양 떪 기꺼이 따르리오.
深根養得龜蛇骨 심근양득귀사골	깊은 뿌리 거북이나 뱀 같은 기골로 잘 길러,
霜雪終敎貫大冬 상설종교관대동	서리와 눈에도 끝내 한겨울 지내게 하였네.

(續集 권1)

〔역주〕 ▪ 창린축축(蒼鱗蹙蹙): 창린(蒼鱗)은 검은빛을 띤 용의 비늘이

라는 뜻인데, 소나무 껍질을 이렇게 표현한 것임. 축축(蹙蹙)은 주름진 모양을 나타내는 의태어.

▒ 청홍(靑紅): 청황(靑黃)과 뜻이 같다. ≪고증≫ 권8, 22쪽에서 인용.

▒ 귀사골(龜蛇骨): 소동파의 시 「소나무 아래 거북과 뱀은 푸른 뼈가 가볍구나.」[松下龜蛇綠骨輕.] 주석 「소나무 진이 흙에 묻혀 천년이 지나면 복령(茯笭)이 되는데 거북과 뱀과 비슷하다.」 상동.

〈국화 오솔길에 가을 서리가 내리다(菊逕秋霜)〉

霜霧鮮鮮菊萬葩 상무선선국만파	서리 안개 싱싱하네 국화꽃 만 송이에,
金風蕭瑟野人家 금풍소슬야인가	가을바람 쓸쓸하게 농부의 집에 부네.
花中隱逸知人意 화중은일지인의	꽃 가운데 숨어 지내니 사람의 뜻 알랴만,
歲晩心期詎有涯 세만심기거유애	해 저물어도 마음 기약 어찌 끝이 있으리오.

(文集 권3)

〔**해제**〕 <진사 한영숙의 강가의 별장 10경(韓上舍永叔, 江墅十景)> 10수 중 제6수이다. 한영숙은 이름이 한수(韓脩), 호는 석봉(石峯, 명필인 한석봉과는 다름)으로 퇴계의 제자이다. 광주(廣州) 두미수(斗尾水)가 흐르는 협곡 선영 아래 영모당(永慕堂)이란 초려를 짓고 살았다. 뒤에 지평(持平) 벼슬을 지냈는데, 죽경(竹逕), 국경(菊逕)을 만들고 그 사이에 소요하였다 한다.

〔**역주**〕 ▒ 국경(菊逕): 서한 말기에 장후(蔣詡)가 벼슬을 사직하고 고향으로 돌아가 은거하면서 정원에 만든 소나무를 심은 길[松徑], 국화를 심은 길[菊徑], 대나무를 심은 길[竹徑] 등 세 갈래 길의 하나. 보통 은거함을 나타냄.

▒ 금풍(金風): 가을바람을 말함. 음양오행설에 의하면 금(金)은 가을에 해당하기 때문임.

소나무를 읊은 시는 갑오년, 퇴계 나이 34세 때에 지어진 것인데, 처음으로 벼슬하여 조정에 있을 때니, 바로 크게 장래가 촉망되는 나이였고, 목표한 바도 있었으므로 말씨가 크게 떨치고, 호탕한 기상이 다른 시와는 다르다. 이 시는 이개칠합법(二開七闔法 : 둘째 구절에서 꺼낸 말을 일곱째 구절에 가서 마무리하는 수법인 듯함)을 사용한 것 같다. 둘째 구절의 「검푸른 비늘 쭈글쭈글 기세 용이 뛰어오르는 듯하네」〔蒼鱗蹙蹙勢騰龍〕라는 표현은 말이 지극히 웅장하고도 꿋꿋하다. 「검푸른 비늘 쭈글쭈글」〔蒼鱗蹙蹙〕이란 말은 그 「늙지 않는」〔不老〕 자태를 묘사하고, 「기세 용이 뛰어오르는 듯하네」〔勢騰龍〕란 그 「늙지 않는」〔不老〕 정신을 묘사한다. 그런데 3, 4 두 구는 「기세 용이 뛰어오르고」란 말을 긴밀하게 이어서 더욱 그것을 피어나게 한다. 「깎아지른 골짜기 바닥 보이지 않는 곳 내려다보고」〔絶壑臨無底〕란 말에서는 그 뿌리가 깊음이 보이고, 「겹겹의 하늘에 떨치며 높은 봉우리 누르고 있네」〔層霄壓峻峯〕란 말에서는 그 기세의 성함이 보인다. 기세는 근거 없이 성할 수 있는 것이 아니라, 반드시 뿌리가 깊어야 양육이 될 것이다. 「기세 용이 뛰어오르는 듯」〔勢騰龍〕이라고 한 것은 기세가 용을 타려는 듯하다는 말로, 오직 허필(虛筆)을 사용한 것 같지만, 뿌리는 낭떠러지에서 생겨나고, 기세는 겹겹의 하늘을 떨치고 나와 아래로 끝없이 내려가고 위로 우뚝한 봉우리들을 누르고 있으니, 완전히 실필(實筆)을 사용한 것이 된다. 말은 극히 과장되고, 기세는 극히 웅장하다. 5, 6 두 구는 「본성을 해침」〔戕本性〕을 원하지도 않을 뿐만 아니라, 또한 「아름다운 모습으로 아양떪」〔媚芳容〕도 허락하지 않으니, 이것은 곧은 절개가 속세에 뛰어난 것이요, 우뚝하게 서서 의지함이 없는 것이다. 무릇 못하는 바가 있을 수 있는 다음에야 비로소 하는 바가 있을 수 있다. 참된 정조를 지킴이 있어야 비로소 참된 사업이 있다. 일곱째 구는 앞의 글귀로 되돌아가서 호응하면서, 아울러 끝 구절의 장본(張本)이 되기도 한다. 깊은 뿌리〔深根〕는 멀리 제3구에 호응하고, 귀사골(龜蛇骨)은 멀리 제2구에 호응한다. 끝구 「서리와 눈에도 한겨울 지내게 하였네」〔霜雪貫大冬〕라고 한 것은 늠름하고도 항상 꿋꿋한 큰 절개를 묘사한 것이다. 이러한 큰 절개가 있어야 정말 무한한 사업을 이룰 수 있다. 이 시는 비록 소나무를 읊은 것이지만 또한 마음을 읊조리고 뜻을 표현하자는 의도가 없지도 않았다. 이개칠합(二開七闔)이란 두보가 율시에 자주 사용하는 법인데, 퇴계는 이러한 곳에서 마음으로 터득한 바가 있다.

국화를 읊은 절구 한 수는 앞의 두 구는 경(景)을 읊은 것이요, 뒤의 두 구는 정(情)을 묘사한 것이다. 그 요지는 마지막 구절에 있는데, 늦게 은퇴하고 싶은 마음이 표현을 넘어 비치고 있다. 말은 담백하지만 맛은 끝없는 이러한 것이 퇴계의 만년의 작품인데, 그 풍격(風格)은 조기(早期)의 작품들과는 다름이 있다.

(6) 매화(梅花)

퇴계는 절우(節友) 중에서도 유독 매화를 매우 사랑하였다. 그가 손수 쓴 매화시를 보아도 그것을 알 수 있다. 그것은 그의 친구나 문인들의 친구 가운데서도 또한 자주 매화에 관한 기사가 있음을 보아서도 알 수 있다.

> 편지에 「영매(嶺梅)가 향기를 내뿜거든 때로 한 가지 보내주시라」는 사연은 사람으로 하여금 천리동금(千里同襟)의 뜻에 깊이 개연함을 가지게 합니다. 이곳에서는 금년 봄 기후가 매우 이상

해서 4월에 이르러야 꽃들이 비로소 성개(盛開)하기 시작했습니다. 그래서 매화도 역시 그 지역과 시절의 조건에 따름을 면하지 못했습니다. 사람들은 이 점을 가지고 매화의 병처(病處)라 하기도 합니다마는 나로서는 이런 말을 하는 사람들이 매화를 참으로 아는 사람들이 아니라고 생각됩니다.50)

– 이동환 교수의 <답이중구서 역주>≪퇴계학보, 제4기≫에서 인용

그가 여기서 표현을 넘어서 감추고 있는 뜻은 자기를 「정말 매화를 아는 자」(眞知梅者)라고 하였기 때문에 「매형을 위해 변명한다」〔爲梅兄解嘲〕는 말이 나온다. 또 다음과 같이 말하기도 하였다.

가을 기러기 하늘을 울고 가는데 부질없이 그리워만 합니다. 함께 탐매(探梅)할 이 내 곁에 없으니 좋은 일은 잘 어울려지기 어려운가 합니다.

– 상동 제5·6합집(合集) 247쪽에서 인용

다행히도 이제 이 정월 매창(梅窓)에 전해온 소식 받고 이 적막함을 넉넉히 달랠 수 있었습니다.

– 상동 제9집 111쪽에서 인용

해 저물어 가는 궁산(窮山)에 더불어 회포를 이야기할 이가 없습니다. 매화(梅花)를 찾겠다는 약속은 신선(神仙)을 바라나 오지 않음 같습니다.

– 상동 제14집 204쪽에서 인용
(이상은 모두 <答李仲久書>, 文集 권11)

도산의 매화가 근래 한두 송이 꽃잎이 터졌다고 합니다. 어느 날

50) 〈答李仲久書〉, ≪全書≫ 제1책, 문집 권10, 296쪽 참고. 또 ≪全書≫ 제2책 外集 권1, 549쪽 〈梅花天惜太孤絶〉 시의 소서 참고. 문자에 다소의 차이가 있다.

에나 옥설 같은 가지에 두루 꽃이 활짝 피게 될지 알 수 없습니다.

(<答李大成>, 文集 권15)

이러한 유의 표현은 이루 다 헤아릴 수가 없다. 매화로서 적막함을 능히 달랠 수도 있고, 매화를 찾는 것을 신선을 봄과 같이 여겼으니, 돈독하게 좋아한 정은 마치 가까운 벗과 같이 친하였다. 사모한 마음이 일일이 여삼추(如三秋)와 같다고 하겠다. 그가 운명할 날이 가까워 이질로 설사를 할 때에 매화분이 곁에 있으니 딴 곳으로 옮기라고 하고서 말하였다. 「매형에게 불결하면 내 마음이 미안해서 그렇다.」〔於梅兄不潔, 心自未安耳.〕[51]라고 하였으니 매화로 말할 것 같으면 어떻게 괴로움을 말할 수 있겠으며, 어떻게 깨끗함을 알겠는가만, 퇴계의 이때의 생각은 오직 당신의 마음의 편안함을 구한 것이지, 그 이외의 것은 헤아릴 것도 없었다. 곧 이렇게 생각이 단정함은 실로 증자(曾子)가 운명할 때나 같았다고 하겠다.(역주 : 증자가 운명할 때에 제자들에게 자기의 수족을 살펴보라고 말하고, 평생 동안 부모가 물려준 일신에 아무런 상처도 입지 않고 죽으니, 부모에 대한 책임을 벗게 되는 것이라고 말하였다 함)

죽음에 임하여서는 그 예에 바름을 구하고, 매화를 옮김으로 그 마음에 편안함을 구했다. 그 마음에 편안하니 스스로 능히 예를 지킬 수 있고, 능히 예를 지킬 수 있으니 자연히 마음이 편안하다. 퇴계가 매화를 사랑함은 사소한 데까지 이르지 않음이 없었고, 어느 때고 관심이 식은 적이 없다. 조급할 때에도 이것을 잊지 않았고, 위태할 때에도 이것을 잊지 않았다. 이것은 그 마음의 어짊이 이미 매화와 더불어 하나가 되었기 때문일 것이다.

51) ≪全書≫ 제4책, 〈言行錄〉 권5, 〈考終記〉.

정이라는 것은 글의 핵심인데, 지극한 정이 있은 뒤에야 지극한 글이 나오게 된다. 퇴계의 매화 애호는 지성(至誠)에 근본을 두고, 지정(至情)에서 피어나온다. 그렇기 때문에 시로 나타나면 진미가 넘치고, 격은 높고 운(韻)은 넘친다.

퇴계가 매화를 읊은 것은 대개 자기의 심사를 매화에 의탁하여 나타내려는 것이다. 관직에 있을 때와 집에 있을 때의 심정이 달랐기 때문에 그가 읊으려는 내용이 또한 다 같지 않다. 벼슬을 할 때는 흔히 야인으로 돌아가려는 마음을 많이 읊었고, 집에 있을 때는 감상하고 즐기려는 흥취를 많이 노래하였다. 〈옥당에서 매화를 그리워하다(玉堂憶梅)〉란 시에서는 다음과 같이 읊었다.

一樹庭梅雪滿枝 일수정매설만지	한 그루 뜰의 매화 흰 눈 가지에 가득한 모습,
風塵湖海夢差池 풍진호해몽치지	풍진 잦은 세사에서 꿈속에 들락날락한다네.
玉堂坐對春宵月 옥당좌대춘소월	옥당에서 마침 봄날 밤에 달 마주하고 있자니,
鴻鴈聲中有所思 홍안성중유소사	기러기 우는 소리에 그 모습 생각난다네.

(外集 권1)

〔역주〕 ▪ 옥당(玉堂): 한림원(翰林院)의 별칭으로 일찍이 송 태종이 한림원에 친히 행차하여 「옥당지서(玉堂之署)」라 쓴 비백체(飛白體)의 액자를 내린 데서 유래함.

▪ 치지(差池): 참치(參差)와 뜻이 같은 모음이 같은 첩운(疊韻) 연면 의태어.

▪ 좌(坐): 여기서는 바로, 마침 등과 같은 뜻을 가진 부사로 사용됨.

연보에 의하면 이 시는 임인년 봄, 옥당에서 숙직하고 있을 때에 지은 것이다. 옥당이란 조선시대의 홍문관(弘文館)을 가리키는데, 이해 2월에 홍문관부교리(副校理)가 되었으며, 당시 42세였다. 퇴계의 영매시(詠梅詩)는 이것이 가장 이르다. 눈이 가득한 정원의 매화 한 그루 희게 빛나니, 더욱 그 호젓하게 향기롭고, 높고 깨끗하며 추위를 고요히 이기는 멋을 드러낸다. 풍진의 호해(湖海)에서는 그 꿈만 더디고, 옥당에 앉아 달을 대하니, 봄날 밤만 헛되게 넘기는 듯하고, 기러기 우는 소리 들으니 돌아가고 싶은 생각만 아득하게 일어난다. 관직을 좋아하지 않음이 표현 밖에 저절로 드러난다.

또한 퇴계가 갑진년(甲辰年:44세) 봄에 조정에 불리어 나간 뒤에 〈호당의 매화가 늦은 봄에 비로소 피었네, 소동파의 각운자를 사용하여(湖堂梅花暮春始開, 用東坡韻)〉란 시 2수가 있는데, 그 고상한 정취는 멀리 속세 밖에 뛰어나다. 그 앞 시의 몇 구절은 다음과 같다.

邇來京輦苦相憶　그 뒤로 내가 서울에 와서는
이래경연고상억　　매우 생각이 많이 나서,
清夢夜夜飛丘園　맑은 꿈은 밤이면 밤마다
청몽야야비구원　　옛 동산으로 날아갔네.
那知此境是西湖　어떻게 알리오 이 땅이
나지차경시서호　　바로 서호인 것을?
邂逅相看一笑溫　만나서 서로 보니
해후상간일소온　　한번 웃음 따뜻하네.
芳心寂寞殿殘春　향기로운 술 적막하게도
방심적막전잔춘　　늦은 봄을 끝까지 지키며,
玉貌綽約迎初暾　옥 같은 모습 부드럽고 아름답게
옥모작약영초돈　　아침에 솟는 해를 맞이하네.

〔**역주**〕 ▪ 호당(湖堂): 한강 동호(東湖)에서 홍문관에 벼슬하는 젊은 문사들에게 사가독서 시키던 곳.

▪ 서호(西湖): 중국 송나라 임포(林逋)가 항주(杭州) 서호(西湖)에 살면서 매화를 고사(高士)에 비유하였다.

▪ 방심(芳心): 향기로운 꽃의 중심 부분[花心].

▪ 작약(綽約): 몸매가 부드럽고 아름다운 모습.

▪ 돈(暾): 원래의 의미는 갓 떠오른 해를 말함.

뒷 시의 몇 구절은 다음과 같다.

昨夜夢見縞衣仙 작야몽견호의선	어젯밤에 꿈에 보았네 흰 깁옷 입은 신선을,
同跨白鳳飛天門 동과백봉비천문	흰 봉황 등에 함께 걸터앉아서 하늘 문으로 드나드는 것을.
蟾宮要授玉杵藥 섬궁요수옥저약	두꺼비궁전에서 받으려 하였네 옥으로 만든 약 빻는 절구를,
織女前導姮娥言 직녀전도항아언	직녀가 앞길을 인도하여 항아에게 말을 전하였다네.
覺來異香滿懷袖 각래이향만회수	깨어나서 보니 기이한 향기가 가슴과 소매에 가득하니,
月下攀條傾一罇 월하반조경일준	달빛 아래서 한 가지 휘어잡고 한 바리의 술을 기울이노라.

〔**역주**〕 ▪ 선인(仙人): 수(隋)나라 조사웅(趙士雄)이 나부산(羅浮山)에서 해가 저물 때에 숲 사이 술집 이웃에서 소복한 미인이 나와 영접하는데, 음성이 매우 맑고 고우며 꽃다운 향기가 사람의 마음을 사로잡았다. 데리고 술집에 가서 노는데, 푸른 옷 입은 아이가 옆에서 노래를 부르니, 사웅이 취해서 잠이 들었다. 날이 새어 깨어 보니, 매화나무 가지에 푸른 새가 지저귀고 있었다. 만났던 미인은 화신(花神)이었던 것이다.

매화를 그리워하여 꿈길에까지 나타나며, 그리움을 이기지 못함이 더욱 깊은 마음으로부터 드러난다. 나아가 매화를 만나면 웃음 짓는 미인으로 보기도 하고, 흰 옷을 입고 봉을 타고 가는 선인(仙人)으로 보기도 하였으니, 그 향기로운 생각, 고결한 심정, 우뚝한 취미, 속세를 벗어난 상념 등이 보인다. 그 매화를 생각한 절구는 더욱 애틋한 감정이 넘친다.

〈기사년 정월 계당의 작은 매화 소식을 듣고 감회를 쓰다(己巳正月, 聞溪堂小梅消息, 書懷)〉

手種寒梅護一堂 수종한매호일당	손수 한매 심어 온 계당 지키라고 하였는데,
今年應發滿園香 금년응발만원향	올해는 틀림없이 꽃 피워 온 동산에 향기 피우고 있으리.
主人京洛遙相憶 주인경락요상억	그 주인 서울 나그네 되어 아득히 그 꽃 생각하여 보니,
無限淸愁暗結腸 무한청수암결장	끝없는 맑은 시름 나도 모르게 내 가슴속에 맺히네.

〔해제〕 이 시는 69세 작으로, 2수 중 제2수이다.

〈도산의 매화를 그리워하다(憶陶山梅)〉

丙歲如逢海上仙 병세여봉해상선	병인년에는 내 바닷가의 신선 만난 듯,
丁年迎我似登天 정년영아사등천	정묘년에는 나를 맞아서 하늘에 오른 듯.
何心久被京塵染 하심구피경진염	무슨 마음으로 오래도록 서울의 먼지 뒤집어쓰고 있는가?

不向梅君續斷絃　　그대 매화 향하여 끊어진 줄
불향매군속단현　　　　잇지 않고서?

(이상 文集 권5)

〔역주〕 ▪ 병세(丙歲)·정년(丁年): 66세, 67세 때 각각 <도산으로 매화를 찾다(陶山訪梅)> 시 2수와 <답청일에……소매(踏靑日……小梅)> 2수를 지었음.
▪ 속현(續絃): 거문고를 타다가 줄이 끊어지면 다시 잇는 것을 속현(續絃)이라 하는데, 세속에서는 상처하고 재혼하는 것을 속현이라고 함. 여기서는 매화와 다시 끊어졌던 인연을 맺는다는 뜻임.

앞 시는 뜻이 분명하니 풀어 설명할 필요가 없다. 뒷 시의 앞 두 구는 매화를 그리워하는 마음을 묘사하였다. 윗 구는 내가 매화를 보는 것을 말하였고, 아래 구는 매화가 나를 맞이하는 것을 말하였다. 선인을 만나는 것 같고 하늘을 오르는 것과 같은 것은 기회를 얻기 힘드니, 그 즐거움이 얼마나 대단하랴?

퇴계의 〈이문량(李文梁)의 이른 봄 매화를 보다라는 시의 각운자를 써서 짓다(用大成早春見梅韻)〉란 시에,

丙歲自比遼東鶴　　병인년엔 스스로
병세자비요동학　　　　요동의 학에 비겼는데,
歸來及見花未洛　　돌아와 꽃 지지 않았음
귀래급견화미락　　　　볼 수 있었다네.
丁年病起始尋芳　　정묘년에 병에서 일어나
정년병기시심방　　　　비로소 꽃 찾았는데,
絶喜瓊枝攢雪蕚　　옥 가지에 눈꽃 모음
절희경지찬설악　　　　매우 기뻐하였다네.

(文集 권5)

〔역주〕 ▪ 요동학(遼東鶴): 퇴계의 <도산으로 매화를 찾다(陶山訪梅)> 「그

대는 요동의 하늘로 내려온 돌아온 학과 같다네.」[有君如歸鶴下遼天.]

란 구절이 있다. 이것은 곧 이 시 앞 두 구에 대한 각주라고 할 수 있다. 그러니 내가 매화를 만나고 매화가 나를 맞이하여, 매화와 나는 서로 어울리고 서로 즐기는 것이 되니, 곧 「사물과 내가 하나 되는」〔物我如一〕 경지〔意境〕에 다다르게 된다. 후반에 나오는 2구는 매화를 사랑하려는 소원을 표시한 것이다. 매화를 아내로 삼으려는 뜻이 있으니, 말은 완곡하나 뜻은 진지하여, 지극히 매화를 사랑하려는 심정이 「나무에 세 푼이나 파고들어가게」〔入木三分 : 글씨를 힘있게 써서 붓이 나무에 세 푼이나 파고들어가 박혀 있다는 말〕 적혀 있으니, 정말 남녀 간의 어지러운 정이 끊어질 듯하다고 하겠다.

다음에 나오는 시는 집에 있을 때에 지은 것인데, 정회(情懷)는 관직에 있을 때에 지은 것과는 다르다.

青春欲暮嶠南村 청춘욕모교남촌	짙은 봄 곧 지려 하네, 영남의 한 마을에,
處處桃李迷人魂 처처도리미인혼	곳곳의 복숭아며 오얏꽃은 사람의 혼 홀리게 하네.
眼明天地立孤樹 안명천지립고수	눈 환한 천지에 외로운 나무 서 있는데,
一白可洗羣芳昏 일백가세군방혼	흰 빛 하나 뭇 컴컴한 색 씻어 주려는 듯.
風流不管臘雪天 풍류불관랍설천	풍류는 상관 않네 섣달 하늘에 내리는 눈,
格韻更絶韶華園 격운갱절소화원	운격 더욱 빼어나네 봄 경치 빛나는 정원에.

道山疇昔幾仙賞　도가의 봉래산에서 지난날
도산주석기선상　얼마나 신선 감상했던가?

廿載重逢欣色溫　스무 해 만에 다시 만나니
입재중봉흔색온　기쁜 기색 따뜻하게 퍼지네.

臨風宛若西湖伴　바람 맞으니 꼭
림풍완약서호반　서호의 짝과 같고,

對月不覺東方暾　달 마주하니 깨닫지 못하겠네
대월불각동방돈　동녘이 밝아오는 줄도.

問我緣何太瘦生　나더러 무슨 일로
문아연하태수생　그리 여위었느냐고 묻는데,

白首長屛雲巖門　흰머리에 오래도록
백수장병운암문　산에 틀어박혀서라네.

向來自有烟霞疾　그동안 저절로
향래자유연하질　연하에서 고질 얻었으니,

今者何須蘭臭言　지금 어찌 필요하리오?
금자하수란취언　난초 향기 같은 말.

天涯故人不可見　하늘가에 옛 친구들
천애고인불가견　볼 수가 없어,

與爾日飮無何罇　그대 더불어 날로 아무 일 없이
여이일음무하준　술잔 기울여 마시네.

(文集 권3)

〔역주〕 ▪ 청춘(靑春): 봄을 말함. 봄은 방위로는 동쪽이며, 색으로는 청색이기 때문에 이렇게 부름.

▪ 교남(嶠南): 우리나라의 경상남북도 지방을 이르는 영남의 별칭.

▪ 납설(臘雪): 동지가 지나고 입춘이 되기 전에 내리는 눈을 말함.

▪ 소화(韶華): 소광(韶光)이라고도 하며 춘광(春光), 곧 화려한 봄 경치를 말함.

▪ 도산(道山): 퇴계가 사가독서를 했던 동호(東湖) 독서당을 말함.

▪ 서호(西湖): 항주 서호의 고산(孤山)에서 송나라 때 임포(林逋)가 매화를 처로 삼고 학을 자식으로 삼은 것을 끌어다 썼음.

▒ 문아연하태수생(問我緣何太瘦生): 이백의 <장난삼아 두보에게 주다(戲贈杜甫)>「헤어진 후 어찌하여 이렇게 몹시 여위었는가 하고 물어보니, 오로지 시 짓느라 괴로워서 그렇게 된 것입니다.」[借問別來太瘦生, 總爲從前作詩苦.]

▒ 연하(烟霞): 당나라 처사(處士) 전유암(田遊岩)이 고종(高宗)에게 말하기를「신은 이른바 산수를 사랑하여 병이 나고, 자연을 즐기어 고질병이 든 사람입니다.」[臣所謂泉石膏肓, 烟霞痼疾者.]라고 하였음.

▒ 난취(蘭臭): ≪주역(周易)≫「(두 사람이) 마음을 함께하는 말은 그 냄새가 난초와 같다.」[同心之言, 其臭如蘭.] 이상 ≪국역퇴계집≫에서 인용함.

▒ 무하(無何): 별일이 없음을 말함. ≪장자·소요유(逍遙遊)≫「아무 거리낌 없는 이상향에서 논다.」[遊於無何有之鄕.] ≪사기≫「남방이 비습하여 날마다 술이나 마신다.」[南方卑濕, 日飮無何.] 주(註)「무하(無何)란 다시 딴 일이 없다는 뜻이다.」[無何更無他事.] ≪고증≫ 권2, 42쪽에서 번역 인용함.

이 시 앞에는 다음과 같은 소서(小序)가 있다.

절우단에 매화가 늦은 봄에 비로소 피었다. 지난 갑진년 봄에 호당에 있을 때에 망호당으로 매화를 찾아가서 시를 두 수 지었는데, 되돌아보니 홀연히 19년이나 되었다. 인하여 다시 그 시에 화답하여 시 한 편을 이루고, 내가 옛날을 추억하고 지금 일을 감격해하는 뜻을 부치노라.
節友壇梅花, 暮春始開, 追憶往在甲辰春, 在東湖, 訪梅於望湖堂, 賦詩二首, 忽忽十九年矣. 因復和成一篇, 道余追舊感今之意.

망호당(望湖堂) 두 시는 앞에서 이미 부분적으로 인용하였다. 이 절우단 영매시는 19년 뒤에 지은 것이므로 그 내용과 풍격이 앞의 두 시와는 완연히 다르다. 전자는 전고(典故)를 많이 사용하였고, 색택(色澤)이 진하며, 상상(想像)이 기발하나, 이 시는 화려한 색채가 없어지고, 현란한 데로부터 평담(平淡)한 데로 돌아갔다. 그러나 담담하면서도 맛이 많고, 은유가 더욱 깊다. 「곳곳의 복숭아며 오얏꽃은 사람의 혼 홀리게 하네.」〔處處桃李迷人魂.〕란 말은 세속의 영화가 사람의 마음을 어지럽게 함이 꼭 복숭아와 오얏꽃이 사람을 미혹하게 함과 같다는 것이다. 그러나 외롭게 선 흰 나무 하나는 바로 인격의 표징(表徵)이 되며, 인륜의 모범이 된다. 마치 백이(伯夷)의 맑음과 같이 완약한 자를 청렴하게 하며 게으른 자를 정신 차리게 만든다. 은연중에 군자의 덕은 바람과 같아 한편 불며 온갖 풀들이 모두 쓰러진다는 뜻을 부치고 있다. 바람 맞으니〔臨風〕란 구절은 매화꽃의 높은 운취를 묘사하고 있다. 달 마주하니〔對月〕 구절은 자기의 우아한 마음씨를 묘사하였다. 「꼭 … 같다」〔宛若〕란 말은 그 모습이 진실함을 표현하고, 「깨닫지 못함」〔不覺〕이란 그 감정이 적절함을 말한다. 이렇게 좋은 친구가 있고, 이렇게 고요한 정취가 있고, 이렇게 빼어난 운취가 있으니, 난초와 같은 냄새가 난다는 말도 도리어 부족함이 있을 것이다. 그렇기 때문에 「어찌 필요하리오? 난초 향기 같은말」〔何須蘭臭言〕이라고 한 것이다. 이러한 경지에 이르렀기 때문에 「하늘가에 옛 친구들 볼 수가 없어」〔天涯故人不可見〕라고 하였는데, 또한 반드시 볼 필요도 없다. 「그대 더불어 날로 아무 일 없이 술잔 기울여 마시네.」〔與爾日飮無何罇〕라고 한 것은 이미 표현할 말을 잊어버리고, 이미 도취되어 버렸으니, 매화와 나는 이미 하나로 융화되었다는 것이다.

옛날 주염계(周濂溪)는 국화를 꽃 중의 은자라고 말하였는데, 퇴계는 매화를 나무 중의 은자라고 여겼다. 국화는 서리를 이기는 자세가 있고, 매화는 추위를 넘어서는 기골이 있다. 도연명이 동쪽 울타리 밑에서 본 아름다운 국화의 빛깔이나, 임포(林逋)가 서호(西湖) 가에서 느낀 매화의 맑은 멋은 따지고 보면 같은 것이다. 그러나 옥 같은 빰〔玉頰〕, 박달나무 같은 마음〔檀心〕, 구슬 같은 가지〔瓊枝〕, 눈 같은 꽃받침〔雪萼〕은 매화만이 홀로 자랑할 수 있는 바요, 기인(畸人) 일사(逸士)들의 괴로운 절개, 맑은 수양, 고고하고도 고요한 취미만이 유독 매화와 서로 어울린다고 하겠는데, 이러한 점을 퇴계의 매화시에서는 여러 번 언급하고 있다.

〈고산에서 매화를 읊조리다(孤山詠梅)〉

一棹湖遊鶴報還 일도호유학보환	한 척 노 저어 호수에 노닐다가 학의 기별에 돌아오고,
淸眞梅月稱盤桓 청진매월칭반환	맑고 참된 매화와 달 서성거리기 알맞다 하네.
始知魏隱非眞隱 시지위은비진은	비로소 알았네, 위야(魏野)의 은거 참된 은거 아님을,
賭得幽居帝畫看 도득유거제화간	속임수로 그윽한 은거지 얻어서 황제가 그림 그려보도록 하였으니.

(<黃仲擧求題畫十幅>, 文集 권2)

〔**해제**〕 황준량의 그림 열 폭에 제자시(題字詩)로 지어준 한 수이다.

〔**역주**〕 ▒ 학보환(鶴報還): 송(宋)나라 임포가 고산(孤山)에 살면서 간간이 서호(西湖)에 배를 타고 놀았는데, 집에서 손이 올 때는 집안사람이 기르는 학을 풀어놓으면 학이 임포가 노는 데를 찾아갔다. 임포는 학을 보고 곧 손님이 온 줄 알고 배를 저어 돌아갔다. ≪국역퇴계집 I≫ 46쪽 주 86)에서 인용.

▒ 반환(盤桓): 머뭇거리며 멀리 떠나지 못하는 모양.

▒ 위은(魏隱): 송나라의 위야(魏野)는 자(字)가 중선(仲先)인데, 진종(眞宗)이 여러 번 불렀으나 일어나 가지 않아, 초당거사(草堂居士)라 불렀다. 숨어사는 곳에 아늑한 경치가 있었으므로 진종이 사람을 보내어 그것을 그려오게 하였다. 위야의 시에 「그윽한 나의 거처를 황제가 그려 가서 보았네.」[幽居帝畫看]가 있음. ≪고증≫ 권2, 22쪽.

〈고산의 매화에 숨다(孤山梅隱)〉

返棹歸來鶴趁人 노 돌려 돌아오자
반도귀래학진인 학 주인 따르고,
梅邊閒坐自淸眞 매화 곁에 한가로이 앉아 있으니
매변한좌자청진 절로 맑고 참되네.
門前想亦非凡客 문 앞의 손님 생각건대 또한
문전상역비범객 보통 이 아닌 듯한데,
底事逡巡尙隱身 무슨 일로 멈칫멈칫
저사준순상은신 아직도 몸 숨기나.

(文集 권3)

〔**해제**〕 <정유일(鄭惟一)이 병풍의 화제시를 구하다, 절구 8수(鄭子中求題屛畫, 八絶)> 중 한 수이다.

〔**역주**〕 ▒ 반도귀래학진인(返棹歸來鶴趁人): 임포(林逋)는 언제나 작은 배로 서호의 여러 절을 유람하였는데, 손님이 오면 동자가 새장을 열어 학을 날려 이를 보고 돌아왔다고 한다.

▒ 저(底): 저(抵), 지(祗)라고도 쓰며 하(何)와 같은 뜻.

〈서호에서 학을 짝하다(西湖伴鶴)〉

湖上精廬絶俗緣 호수 위의 깨끗한 오두막
호상정려절속연 속세의 인연 끊었는데,
胎仙棲託爲癯仙 태아로 난 신선 깃들어 의탁함은
태선서탁위구선 마른 신선 때문이라네.
不須剪翮如鸚鵡 앵무새처럼 깃촉
불수전핵여앵무 자를 필요도 없이,
來伴吟梅去入天 와서 짝지어 매화 읊조리다
래반음매거입천 하늘로 날아드네.

(文集 권3)

〔**해제**〕 <김부의(金富儀)의 화폭에 적음, 절구 8수(題金上舍愼仲畫幅, 八絶)> 중 하나이다.

〔**역주**〕 ▒ 정려(精廬): ≪후한서≫ 권53 <강굉(姜肱)의 전기> 주석에서는 정사(精舍)라 하였고, 권79의 하 <유림전(儒林傳)> 주석에서는 강독하는 곳[講讀之舍]이라 하였음.

▒ 태선(胎仙): 학의 별칭임. ≪고증≫ 「≪당시기사≫에 의하면 학은 알에서 부화하지 않고 태생한다고 하므로 사람들은 학을 신령스러운 새라고 여긴다 하였다.」

▒ 구선(癯仙): 산야(山野)에 은거하는 술사(術士)라는 뜻과, 기골과 자태가 맑고 마른 신선, 곧 매화라는 뜻이 있는데 여기서는 후자의 뜻으로 쓰였음.

▒ 전핵(剪翮): 깃촉을 자르는 것은 집에서 기르기 위해 날지 못하게 함을 말함.

송나라의 위야(魏野)는 「그윽한 나의 거처를 황제가 그려 가서 보았네.」〔幽居帝畫看〕란 시구를 지었으니, 「절취초당」(竊吹草堂)하는 마음이 없지 않았기 때문에 퇴계는 위야가 참된 은자가 못된다고 비난한 것이다.

〔**역주**〕 ▒ 절취초당(竊吹草堂): 중국 남조(南朝) 제(齊)나라에 살았던 주옹(周顒)이라는 가짜 은자가 촉(蜀)의 초당사(草堂寺)의 숲을 그리워하여 강소성(江蘇省)의 북산(北山)에 학관(學館)과 절을 세우고 이름을 초당(草堂)이라고 하며, ≪장자≫에 나오는 은자 남곽자기(南郭子綦)와 같이 생황[竽]을 훔쳐 불고, 함부로 은사의 관을 쓰고 다녔으나 뒤에 은자라는 명성을 이용하여 나아가 벼슬을 하였다. 같은 나라 문인인 공치규(孔稚圭)가 <북산이문(北山移文)>이란 글을 지어 그 소행을 혹독하게 비난하였는데 그 글 가운데 나오는 구절임.

「노 돌려 돌아오자」〔返棹歸來〕, 「학 주인 따르고」〔鶴趁人〕 사람은 저절로 속되지 않다. 「매화 곁에 한가로이 앉는다」〔梅邊閒坐〕 하였는데, 매화가 청진(淸眞)하니, 사람도 저절로 청진해진다. 앞

두 구절은 은사(隱士)의 작은 그림자를 그려낸 것이다. 세 번째 구절에서는 「문 앞의 손님 생각건대 또한 보통 이 아닌 듯한데」〔門前想亦非凡客〕라고 하였는데, 이 시의 원 제목 밑에는 「그림 가운데에는 배가 돌아오고 학도 돌아왔는데, 문 밖에는 손님이 없다」〔畫中返棹鶴還, 而門外無客〕고 하였다. 손님이 없으면 반드시 주(註)로 밝힐 필요가 없을 듯하고, 아마 「유객」(有客 : 손님이 있다)이라고 되어야 비로소 세 구절이 서로 맞지 않을까 의심스럽다. 마지막 구절은 설문(設問)하는 말이다.

능히 속된 인연을 끊을 수 있어야 참된 선비다. 태선(胎仙)이란 학을 가리키고, 구선(癯仙)이란 매화를 가리킨다. 학과 매화가 부르면 뛰어나올 것 같다. 제3구는 제1구를 다시 잇고, 끝구는 제2구로 돌아가서 호응한다. 「와서 짝지어 매화 읊조리다」〔來伴吟梅〕라고 하고 은사 이야기는 하지 않았으나, 은사는 저절로 있는 것이다. 「하늘로 날아드네」〔去入天〕라고 하였은즉, 멀리 속세를 벗어나고, 속된 인연을 영원히 끊는 것이다.

이상 세 수의 그림에 적어 준〔題畫〕 시에는 숨어살려는 생각이 없지 않다. 그 〈초봄(早春)〉 시 한 수도 이러한 사상이 바깥에 드러난다.

臘酒春光照眼新 랍주춘광조안신	선달에 빚은 술 봄빛 받아 눈에 새롭게 비치고,
陽和初覺適形神 양화초각적형신	따뜻한 봄볕 몸과 정신에 알맞음 비로소 느껴지네.
晴簷鳥哢如呼客 청첨조롱여호객	개인 처마에서 새 지저귀니 손을 부르는 듯하고,
雪磵梅寒似隱眞 설간매한사은진	눈 덮인 시내 매화 차가운 모습 마치 신선이 은거하는 듯.

(<林居十五詠>, 文集 권3)

〔**역주**〕 ▒ 납주(臘酒): 새해에 쓰려고 섣달에 빚어 놓은 술을 말함. 납은 섣달이라는 뜻인데, 원래는 옛 농경사회에서 한 해의 마지막 달[臘月]에 지내는 제사를 가리키는 말이었음.
▒ 양화(陽和): 봄날의 따스한 기운을 말함.
▒ 형신(形神): 육신[形骸]과 정신을 말함.

섣달에 담근 술은 봄에 빛나고, 따뜻한 볕은 정신에 적합하다. 밝은 처마에는 새가 지저귀고 만물은 저절로 뜻을 얻는다. 「새 지저귀니 손을 부르는 듯하고」〔鳥哢如呼客〕라고 하였으니, 새도 역시 정이 있다. 「눈 덮인 시내 매화 차가운 모습」〔雪磵梅寒〕이라고 한 것은 매화가 정말 은자와 같다는 뜻이다. 매화가 정말 은자와 같은 것을 알면, 또한 은자는 참으로 매화와 같다는 것도 알 수 있다. 퇴계가 매화를 사랑함은 늦을수록 더욱 돈독해 갔다. 매화를 사랑하는 정이 깊은 것을 지나서 만년에 은거하려는 정이 절실함을 볼 수 있다. 매화의 마음은 매화꽃에서 보인다. 퇴계의 마음은 매화시에서 보인다. 퇴계와 매화는 이미 풀지 못할 인연을 맺은 것 같다. 이미 풀지 못하므로 정도 또한 끝나지 않는다. 매화가 찬 것을 꼭 자기 자신이 찬 것같이 보았고, 매화가 상한 것을 자기 몸이 상함과 같이 여겼기 때문에 노래로 표현되면 그 정이 사람의 마음을 감동시킨다.

〈도산에서 매화를 찾으니, 지난해 몹쓸 추위 때문에 꽃술이 상해서 이지러진 꽃이 늦게 피었는데, 초췌함이 애처로웠다. 이를 탄식하여 여기 적노라(陶山訪梅, 緣被去冬, 寒甚蘂傷, 殘芳晚發, 憔悴可憐, 爲之歎息, 賦此)〉

有客同心期不來 내 마음과 같은 손님은
유객동심기불래 기다려도 오지 않고,

孤笻延佇白雲堆 고공연저백운퇴	외로운 공대를 치며 머뭇거리니 흰 구름만 쌓이네.
重嗟宿契三梅樹 주차숙계삼매수	다시 슬퍼하노니 옛날부터 약속하였던 세 그루 매화나무가,
只向殘春數蕚開 지향잔춘수악개	다만 늦은 봄에사 몇 꽃받침만 피었네.
入手淸風空灑落 입수청풍공쇄락	손에 들어온 맑은 바람은 공연히 쇄락하기만 하고,
傍簷明月自徘徊 방첨명월자배회	처마 곁에 달린 밝은 달은 스스로 배회하네.
明年此事知諧未 명년차사지해미	매년의 이 일이 조화를 이룰지 모를세,
愁思吟邊浩莫裁 수사음변호막재	근심스런 생각 주변에서 읊조리니 막을 길 없네.

〔**역주**〕 ▪ 유객기불래(有客期不來): <3월 13일 시>로 고증해 보면 이것은 정자중(鄭子中, 唯一)을 가리킬 것이다. ≪고증≫ 권2, 50쪽.

기다리는 손님은 오지 않고 다만 벗을 생각하는 마음만 쌓인다. 이지러진 봄 몇 송이 꽃받침에 초췌하다는 생각을 금하지 못한다. 「맑은 바람은 공연히 쇄락하기만 하고, 밝은 달은 스스로 배회한다」〔淸風空灑落, 明月自徘徊〕고 한 것은 처량하고 고적한 저녁 경치를 묘사하고 있는데, 애틋하고 측은하게 느끼는 깊은 감정이 담겨 있다. 다음해를 슬프게 바라보나, 근심스런 생각을 끊을 수 없다. 여운이 남아 일렁거려서 한 번 읊조리고 세 번 탄식할 정도다. 다음에 열거하는 한 수는 감정이 더욱 슬프다.

〈도산의 매화가 겨울 추위에 상하여 탄식하며 김부필에게 지어 드리고 아울러 김부의와 김부륜에게 보이다(陶山梅爲冬寒所傷歎, 贈金彦遇兼示愼仲·惇叙)〉

與君賞梅曾有諾 여군상매증유락	그대와의 매화 감상 일찍이 승낙하였는데,
及到梅香我負約 급도매향아부약	매화 향기 풍길 무렵 내가 약속 저버렸네.
心期獨在山中梅 심기독재산중매	마음속 기약 오로지 산중의 매화에 있어서,
溪夢夜夜探梅萼 계몽야야탐매악	퇴계의 꿈에서 밤마다 매화꽃 찾았다네.
昨日梅社共君來 작일매사공군래	어제 매화 동아리 그대 함께 왔었는데,
梅興索漠令人哀 매흥삭막령인애	매화 흥취 삭막하여져 사람 슬프게 하네.
八梅風烟但空枝 팔매풍연단공지	여덟아홉 매화 바람과 안개뿐 가지는 텅 비어 있고,
一梅數萼猶未開 일매수악유미개	한 매화 여러 꽃송이 아직 꽃 터뜨리지 못했다네.
杖藜吟梅遶百匝 장려음매요백잡	청려장 짚고 매화 읊조리며 백 바퀴나 맴도는데,
冥頊胡爲我梅厄 명욱호위아매액	현명과 전욱 어이하여 내 매화에 시련 끼치는지!
不比君家梅得暖 불비군가매득난	그대 집 매화 따뜻함 얻음과는 비교되지 않는데,
梅社風多寒更虐 매사풍다한갱학	매화 동아리 바람 많고 추위 더욱 모질다네.
我欲牋天籲梅寃 아욕전천유매원	내 하늘에 편지 써서 매화 원망 부르짖고 싶고,

我欲作辭招梅魂 내 글 지어
아욕작사초매혼
매화 혼 부르고자 하네.

梅寃悄結天所憐 매화 원망 조금 맺히면
매원초결천소련
하늘이 가여이 여기고,

梅魂歸來我所溫 매화 혼은 돌아오면
매혼귀래아소온
내가 따뜻이 해주리.

向來桃李妬梅白 여지껏 복사꽃 오얏꽃
향래도리투매백
매화 흼 시샘하여,

奢華競笑梅孤潔 사치롭고 화려함으로 매화
사화경소매고결
외롭고 깨끗함 다투어 비웃네.

但使吾梅本根在 다만 내 매화
단사오매본근재
뿌리 굳게 박고 있게만 한다면,

一閟英華梅豈缺 한번쯤 꽃부리 닫은들
일비영화매기결
매화 어찌 결점 있으리.

何況一梅之發可動人 하물며 한 매화 꽃피움만으로도
하황일매지발가동인
사람 마음 움직일 텐데,

梅乎 매화여!
매호

肯與千紅白紫爭一春 기꺼이 천 송이 붉은 꽃이며
긍여천홍백자쟁일춘
백 송이 자줏빛 꽃과 한 봄 다투고자
하겠는가?

我願朝朝走訪一梅君 내 바라는 것 아침마다
아원조조주방일매군
한 매화 군자 찾음인데,

西京之末只有吳門梅子眞 서한 말에 오문의
서경지말지유오문매자진
매자진만이 그랬을 뿐이라네.

(文集 권5)

〔역주〕 ▒ 퇴계가 <김언우에게 주는 시(與贈彦遇詩)>(文集 권5)에는 「도산의 매화와 동아리를 만든다.」[結社陶梅]는 구절이 나온다. ≪고증≫ 권3 23쪽의 설명에 의하면, 도연명이 승려인 혜원(慧遠)과 여산(廬山)에서 동아리를 만들었는데, 선생은 도산에서 매화를 벗으로 삼은 것을

말한다고 되어 있다.

▒ 신중(愼仲): 후조당(後凋堂) 김부필(金富弼)의 아우인 읍청정(挹淸亭) 김부의(金富儀)의 자.

▒ 돈서(惇叙): 설월당(雪月堂) 김부륜(金富倫)의 자.

▒ 악(萼): 꽃받침이라는 뜻인데, 여기서는 꽃의 대칭(代稱)으로 쓰임.

▒ 매사(梅社): 매화가 심어져 있는 화단인 도산서당의 절우사(節友社)를 말함.

▒ 명욱(冥頊): 현명(玄冥)과 전욱(顓頊)을 가리키며, 겨울을 관장하는 신의 이름.

▒ 작사초매혼(作辭招梅魂): 초나라의 송옥(宋玉)이 초사 <초혼(招魂)>을 불러 죽은 혼백을 부른 것처럼, 퇴계도 이 시를 지어 가지가 꺾여 꽃을 피우지 못한 매화의 혼을 부르겠다는 말. 매화의 혼을 부른다는 말은 곧 매화가 피기를 기다린다는 말과 같음.

▒ 서경(西京): 서한(西漢)을 가리킴.

▒ 매자진(梅子眞): 이름은 복(福). 왕망(王莽) 때 처자를 버리고 가서 성명을 바꾸고 오(吳)나라의 시장 문[市門]에서 죽었다. 사람들이 매선(梅仙)이라고 불렀다. ≪고증≫ 권3, 24쪽에서 인용함.

이 시는 매 구에 매(梅)자를 썼는데, 비록 원 제목 아래 쓴 자주(自註)에 「도연명의 〈지주〉 시와 왕안석의 〈권학〉 시체를 본뜬다.」〔效陶淵明止酒・王介甫勸學詩體也〕는 말이 있기는 하지만 그 정은 더욱 진지하다. 「마음속 기약 오로지 산중의 매화에 있어서, 퇴계의 꿈에서 밤마다 매화꽃 찾았다네.」〔心期獨在山中梅, 溪夢夜夜探梅萼〕라고 하였는데, 마음이 매화에 있으니 꿈도 매화를 찾고, 뜻도 끊임없고 정도 곡진하니, 지극하여 다시 더 할게 없다고 하겠다. 그래서 「매화 원망 부르짖고 싶고」〔籲梅寃〕, 「매화 혼 부르고」〔招梅魂〕 싶어지니, 애달프고 가련한 정이 또한 기절(奇絶)하고도 치절(癡絶)하다고 하겠다. 그 사물을 사랑하는 어짊은 이미 매화와 일체가 되었다. 「여지껏 복사꽃 오얏꽃 매화 흼 시샘하여, 사치롭고 화려함으로 매화 외롭고 깨끗함 다투어 비웃네.」〔向

來桃李妬梅白, 奢華競笑梅孤潔〕라고 함은 소인이 군자를 투기함, 사치스러움이 고결(孤潔)함을 비웃음이니, 사물에 의탁하여 정을 붙임이 정말 깊어서, 비유의 뜻은 의미심장하여 자세히 음미할 가치가 있다. 마지막 구절에 가서는 은근히 「오문의 매자진」〔吳門梅子眞〕으로 스스로 비겼는데, 그 고상하고 탁월한 운취는 속세에서 멀리 넘어서는 것이다.

퇴계의 영매시(詠梅詩)는 칠언절구에 좋은 결구(結構)가 더욱 많다. 〈김부필의 눈 속에서 매화를 감상하고 다시 달이 밝기를 기약하다 시의 각운자를 써서(彦遇, 雪中賞梅更約月明韻)〉는 다음과 같다.

雪映瓊枝不怕寒 설영경지불파한	눈 옥 가지에 비치니 추위 두려워 않고,
更邀桂魄十分看 갱요계백십분간	다시 계수나무 혼백 십분 둥금 맞아보세나.
箇中安得長留月 개중안득장류월	개중에 어떻게 하면 오래 달 잡아 놓고,
梅不飄零雪未殘 매불표령설미잔	매화 지지 않고 눈 녹지 않게 할 수 있으리?.

(文集 권5)

〔**역주**〕 ▪ 설영(雪映): 눈빛이 반사되어 비치는 것을 말함.
▪ 계백십분(桂魄十分): 계백(桂魄)은 달의 별칭. 달 속에 계수나무가 있다는 전설에서 나온 말임. 십분(十分)은 백 퍼센트라는 말로 여기서는 만월, 곧 보름달을 말함.

「눈 옥 가지에 비치니」〔雪映瓊枝〕는 그 경치가 매우 아름답고, 「추위 두려워 않고」〔不怕寒〕는 그 격이 매우 높다. 이 첫 구는 경치〔景〕를 묘사하였는데, 경치 가운데도 정(情)이 있다. 다음 구절

「다시 계수나무 혼백」〔更邀桂魂〕은 정을 묘사한 것인데, 「십분 둥금 맞아본다」〔十分看〕는 정 가운데 경이 있는 것이다. 제3구는 제2구를 이은 것이며, 끝구는 첫 구에 호응한 것이다. 달은 항상 둥글 수 없으며, 매화는 항상 필 수가 없고, 눈은 항상 있을 수가 없다. 여기서는 일반적으로 항상 둥글고, 항상 피고, 항상 있기를 바란다는 것은 말이 무리한 듯하나, 실로 정은 있는 것이다. 말도 어리석지만, 정은 더욱 어리석다. 시에 「이의 길에 닿지도 않고」〔不涉理路, 송나라 엄우嚴羽의 ≪창랑시화滄浪詩話≫에 나오는 말, 자세한 것은 앞쪽 역주 참조〕 아름다운 것은 이것이 그 한 예이다. 〈퇴계의 서재에서 밤에 일어나 달을 보며 매화를 읊다(溪齋夜起, 對月詠梅)〉란 시는 격과 운취가 더욱 높고 절묘하다.

群玉山頭第一仙 군 옥 산 두 제 일 선	군옥산 꼭대기의 첫째가는 신선,
冰肌雪色夢娟娟 빙 기 설 색 몽 연 연	얼음 같은 살갗 눈 같은 얼굴 꿈속에서도 아리땁네.
起來月下相逢處 기 래 월 하 상 봉 처	일어나 달 아래서 서로 만나는 곳,
宛帶仙風一粲然 완 대 선 풍 일 찬 연	완연히 신선의 풍모 띠고 있어 한 번 찬란하게 빛나네.

(文集 권5)

〔역주〕 ▒ 군옥산(群玉山): ≪목천자전(穆天子傳)≫「주나라 목천자가 서쪽으로 가서 곤륜산에 올라 서왕모를 보고 말하였다. 『올라서 이미 여러 가지 옥이 있는 산에 올랐다.』」[登已至於群玉之山.] 이태백의 시 <청평조사(淸平調詞)>「(양귀비와 같은 미인을) 만약 군옥산 정상에서 보지 못할 것이라면, 종당에는 요대의 달 아래서 만나게 되었으면.」[若非群玉山頭見, 會向瑤臺月下逢.] ≪고증≫ 권3, 24쪽에서 인용함.
▒ 빙기설색(冰肌雪色): ≪장자·소요유(逍遙遊)≫에서는 신선을 가리키

는 말로 쓰였는데, 여기서는 얼음과 눈 같은 흰색을 지닌 신선 같은 매화꽃을 가리키는 말로 쓰였음.

첫 구절의 「군옥산 꼭대기의」〔群玉山頭〕는 ≪목천자전≫에 있는 전고[52]를 사용하였다. 그래서 얼핏 보아도 문장의 시작이 비범하고, 뜻을 세움이 매우 높다. 다음 구절은 긴급히 첫 구절을 이어서, 「얼음 같은 살갗」〔氷肌〕은 그 맑음을 말하고 「눈 같은 얼굴」〔雪色〕은 그 힘을 비유하였다. 「빙기설색」(氷肌雪色) 네 자는 매화의 청진(淸眞) 고결(高潔)함을 지극히 잘 묘사하고 있다. 만약 이와 같이 잘 묘사하지 않는다면, 「첫째가는 신선」〔第一仙〕이라는 이름을 붙여 부르기에도 부족할 것이며, 제일의 신선의 아름다움을 표현하기에도 부족할 것이다. 뜻이 아름다우니 꿈 또한 아름답다. 이 꿈 가운데 「아리따운」〔娟娟〕 신선은 곧 매화의 화신이다. 한밤중에 꿈이 되돌아오니, 정을 이기지 못하여, 일어나서 홀로 거닌다. 「달 아래 서로 만나는 곳에 완연한 신선 풍모」〔月下相逢, 宛帶仙風〕란 첫 구의 「첫째가는 신선」으로 돌아가서 호응한 것이다. 그러나 「첫째가는 신선」이란 곧 주관적인 평가지만, 「완연한 신선의 풍모」란 곧 달 아래 서로 만나는 실감이다. 이 실감은 비록 「완연한」〔宛帶〕 상상이나, 그 정의 맛은 매우 아름답고, 「찬란하게」〔粲然〕 빛남은 그 중에 무한히 따뜻한 향기를 지닌다. 이 순간에 나와 매화는 함께 조화된다. 매화의 청진 고결함은 곧 나의 청진 고결함이 된다. 장자(莊子)와 나비는 이미 나눌 수 없다.

〔역주〕 ▒ 장자가 밤에 꿈을 꾸니 나비가 되어 훨훨 날아다녔다. 깬

52) ≪목천자전(穆天子傳)≫ 「천자가 북쪽으로 정벌을 나갔다가 동쪽으로 돌아올 때 군옥산에 이르렀다.」 註 「즉 ≪산해경≫의 옥산인데, 서왕모가 살던 곳이다.」

뒤에 그는 꿈에 본 나비가 자기였는지 깨어 있는 자신이 진짜 자기인지 분간하지 못하였다.

옛날 소동파는 문여가(文與可)가 그린 대나무를 보고 다음과 같은 시를 썼다.

見竹不見人　대나무만 보이고 사람은 보이지 않으니,
견죽불견인

嗒然遺其身　우두커니 그 몸을 잊은 것일세.
탑연유기신

其身與竹化　그 몸이 대나무로 변하니,
기신여죽화

無窮出淸新　무궁무진하게 청신한 이 대나무 그림이 쏟아져 나오네.[53)]
무궁출청신

퇴계가 매화를 읊은 것도 또한 「그 몸이 매화로 변화하여, 무궁무진하게 청신한 매화시가 쏟아져 나오는」〔其身與梅花, 無窮出淸新〕 높은 경지에 이른 것이다.

---

53) ≪東坡集≫ 권16 〈書晁補之所藏與可畫竹〉.

7

시교詩敎

퇴계는 「문을 익히는 목적은 마음을 바로잡기 위한 것이다.」〔學文所以正心〕라고 주장하였다. 문(文)이란 문학을 말하며, 시가 그 중에 첫머리에 있게 된다. 옛날 공자가 가르침을 펼 때에도 시를 앞세웠다. 이로 보아도 퇴계의 이러한 사상은 스스로 연원이 있음을 알 수 있고, 그가 시를 가르침에서 중시한 것도 유가사상의 본색에서 벗어나지 않는다. 퇴계의 유저(遺著) 중에서 시로써 가르친 것〔詩敎〕이 매우 많은데, 그 요점을 간추려 말하면 아래 나열하는 넷으로 나눌 수 있다. 즉 고문(古文)을 논함, 주자의 시를 논함〔論朱詩〕, 이어시(理語詩), 이취시(理趣詩)다. 앞의 두 가지는 이것으로써 시를 설명하여 가르침을 삼은 것이고, 뒤의 두 가지는 이것으로써 시를 지어 가르친 것이다. 여기서 그것을 나누어 설명한다.

(1) 고문(古文)을 논함

이른바 고문이란 ≪고문진보전집(古文眞寶前集)≫을 가리킨다. 퇴계는 일찍이 그의 제자 물암(勿庵) 김융(金隆)의 질의에 응하여 이 책을 해석하였는데, 곧 화산본(花山本) ≪언행록≫에 실린 내용이 그것이다.[54] 그 ≪언행록≫의 내용이 비록 모두 다 순수

54) ≪퇴계선생언행록≫ 범례에는 다음과 같은 말이 있다. 「노선생의 언행이 문헌에 실린 제현의 기록에 산재해 있다가 나왔는데, 〔산재해 있던 곳이〕

하지 않다고는 하나[55] 여러 가지 사소한 의견은 진귀한 것이 많으므로 모두 다 버릴 수는 없는 것이다.

> 이덕홍은 말하였다. 선생은 ≪고문진보≫ 전집을 교수하실 때에 반드시 첫머리에 나오는 권학문은 접어두시고 말씀하시길, 「이 책은 진신안(陳新安)의 편찬에서 나오는 것인데, 어떻게 첫머리에 송 진종(眞宗)황제의 〈권학문〉을 놓았겠는가? 옛사람들이 학문을 권하던 법이 본래 이와 같지는 않은 것인데, 어떻게 이욕(利欲)에 관계된 이야기를 이끌어다가 사람을 격려하는가?」[56] 하였다.
>
> 李德弘云, 先生授古文前集必遺勸學文曰 : 「此出於陳新安之撰, 何以首此眞宗勸學文耶? 古人勸學之規本不如是, 何用取利欲之說以勉人乎?」

진종황제의 〈권학문〉에는 「책 가운데에는 저절로 천 종이 넘는 곡식이 있다.」〔書中自有千鍾粟〕느니, 「책 가운데에는 저절로 황금으로 지은 집이 있다.」〔書中自有黃金屋〕느니 하는 말들이 있으니, 그 학문을 하는 목적이 편협된 바가 있기 때문에 퇴계가 취하지

거의 수십 곳이나 되었다. 검토(檢討) 권공(權公) 두경(斗經)이 모아서 한 질을 만들었는데 착오가 많았다. 임자년 여름에 화산의 선비 몇 사람이 갑자기 출판하여 세상에 폈다.」 이것은 곧 화산본의 유래이다.

55) ≪퇴계선생언행록≫ 범례 「화산본에 실린 ≪고문진보전집강해(古文眞寶全集講解)≫가 선생의 수본에서 나왔는데, 유종원(柳宗元)의 시 〈소마방적력(疎麻方寂歷)〉의 뜻을 해석하기를, 『적력은 적막(寂寞)과 같지 않으며, 대개 고요하고 성긴 그림자가 허실한 형상으로 있다.』하고, 또 동파의 시 『적력소송가만조』(寂歷疎松歌晩照)란 구를 인용해서 말하기를 『그 뜻을 가만히 생각하여 볼 만하다.』라 하였는데 권공이 이백(李白)의 〈무산병풍시(巫山屛風詩)〉 『역력행주범파수』(歷歷行舟泛巴水)란 구로 슬쩍 보첨하여 모두 선생의 수필에서 나온 것처럼 하였으니, 이런 유(類)는 모두 기록할 수 없다.」

56) ≪全書≫ 제4책 〈言行錄〉 권2, 〈類編〉, 〈學問〉 제1, 〈艮錄〉 36쪽.

않은 것이다. ≪고문진보≫ 책이 한국에 널리 유행한 것은 ≪고문관지(古文觀止)≫가 중국에 유행한 것과 꼭 같은데, 그 전집(前集)은 시가(詩歌)이고, 후집(後集)은 산문(散文)이다. 퇴계가 제자들에게 가르치고 해석한 것은 그 전집인데, 여기서는 ≪퇴도언행록(退陶言行錄)≫에 기록된 부분 중에서 주요한 내용을 몇 가지 추려서 수록하고, 필자의 의견을 좀 부쳐서 선생의 뜻이 어디 있었던가를 보고자 한다.

> 두보의 〈이백을 꿈꾸며(夢李白)〉란 시에 「단풍 숲이 푸르다」〔楓林靑〕, 「요새 지대가 검다」〔關塞黑〕라는 표현들이 있다. 이백의 「혼이 오니」〔魂來〕 즐거움이 생겨난 때문에 단풍나무가 푸르다고 말한 것이니, 그 경색(景色)이 산뜻함을 표현한 것이다. 이백의 「혼이 돌아가니」〔魂返〕 그 돌아감이 슬퍼 요새가 검다고 말한 것인데, 그 기상이 근심스러움을 표현한 것이다. 거기서 말하기를 「어떻게 깃과 날개가 있었는가」〔何以有羽翼〕라고 말한 것은 그가 바야흐로 복역 중인데, 홀연히 여기까지 오게 되었기 때문에, 한편 기쁘기도 하고 한편 의아하기도 하여, 그에게 묻기를 「어떻게 깃과 날개가 있었는가」고 물은 것이지, 쫓겨난 것을 이르는 것은 아니다.
>
> 杜陵夢李白詩「楓林靑」, 「關塞黑」. 「魂來」喜其至, 故曰楓靑, 言景色蕭爽也. 「魂返」傷其去, 故云塞黑, 言氣象愁慘也. 其曰「何以有羽翼」, 以其方在罪籍, 而忽然至此, 故且喜且怪而問之云「何以有羽翼?」 非謂見放也.

생각하건대, 여기서 해석한 두보의 시 〈이백을 꿈꾸며(夢李白)〉의 「혼이 오니 단풍 숲이 푸르고, 혼이 돌아가니 이백이 귀양 간 요새 지대가 검다. 지금 그대가 죄를 지어 복역 중인데, 어떻게 깃과 날개가 있어 이리 날아올 수 있었던가?」〔魂來楓林靑, 魂返

關塞黑. 今君在羅網, 何以有羽翼.〕라는 4구는 두보가 이백을 꿈꾸고 느끼는 희비의 감정을 이렇게 해설한 것인데, 해설을 퍽 투철하게 하였음을 느낄 수 있다. 앞의 두 구는 감정〔情〕이 무르녹아 풍경〔景〕 묘사에까지 스민 것인데, 경은 정을 따라 변화한다. 뒤의 두 구는 한편 기쁘기도 하고, 한편 의아하기도 한 감정을 묘사한 것인데, 극히 그 마음을 잘 전달하고 있다.

송나라 시인 황정견(黃庭堅)이 소동파에게 준 시에 「강매가 좋은 열매를 가지니」〔江梅有佳實〕라는 구절 아래는 이른바 「멀리서 나는 것이기 때문에 처음으로 맛보여진다」〔以遠初見嘗〕라는 구절이 있다. 이것은 먼 곳에서 나는 물건이기 때문에 진귀하고 기이하여 처음으로 그것을 맛본다는 것이다. 이것은 임금과 거리가 멀리 떨어져 있던 어진 신하가 처음으로 조정에 오면 임금이 그를 좋아하여 시험 삼아 쓰지 않음이 없으나, 시고 짠맛이 서로 어울려 들어가기도 전에 뭇사람들의 시기가 번갈아 생겨 반드시 배척을 한 뒤에야 그만둔다. 이러한 것이 황정견이 비유로 취한 뜻일 것이다.
山谷贈東坡詩「江梅有佳實」之下, 所謂「以遠初見嘗」, 言以遠方之物, 故人初以爲珍異而始嘗之也. 譬之疎遠之賢, 初至人君無不喜而試用之, 及酸鹹不相入而衆忌交構, 則必斥而後已, 此山谷取譬之意也.

〔역주〕 ▪ 강매(江梅): 야생의 매화로 꽃은 작고 향기가 나며, 열매는 작고도 야물다.

생각하건대, 황산곡(黃山谷)의 이 시는 은근히 매화로 동파를 비유하였다. 원시는 「멀리서 나는 것이기 때문에 처음으로 맛보여진다」〔以遠初見嘗〕라는 말 아래 「끝내 입에 들어가지 못하고, 관가 길 옆에 버려지네.」〔從然不可口, 擲置官道旁.〕라는 구절이 있다. 그 「입에 들어가지 못하고」〔不可口〕라고 한 바는 정말로 임금이 좋아하거나 싫어함 때문이겠으나, 「뭇 시기가 번갈아 꾸며진」〔衆忌交構〕 것이 실은 「버려진」〔斥置〕 주원인이다. 산곡이 비유로 취한 뜻이 이렇게 해석되면, 더욱 분명해진다.

> 소동파의 〈독락원〉 시에 「조물주가 나를 버리지 않는다」〔造物不我捨〕라고 말한 것은, 덕을 숨기려 하나 덕은 더욱 빛나며, 이름을 숨기고자 하나 이름이 더욱 높아진다는 것이다. 비단 사람들의 여망으로 바람을 벗어날 수 없을 뿐만 아니라, 조물주도 또한 나를 차마 버리지 않는다는 것이다. 이것은 군자가 깊이 두려워하는 바이기 때문에 ≪주역≫ 건괘의 9·3에 「종일토록 굳굳하게 노력하였으나, 저녁이면 두려운 듯이 한다」고 한 것이다. 그래서 마지막 구절에 가서 「귀머거리 벙어리」〔愔啞〕라고 이른 것은 사마온공(司馬溫公)이 높은 명성이 있으면서도 능히 몸을 감추고 입을 다물 수 있다는 뜻을 드러내었다. 하늘이 붉은 옷을 입힌 바라고 한 것은, 옛날에는 죄인들에게 붉은 옷을 입혔기 때문이다. 하늘이 붉은 옷을 입힌 바라고 한 말은 하늘이 벌하는 바라고 하는 말이나 같다.
>
> 東坡獨樂園詩「造物不我捨」, 言欲潛德而德彌光, 欲隱名而名愈盛. 非徒人望攸屬而不可解, 造物亦不肯捨我也. 此君子之所深懼, 而乾之九三所以「終日乾乾, 夕惕若也.」 故末句「愔啞」之云, 以著溫公處盛名而能晦默之意. 天所赭, 上古罪人著赭衣. 天所赭, 猶言天之所罰也.

이 시의 원 제목은 〈사마온공의 독락원(司馬溫公獨樂園)〉인데, 「조물주가 나를 버리지 않는다」〔造物不我捨〕는 구절 아래 다음과 같은 구절이 있다. 「명성은 우리를 쫓으니, 이 병은 하늘이 붉은 옷을 입힌 바일세. 손바닥을 치면서 선생님께 웃음을 보내드리니, 연래에 귀머거리 벙어리를 닮으셨네.」〔名聲逐我輩, 此病天所赭. 撫掌笑先生, 年來效愔啞.〕 퇴계가 이른바 「덕을 숨기려 하나 더욱 빛나며, 이름을 숨기려 하나 이름이 더욱 높아진다」한 것은 이것이 비록 사마온공을 가리켜서 말한 것이기는 하나, 또한 「공부자가 자기 일을 스스로 말한다」〔夫子自道, 공자가 자기의 일을 스스로 말함. ≪논어·헌문憲問≫〕는 뜻이 없지도 않다. 그래서 「종일토록 굳굳하게 노력하였으나, 저녁이면 두려운 듯이 한다.」〔終日乾乾, 夕惕若〕는 구절은 또한 퇴계가 공경스럽게 마음에 새기던 바이다. 「사마온공은 높은 명성이 있으면서도 능히 몸을 감추고 입을 다물 수 있었다.」〔溫公處盛名而能晦默〕는 것은 마치 퇴계의 처경(處境) 및 심정 같다. 남의 술잔을 빌려다가 자기의 불평을 뿌린다. 감정과 사정이 서로 같았기 때문에 말이 매우 절실함이 이와 같다.

이백의 〈봉황대〉 시에는 「오로지 뜬구름이 해를 가릴 수 있기 때문에」〔總爲浮雲能蔽日〕라고 한 구절이 있는데, 이것은 오나라 진나라가 망한 것을 두고 말하는 것도 아니며, 또한 자기가 떠돌아다니는 신세가 된 것이 소인들이 임금을 속이고 임금의 총명을 가렸기 때문이라고도 말하지 않고, 높은 데 올라가서 멀리 바라볼 때에 임금이 계신 궁궐을 잊을 수 없고, 뜬구름 때문에 해가 가리었기에, 가리어서 장안이 보이지 않으므로, 사람으로 하여금 마음을 우울하게 만든다고 크게 싸잡아 말하였을 뿐이다. 그러나 충분히 그렇게 풍자하여 비유하고, 읊조리며 탄식하고 민망해하는 사이에 저절로 소인들이 임금을 속이고 임금의 총명을 가려서 자기로 하여금 조정을 떠나 방랑하게 만들어서, 임금을 바라보나 보이지 않는다는 뜻이 함축되어 있다. 이렇게 읽어야 이 시의 바른 뜻을 터득한다. 본주(本註)에 진(晋)나라가 양자강 남쪽으로 쫓겨와서 구차하게 안전을 도모하려 하였던 것에 불만을 표시하여 이렇게 썼다고 한 것은 이 시의 본뜻에서 멀리 떨어진다.

「총」(總: 오로지) 한 자는 매우 잘 놓았다. 대개 높은 데 올라가서 뛰어난 경치를 감상한다는 것은 본래 즐길 만한 일이다. 그러나 오직 장안이 보이지 않기 때문에 모든 뛰어난 경치도 어느 것 하나 빠짐없이 사람으로 하여금 근심을 자아내게 한다고 하였을 뿐이다.

대저 근체시 끝에 두 구에서 흔히 특별한 뜻을 끄집어 내놓고 끝에 맺기 때문에 능히 위의 구절과 잘 붙지 않는 것이 보통이다. 아래 구절에 가서 어느 것 하나 빠짐없이 사람으로 하여금 근심을 자아내게 한다는 뜻으로 말하려니, 먼저 윗글 맨 앞에 「총위」(總爲 : 오로지 …… 때문에) 두 자를 놓음으로써 그것을 묶었다. 이것이 시법(詩法)에서는 가장 묘한 점이다.

李白〈鳳凰臺〉詩「總爲浮雲能蔽日」云云, 非謂吳晉之亡, 亦不言已之浮游, 由小人欺蔽之故, 泛言登高望遠之際, 不能忘情於魏闕, 而爲浮雲蔽日之故, 滃漠而不見長安, 使人心憂耳. 而其諷喩謳吟, 嗟歎悶惻之餘, 自含蓄小人欺蔽, 使已去國流落, 望君不可見之意. 如此讀之, 乃得詩之正意. 本註不滿於晋之偸安江左者, 去詩意遠甚. 「總」字下得甚好. 蓋登覽形勝, 本爲可樂之事. 祇爲不見長安之故, 凡所見形勝, 無非使人愁思云耳. 大抵近體末二句, 多設出別意以結之, 不以粘着上句爲義. 欲說下句無非使人愁之意, 而先於上句之上・下「總爲」兩字以括之, 此最詩法妙處.

퇴계는 이 시를 해석하는데, 먼저 내용에 있어서 이 시의 본뜻이 임금을 사랑함에 있다는 것을 지적해 내어 본주(本註)에 있는 결함을 바로잡으려 하였다. 다음으로 시작법에 있어서 「總爲」 두 자의 묘함을 지적해 내었다. 「總爲」 두 자는 뜬구름이 해를 가린다는 원한을 길게 할뿐만 아니라 장안이 보이지 않는다는 근심도 또한 싸잡는 것인데, 논한 바가 매우 타당하니, 가위 「시법(詩法) 삼매경(三昧境)」에 들어간 것이라고 할 수 있다.

송지문의 〈명하편〉에는 「뜬구름에 맡긴다」〔任浮雲〕느니, 「흐르는 달빛에 양보한다」〔讓流月〕느니 하는 따위의 구절들이 있는데, 대개 구름은 더러 은하수를 가리지만, 은하수는 구름을 미워하지 않고, 달은 은하수에서 빛을 더 내지만, 은하수는 능히 달에게 양보할 수 있다는 것을 말한다. 은하수의 미덕은 이와 같으니 의당 친할 수 없는 절물(絶物 : 남과 내왕을 끊는 것)이란 있을 수 없을 것 같다는 뜻이다. 오직 나만이 이 아래서 살아 다만 우러러 볼 수 있을 뿐이요, 능히 서로 친할 수는 없다. 그렇기 때문에 탄식을 늘어놓고 뗏목을 타고서 길을 물어 은하수를 찾아가고 싶은 소원이 있게 된다. 그 말은 한결 맑고 아름다우며 기이하고 위엄이 있지만, 그 사람의 악함은 정말 한결 더 가릴 수가 없다. ≪당서(唐書)≫의 송지문전에 이르기를 천하 사람들이 그 행동을 더럽게 여겼다고 하였으니, 역사가가 정말 악함을 미워하는 뜻을 터득하였다 하겠다.

宋之問〈明河篇〉「任浮雲」「讓流月」云云, 蓋言雲或掩於河, 而河不忤於雲, 月增光於河, 而河能讓於月. 河之美德如此, 宜若無絶物不可親之義. 惟我在下土, 但可仰望, 而不可得而相親. 所以發歎而有乘槎問津之願. 其辭愈淸麗奇偉, 而其人之惡之實愈不可掩. 唐書本傳曰:天下醜其行, 史氏眞得惡惡之義矣.

송지문의 〈명하편〉에는 다음과 같은 구절이 있다.

已能舒卷任浮雲 이 능 서 권 임 부 운	이미 펼쳐지고 가리워짐을 뜬구름에게 내맡겼으니,
不惜光輝讓流月 불 석 광 휘 양 류 월	밝은 빛을 흐르는 달빛에 양보함도 아쉬워하지 않네.
明河可望不可親 명 하 가 망 불 가 친	은하수 쳐다만 볼 수 있을 뿐 가까이 갈 수가 없으니,
願得乘槎一問津 원 득 승 사 일 문 진	원컨대 뗏목을 얻어서 한 번 길을 물어 가보고 싶네.

퇴계의 이 네 구절 해석은 앞 두 구는 은하수의 덕을 말한 것이고, 뒷 두 구는 나의 소원을 말한 것이라고 하겠는데, 이야기한 바가 매우 절실하고 이론상 결함이 없다. 대개 송지문은 은하수로 무후(武后)를 비유하고서, 그에게 총애를 얻지 못함을 스스로 슬퍼하였다. 소위 「그 말은 한결 맑고 아름다우며 기이하고도 위엄이 있지만, 그 사람의 악함은 정말 한결 더 가릴 수 없다.」〔其辭愈淸麗奇偉, 而其人之惡之實愈不可掩.〕고 한 바는 바로 그 마음을 좇아서 그 의도의 불순함을 꾸짖은 논의라고 하겠다. 대저 이름이 실상에 부합되지 않음을 군자는 부끄러워 하지만, 말하되 가슴에서 우러나오지 않음이 소인의 상정(常情)이다. 그 사람이 정말 일컬을 만하지 않다면, 그 글이 아름다우면 아름다울수록 그 거짓이 더욱 드러난다 하겠다. 문인들의 행동이 올바르지 못한 예가 많지만, 송지문은 그중에서도 더욱 두드러진 예라고 하겠다.

두보의 〈왕재가 그린 산수화를 보고 지은 시〉에 「능한 일은 서로 재촉을 받지 않는다」고 하였다. 대개 사람이 능한 일에 있어서는 마음에 터득이 되어 손에 응하여 나타낼 때는 정신이 모여서 굳게 지키며 바깥에 있는 사물에 의하여 움직임을 받지 않은 뒤에야, 이에 묘한 데로 들어간다. 하물며 남이 급히 서둘러서 재촉을 받음에랴? 남의 재촉을 받으면, 먼저 그 마음에 지키고 있던 바를 잃게 되나니, 어찌 일을 묘하게 이룰 수가 있겠는가? 그렇기 때문에 이렇게 말한 것이다. 윗글에서 「열흘에 물 한 줄기를 그리고, 닷새에 돌 하나를 그린다」고 한 것은 곧 일에 재촉을 받지 않음을 말한다.

杜〈王宰畫山水歌〉「能事不受相促迫」. 蓋以人於能事, 得於心而應於手, 神全而守固, 不爲外物所動, 而後乃入於妙. 況受人之欲速而相催促乎? 受人之迫促, 則先失其心守, 何能事之妙造? 故云云, 上文「十日一水, 五日一石」, 卽其不受促迫之事也.

퇴계가 이 시를 해석함에 있어서 그 요지는 오로지 「정신을 모아 굳게 지킨다」〔神全守固〕 네 자에 있다. 대개 그림을 그리는 이치도 학문을 하는 이치나 꼭 같다. 바깥 사물에 움직이지 않으며 마음을 온전히 하고 뜻을 이르게 하여야 한다. 이치를 정밀하게 파고들어가서 정수를 파고든 다음에야 묘하게 쓸 바가 이에 나타난다. 하나가 이지러지면 일체가 이지러지니, 그 마음에 지키고 있는 바를 잃어버린다면 어떻게 묘하게 이룸이 있겠는가?

> 두보의 〈병마를 씻으며〉라는 시에 「피리소리 속에 3년 세월이 가고 관산의 달은 뜨고 지는데, 만국의 병사들 앞에는 산천초목도 바람이 이네.」라는 구절이 있다. 이 시는 대개 출정 장병이 달을 보고 피리소리를 듣는데, 관산은 높기만 하니 고향을 그리는 정이 어떻겠는가를 말하고 있다. 3년이라는 것은 그 출정 기간이 오램을 말하는 것이요, 만국의 군사들의 위엄은 바람이 초목에 이는 것과도 같다. 대개 윗 구절은 그 슬픔을 이야기하고, 아래 구절은 그 장렬함을 이야기한다. 「때가 오더라도 자신들의 힘이 컸다고 과장해서는 안 된다.」라고 말한 것은 윗 구절들을 이어서 너희들이 성공한 것은 모두 때가 닥쳐와서 임금을 잘 만난 소치이니, 망령되이 스스로 자랑하고 과장하면서 우리들이 강하고 용맹스럽기 때문에 성취된 바라고 말해서는 안 된다는 뜻이다. 한신(韓信)과 팽월(彭越)이 오히려 이러한 뜻을 알지 못하였기 때문에 패배함에 이르렀다.
>
> 杜〈洗兵馬行〉「三年笛裏關山月, 萬國兵前草木風.」 蓋言征夫見月聞笛, 關山迢遞, 懷鄕之情, 爲何如哉? 三年, 言其久也, 萬國兵威, 如風之加於草木. 蓋上句言其悲, 下句言其壯. 「時來不得誇身彊」承上文, 言汝等成功, 皆時來遇主所致, 不得妄自矜誇, 以爲吾身彊勇所就也. 韓・彭惟不知此義, 所以至於敗.

「3년」이란 긴 시간에 관하여 착안한 것인데, 그 감정의 슬픔이 한결 더 나타난다. 「만국」(萬國)이란 구절은 공간에 대하여 착안한 것인데, 그 기세의 웅장함이 한결 더 드러난다. 이 두 구절은 정(情)과 경(景)이 엇갈리어 융합되며, 정은 슬프고, 기(氣)는 장렬하기 때문에 아름답게 되는 것이다. 「때가 오더라도 자신들의 힘이 컸다고 과장해서는 안 된다.」〔時來不得誇身彊〕라는 구절은 위에는 「너희들이 어찌 임금의 힘을 입었음을 알까?」〔汝等豈知蒙帝力〕라는 구절이 있기 때문에 퇴계가 이렇게 말한 것이다. 두보의 뜻은 임금에게 충성하는 것을 위주로 하면서도 자못 사람들을 경계하는 뜻을 체득하였는데, 퇴계가 그것을 표출(表出)해 냈으니, 그 뜻을 집어내었다고 말할 수 있겠다.

> 왕안석의 〈명비곡〉에 「돌아와서는 오히려 화공(畵工)을 괴상히 여겼네, 눈에 들어온 것은 평생 일찍이 보지 못했던 미인이었기에」라는 구절이 있는데, 대개 군왕이 이미 왕소군을 본 이래로 도리어 화공이 아름다운 것과 추한 것을 엇갈리게 한 것을 괴상하게 여기고 노하였음을 말한다. 이에 군신들이 놀라고 탄식하여 생각하기를 평생 동안 눈에 들어온 여자가 일찍이 이와 같은 미인이 없었다고 하였다. …… 「귀래」(歸來)는 이로부터라고 말하는 것과 같다. 「괴」(怪)란 괴상함을 꾸짖는 것이다.
>
> 王介甫〈明妃曲〉「歸來却怪丹青手, 入眼平生未曾有」, 蓋言君王旣見昭君以來, 却怪怒丹青手之變亂姸醜. 於是君臣驚歎, 以爲平生入眼者未曾有如此人云云. 歸來, 猶言自是以來之意. 怪, 嗔怪也.

이 〈명비곡(明妃曲)〉 해석에서 「귀래(歸來)라는 것은 이로부터라는 말과 같다」고 한 것은 아래 위의 문의(文意)로 따져보면, 아마 꼭 그렇게 해석되지는 않을 듯하다. 그 윗 구절에 「고개를 낮게 돌리어 그림자를 바라보니 안색을 잃었고, 임금도 오히려 어찌할 바를 모르더라.」〔低回顧影無顔色, 尙得君王不自持.〕라고 하였는데, 이 말은 왕소군이 이미 임금을 뵙고 고개를 낮게 돌리어 그림자를 바라보니까 온 궁중에 있던 미인들이 모두 그 미모에 주눅 들어 안색을 잃었음을 말한다. 다음 구절은 황제가 왕소군의 아름다움에 경탄하여 몸을 스스로 가누지 못함을 이른다. 역사책에서는 왕소군이 떠날 때를 당하여 고별인사를 하러 들어오니, 광채가 사람의 눈을 부시게 하여 좌우에 있던 사람들을 놀라 움직이게 하였다고 하였은즉, 반드시 큰 조정 여러 사람들이 있던 곳임을 알 수 있다. 이때 황제는 왕소군의 미모에 감탄하여 후회가 마음속에 생겨났으나, 군신지간의 큰 체면 때문에 싱을 내고 싶어도 싱을 낼 수가 없었다. 이른바 「歸來却怪丹青手, 入眼平生未曾有」라는 것은 바로 두 구절을 거꾸로 놓은 구법〔倒裝句法〕인데, 그렇게 함으로써 「유」(有)자와 아래 구절 「當年枉殺毛延壽」(당년에 헛되이 죽였네 모연수를)의 「수」(壽)자를 한 구절 띄워 운으로 삼은 것이다. 이 두 구절은 마땅히 「入眼平生未曾有, 歸來却怪丹青手」(눈에 들어온 것은 평생 보지 못하던 미인, 돌아와서는 도리어 괴상히 여겼네 화공을)로 되어야 임금이 왕소군의 아름다움에 경탄하여 평생 동안 눈에 든 사람 가운데 한 번도 이와 같은 미인이 없었다고 생각하게 된 것을 이르게 된다.

「귀래」(歸來)란 황제가 조정으로부터 궁전으로 돌아온 것을 말한다. 돌아와서 화공이 아름다운 사람과 추한 사람을 마음대로 바꾼 것에 대하여 크게 노하여 그 사실을 추궁하게 된다. 임금이 왕소군을 보고 나서 먼저 화공에게 괴상하게 여기고 노한 뒤에 군신들이 다시 왕소군의 아름다움에 대하여 경탄하였음을 말하는 것은 아니다. 아마 이 구절을 풀어 기록한 사람이 「歸來……」 이하의 두 구가 도장문법(倒裝文法)인 줄을 몰랐기 때문에, 억지로 잘못 해석하여 문의(文義)를 어긋나게 하였는데, 이 해석은 퇴계 자신의 손에서 나온 것이 아닌지도 모르겠다.

이상에서 논한 것은 〈명비곡〉에 의문점이 약간 있는 것을 제외하고, 그 이외의 것은 아래와 같은 일곱 항목으로 귀납할 수 있을 것 같다.

1) 사람을 경계하고 채찍질하는 구절에 관하여 해석한 것〔解警策之句〕: 두보의 〈병마를 씻으며(洗兵馬行)〉의 「三年笛裏關山月」 같은 구절.
2) 비유로 취할 만한 뜻을 해석한 것: 황산곡(黃山谷)이 매화로 동파를 비유한 것. 송지문(宋之問)이 은하수의 덕을 비유한 것 등이 이것이다.
3) 문자 사용의 묘함을 해석한 것: 이백의 〈봉황대에 올라(登鳳凰臺)〉 시의 「총」(總)자가 이것이다.
4) 표현을 넘어선 뜻을 해석한 것: 동파의 〈사마온공의 독락원(司馬溫公獨樂園)〉 시, 두보의 〈왕재가 그린 산수화를 보고 지은 시(王宰畫山水歌)〉가 이것이다.
5) 본래의 주〔本註〕의 잘못을 바로잡은 것: 이백의 〈봉황대에 올라(登鳳凰臺)〉 시의 주에 진(晋)나라가 양자강 이남으로 쫓겨가서 구차하게 일시적인 안정을 탐한 것에 불만을 품었다고 잘못 해석한 것을 바로잡은 것.
6) 작자의 거짓을 배척한 것: 송지문을 「그 말은 한결 아름답고 기이하고 우뚝하나, 그 사람됨이 못됨은 실로 가릴 수가 없다.」고 한 것이 이것이다.
7) 훈고(訓詁)의 뜻을 해석한 것: 「하늘이 붉은 옷을 입힌 바라고 한 것은 하늘이 벌하는 바라고 말함과 같다.」고 한 것이 이것이다.

요약하여 말하면 퇴계의 시 해석은 작고 큰 것을 놓치지 않고, 한결같이 바른 데로 돌아가려는 것이었다. 그중에서도 표현을 넘어선 뜻〔言外之意〕과 작자의 사람됨을 중시하였다. 맹자(孟子)는 「그 사람의 시를 읊조리고 그 사람의 책을 읽으면서도 그 저자의 사람됨을 몰라서야 되겠느냐?」〔頌其詩, 讀其書, 不知其人可乎?, 〈萬章 下〉〕라고 하였다. 퇴계의 관점 역시 이와 같았다.

(2) 주자의 시를 논함(論朱詩)

퇴계는 주자의 시를 독실하게 좋아하여 항상 주자의 시를 인용해서 제자들을 가르쳤다. 그가 〈기대승(奇大升)에게 준 편지〉(文集 권16 〈答奇明彦, 論四端七情第二書〉의 별지)에서 다음과 같이 한 말이 있다.

> 회암(晦庵, 주자의 호)의 〈매계의 호씨 객관에 묵으며 벽에 붙어 있는 시를 보고 스스로를 경계하여 지은 시[57] 2수(宿梅溪胡氏客館, 觀壁間題詩自警二絶)〉는 경계로 삼을 바가 있는 듯하여 적어 보내드립니다. 다만 읽음에 비유로 일깨워줌이 지극히 깊음을 알겠으니, 두 도끼로 한 나무를 찍어대는 듯한 해독을 베어내어 해독을 소제하고 막고 검사하여 구덩이에 들어가는 욕됨을 면하고자 하는 뜻이 역력하니, 그 뜻이 매우 좋습니다. ……

57) ≪朱子大全≫ 권5 〈宿梅溪胡氏客館, 觀壁間題詩自警二絶〉「삶을 탐내어 여물 콩을 먹고도 부끄러워할 줄 모르고, 무안한 얼굴로 다시 돌아와서 선비들과 어울려 놀았네. 맑은 물을 향하여 옷소매를 빨지 말라, 아마 그대의 옷소매가 맑은 물을 더럽힐지 모르나니.」〔貪生莝豆不知羞, 靦面重來躡俊遊. 莫向清流浣衣袂, 恐君衣袂涴清流.〕「십년 귀양길에 한번 몸 가벼이하여, 돌아오는 길에 기생 여천(黎倩)의 보조개를 대하고도 도리어 색정이 움직였네. 세상길 사람의 더러운 욕심같이 험악한 게 없으니, 얼마나 많은 사람들이 여기 이르러 평생을 망쳤던가?」〔十年湖海一身輕, 歸對黎渦却有情. 世路無如人欲險, 幾人到此誤平生.〕

그러나 사람의 욕심이 험악함을 하늘과 땅을 가로막고 해와 달을 꿰뚫는 기절(氣節)로서도 하루아침에 한 요망스러운 계집의 뺨 위에 나타난 미묘한 보조개 속에 꺾여들어 빠져 버려서 욕을 자초함이 이와 같아 온 천하의 비난과 조소를 받음이 호공(胡公)과 같은 자가 있으니, 그 두려움이 이와 같습니다. 그렇기 때문에 주자께서는 일찍이 「한평생을 호랑이 꼬리에 달린 듯이 두려워하고 봄날 녹는 눈을 밟는 듯이 경계하라.」〔寄一生於虎尾春冰〕고 말씀하셨고, 항상 「눈이 녹기도 전에 풀이 벌써 났다.」〔雪未消時草已生〕는 말을 경계로 간직하고 계셨습니다.58)

〔**역주**〕 ▒ 주자의 시: 호전(胡銓)이 기녀를 두고 지은 시 「임금님의 은혜로 귀향길에서 풀려나와 여기서 한 번 취할세, 곁에는 여천(黎倩) 아가씨 미묘한 보조개 짓네.……」[君恩許歸此一醉, 傍有黎頰生微渦.……] 그 기녀의 남편이 시를 보고 분노하여 말에게 주는 여물 콩을 장만하여 놓고 말같이 먹게 하고서, 안 먹으면 죽인다고 하였다. 호전이 그것을 먹었다. ≪고증≫ 권4, 526쪽.
▒ 두 도끼[兩斧]: ≪원사(元史)≫에 아사불화(阿沙不花)가 임금의 모습이 날로 초췌하여 감을 보고 말하였다. 「폐하께서는 술에 빠지고 비빈들을 좋아하시니, 이것은 두 도끼로 외로운 나무를 베는 것과 같습니다. 안 쓰러질 나무가 없을 것입니다.」 상동.

호공(胡公)은 호전(胡銓)인데, 일찍이 편지를 올려 진회(秦檜 : 남송 말의 간신, 충신인 악비岳飛를 모함하여 죽임)를 참형(斬刑)에 처할 것을 요청하였다가 해외(海外)로 추방되었다. 풀려나와서 북쪽으로 돌아가는 길에 상담(湘潭) 호씨 집 동산에서 술을 마시

58) 주자의 〈차임택지(次林擇之)〉 시의 구절 「그대로 하여금 번거롭게 하여 화답하는 시를 다시 잇도록 하니, 위태롭고 두려움을 보태나니, 호랑이 꼬리 봄 얼음에 이 생애를 기탁하고 있네.」〔煩君屬知增危惕, 虎尾春冰寄此生.〕 〈또 다시 임택지에게 화답한 시(再答林擇之)〉 「또한 마땅히 경의 미묘함에 무궁한 뜻을 부쳐야 하리니, 눈이 녹기 전에 풀은 이미 생겨나네.」〔也應妙敬無窮意, 雪未消時草已生.〕 ≪朱子大全≫ 권5 참고.

다가 시기(侍妓) 여천(黎倩)의 일 때문에 모욕을 당하였는데, 주자는 매계(梅溪) 호씨 객관(客館)에서 벽에 붙어 있는 시를 보고 스스로 경계하는 시를 지었다. 퇴계는 다시 주자의 시를 인용하여서 제자들을 경계하며, 아울러 편지와 함께 욕망을 막는 요지를 논하였다. 그 말이 절실하고 그 뜻이 깊다. 또 퇴계는 일찍이 그 손자 이안도(李安道)에게 다음과 같이 가르쳤다.

> ≪주역≫을 읽는다는 것도 역시 한 항목의 큰 공부이다. 나는 네가 ≪주역≫을 읽는 것이 잘못되었다는 것이 아니다. 다만 그렇게 학문을 하고 싶은 애절한 뜻이 없으면서, 굳이 마음만 이와 같이 쓴다면, 비록 여러 경전들을 한 자도 어김없이 다 외운다 할지라도 사람의 일에 무엇이 유익할 것인가? 정말 회암(晦庵)선생께서 말씀하신 「단 복숭아나무를 버려두고, 산을 헤매며 신 배를 찾는다.」〔棄却甛桃樹, 巡山摘醋梨〕는 것과 같을 것이다.
>
> (文集 권40)

「단 복숭아」〔甛桃樹〕란 본심(本心)을 비유한 것이며 「신 배」〔醋梨〕란 외물(外物)을 비유한 것이다. 무릇 공부한다는 사람들이 외물에다 힘을 쓰고 본심을 버린다면, 남에게 좋게 보이려는데〔爲人〕나 힘쓰고 자신을 위한 참 공부〔爲己〕에 소홀히 한다면, 속세의 벼슬〔人爵〕이나 탐내고 하늘이 준 덕〔天爵〕을 저버린다면, 모두 「이른바 단 복숭아나무를 버려두고, 산을 헤매며 신 배를 찾는」 사람이 될 것이다. 시가 마음공부〔心學〕에 절실함을 여기서도 알 수 있다. 퇴계가 이렇게 가르친 것은 마음을 가르침〔心敎〕이라고 할 수 있다.

이상은 주자의 시를 인용해〔引朱詩〕 가르친 것이고, 또한 주자의 시를 풀어가면서〔釋朱詩〕 가르친 것도 있다. 그의 〈제자 이정

(李楨)에게 답한 편지(答李剛而書)〉에서는 주자의 〈다시 서림원의 유가(惟可) 스님의 달관헌을 두고 지음(再題西林可師達觀軒)〉이라는 시를 다음과 같이 해석하였다.

> 「언제나 늘 공허하구나 나의 한 조각 마음이여」〔萬古長空一片心〕, 이 구절을 두고 나도 또한 늘 의심을 품어 왔습니다. 그 윗 구절을 보면 「앞서 오묘하던 곳이 지금은 유감스럽게 되었으니」〔向來妙處今遺恨〕라고 하였는데, 이 구절로 이었으니, 이 시의 서문 가운데서 말씀한 「세월은 흐르나, 내 마음이 이른 것은 조금도 나아간 것이 없다.」〔歲月逝矣, 而予心之所至者, 未尺寸進焉〕란 말과 꼭 같은 것입니다. 그러나 소위 「늘 공허하구나 나의 한 조각 마음이여」〔長空一片心〕란 것은 말의 뜻이 너무나 넓고 비고 아득하여〔曠蕩虛邈〕 허공에 대고서 말하는 듯하여, 흡사 선가(禪家)들의 문득 뛰어넘는〔頓超〕 기미가 있어, 우리 유가(儒家)들의 이론에서 마음을 이야기하는 바와는 다른 것 같기도 합니다. 아닌게 아니라 선생께서는 이때 새롭게 선학(禪學)의 틀림을 깨닫게 되었는데, 공교롭게도 승방(僧房)에 묵게 되므로, 이 일에 대하여 느낌이 생겨 이 앞서 스스로 오묘하다고 생각하였던 곳이 지금은 도리어 유감스럽게만 여겨지는 것은 무엇 때문인가 하고 스스로 말한 것이 아니겠습니까? 즉 내 마음을 언제나 공허한 한 조각의 외롭게 걸려 있는 물건같이 잘못 인식하였고, 그 잘못 들어간 것이 이와 같으므로 유감스럽다고 이른 것이 아닌가!
>
> (文集 권22)

퇴계의 이 편지는 주자의 시를 해석함이 매우 절실하고도 분명한데, 아울러 불교를 배척하는 뜻을 갖추고 있으니, 주자의 마음에도 크게 부합할 것이다. 도를 체득함이 정미(精微)하고 깊은 조예를 얻은 자가 아니면, 이렇게 해석할 수가 없을 것이다. 또 퇴계가 해석한 〈구곡도가(九曲櫂歌)〉 시의 한 구절에 대한 해석은 더욱 교육적 의의를 갖추고 있다. 다음은 주자의 〈구곡시(九曲詩)〉이다.

九曲將窮眼豁然 구곡장궁안활연	아홉째 골짜기 끝나려 하매 활짝 열리고,
桑麻雨露見平川 상마우로견평천	뽕나무밭 삼밭에 비 안개 내리고 평야를 가로지르는 시냇물 보이네.
漁郎更覓桃源路 어랑갱멱도원로	고기잡이는 다시 찾네 무릉도원 가던 길을.
除是人間別有天 서시인간별유천	인간 속세 접어두고 별천지가 있는 것을.

(≪朱子大全≫ 권9)

퇴계는 이 시를 다음과 같이 해석하였다.

대개 아홉째 골짜기는 바로 그윽한 곳을 찾아 끝까지 이른 곳이므로, 별로 더 기이하고 볼 만한 곳이 없습니다. 만약 다시 볼 만한 곳이 없다고 해서 유람이 끝났다고 말한다면, 흥도 끝나고 뜻도 다 되어, 지금까지 보아온 기이한 광경이 모두 허무한 것 같이 될지 모릅니다. 그렇기 때문에 끝구에 가서 그렇게 말한 것입니다. 그런데 뜻은 만약 유람객으로 하여금 모름지기 고기잡이가 도화원(桃花源)의 경지를 찾아가듯 권한다면, 곧 속세 밖에 있는 별천지(別天地)의 즐거움을 꼭 얻게 될 것입니다. 그러나 여기에 이르러 정작 끝나는 곳을 만들어 버린다는 것은 비단 지금 와서 보아오던 것이 끝났을 뿐만 아니라, 「나의 재주를 다한」〔旣竭吾才〕 뒤에야 「마치 선 것이 우뚝한」〔如有所立卓爾〕 곳이 있을 것이며, 「백척간두에서 더욱 한 발 더 나갈 수」〔百尺竿頭, 更進一步〕 있는 곳이 있을 것이라고 한 것입니다. 그렇다면 이 시에서나 팔곡(八曲)에서 말한 「이곳에 아름다운 경지가 없다고 말하지 말라, 여기서부터 유람객은 올라가지 않을 것이다.」〔莫言此地無佳境, 自是遊人不上來.〕라고 한 따위는 학문의 조예로도 볼 수 있는 것입니다.

(<與奇明彥書>, 文集 권16)

〔**역주**〕 ▒ 이 해설은 앞의 쪽 인용문의 계속임.

▒ 기갈오재(旣竭吾才): ≪논어·자한(子罕)≫ 「안연이 길게 감탄하되 아아 우리 선생님의 도는 우러러볼수록 더 한층 높으며, 뚫어볼수록 한겹 굳으며, 얼핏 보매 앞에 있는 듯하더니 별안간 뒤에 있는구나. 그러나 선생님께서는 한 걸음 또 한 걸음 순서 있게 우리들을 지도하여 주시어 문(文)으로써 나를 넓혀 주시고, 예로써 나를 제약하여 주셨다. 이러므로 우리들은 배움을 그만두려 해도 그만둘 수 없어서 내 재주껏 다하였더니 이제 무엇인지 앞에 선 것이 우뚝한 듯싶다. 그러나 선생님의 경지에 이르기에는 어찌하여야 함을 알지 못하겠구나.」[顔淵喟然歎曰 : 仰之彌高, 鑽之彌堅, 瞻之在前, 忽焉在後. 夫子循循然善誘人, 博我以文, 約我以禮. 欲罷不能, 旣竭吾才, 如有所立, 卓爾. 雖欲從之, 末由也已.]

▒ 백척간두(百尺竿頭): 「어진 자는 백척간두에서 한 걸음을 더 내디딘다.」[賢者, 百尺竿頭, 進取一步.] 주자가 진량(陳亮)에게 보낸 편지의 한 구절. 日本刻板, ≪李退溪全集≫ 上, ≪朱子書節要≫ 권5, <答陳同普書> 97쪽.

또 다음과 같이 말하기도 하였다.

대개 제8곡의 「여기서부터 유람객은 올라가지 않을 것이다.」〔自是遊人不上來〕로부터 이 한 구절과 이 절구는 비록 역시 본래 경치를 서술하기 위하여 쓴 말이나, 그 가운데 비유를 섞고 의미를 곁들인 바가 없지도 않습니다. 독자들은 큰 소리로 길게 읊조리고 깊이 되씹는 사이에, 그 의사가 우뚝 뛰어나고 함축이 무궁한 뜻을 터득하게 된다면, 또한 옮겨서 도(道)로 나아가는 사람의 깊고 얕고, 높고 낮고, 내려가고 올라가며, 나아가고 물러가는 뜻을 보게도 할 수 있을 것입니다. 자공(子貢)은 천하되 아첨하지도 않고, 귀하되 교만하지도 않는 것이 좋다고 하였고, 증자(曾子)는 일에 따라서 정밀하게 살펴보고 힘써 행하여야 한다고 하였고, 안자(顔子)는 일에 따라서 넓히기도 하고 제약하기도 하되 「그만두려고 해도 그만둘 수 없는」〔欲罷不能〕 때와 같은 것 따위는 모두 눈앞에 평평한 시냇물〔平川〕이 탁 트이게 나타나는 것을 지극(至極)한 경지로 삼는 것과 같습니다. 공자로부터 자공이 「가난하지만 즐거워하고, 부유하지만 예를 좋아한다」〔貧而樂, 富而好禮〕라는 말을 듣는 것이나, 증자가 공자로부터 「나의 도는 하나로 관철된다」〔一貫〕는 뜻을 듣는 것이나, 「선 바가 우뚝함」〔所立卓爾〕을 봄에 이르는 것이 모두 「별천지가 있다」〔別有天〕는 뜻입니다. 그러나 이러한 뜻은 모두 옛사람들이 시구를 이끌어다가 문장을 끊어서 뜻을 취한〔斷章取義〕 예일 뿐이고, 만약 이와 같이 본다면, 시의 본뜻은 바로 이것을 말한 것은 아닐 것입니다.

(<答金成甫別集>, 文集 권13)

〔역주〕 ▦ 제8곡 「여덟째 구비에 들어서니 바람과 안개 개려 하고, 고루암 밑에서는 물이 얽히어 감도는구나. 이곳에서부터 아름다운 경치가 없다고 말하지 말라. 여기서부터 유람객이 올라가지 않을 것이다.」 [八曲風煙勢欲開, 鼓樓巖下水縈洄. 莫言此處無佳景, 自是遊人不上來.] ≪朱子大全≫ 권9, 景文社 영인본, 252쪽.

▦ 욕파불능(欲罷不能): 위의 「기갈오재」(旣竭吾才) 역주 참고.

▦ 빈이락(貧而樂): 자공이 묻자오되, 「가난하더라도 남에게 아첨하지 않으며 넉넉하면서도 남을 업신여기지 않는 이라면 어떠합니까?」 하니 공자가 답하였다. 「이런 이도 물론 좋겠지만, 그러나 가난하면서도 기뻐할 줄 알며, 넉넉하면서도 예를 지키는 이보다는 못할 것이니라.」 [子貢曰, 貧而無諂, 富而無驕, 何如? 子曰, 可也, 未若貧而樂, 富而好禮者也.]

원작자는 반드시 이런 뜻으로 이 작품을 짓지는 않았다고 할지라도, 공부하는 사람들은 이렇게 마음으로 터득하지 않을 수 없다. 시를 인용하여 문장을 끊어내어 적당한 뜻으로 해석하는 것은 바로 공자학파의 시 해석 방법 중의 하나이다. ≪시경≫에는 「소리 내어 우는 저 누런 새여, 언덕 모퉁이에서 우는구나.」〔緡蠻黃鳥, 止於丘隅〕란 구절이 있는데, 공자는 「그칠 데에 그 그칠 바를 아니, 사람이 새만 못해서야 되겠는가?」〔於止, 知其所止, 可以人而不如鳥乎?, 대학大學〕라고 하였다. 시(詩) 밖에 있는 일을 미루어다가 시 안에 있는 이치를 이해하여 보려고 하였다. 이런 방법으로 시를 읽으면 자기에게 받아 쓰임〔受用〕이 매우 많을 것이다. 퇴계가 시를 읽는 것이 심학(心學) 공부에도 절실히 필요하다고 하였는데, 그 이유가 역시 여기에 있었다.

〔**역주**〕 ▩ 위에 인용된 ≪시경≫ 구절은 <소아(小雅)·민만(緡蠻)>편에 나옴. 「緡蠻」은 「緜蠻」으로도 적으며, 새소리[鳥聲]를 그대로 나타낸 의성어란 설명도 있고, 작은 새의 모습[小鳥貌]을 나타내는 의태어란 설도 있음.

(3) 이어시(理語詩)

송나라 철학자 소옹(邵雍 : 1011~1077)은 「한 양기가 처음 움직이는 곳은, 만물이 생겨나지 않은 때다.」〔一陽初動處, 萬物未生時〕라는 시를 지었는데, 청나라의 문학자 심덕잠(沈德潛 : 1673~1769)은 소옹이 「철학적인 진리를 표현하는 말을 가지고서 시를 지었다.」〔以理語成詩, ≪說詩晬語≫〕라고 하였다. 이어시(理語詩 : 철학적인 이치를 담은 시)는 직설(直說)이 많아서 사람들로 하여금 뜻을 명백하고도 쉽게 알 수 있게 만들며, 그것을 곧 몸소 행하고 실제에 옮기기에 용이하게 만든다. 퇴계는 주자학의 정통파

학자이고, 그 학문은 실천을 가장 중요시하였으며, 그가 평소에 사람들을 가르칠 때에도 철학적인 이치가 담긴 말로써 시를 지은 것이 많기 때문에 그의 이어시를 통하여 그가 평상시에 행동을 수양한 공부와 시로써 사람을 가르친 애쓴 흔적을 대략적으로 엿볼 수 있다.

1) 경과 의를 아울러 지님〔敬義夾持〕

同醉昏昏儻有醒 동취혼혼당유성	함께 얼얼하게 취한 가운데 깬 자 있다 하더라도,
最難操守驗鐘聲 최난조수험종성	가장 어려운 것은 조심스레 지키면서 종소리로 확인하는 것이라네.
直方工力皆由我 직방공력개유아	안쪽을 바로잡고 바깥을 가다듬는 공부의 힘 모두가 내게서 말미암으니,
休遣微雲點日明 휴견미운점일명	엷은 구름이 밝은 해를 얼룩지게 하지 말았으면.

(<存心>, 文集 권3)

〔역주〕 ▒ 종성(鐘聲): 주자(朱子)는 말하였다. 「아직도 나는 기억한다. 내가 어릴 때에 동안(同安)에 있을 적에 밤에 종소리를 듣던 일을. 그 첫째 소리가 미처 다 끝나기도 전에 내 마음이 이미 멋대로 달리고 있었던 일을. 이로부터 나는 내 마음을 경계하고 성찰하게 되었다.」[嘗記少年時在同安, 夜聞鐘聲. 聽其一聲未絶, 此心已自走作. 因是警省.] ≪고증≫ 권2, 465쪽.

▒ 직방(直方): ≪주역·곤괘(坤卦)≫의 문언전 「군자는 공경으로 내면을 곧게 하고, 의리로 바깥을 바르게 하여 공경과 의리가 서서 덕이 외롭지 않다. 정직하고 방정하고 커서 배우지 않아도 이롭지 않음이 없으며, 그 행하는 것을 의심하지 않는다.」[君子敬以直內, 義以方外, 敬義立而德不孤. 直方大, 不習無不利, 則不疑其所行也.]

이 시에서 가장 요긴한 곳은 후단의 두 구인데, 소위 「직방공력」(直方工力)이란 공경함으로 내심을 바르게 하고, 의로써 바깥을 바르게 한다〔敬以直內, 義以方外, ≪주역≫〕는 공부를 두고 한 말이다. 「미운」(微雲 : 엷은 구름)으로 물욕(物欲)을 비유하고, 「일명」(日明 : 밝은 해)으로 본체의 밝음을 비유하였다. 「직방공력」을 간직하느냐 마느냐는 오로지 나에게 달려 있다. 물욕의 「미운」(微雲)으로 하여금 본체의 「일명」(日明)을 막고 가리고 해서는 안 될 것이다. 반드시 경(敬)과 의(義)를 함께 지니고 있어야만 비로소 안과 밖이 모두 투철하게 될 수 있으니, 학문하는데 중요한 점은 이것과 바꿀 것이 없다.

퇴계의 제자 이정(李楨, 자字는 강이剛而)이 귀암정사(龜巖精舍)를 지었는데, 동재(東齋)와 서재(西齋)가 있었으며, 퇴계는 그것을 거경재(居敬齋)와 명의재(明義齋)로 명명하고, 다음과 같은 시를 지어 주었다.

一寸膠無千丈渾 일촌교무천장혼	한 치 갖풀 천 길 흐림 없애서,
玉淵秋月湛寒源 옥연추월담한원	옥 같은 연못 가을 달에 근원 맑고 차네.
端居日夕如臨履 단거일석여림리	평상시 거처하며 밤낮으로 깊은 물 앞에 선 듯 살얼음 밟듯 하니,
箇是存存道義門 개시존존도의문	이것이 바로 본성 보존하고 보존하는 도의의 문이라네.

(<居敬齋>, 文集 권5)

〔역주〕 ■ 촌교(寸膠): ≪퇴계언행록≫ 권1 이덕홍(李德弘)이 「조그마한 아교[寸膠]가 천 길이나 깊은 흐린 물을 구할 줄이야 어찌 알았겠는가」[豈知一寸膠, 救此千丈渾]란 말뜻을 물었더니, 선생은 「촌교는 곧 아교(阿膠)다. ≪서경(書經)·우공(禹貢)≫에 제수(濟水)의 성질은 무

거운데, 황하를 가로 끊어 아현(阿縣)까지 흘러 이르자, 물은 땅속으로 숨어 흘렀다. 그래서 아현 사람들은 우물을 파서 그 물을 얻어 아교를 고았더니 그 아교는 아주 힘이 세어 흐린 물을 넣으면 물이 곧 맑아졌다 하였다. 그러므로 중원(中原) 사람은 그 아교를 가지고 흐린 물에 넣어서 곧 그 물을 맑게 한 일이 있었다. 이것을 비유하면, 심(心)이 욕심 때문에 흐려졌을 때 경(敬)을 가지면 그 심은 곧 깨끗해지는 것이다. 그러므로 옛날 선비들은 경을 촌교에 비유한 것이다 하였다.」

▪ 존존도의문(存存道義門): ≪주역·계사전(繫辭傳) 상≫ 「완성된 본성을 보존하고 보존하는 것이 도의의 문이다.」[成性存存, 道義之門.] 사물이 완성됨을 보존하는 것은 도의에서 말미암는다는 것을 말함. 청나라의 유월은 ≪군경평의≫란 책에서 ≪이아≫란 책의 해석을 끌어다 인용하기를 「존존이란 『있다』(在)는 뜻이니, 송나라 형병의 ≪이아·의소(義疏)≫에서도 곧 ≪주역·계사≫의 『성성존존』이란 말을 인용하여 증거로 삼았다. 이 『존존』이란 말은 겹말[重言]이지 두 가지 뜻을 가진 것은 아니다.」[易繫辭上, 成性存存, 道義之門. 兪樾曰,(見≪羣經平議≫二)爾雅釋訓曰, 存存, 在也. 邢昺疏, 則引繫辭成性存存以證之, 是存存重言, 非有兩義.]라고 하였다. ≪연면자전(聯緜字典)≫ 상책 1069쪽에서 인용함.

義路如砥坦且明 의 로 여 저 단 차 명	의리의 길은 숫돌과 같이 탄탄하고도 밝으나,
一昏心燭故難行 일 혼 심 촉 고 난 행	마음의 촛불 만약 한 번만 어두워지면 행하기가 어렵네.
欲知大寐如醒處 욕 지 대 매 여 성 처	크게 잠들어도 깬 것 같음을 알려고 한다면,
唯在研精積久生 유 존 연 정 채 구 생	오직 정밀하게 다듬고 오랫동안 생활을 쌓아야 하네.

(<明義齋>, 文集 권5)

〔역주〕 ▪ 의로여지탄(義路如砥坦): ≪맹자·만장(萬章) 하≫ 「대체로 의라는 것은 (사람이 걸어가야 할) 길이며, 예는 (사람이 출입하는) 문이니[夫義, 路也, 禮, 門也] … ≪시경≫에서 이르기를 큰길 평탄함 숫

돌과 같고[周道如砥] … 」

〈거경재〉 시는 「촌교」(寸膠)로 경(敬)을 비유하고 「천장혼」(千丈渾)으로 물욕을 비유하였다. 대개 ≪포박자(抱朴子)≫의 「촌교는 황하의 탁함을 다스리기에는 부족하다.」〔寸膠不足以黃河之濁〕란 구절의 뜻을 반대로 사용한 것이다. 그러니 곧 「촌교가 황류의 탁함을 구할 수도 있다.」〔寸膠可救黃流濁〕는 뜻이기도 하다.59)

「옥연」(玉淵)은 그 맑음을 말하고, 「추월」(秋月)은 그 밝음을 말한다. 「옥 같은 연못 가을 달에 근원 맑고 차네.」〔玉淵秋月湛寒源〕는 심신이 환하게 밝음〔瑩徹光明〕을 비유하였는데, 이것은 바로 물욕이 깨끗이 없어지고, 하늘의 이치〔天理〕가 분명하게 나타나는 현상이다. 제3구의 「살얼음을 밟는 듯이 평상시 거처한다」〔端居臨履〕는 경(敬)을 위주로 하는 공부를 말한다. 평상시 거처한다는 것은 곧 「의관을 바르게 해야 그 사람을 존중하여 쳐다보게 된다」〔正其衣冠, 尊其瞻視〕는 말이며, 살얼음을 밟는 듯이 한다는 말은 곧 「조심조심하고 두려워하고 또 두려워한다」〔洞洞屬屬, 戰戰兢兢〕는 뜻이니, 아침저녁으로 거처하며, 항시 경계하고 두려워하여야만, 이것이 곧 「도의가 있는」〔存存道義〕 문이 된다는 것이다. 〈명의재〉 시는 「정밀하게 다듬고 오랫동안 생활을 쌓임이 있어야」〔研精積久〕 의를 밝히는 공이 이루어진다는 것이다. 「정밀하게 다듬음」〔研精〕은 오직 사물을 깊이 파고들어 지식을 확실히 하며〔格物致知〕, 이치를 추궁하고 덕을 밝힘〔窮理明德〕에 있다. 아는 바가 진실할수록 수양되는 바가 두터우며, 참됨을 쌓고 힘쓰기

59) 퇴계의 〈김부륜의 글을 읽고 느낌이 있어라는 시의 각운자에 맞추어(次金惇敍讀書有感韻)〉 「한 치 아교로 흐린 황하의 흐름 구할 수 있고, 언행의 충신과 독경 항상 앉은 자리 곁에 있네.」〔寸膠可救黃流濁, 參倚尋常在座隅.〕 ≪全書≫ 제1책, (文集 권2) 78쪽 참고.

를 오래 하면 마음의 촛불이 항상 밝아져서, 「크게 잠들어도 깬 것 같으니」〔大寐如醒〕, 곧 의리의 길〔義路〕이 자연히 평탄하여져서 행하기가 쉽고 어디로 들어가든지 간에 스스로 터득되지 않음이 없다. 대개 「臨履」란 경을 지키는 근본이 되고, 「研精」이란 의를 밝히는 단서가 된다. 전자는 덕성을 높임〔尊德性〕을 위주로 하고, 후자는 학문을 찾아감〔道問學〕을 위주로 하는데, 이 두 가지에서 하나도 치우치게 버려서는 안 된다. 오직 퇴계는 평상시에 생활하면서 사람들을 가르치는데, 「경」이란 글자에 대하여 특별히 지성껏 강조하여 말씀하셨다. 대개 마음이란 한 몸을 주재(主宰)하는 것이요, 경이란 또한 한 마음의 주재이기 때문이다.

爲問主人何事業 위 문 주 인 하 사 업	묻노니 주인께서는 무슨 사업을 하시나이까?
寸膠功力自珍身 촌 교 공 력 자 진 신	한마디의 아교 푸는데 힘써 스스로 몸을 진귀하게 하지요.

(<琴聞遠東溪惺惺齋>, 文集 권2)

此心操攝無餘法 차 심 조 섭 무 여 법	이 마음 조섭하는데 딴 방법이 있는 게 아니라,
念念時時著一欽 념 념 시 시 저 일 흠	생각하고 또 생각한다오, 때때로 공경함을 드러내고자만.

(<解夢>, 文集 권5)

檢身不及其如子 검 신 불 급 기 여 자	내 몸 다잡음 미치지 못하니 어찌 그대 같으리?
歸去工夫只在欽 귀 거 공 부 지 재 흠	돌아가서 공부함 다만 공경함에 있으리.

(<寄子中>, 外集 권1)

已遣襟靈渾洗滌 이유금령혼세척	이미 가슴속은 다 깨끗이 씻겼거니,
從教心地凜淵冰 종교심지름연빙	마음도 살얼음 밟듯이 조심하게나.

(<焚香>, 文集 권3)

美質尙難無悔吝 미질상난무회린	아름다운 자질도 후회 없기는 어려우니,
吾今安得不兢兢 오금안득불긍긍	내 지금 어찌 조심조심하지 않으리.

(<東齋感事>, 文集 권3)

2) 동과 정을 번갈아 씀〔動靜互用〕

경을 위주〔主敬〕로 함과 의를 모음〔集義〕 두 가지 공부는 하나는 동(動)이요, 하나는 정(靜), 두 가지가 서로 번갈아가며 쓰인다. 퇴계의 〈완락재(玩樂齋)〉 시는 곧 이러한 취지를 명시하고 있다.

主敬還須集義功 주경환수집의공	경을 주로 함은 또한 모름지기 의를 모으는 공부이니,
非忘非助漸融通 비망비조점융통	잊지도 말며 조장하지도 않는다면 차츰차츰 두루 통달하게 되리.
恰臻太極濂溪妙 흡진태극렴계묘	꼭 태극의 염계의 오묘함에 도달한다면,
始信千年此樂同 시신천년차락동	비로소 믿겠네, 천년에 이 즐거움 똑같음을.

(文集 권3)

자주(自註): 주자의 <명당실기(明堂實記)>에는 경을 지니고 의를 밝히고 움직이고 쉬고 바꾸어 돌아가는 원리가 모두 주염계의 태극론과

합치하여 넉넉히 감상하고 즐기며[玩樂] 바깥에 있는 것을 부러워함을 잊을 만하다는 말이 있다. 지금 그렇기 때문에 서재의 이름을 완락재로 삼아서 날마다 경계를 더하려고 하노라.[朱子明堂實記, 以持敬明義動靜循環之功, 爲合乎周子太極之論, 足以玩樂而忘外慕, 今以名齋, 而日加警焉.][60]

〔**역주**〕 ▪ 주경(主敬): ≪맹자·공손추(公孫丑) 하≫「군신 간에는 공경함을 으뜸으로 삼는다.」[君臣主敬.]

▪ 집의공(集義功): 주자의 <성리에 대하여 읊음(性理吟)·굳셈(剛)>「모름지기 의를 모으는 공부를 이루려면, 혈기가 어떻든 뜻이 강해야 하네.」[要須集義工夫到, 血氣何如志氣强.]

▪ 비망비조(非忘非助): ≪맹자·공손추(公孫丑) 상≫「마음에 잊지도 말고 조장하지도 말아야 한다.」[心勿忘, 勿助長也.]

▪ 태극염계묘(太極濂溪妙): 염계는 북송의 도학자 주돈이(周敦頤)의 호. 주염계가 <태극도설(太極圖說)>을 지어 우주의 생성론을 편 것을 말함.

경(敬)과 의(義)를 함께 지닌다는 말은 원래 안과 밖을 번갈아 닦고, 동(動)과 정(靜)을 바꾸어 쓴다는 뜻이다. 그러나 동과 정 양자에 관하여 말한다면 퇴계는 정을 근본으로 삼고 정으로써 동을 제어한다고 주장한다. 그의 〈정을 지킨다(守靜)〉란 시에는 다음과 같은 말이 있다.

守身貴無撓 수신귀무요	몸을 지키는 데는 꺾이지 않음을 귀하게 여기고,
養心從未發 양심종미발	마음을 기르는 데는 펴나지 않은 상태를 좇나니.
苟非靜爲本 구비정위본	진실로 정으로 근본을 삼지 않으면,
動若車無軏 동약거무월	움직이나 마치 수레에 멍에 매는 나무가 없음과 같네.

(文集 권5)

60) ≪全書≫ 제4책, ≪退溪文集考證≫ 권2.

범난계(范蘭溪 : 이름은 준浚, 송나라의 학자)는 「온갖 걱정이 번거롭게 일어나나 정에 이른 자는 태연자약하다.」〔百憂煩擾, 至靜者自若〕라고 하였는데, 퇴계는 「이러한 이치가 없는 것은 아니나, 자약(自若)이라는 두 자만으로는 의심스러울 수도 있다.」〔非無此理, 但自若二字可疑〕고 말하고, 인하여 절구 두 수로써 그 뜻을 다음과 같이 논하였다.

止水如心靜爲體　멈추고 있는 물은 마음과 같이
지수여심정위체　　정을 본체로 삼고 있으나,
動時波洶靜難尋　움직일 때에는 파도가 흉흉하니
동시파흉정난심　　정을 찾기가 어렵네.
縱撓不靜非無靜　굽이치도록 내버려둘 때는 정하지 않지만
종요부정비무정　　정이 없다고는 할 수도 없고,
浪息依然水靜深　물결이 그치면 원 모습 그대로
랑식의연수정심　　깊이 정에 잠기네.

體隨用失如無靜　본체는 작용에 따라 없어지니
체수용실여무정　　마치 정이 없는 듯도 하나,
性不終亡本固存　본성은 끝내 없어지지 않고
성부종망본고존　　근본은 그대로 있네.
只說靜爲元自若　다만 정은 원래 스스로
지설정위원자약　　그대로인 듯하다고만 말한다면,
蘭溪無乃太深言　난계는 이에 너무 깊게만
란계무내태심언　　이야기한 것이 아닌가?

(文集 권5)

이 시의 뜻은 마음은 정으로 체(體)를 삼고 파랑(波浪)으로 온갖 걱정을 비유한다는 것을 이른다. 온갖 걱정이 번거롭게 일어남은 마치 파도가 흉용(洶湧)한 듯한데 이때에는 체(體)도 용(用)

에 따라 모습이 없어지기 때문에 정은 찾기가 힘들다. 그러나 정의 뿌리는 없어지는 것이 아니기 때문에 파도가 자게 되면 물은 스스로 정에 깊이 잠긴다. 퇴계의 이 말은 바로 수준이 낮은 학도〔下學〕들을 향하여 한 말이다. 난계의 말은 수준이 높은 학도들을 위하여 한 말로써 뜻을 늘어놓음이 지나치게 높음을 면치 못하기 때문에 퇴계는 그것을 「너무나 깊게만 말하였다.」〔太深言〕라고 하였다. 대저 움직일 때에는 「체가 용에 따라 모습이 없어져서」〔體隨用失〕 오로지 공부가 너무 거칠기 때문에, 병통이 없을 수가 없다. 동과 정이 서로 쓰이는 형세〔互用〕에 관하여 말하자면, 동은 정으로부터 힘입는 바는 많으나, 정이 동으로부터 힘입는 바는 적다. 움직일〔動〕 때의 힘은 모름지기 고요할 때에 지어지는 것이니, 그 이유는 고요할 때에는 이미 움직일 원리를 머금고 있기 때문이다. 또한 가지기 어려운 것은 마음이요, 물들기 쉬운 것은 욕심이다. 그렇기 때문에 모름지기 고요할 때의 공부를 많이 하여야 한다. 퇴계는 시에서 다음과 같이 말하였다.

人心叵耐似翻車 인심파내사번거	사람의 마음 어찌 흔들리는 물레방아와 같겠는가?
功要西山一部書 공요서산일부서	공부로는 서산 진덕수가 지은 책 필요로 하네.
箇裏不妨多著靜 개리불방다착정	거기서는 거리끼지 않으리 고요함 많이 잡는 일,
莫嫌持敬始生疎 막혐지경시생소	꺼려하지 말게나, 공경스런 마음 지니고 비로소 생소함 생겼다고.

(<李生宏仲, 自淸凉山寄詩三絶來, 次韻>, 文集 권3)

〔역주〕 ▪ 인심파내사번거(人心叵耐似飜車): 파(叵)는 파(頗)와, 내(耐)는 내(柰)와 통함. 어찌(柰)라는 뜻과 같음. 번거(飜車)는 곧 수차(水車)로

지금의 양수기와 같으며, 곧 용골차를 말함. 주자의 말 「인심이란 한 대의 물레방아와 같아, 굴러가면서 흔들거리기 때문에 조금도 정지하거나 지체함을 용납하지 않는다.」[人心似一箇飜車, 流轉動搖, 不容少頃停泊.] ≪考證≫ 권2, 478쪽에서 인용.

▒ 서산(西山): 진서산(眞西山). 이름은 진덕수(眞德秀 : 1178~1235). 남송(南宋) 말의 학자이며 재상으로 주자의 위치를 격상시키고, ≪심경(心經)≫을 편찬하여 성현들의 마음을 바로 갖는 법을 모아놓았음.

▒ 불방다착정(不妨多著靜): 착(著)은 착(着)과 같은 뜻으로 쓰였음. ≪상채어록(上蔡語錄)≫ 권2 「정하면서 동하는 것은 많지만, 동하면서 정하는 것은 적다. 그렇기 때문에 정에 대하여서는 마음을 많이 쓰는 것이 나쁘지 않다.」[靜而動者多, 動而靜者少. 故多著靜不妨.] 상기 ≪고증≫에서 인용.

사람의 마음이란 뒤집히는 수레와 같아서 움직이는 것은 많지만 고요한 것은 적다. 그렇기 때문에 정을 향해 마음을 많이 씀은 나쁘지 않다. 이로써 나의 마음을 간직하고 기르며, 부질없이 마구 달리도록 하지 말아야 한다. 퇴계는 일찍이 그 자신이 정을 지킨 경험에 대하여 다음과 같이 말하였다.

雲消月白夜如何 운소월백야여하	구름 개고 달 희니 밤 어떻게 지낼까?
獨向空齋坐攝痾 독향공재좌섭아	홀로 빈 서재에 앉아 병 다스리네.
身似靈龜能嚥息 신사령구능연식	몸은 신령스런 거북과 같아 숨 들이킬 수 있고,
心如寒水正恬波 심여한수정념파	마음은 차가운 물 같아 마침 물결 고요하다네.
方知李氏求中妙 방지리씨구중묘	바야흐로 이연평 중도의 묘함 추구함을 알겠고,

更信程門著靜多　　또한 정씨의 문하에서는
갱신정문착정다　　　　고요함에 주로 착안하였음 알겠네.
我老君强同所勗　　내 늙고 그대는 굳세니
아로군강동소욱　　　　힘쓰는 것 같이하여,
從今歲月莫蹉跎　　지금부터라도 세월
종금세월막차타　　　　허둥지둥 낭비하지 마세나.

(<東齋夜起, 示金而精>, 文集 권3)

〔**역주**〕 ▪ 소(消): 「개다」의 뜻인 개(開)와 같은 뜻임.

▪ 월백야여하(月白夜如何): 소식(蘇軾)의 <나중에 지은 적벽(後赤壁賦)> 「달 밝고 바람 맑은 이렇게 좋은 밤을 어떻게 지내야 하는가?」[月白風淸, 如此良夜何.]

▪ 향(向): 시어에서 개사로 쓰이면 어(於) 또는 재(在)자의 뜻이 있음.

▪ 영구(靈龜): ≪회남자(淮南子)≫에는 「거북은 태양의 기운을 삼키므로 장수하기 때문에, 양생하는 사람들은 태양 기운의 정수를 받아들여 효험을 보는 바이다.」[龜嚥日氣而壽, 故養生者服日華所以效之]라고 하였고, ≪지전록(芝田錄)≫에는 원천강(袁天綱)이 이교(李嶠: 당나라 문인)의 상을 보고서, 잘 때에는 기운이 귀로부터 나오니, 「거북의 호흡」[龜息]이라고 부를 수 있다. 반드시 크게 귀히 되고 또 수를 누리게 될 것이다고 하였다. ≪고증≫ 권2, 480쪽에서 인용함.

▪ 이씨(李氏): 주자의 스승인 연평 이통(李侗)을 말함.

그러니 정을 지키고 있을 때에도 반드시 기분과 환경에 관하여 주의하여야 한다. 퇴계는 시에서,

焚香非是學禪僧　　향을 피우는 것은
분향비시학선승　　　　선승을 배워서가 아니라,
淸坐無塵思若凝　　티끌 없이 맑게 앉으면
청좌무진사약응　　　　생각이 모이는 듯하다네.

(<焚香>)

洞天深鎖碧窓寒　하늘과 통하는 곳 깊이 잠겨
동천심쇄벽창한　　푸른 창 춥기만 하고,
塵事渾無一點干　속세의 일 도무지 한 점도
진사혼무일점간　　범할 수 없네.

(<李生宏仲, 自淸凉山寄詩三絶來, 次韻>, 이상 文集 권3)

라고 하였다. 향을 피우면 기분이 엄숙하고 화목해지고, 산에 살면 속세의 일에 무관해진다. 이 두 가지는 모두 정(靜) 공부에 대하여 도움이 있는 것이다.

3) 지와 행이 서로 도움〔知行相資〕

雖當老境兼衰齒　비록 늙은 경지에
수당로경겸쇠치　　나이 들어 쇠약해졌어도,
只在眞知與力行　다만 참된 앎과
지재진지여력행　　힘써 실행함에 있다네.
伯子後時懲獵習　정백순은 나중에
백자후시징렵습　　사냥 습관 경계했고,
文公早歲驗鐘聲　주문공은 연세 어릴 때
문공조세험종성　　종소리 징험하셨다네.

(<十月四日, 遊月瀾庵>, 文集 권2)

〔역주〕 ▒ 역행(力行): ≪중용≫ 「힘써 행함은 어짊에 가깝다.」[力行, 近乎仁.]

▒ 백자징렵습(伯子懲獵習): 백자(伯子)는 북송(北宋)의 도학자인 정호(程顥)를 가리킴. 정호는 자가 백순(伯淳)이며, 세칭 명도(明道)선생이라 하였음. 「정명도(程明道 : 伊川의 형)는 말하였다. 『내 나이 16, 7세 될 때에는 사냥을 좋아하였다. 뒤에 스스로 이르기를 자신이 이것을 좋아하지 않는다』고 하였다. 뒤 12년, 늦게 돌아오다가 사냥하는 사람들

을 보니, 저절로 즐거운 마음이 생겨났다. 이때서야 과연 내 결심이 굳어지지 않았음을 알았다.」

▩ 문공종성(文公鐘聲): 주자(朱子)는 말하였다. 「아직도 나는 기억한다. 내가 어릴 때에 동안(同安)에 있을 적에 밤에 종소리를 듣던 일을. 그 첫째 소리가 미처 다 끝나기도 전에 내 마음이 이미 멋대로 달리고 있었던 일을. 이로부터 나는 내 마음을 경계하고 성찰하게 되었다.」[嘗記少年時在同安, 夜聞鐘聲. 聽其一聲未絶, 此心已自走作. 因是警省.] ≪고증≫ 권2, 465쪽.

진지(眞知)와 역행(力行) 양자의 관계는 긴밀하다. 진지는 역행을 지도하고, 역행은 진지를 시험한다. 퇴계는 말하였다. 「이치를 연구하여 실천하면서 징험하여 보아야 비로소 그것이 진지가 된다.」〔窮理而驗於踐履, 始爲眞知〕 진지와 역행 두 가지는 서로 바탕이 되고, 서로 길러주며, 서로 나아가게 한다. 「만 정자는 뒤에 사냥하던 습관을 징계하였고」, 「주문공은 종소리로 경험하였네」라는 말에서 자기 성찰을 세밀히 하지 않을 수 없고, 자기를 다스리는데〔克治〕 힘쓰지 않으면 안 된다는 것을 알 수 있다. 성찰은 정(靜)에 기울어지고, 극치는 동(動)에 치우친다. 성찰은 지(知)에 편중되고, 극치는 행(行)에 치우친다. 때때로 성찰하고 극치한다는 것은 곧 지와 행이 서로 바탕이 되고, 동과 정이 서로 쓴다는 것이다. 지·행 양자에 관하여 퇴계는 행을 더욱 중시하였음을 그의 〈여러 벗에게 보이다(示諸友)〉란 시에서 볼 수 있다.

臥雲庵裏存心法 와 운 암 리 존 심 법	와운암에서는 마음 보존하는 법 배웠다면,
觀善齋中日用功 관 선 재 중 일 용 공	관선재에서는 일용사물을 공부하였다네.
要識講明歸宿處 요 식 강 명 귀 숙 처	밝게 이야기한 결론을 알려고 한다면,

請將踐履驗吾躬　　부디 실천하여
청장천리험오궁　　　내 몸으로 징험해 보기를.

(文集 권3)

〔역주〕 ▩ 와운암(臥雲庵): 앞의(63~4쪽)에 인용된 이 시의 주 참고.

▩ 관선재(觀善齋): ≪예기·배움에 대하여(學記)≫의 「서로 살펴서 착해지도록 하는 것을 닦는 것이라 한다.」[相觀而善之謂摩]라는 말에서 따온 것임.

▩ 일용공(日用功): 주자의 <관선재(觀善齋)> 시 「일용사물을 공부할 여가가 없겠지만, 서로 돌보며 같이 노력하세.」[日用無餘功, 相看俱努力.] ≪朱子大全≫ 권9(서울, 景文社 영인본) 5쪽, ≪고증≫ 권2, 476쪽에서 인용.

▩ 강명(講明)·천리(踐履): 주자의 <정순(程洵)에게 답한 편지(答程允夫書)> 「말을 하였으면 바로 실천에 옮겨야 곧 결과가 있게 된다.」[講了便將來踐履, 即有歸宿.] ≪朱子大全≫ 권41(상동판) 41쪽, ≪고증≫ 상동 쪽에서 인용.

이른바 존심법(存心法)·일용공(日用功)도 구지(求知)에 기울어지지 않는 바는 아니나, 구지의 목적은 실천에 있기 때문에, 역시 행동을 중시한 뜻이 있다. 뒤의 두 구절은 실천궁행을 「밝게 말한 결론」〔講明歸宿處〕으로 삼았는데, 「밝게 말함」〔講明〕은 지식을 구하는 공부나, 밝게 말할 줄 알면, 실천을 귀하게 여길 수 있다. 이것은 곧 「참된 앎이 곧 행하는 바가 된다」〔眞知即所以爲行〕는61) 뜻이다. 실천하는 공부에 이르러서는 반드시 독실해야 한다. 퇴계는 시에 이르기를,

四兵耘草一兵遲　　네 편으로 나누어 풀 매는데
사병운초일병지　　　한 편은 느릿느릿,
捷手三兵共詑伊　　손 빠른 세 편이
첩수삼병공타이　　　모두 그를 꾸짖네.

61) 王陽明의 말. ≪傳習錄≫ 중의 〈答顧東橋書〉 참고.

捷者留根煩再拔 빠른 사람이 뿌리 남겨
첩자류근번재발 번거롭게 다시 뽑으니,
不如遲者盡初時 느린 자만 못하겠네, 처음부터
불여지자진초시 모조리 뽑아 버린 것만.

(<齋中偶書, 示諸君及安道孫>, 文集 권3)

라고 하였다. ≪간재기선록(艮齋記善錄)≫에서는 다음과 같이 말하였다.

> 덕홍(德弘)이 일찍이 재질이 노둔하고 못 미침을 근심하니, 선생께서는 다음과 같이 말씀하셨다. 「공자의 문하에서 도를 전한 사람은 바로 자질이 노둔한 증씨〔曾參〕이다. 노둔함을 어찌 반드시 근심하겠는가? 다만 노둔하고도 독실하지 못하면, 이것이 바로 걱정일 뿐이다.」 이로 말미암아 회암의 뜻을 나타내는 절구시 한 수를 지어서, 손수 적어 덕홍에게 주셨다.

그 시가 바로 위의 것이다.62) 속히 하려면 잘 통달되지 않기 때문에 행동은 독실함을 귀하게 여기며, 조잡하고 속됨을 숭상하지 않는다. 뜰을 매는데 뿌리까지 제거한다면 다시 뽑는 번거로움이 없다. 속담에 「둔한 새가 먼저 난다」〔鈍鳥先飛〕란 것이 또한 이와 같은 이치이다.

4) 명과 성을 함께 발전시킴〔明誠兩進〕

명(明)을 거쳐서 성(誠)해진다는 것은 치지(致知) 공부를 통하

62) ≪全書≫ 제4책, ≪考證≫ 권2(詩), 478쪽.

여 그 행동에 더욱 힘쓴다는 것이다. 성을 거쳐서 명해진다는 것은 역행(力行) 공부를 통하여 더욱 그 지(知)를 확실케 한다는 것이다. 전자는 바깥으로부터 안으로 들어오니 도문학(道問學)을 통하여 존덕성(尊德性)하는 것이다. 후자는 안을 거쳐서 바깥으로 나오니, 존덕성을 거쳐서 도문학하는 것인즉, 안과 밖이 하나로 합하고, 공부는 원래 일관해야 하는 것이다. 퇴계는 명(明)・성(誠) 공부에 대하여 힘을 매우 깊이 쏟았다. 〈시습재(時習齋)〉 시에서 다음과 같이 말하였다.

日事明誠類數飛 일사명성류삭비	날로 밝음과 정성 일삼음 새가 자주 나는 것과 비슷하고,
重思複踐趁時時 중사복천진시시	거듭 생각하고 거듭 실천하여 그때그때 쫓아가네.
得深正在工夫熟 득심정재공부숙	얻음 깊어감은 바로 공부 무르익음에 있으니,
何啻珍烹悅口頤 하시진팽열구이	어찌 진귀한 요리 입만 즐겁게 함과 비교하겠는가?

(文集 권3)

〔**해제**〕 이 시는 퇴계의 유명한 연작시 <도산잡영(陶山雜詠)>의 한 수이다.

〔**역주**〕 ▒ 시습재(時習齋): 도산서당에 딸린 숙사(宿舍) 중의 하나. ≪논어≫의 「배우고 때때로 익히면 또한 기쁘지 않겠는가?」[學而時習之, 不亦說乎?]란 구절에서 따옴.

▒ 일사명성(日事明誠): ≪고증≫ 권2, 470쪽 「수고본에는 일사가 양진으로 되어 있다.」[手本, 日事作兩進.] 다음 구절 「重思複踐」과의 대구 관계로 보면 「兩進明誠」이 나을 듯하다.

▒ 삭비(數飛): 때때로 자주 날다.

일사명성(日事明誠)은 늘 마음에 두고 정성껏 지키는 것〔拳拳

服膺]을 두고 말하는데, 때때로 익힘을 그치지 않는 것이요, 새가 「자주 나는 것」[數飛]과 비슷하다. 중사복천(重思複踐)에서 「중사」로 이치의 밝음을 구하고 「복천」으로 자기 몸의 성실을 구한다. 이치가 밝으면 그 지식이 반드시 깊어지고, 몸이 성실하면 그 행동이 반드시 힘이 있다. 지식이 깊고 행동이 있으며 공부가 이미 완숙해지고 수양이 이미 두터워지면, 안으로 마음속을 반성하여 살펴보아도 잘못된 점이 없고, 땅을 내려다보고 하늘을 쳐다보아도 부끄러울 것이 없다. 이른바 이치가 터득되고 마음이 안정되면 어찌 진기한 것을 삶아서 입을 즐겁게 읊조리는 공부에만 그칠 뿐이겠는가?

明誠旨訣學兼庸 명 성 지 결 학 겸 용	명과 성이란 뜻의 비결 대학과 중용인데,
白鹿因輸兩進功 백 록 인 수 량 진 공	백록동에선 두 가지에 나아가 공부함 이루었다네.
萬理一原非頓悟 만 리 일 원 비 돈 오	만 가지 이치 한결 같은 원리 갑자기 깨달음 아니고,
眞心實體在專攻 진 심 실 체 재 전 공	참된 마음의 실체는 공부 오로지함에 있다네.

(<明誠齋>, 文集 권5)

〔역주〕 ▪ 백록(白鹿): 백록동서원(白鹿洞書院). 중국 강서성의 여산 오로봉(五老峯) 아래에 있던 서원. 오대(五代) 남당(南唐) 때 처음으로 여기에 여산국학(廬山國學)을 세웠음. 북송 초에 다시 여기에 서원을 두었으나, 남송 이후 쇠퇴하였던 것을 주자가 다시 연 이후에 크게 떨치게 되었음. 백록동은 당나라 이발(李渤) 형제가 여기에 은거하여 독서와 백록을 기른 데서 붙인 이름. 동아 ≪한한대사전≫, 1066쪽.
≪예기≫의 한 편에 불과하였던 ≪대학≫과 ≪중용≫을 주자가 ≪논어≫, ≪맹자≫와 함께 사서로 엮은 것을 이 시에서 말하고 있음.
▪ 돈오(頓悟): 「생각컨대 돈은 『갑자기』(遽)라는 뜻이다. 선가(禪家)에

서는 한 번 초탈하면 갑자기 깨닫는 기미가 있다.」[案, 頓遽也. 禪家 有一超頓悟之機.] 《고증》 권3, 495쪽.

《대학》은 방법론이니, 사물의 이치를 연구하여 지식을 확실히 함[格物致知]을 중시하고, 《중용》은 본체론이니, 홀로 행동을 삼가고 성실함을 보존함[愼獨存誠]에 치중한다. 그러므로 《중용》은 몸 앞의 선(善)을 밝힘과 성실하게 생활함을 말하였으나, 《대학》은 사물의 이치를 연구한 후에 뜻을 성실하게 가짐을 말하였다. 명(明)·성(誠)을 함께 전진시켜 비록 한쪽이라도 치우치게 접어둘 수 없음을 알 수 있으나, 학자가 힘쓸 곳은 오로지 몸으로 힘껏 행함에 있으며, 선을 밝힘을 거쳐서 몸을 정성스럽게 하여야 하며, 지식을 확실히 함을 거쳐서 몸을 성실하게 하여야 한다. 대개 더욱 맑으면 더욱 성실해지고, 더욱 성실하면 더욱 밝아진다. 마치 눈덩이를 굴리듯이 굴리면 굴릴수록 커지기만 한다. 몸을 성실하게 하는 최종의 목표는 곧 지성(至誠)이다. 뜻을 성실하게 하는 최종의 목표는 곧 지선(至善)이다. 이러한 지성 지선의 경계에 이르는 것은 또한 명과 성을 아울러 전진시키는 최고의 경계가 된다. 「만 가지 이치는 한 가지 원리에서 나오는 것 갑자기 깨닫는 것이 아니니, 진심의 실체를 온전히 파고들어야 하나니」[萬里一原非頓悟, 眞心實體在專攻]라고 하였듯이, 그 공부란 다만 한마음 한뜻으로 온전히 파고들어서, 참됨이 쌓이고 힘이 오래되면 자연히 터득하는 바가 있지, 갑자기 깨닫는 데 힘쓸 바는 아니다.

5) 박과 약을 번갈아 닦음[博約交修]

학문을 넓히고 예법에 따라 행실을 삼가는 것[約禮]은 학문을 하는 데 절실하고도 요긴한 공부이다. 학문을 넓힘은 사물의 이치를 연구하여 지식을 확실히 함이요, 예법에 따라 행실을 삼가는 것은 실천궁행(實踐躬行 : 몸소 행함)하는 데 있다. 박·약과 명·성의 관계는 지극히 밀접하고 긴밀하다. 지(知 : 지혜로움)는 그 박(博 : 넓히는 것)함을 바라는데, 박해지면 명해지고, 수(守 : 몸을 지킴)는 약(約 : 삼가는 것)함을 바라는데, 약하면 성해진다. 박해질수록 명해지고, 약해질수록 성해진다. 그렇기 때문에 박·약 두 가지는 바로 명과 성을 구하는 공부이다. 퇴계의 시구에는 다음과 같은 말이 있다.

博約淵源寧有雜 박약연원녕유잡	넓히고 삼간다는 연원 어찌 섞임이 있으리오만,
明誠宗旨不容疎 명성종지불용소	밝음과 성실함의 종지는 허술한 것 용납 않네.

(<次韻權生好文>, 文集 권3)

朱門博約兩工程 주문박약량공정	주자 문하의 박문(博文)과 약례(約禮) 두 가지 공부,
百聖淵源到此明 백성연원도차명	온갖 성현의 연원 이에 이르러 밝아졌다네.

(<寄謝尹安東復>, 續集 권2)

앞의 2구는 박·약과 명·성을 서로 들어서 나란히 논하였으니 그 관계가 밀접하고 절실함을 볼 수 있다. 만약 박·약의 근원에 잡함이 있으면, 명·성의 종지도 반드시 성글게 된다. 이로써 이 두 가지 중에 하나도 치우치게 폐할 수도 없고, 성글고 잡되게 함을 용납하지도 않는다. 뒤의 두 구는 주자의 박·약 작업의 조예와 공헌에 대하여 추켜세운 말이다. 주자는 일찍이 다음과 같이 말하였다.

> 박문과 약례는 참된 학문의 요체이니, 박문이란 사물에 접하여 체험하는 것이요, 약례란 몸에 접하여 체험하는 것이다. 이와 같이 힘을 쓰면 박한 것은 중(中)을 택하여 머물게 하면서 치우치지 않게 할 것이요, 약〔삼가는〕한 것은 사물에 응하여 움직이되 모두 규칙이 있다. 이렇게 되면 안과 밖이 번갈아가며 서로 도울 것이요, 박하되 범람하여 돌아감이 없는데 이르게 하지는 않을 것이요, 약하되 맴돌기만 하여 중을 잃는 데 이르게 하지는 않을 것이다.
>
> 博文約禮, 聖門之要法, 博文所以驗諸事, 約禮所以體諸身. 如此用工, 則博者可以擇中而居之不偏, 約者可以應物而動皆有則. 如此則內外交相助, 而博不至於泛濫無歸, 約不至於流遁失中矣.[63]

그가 논한 박·약이 번갈아가며 서로 수정하여 준다는 이치는 가히 심오하고도 절실하며, 드러나고도 분명하다고 하겠다. 대개 「사물에 접하여 체험한다」〔驗諸事〕는 말은 지식을 확실히 한다〔致知〕는 일이니 지(知) 가운데 행(行)이 있는 것이다. 「몸에 접하여 체험한다」〔體諸身〕란 힘써 행하는 일이니, 지(知) 중에 행(行)이 있다. 퇴계는 스스로 「박하고자 하나 총명이 미치지 않고, 약하고자 하나 정력이 이미 기울어졌다.」〔欲博則聰明不及, 欲約則精力已耗, 文集 권16 〈與奇明彦書〉〕고 하였다. 이것은 비록 스스로 겸손하게 한 말씀이나, 또한 퇴계의 박·약 양자에 대한 공부가 매우 많음을 반증하기도 한다.

63) ≪朱子語類≫ 〈四書朱子異同條辨〉, ≪論語≫ 권6 78쪽, 近譬堂藏板에 인용됨.

(4) 이취시(理趣詩)

이어시(理語詩)는 직설(直說 : 비유 없이 하고 싶은 말을 그대로 적어 놓음)이 많지만, 이취시는 비(比)체와 흥(興)체가 많다. 일반적으로 이치에 대하여 말함은 없지만 사물의 모습을 그려냄으로써 이치가 밝혀지고, 사람들로 하여금 뜻에 터득됨이 있고, 마음에 깨달음이 있도록 하여 감도는 맛이 무궁하다. 퇴계는 〈제자 남언경(南彦經)에게 준 편지(與南時甫書)〉에서 다음과 같이 말하였다.

> 보내온 시는 옛날 풍이 있으면서도 아담하며, 이치와 취미가 함께 높은 경지에 이르러, 그 놀며 구경하는 중에서도 수양할 바를 얻음이 이와 같으니, 매우 가상하다고 하겠습니다.
> 來詩古雅, 理趣俱到, 其得於遊觀所養者如此, 深可嘉尙.
> (文集 권14)

그가 이취시를 중시함을 여기서도 알 수 있다. 이취는 유람하고 관광하면서 심신을 기른 데서 얻어진다. 그렇기 때문에 옛날부터 유람하고 관광한 중에 지은 시들 중에는 이취를 풍부히 갖춘 시가 많다. 퇴계는 스스로 「젊고 어릴 때부터 자연 속에서 자라 좋은 감회가 많았다.」〔少小林泉有好懷, 〈東齋感事〉, 文集 권3〕고 하였다. 놀고 구경하는 중에서도 심신을 기를 바를 얻음이 풍부하여 펴내어 시를 이루니, 자연히 진미가 나타나 넘치고, 이치와 취미가 함께 이른다.

〔**역주**〕 ▪ 저자가 「이어시(理語詩)」니 「이취시(理趣詩)」니 하는 용어는

앞서 이어시 조에서 언급한 청나라 심덕잠(沈德潛)의 ≪설시쉬어(說詩晬語)≫에서 인용한 말이다. 그 책에서는 「두보의 시 『강과 산은 마치 기다리는 듯하고, 꽃과 버드나무는 스스로 사심이 없는 듯하다. 물은 깊은데 고기는 극히 즐거운 듯하고, 숲은 무성한데 까마귀는 돌아갈 곳을 아는 듯하다. 물은 흘러가는데 마음을 다투지 않는 듯하고, 구름은 떠있는데 뜻이 모두 더딘 듯하다.』 따위는 이취에 들어가고, 소옹이 말한 『양이 하나 처음 움직이는 곳은, 만물이 아직 생기지 않은 때다.』 따위는 이어로 시를 지은 것이다.」[杜詩「江山如有待, 花柳自無私. 水深魚極樂, 林茂鳥知歸. 水流心不競, 雲在意俱遲」, 俱入理趣. 邵子則云, 「一陽初動處, 萬物未生時」. 以理語成矣.] 이어시는 소옹의 시와 같이 직설(直說)로 사물의 이치를 이야기하는 것이고, 이취시는 ≪시경≫의 비(比)체(직유법 같은 것)나 흥(興)체(연상법 같은 것)같이 상상력을 통하여 사물의 이치를 터득케 하는 시로 보았다. ≪퇴계학보≫ 제10집(저자의 <退溪의 詩學과 詩敎>) 238쪽 참조.

〈봄놀이에서 들판의 연못을 읊음(遊春詠野塘)〉

露草夭夭繞水涯 로 초 요 요 요 수 애	이슬 머금은 풀 아리땁게 짙푸른 언덕 두르고,
小塘清活淨無沙 소 당 청 활 정 무 사	작은 연못 맑고 생기 있는데 맑아서 모래 하나 없네.
雲飛鳥過元相管 운 비 조 과 원 상 관	구름 날고 새 지나감이야 원래 서로 관련이 있는 것이지만,
只恐時時燕蹴波 지 공 시 시 연 축 파	다만 두렵기는 때때로 제비 물결 차는 것이라네.

(外集)

〔**해제**〕 다른 판본에는 이 시의 제목이 <야지(野池)>로, 첫 구절 끝부분도 「요벽파(繞碧坡)」로 되어 있다.

이 시는 퇴계가 18세 때 지었는데, 첫 구에서는 단순히 경(景 : 外景)만 묘사하였고, 다음 구절은 「소당청활」(小塘清活 : 작은 연못의 맑고 생기 있음)로 심체(心體 : 마음 바탕)의 맑고 생기 있음을 비유하였다. 제3구는 바깥에 있는 사물이 와서 마음의 밝음을 비추지 않음이 없음을 말하였고, 마지막 구절 「연축파」(燕蹴波: 제비가 물결을 찬다)는 마음을 어지럽게 흔듦을 비유하였다. 퇴계의 제자 김부륜(金富倫)은 「하늘의 이치가 흘러가고 있는데 사람의 욕심이 그것을 간섭하게 될까 두렵다.」〔天理流行, 而恐人欲間之〕고64) 하였다. 이 설명은 훌륭하다. 퇴계는 18세의 나이에 곧 성리의 학문과 부합할 수 있었으므로, 살얼음이 언 연못을 디디듯이 조심스러우면서도 스스로 늠름한 마음을 가질 수 있었기에, 이렇게 의미심장한 시를 지었으니, 그 지혜로운 기초가 일찍 갖추어졌고, 식견과 취미가 비범하였음을 알 수 있다.

〈마음속을 읊다(詠懷)〉

獨愛林廬萬卷書 독애림려만권서	홀로 숲속 오두막의 만 권 책 사랑하여,
一般心事十年餘 일반심사십년여	마찬가지 심사로 십년 여를 보냈다네.
邇來似與源頭會 이래사여원두회	그로부터 근원과 만남 있는 것 같아,
都把吾心看太虛 도파오심간태허	내 마음 모두 다잡아 태허 본다네.

(外集)

〔역주〕 ▪ 태허(太虛): 아득하고도 오묘한 경지, 또는 하늘을 가리키는 말.

64) ≪全書≫ 제4책, 〈退陶言行錄〉 권1, 〈學問第一〉, 169쪽.

이 시는 19세 때에 지은 것인데, 그 핵심은 오로지 제3구에 있다. 퇴계는 스스로 다음과 같이 말하였다.

> 열아홉 살 때에 ≪성리대전(性理大全)≫ 첫 책과 끝 책 두 권을 얻어서 시험 삼아 읽어보고 저절로 마음이 즐겁고 눈이 열리게 되었다. 오랫동안 숙독하니 차츰 의미가 나타나고, 흡사 그 대문과 길을 얻은 듯하더라.
>
> 十九歲時, 初得性理大全首尾二卷, 試讀之, 不覺心悅而眼開. 熟讀旣久, 漸見意味, 似得其門路.65)

소위 그 「대문과 길을 얻은 듯하다」〔似得其門路〕와 「근원과 만남 있는 것 같아」〔似與源頭會〕는 이전의 감촉이 아니라, 바로 근래〔邇來〕의 자각이다. 대개 퇴계는 ≪성리대전≫을 읽고서야 마음에 부합됨이 있고 터득됨이 있어서 지은 것이다. 마지막 구절 「내 마음 모두 다잡아 태허 본다네」〔都把吾心看太虛〕에는 곧 사물에 엉겨 지체되지 않는다는 뜻이 담겨져 있다.

〈계상에서 걸어서 산을 넘어 서당에 이르다—이복홍과 이덕홍·금제순 등이 따랐다(步自溪上踰山, 至書堂 李福弘·德弘·琴悌筍輩從之)〉

花發巖崖春寂寂 화 발 암 애 춘 적 적	꽃 바위 낭떠러지에 피니 봄 고요하기만 하고,
鳥鳴澗樹水潺潺 조 명 간 수 수 잔 잔	새는 시냇가 나무에서 울고 물 졸졸 흐르네.
偶從山後攜童冠 우 종 산 후 휴 동 관	어쩌다 산 뒤에서 동자와 관자 데리고,

65) ≪全書≫ 제4책, 〈退陶言行錄〉 권1, 〈學問第一〉, 23쪽.

閒到山前問考槃 한가로이 산 앞에 이르러
한도산전문고반 고반을 묻네.

(文集 권3)

〔**역주**〕 ▪ 고반(考槃): ≪시경≫의 편명인데, 「고반이 시냇가에 있다」라 하였음. 이 시는 은둔한 선비의 생활을 노래한 것인데, 고반의 해석은 일정하지 않음. 여기서는 거처할 터를 말함인 듯함.

이 시의 첫 구는 정(靜)을 말하고 다음 구는 동(動)을 말하였다. 봄은 적적한데 꽃이 피었으니, 정 가운데 저절로 앙연한 생기가 넘친다. 물은 잔잔한데 새가 우니, 동 가운데 곧 활약하는 기미가 있다. 여기에는 모름지기 씻은 듯이 깨끗하고, 활발하게 피어오르는 마음씨와 즐겁게 스스로 터득한 정취가 있어야만, 비로소 이와 같이 아름답고도 묘한 의경(意境)이 있을 수 있다. 이 시는 왕유(王維)가 〈조명간(鳥鳴間)〉에서,

人閒桂花落 사람은 드믄데 계수꽃은 떨어지고,
인한계화락

夜靜春山空 밤은 고요한데 봄날 산은 비었네.
야정춘산공

月出驚山鳥 달 뜨니 산의 새들 놀라서,
월출경산조

時鳴春澗中 이따금 봄 시내에서 우네.
시명춘간중

라 읊은 것과 의경이 극히 서로 비슷하다. 뒤의 2구 「동자와 관자 데리고」〔攜童冠〕는 「어쩌다」〔偶從〕에서 나왔고, 「고반을 묻네」〔問考槃〕는 역시 「한가로이 이르러」〔閒到〕에서 나왔다. 「어쩌다 산 뒤에서」〔偶從山後〕라든가 「한가로이 산 앞에 이르러」〔閒到山前〕라고 하는 것은 모두 자연에 순수하게 내어 맡긴 태도이니, 의식

적인 의도는 조금도 없다. 한쪽은 하늘의 기미〔天機〕요 한쪽은 조화의 기미〔化機〕이니, 이것이 이 시를 묘하게 만드는 원인이 된다. 이덕홍은 「이 시는 위아래에 조화가 같이 유행하여 제각기 즐거움을 얻은 미묘한 이치를 말하는 것이 아니겠습니까?」〔此詩有上下同流, 各得其所之妙, ≪연보·中≫ 역문은 동화출판공사 ≪퇴계집≫(한국의 사상대전집), 387쪽에서 인용〕라고 하였다. 능히 이와 같이 마음에 만남이 있어야 더불어 시를 논할 만하다고 할 것이다.

〈손님을 마주하다(對客)〉

本收蹤跡入深林 본래 종적 거두어
본수종적입심림 깊은 숲으로 들어왔으니,

何意親朋或遠尋 어찌 생각하겠는가 친한 벗
하의친붕혹원심 이따금 멀리 찾는 것을.

齰舌未須談別事 혀 깨물고 다른 일은
색설미수담별사 이야기할 것도 없고,

開顔正好款同心 얼굴 펴고 성심껏
개안정호관동심 마음 함께함 정말 좋다네.

溪雲婉婉低相酌 시내의 구름 온화하게 피었는데
계운완완저상작 나직하게 서로 잔질하고,

山鳥嚶嚶和共吟 산새들은 즐겁게 우는데
산조앵앵화공음 화락하게 함께 시 읊조리네.

他日思君獨坐處 뒷날 그대 생각나
타일사군독좌처 홀로 앉아 있는 곳에,

不堪明月盡情臨 밝은 달 견딜 수 없으리
불감명월진정림 온갖 정을 다 쏟으며 비추어 준다면.

(文集 권3)

〔역주〕 ▒ 색설(齚舌): 부끄러움을 견디지 못하여 혀를 깨무는 것을 말함. 색(齚)은 색(咋) 또는 색(齰)이라고도 하며 깨물다[齧]의 뜻임.
▒ 개안(開顔): 기뻐서 얼굴이 활짝 펴지는 것을 말함.
▒ 앵앵(嚶嚶): 새가 화락하게 우는 모양을 나타내는 의태어로 ≪시경·소아·나무를 벰(伐木)≫「나무 쩌렁쩌렁 베는데, 새들 지지배배 우네.」[伐木丁丁, 鳥鳴嚶嚶]라는 구절이 있음. 한나라 정현(鄭玄)은「새 두 마리가 우는 소리」라 풀이했다. 나중에는 친구와 동기간에 서로 뜻이 맞아 학문과 덕행을 닦는 일의 비유로 쓰이게 됨.

깊은 숲속에 발자취를 숨기고 있음은 고요함을 구하자는 뜻이 있다. 그러므로 친구들이 멀리서 찾아주는 것도 원래는 바라는 바가 아니었다. 그렇기 때문에 다음 구절에「무슨 뜻」〔何意〕이란 두 자를 썼는데, 갑자기 꺾어져서 정이 생겨나게 하였다. 그러나 친구들이 멀리서부터 찾아오는 것은 나를 사모하는 마음이 있음을 알고, 또한 나에게도 사모할 만한 진실이 있음을 알게 되었다. 이러한 내가 바로 참된 나요, 나그네도 또한 속된 나그네가 아니니, 바로 이러한 가운데서 서로 얻고 서로 즐기는 뜻이 있게 된다. 제2연「혀 깨물고」〔齚舌〕와「얼굴 펴고」〔開顔〕는 마음에 영서(靈犀 : 서로 마음이 통하는 신령스러운 뿔)가 있어 서로 통할 것이다. 제3연「시내의 구름 온화하게 피어」〔溪雲婉婉〕와「산새들은 즐겁게 우는데」〔山鳥嚶嚶〕는 눈앞의 경치를 묘사한 것이요,「나직하게 서로 잔질하고」〔低相酌〕와「화락하게 함께 시 읊조리네」〔和共吟〕는 서로 마음을 얻은 정을 묘사한 것이다. 저(低)를 씀으로써 그 정이 친절함을 알겠고, 화(和)자를 씀으로써 그 정이 흡족함을 알겠다. 여기에 곧 물아일체(物我一體)의 의경이 있다. 사물과 내가 이미 일체가 되었으니, 인아일체(人我一體 : 남과 내가 하나가 됨)는 더 말할 필요도 없다. 결구의「뒷날 그대 생각나 홀로 앉아 있는 곳에, 밝은 달 견딜 수 없으리 온갖 정을 다 쏟으며 비추어 준다면」〔他日思君獨坐處, 不堪明月盡情臨〕은 갈수록 정이 깊어지고 여파가 일렁이고 있다.

〈산에 사철 거처하며 읊다(山居四時吟)〉

霧捲春山錦繡明 무 권 춘 산 금 수 명	안개 걷힌 봄 산에 수놓은 비단 빛나고,
珍禽相和百般鳴 진 금 상 화 백 반 명	진귀한 새들 서로 화답하며 백 가지 소리로 지저귀네.
山居近日無來客 산 거 근 일 무 래 객	산에서 지내자니 더욱 기쁘네, 찾아오는 손님 없음이,
碧草中庭滿意生 벽 초 중 정 만 의 생	짙푸른 풀 뜰 가운데서 제 마음껏 돋아나네.

(<春朝>)

夕陽佳色動溪山 석 양 가 색 동 계 산	해질 무렵의 아름다운 햇볕 시내와 산을 비추며 움직이고,
風定雲閒鳥自還 풍 정 운 한 조 자 환	바람 그치고 구름 한가로우니 새 스스로 돌아오네.
獨坐幽懷誰與語 독 좌 유 회 수 여 어	홀로 앉아 그윽한 정회 누구와 더불어 이야기할까?
巖阿寂寂水潺潺 암 아 적 적 수 잔 잔	바위 언덕 쓸쓸한데 물 졸졸 흐르네.

(<夏暮>, 이상 文集 권4)

〔**역주**〕 ▪ 반(般): 여기서는 「종(種)」의 뜻으로 쓰였음.
▪ 산거(山居): ≪도산잡영≫에는 「그윽히 지내다」의 뜻인 「유거(幽居)」로 되어 있음.

앞 시의 「안개 걷힌 봄 산」〔霧捲春山〕과 「진기한 새들 서로 화답하며」〔珍禽相和〕는 아침 경치의 아름다움을 묘사하였고, 「수놓은 비단 빛나고」〔錦繡明〕는 빛깔을 나타냈으며, 「백 가지 소리로 지저귀네」〔百般鳴〕는 소리를 나타냈는데, 하나는 정하고 하나는 동하여 소리와 빛깔이 교감하는 평화롭고 맑고 은혜롭고 조화로운 기상을 묘사해 내었다. 이러한 기상은 비록 사물에 있으나, 사실은 마음을 통하여 느껴진다. 산 집에는 손님이 없고 심정은 한적한데, 온 뜰에 가득한 푸른 풀들을 바라보니, 생생한 뜻이 단번에 뭉쳐지는 듯하다. 이러한 현상을 대하면 눈이 스치기만 하여도 도가 그 가운데 있다고 할 것이다.

뒤의 시는 해질 무렵의 아름다운 햇볕이 시내와 산을 비추며 움직인다. 석양은 본래 정(靜)한 것인데 「비추며 흔든다」〔照動〕고 한 것은 사람의 생각을 넘어서서 자못 재치로운 맛이 있다. 「바람 그치고 구름 한가로우니 새는 스스로 돌아온다」〔風定雲閒鳥自還〕고 한 것은 경치〔景〕를 묘사하고 있지만 경치 가운데도 정감〔情〕이 있다. 철학에서 이야기하는 체(體)와 용(用)으로 설명한다면, 바람 그치고 구름 한가롭다는 것은 체와 용이 하나와 같다는 비유이다. 나는 새가 스스로 돌아온다는 것은 용을 거두어 체로 돌아간다는 것을 비유한다. 이것은 곧 물아여일(物我如一)한 의경이요, 이러한 의경이 있으면, 그윽한 정회〔幽懷〕도 적합할 수 있다. 그런데 「그윽한 정회 누구와 더불어 이야기할까?」〔幽懷誰與語〕라고 하였다. 마치 「남들은 앎이 미치지 못하는」〔人不及知〕 경지와 같다. 앉아서 바위 언덕 고요함을 보고, 물소리 졸졸 흐름을 고요히 들으니. 정(靜) 중에 동이 있고, 마음은 환경과 맞아들어, 가히 도를 체득하였다고 할 수 있을 듯하다.

〈풍기의 객관에서 진사 조목에게 답하다(豐基館, 答趙上舍士敬)〉

有鳥辭林被網羅 유조사림피망라	어떤 새 숲 떠나 그물에 걸리니,
林中一鳥笑呵呵 림중일조소가가	숲속의 새 한 마리가 껄껄 비웃었다네.
那知更有持羅者 나지갱유지라자	어찌 알았으리오, 다시 그물 가진 자,
就揜渠巢不奈何 취엄거소불내하	그 둥지 덮어 씌워 옴짝달싹 못하게 할 줄을.

(文集 권4)

이 시의 소서(小序)에는 「그때 사경〔월천月川 조목趙穆〕이 내게 시를 보내어 내 걸음을 자못 비웃었다. 마침 그에게 공릉참봉의 임명이 있다는 말을 듣고 시로써 희롱한다.」〔時士敬寄詩來頗譏余行, 適聞其有恭陵參奉之命, 故詩中戲云.〕란 말이 있다. 「그물 가진 자」〔持羅者〕로 조정의 관리 임명을 맡은 관리를 비유하였고, 「새가 그물에 걸리다」〔鳥被網羅〕라는 말로 소환되어 부득이 벼슬함을 비유하였다. 여기에서도 역시 퇴계의 유머를 알 수 있고, 벼슬길에 열중한 자들에 대하여 이 시는 머리에 대고 방망이로 땅 치면서 호통침과 다름이 없다.

8

결론結論

참된 시는 덕성에 바탕을 두고, 학문 수양에 뿌리를 두며, 재주와 정감으로부터 피어난다. 더러는 사물로 인하여 정감이 일어나고, 더러는 마음에 의거하여 의상(意象)이 구성되기도 한다. 요컨대 모든 것은 부딪쳐서 감발되는 바가 있으면, 병이 없더라도 신음하는 것처럼 길게 노래하지 않을 수가 없다. 퇴계는 성리학자요, 성현의 학문에 독실한 뜻을 두었으며, 주자의 가르침에 충실히 따르고, 미묘한 철학의 이치를 연구하고 추궁하며, 실천궁행함으로써, 참된 앎을 실제에서 터득하는데 힘썼으니, 시문은 다만 그 나머지 일이었다. 그러나 시에 대하여서도 힘을 기울임이 매우 깊어서 여러 시인들의 작품을 두루 열람하고, 넓게 살피고 요점을 취하였으며, 정밀하게 연구하기를 오랫동안 계속하여 일찍부터 명성을 나타내었으나, 도연명, 두보, 소동파, 주자 넷에 대하여 바탕을 취함이 실로 많았다. 그 가운데에서 주자에게서 취함이 더욱 많다. 만년의 작품은 평이하고도 겸허하고 담백〔沖淡〕하여, 운취가 깊고 맛이 무궁하다. 대개 그 덕성은 순수하고, 학문과 수양은 깊고 두터우며, 재질과 감정은 풍부하며 사리에 통달하였기 때문에 능히 탁월하게 스스로 일가를 이루었다.

호응린(胡應麟 : 1551~1602, 명나라의 문인)은 다음과 같이 말하였다.

> 선(仙)이니 선(禪)이니 하는 것은 모두 시중의 본색이다. 다만

유생의 기상은 하나도 시로 나타낼 수 없다. 유자의 언어는 한 자도 시로 들어갈 수 없다.

曰仙曰禪, 皆詩中本色. 惟儒生氣象, 一毫不得著詩. 儒者語言, 一字不可入詩.66)

호응린이 이른「선이니 선이니」〔曰仙曰禪〕하는 것은 시의 예술적인 경계를 말한다. 그러나「유자의 언어는 한 자도 시로 들어갈 수 없다.」〔儒者語言, 一字不可入詩〕고 한 것은 또한 공정한 이야기가 아니다. 대개 인심(人心)에는 본래 정(情)과 이(理) 두 가지가 있는데, 시교(詩教 : 시의 교육적인 면)에 관하여 말한다면, 시에는 철학적인 맛〔理趣〕이 있는 것이 정말 좋으나, 시에는 철학적인 말〔理語〕이 있는 것도 또한 나쁘지는 않은데, 다만 독자가 받아들이는 바에 다름이 있을 뿐이다. 대개 철학적인 맛이 있는 시는 사람으로 하여금 깊은 생각이 피어나오게 하고, 사람들로 하여금 끈덕지게 맛을 찾게 한다. 철학적인 말을 그대로 적은 시는 사람들로 하여금 크게 반성하게 하고 좇아서 할 바를 알게 만드니, 그것도 공부하는 사람들이 덕을 닦고 학업을 닦는데, 도움이 적지는 않을 것이다.

종합적으로 퇴계의 시를 살펴보면, 그 특질이 두 가지다. 하나는 자연을 사랑함이요, 하나는 진리를 사랑함이다. 자연을 사랑함은 정(情)에서 나오고, 진리를 사랑함은 성(性)에서 나온다. 자연을 사랑한다는 표현은 곧 예술 경계(境界 : 세계, 혹은 경지)의 추구를 위함이요, 진리를 사랑한다는 표현은 곧 성현 경계의 추구를 위함이다. 예술의 경계는 미(美)를 구함에 있고, 성현의 경계는 선(善)을 구함에 있다. 그러나 미를 구한다느니 선을 구한다느니

66) ≪詩藪≫〈內篇〉,〈近體〉.

하는 것은 그 요점에 관하여 말하는 것에 불과할 뿐, 예술의 경계라고 선을 겸하지 않은 것도 아니요, 성현의 경계라고 하여도 미를 겸하지 않은 것은 아니다. 만약 성현의 지극한 경계에 관하여 논한다면 이미 예술적 경계를 감싸고 있을 것이다. 퇴계는 「옛날부터 어찌 시서를 공부하지 않은 이학이 있겠는가?」〔自古安有不學詩書底理學耶 — 주 3)과 같음〕라고 말하였는데, 이미 저간의 소식을 다소 나타내고 있는 것 같다. 그가 예술적인 경계를 추구한 것은 산수시와 영물시에 많이 표현되어 있는데, 영물시 중에는 매화시가 가장 많다. 그가 기대승에게 답한 편지 중에는 북송의 학자 양시(楊時 : 1044~1130, 호는 구산龜山. 정자程子 형제의 제자)의 시를 이끌어다가 다음과 같이 말한 것이 있다.

莫把疎英輕鬪雪 막 파 소 영 경 투 설	성근 꽃으로 하여금 눈과 가볍게 다투게 하지 말라,
好藏清艶月明中 호 장 청 염 월 명 중	맑고 아름다움을 달 밝은 가운데 감춤이 좋으리니.

이 두 구절은 퇴계의 심정을 적어서 비친 것이 틀림없다. 그 한 가지 뜻은 은퇴를 구한 것인데, 물러나지 않으면 안 되어, 비록 조야에서 모두 나오도록 권하나, 그 뜻을 되돌릴 수 없었다. 이것이 곧 「성근 꽃으로 하여금 눈과 가볍게 다투게 하지 말라.」〔莫把疎英輕鬪雪〕의 뜻이다. 그는 도산에다가 서당 자리를 잡아서 짓고, 자연 속에서 휘파람을 불면서 소요하고, 진리를 마음껏 파면서 심성을 길렀다. 이것이 곧 「맑고 아름다움을 달 밝은 가운데 감춤이 좋으리니」〔好藏清艶月明中〕의 뜻이다. 그런데 이 두 구절은 곧 예술 경계를 추구하는데 지도 원칙이 되는 바이다.

그 성현 세계에 대한 추구는 흔히 이어시(理語詩)에 표현되어 있다. 앞서 말한 경과 의를 아울러 지님〔敬意夾持〕, 동과 정을 번갈아 씀〔動靜互用〕, 지와 행이 서로 도움〔知行相資〕, 명과 성을 함께 발전시킴〔明誠兩進〕, 박과 약을 번갈아 닦음〔博約交修〕 다섯이 이것이다. 그러나 이 다섯 가지도 각각 주로 하는 바가 다르다. 경과 의를 말할 때는 경을 위주로 하고, 동과 정을 말할 때는 정을 위주로 하고, 지와 행을 말할 때는 행을 위주로 하고, 명과 성을 말할 때에는 성을 위주로 한다. 한마디로 통틀어서 말한다면, 이치를 추궁하여 실천에 옮길 수 있는가를 실험하여 봄으로써 참된 지식을 실제로 터득해야 할 뿐이다.

요컨대 퇴계가 추구한 예술 경계와 성현 경계는 칼로 자르듯 분명하게 가를 수 있는 것이 아니라, 서로 도와서 서로 이루어지게 하고, 서로 득이 되게 하여 더욱 드러나게 하는 관계에 놓여 있다. 예술적인 수양으로써 그 감정을 도야하고, 성현의 행동을 본받음으로써 그 마음을 길러가야 한다. 〈권호문(權好文)에게 답한 글(答權章仲)〉에서 그와 같은 은밀한 뜻을 볼 수 있다.

> 산을 즐기고 물을 즐긴다〔樂山樂水〕는 것은 성인의 말이지만, 산은 어질고 물은 지혜롭다는 말도 아니며, 또한 사람과 산수는 본래 성이 같다는 것을 이름도 아니다. 다만 어진 자는 산과 비슷하다고 말할 수 있기 때문에 산을 즐긴다고 하는 것이며, 지혜로운 자는 물과 비슷하기 때문에 물을 즐긴다는 것이다. 이른바 비슷하다고 하는 것은 특히 어질고 지혜로운 사람의 기상과 의사를 지적해서 하는 말일 뿐이다. 나는 이 두 가지 즐거움의 뜻을 알려면, 마땅히 어질고 지혜로운 자의 기상과 의사에서 구해야 할 것이라고 생각한다. 만약 어질고 지혜로운 자의 기상과 의사를 구하려고 한다면, 또한 어떻게 딴 데서 구해야 하겠는가? 나의 마음을 되돌아보고서 그 실질을 구해야 할 뿐이다. 정말 나의 마음이 어질고 지혜로운 실질로 가운데가 차서 바깥에까

> 지 넘친다면, 산을 좋아하고 물을 좋아함을 절실하게 기다려서 구할 것도 없이 스스로 그 즐거움이 있을 것 같다. 만약 지금 이러한 것에 힘을 쓸 줄 모르고서 다만, 그 우뚝우뚝하게 솟아 있는 것, 푸르고 푸르게 덮여 있는 것만 보고서 말하기를 내가 이로써 어진 자의 즐거움을 구한다느니, 출렁거리면서 흘러가는 것, 도도하게 흘러가는 것만 보고서 내가 여기서 지혜로운 자의 즐거움을 구한다고만 한다. 나는 그것이 깊숙하고도 질편하여 구하면 구할수록 멀어질까 봐 두렵다.
>
> (文集 권37)

어질고 지혜로운 즐거움 이것은 바로 성현의 경지에서나 있을 수 있는 일인데, 이러한 경지를 얻으려면 바깥에 있는 일에 힘쓰거나 딴 데서 구할 것이 아니라, 그 핵심은 오직 「나의 마음을 되돌아보고서 그 실질을 터득하는 데」〔反諸吾心而得其實〕 있다. 이것이 곧 심학(心學)의 공부다. 그러나 「나의 마음을 되돌아보고서 그 실질을 터득」하고자 한다면 또한 어찌 상상만 하고 생각만 한다고 터득될 수 있을 것인가? 정말 그렇기 때문에 공자의 가르침에서는 시를 맨 앞에 세웠는데, 시가 심학에도 절실함이 있음이 곧 공자가 말한 「시로 사람의 마음을 흥겹게 일으킬 수도 있고, 시로 백성들의 풍속을 관찰할 수도 있고, 시로 사람들을 무리 짓게 할 수도 있고, 시로 사람들이 원망을 표현하게 할 수도 있다」〔興觀羣怨, ≪논어≫에 나오는 말〕는 유의(遺意)이다. 퇴계는 비록 이 의논을 학문하는 공부에 관하여서만 인용하였으나, 단 그가 추구하는 예술적인 경계와 성현의 경계도 또한 스스로 시에서 벗어나지는 않을 것이다. 이렇기 때문에 공자도 나의 취미는 증점(曾點)과 같다는 감탄이 특히 기수(沂水) 곁에서 나왔고, 주자도 세월을 마치고 싶다는 소원이 유독 노봉(蘆峯) 꼭대기에서 나왔다. 시가 심학에도 절실하게 필요하며, 산수가 시를 짓는 데 도움이 되며 심성에도 적합하다는 것은 모두 다툴 수 없는 사실이다. 그러니 만약 인생의 예술 경계와 성현 경계를 추구하려고 한다면, 시로써 이기(利器)를 삼지 않을 수 없을 것 같다. 이러한 이치를 이해한다면, 퇴계의 안중에 시학이 어떻게 이학의 일부분이 되는가 함을 알고, 그 이유도 또한 명백해질 것이다.

〔**역주**〕 ▪ 증점(曾點)·기수(沂水): ≪논어≫에 나오는 말.
▪ 노봉(蘆峯): 주자가 초당을 짓고 산 곳.

附表 一 : 퇴계시 통계 연표

歲次			癸巳	甲午	乙未	丙申	丁酉	戊戌	己亥	庚子	辛丑	壬寅	癸卯	甲辰	乙巳	丙午	丁未	戊申	己酉
나이			33	34	35	36	37	38	39	40	41	42	43	44	45	46	47	48	49
五言	古		2			2					4	4	3	7	1	3	4	1	2
	律		3		1	2				2	4	11	10	1		5	13	1	7
	絶									8	1	7	2	4			3	6	1
小計			5		1	4				10	9	22	15	12	1	8	20	8	10
七言	古		3								1	3	1	5	2	1	6	1	2
	律	3	6	1	3	4				4	19	16	14	15	1	7	13	11	11
	絶	4	23	2		3				4	25	20	14	20	7	33	34	11	34
小計		7	32	3	3	7				8	45	39	29	40	10	41	53	23	47
其他											1					3			
每年小計			37	3	4	11				18	55	61	44	52	11	52	73	31	57

備註

一. 이 표는 ≪內集≫ 詩 5권 ≪別集≫ 1권 ≪續集≫ 2권 도합 1,814 수를 포함함.

二. 第一欄에는 칠언율시 3수·절구 4수가 있다. 그중 절구 1수는 15세에 지은 것이다. 그 이외에는 알 길이 없어 그대로 모두 계사년 이전에 놓는다.

三. 기타 欄內의 辛丑下 1수 및 丙午下 3수는 모두 六言詩이고,
甲寅下 4수 중 그 하나는 4언이고 나머지는 모두 악부시다.
辛酉下 26수 모두 4언이다.

庚戌	辛亥	壬子	癸丑	甲寅	乙卯	丙辰	丁巳	戊午	己未	庚申	辛酉	壬戌	癸亥	甲子	乙丑	丙寅	丁卯	戊辰	己巳	庚午	各類合計
50	51	52	53	54	55	56	57	58	59	60	61	62	63	64	65	66	67	68	69	70	
23	5	3	1	1	13	12	1				2	1		1		4		3			103
12	4	5	2	27	6	3		3	1		1	6		2		5	2	10	9	2	160
9	18	9	1	8	5	2		2			30		10			2		2	2	12	144
44	27	17	4	36	24	17	1	5	1		33	7	10	3		11	2	15	11	14	407
1	5			3				1			10	1	1					2		2	51
4	26	27	3	15	12	12	8	8	3		38	5	4	8	6	13	7	6	9	10	352
20	45	31	9	29	41	12	37	26	14	26	55	24	32	41	61	62	20	26	63	62	970
25	76	58	12	47	53	24	45	35	17	26	103	30	37	49	67	75	27	34	72	74	1373
				4							26										34
69	103	75	16	87	77	41	46	40	18	26	162	37	47	52	67	86	29	49	83	88	總 1814

附表 二 : 퇴계시 통계 간표

集別		內	別	外	續	各類合計
五言	古	75	16	1	11	104
	律	89	25	12	47	172
	絶	87	30	22	27	166
小計		251	71	35	85	442
七言	古	40	9		2	51
	律	194	98	29	60	381
	絶	600	172	135	198	1117
小計		834	279	164	258	1537
其他		27	6		1	34
合計		1086	356	199	346	總計
備註						2013

첫 번째 번역을 끝내면서

≪퇴계학보(退溪學報)≫, 제20집부터 제25집까지 여섯 차례에 걸쳐서 중국 대만 담강대학(臺灣 淡江大學) 중국문학과 왕소(王甦 : Wang Ssu) 교수가 쓴 ≪퇴계시학≫의 역주(譯註)를 마친다.

왕소 교수는 강소성(江蘇省) 태생으로서 어릴 때부터 중국고전(中國古典)에 많은 조예를 쌓았던 것 같고, 약관(弱冠) 전후에 내란 때문에 단신으로 병적(兵籍)에 의지하여 대만으로 건너와서 오랜 군대생활 끝에 늦게 대만사범대학국문연구소(臺灣師範大學國文研究所)에서 석사학위를 받고 오늘날까지 10년 남짓 담강대학에 재직 중이다.

그가 퇴계학(退溪學)에 관심을 가진 것은 1976년 가을부터 1978년 가을까지 만 2년 동안 단국대학교(檀國大學校) 중국문학과에 교환교수로 와 있으면서, 이웃에 살고 있던 역자(譯者)가 가지고 있는 성대영인본(成大影印本) ≪퇴계전서(退溪全書)≫와 일본각판(日本刻版) ≪이퇴계전집(李退溪全集)≫(두 책 모두 역자는 퇴계학연구원으로부터 기증받은 것이었다)을 차용(借用)하여 읽은 데서 인연이 되었다. 여기 번역한 이 글은 그가 대만으로 돌아가면서 퇴계학연구원에 초고(草稿 : 200자 원고지 299매)를 두고 간 글인데, 조금 뒤에 ≪담강학보(淡江學報)≫ 제16기, 1978, 11(1~53쪽)에 「이퇴계의 시학(李退溪的詩學)」이란 제목으로 발표한 것이다.

처음에는 그 초고만 보고 번역을 하다가 나중에는 인쇄된 ≪담강학보≫의 글을 얻어서, 아울러 대조해가며 옮겼다.

역자로서는 한국의 한시(漢詩)를 접한 것이 이번이 처음이고, 퇴계학에 관해서도 아무 지식이 없었기 때문에 처음에는(퇴계학보 제20집) 퇴계의 원문 인용은 그대로 두고, 왕씨(王氏)의 설명문만 우리말로 옮겼으나, 아무리 생각하여도 그것만으로는 역자 자신의 퇴계시 이해에도 미흡하여, 제21집부터는 인용되는 원문도 우리말로 다 옮기고, 아울러 시구(詩句)에는 역주도 달아보았다. 이렇게 되니 번역 원고 매수가 왕씨의 원문(原文)에 비하여 4~5배 정도로 불어나게 되었지만, 다행하게도 연구원에서 학보에 그대로 다 연재하여 주어 역자로서는 여간 다행스럽게 생각하지 않는다. 다만 아쉬운 것이 있다면 짧은 원문 인용이 자주 겹칠 때에는 역·주를 모두 생략하고 넘어갔는데, 이는 오로지 역자의 태만의 소치일 뿐이고 달리 변명할 도리는 없다.

인용 원문을 역·주할 때에는 가능한 한 기왕(旣往)의 우리나라 선학(先學)들의 역·주를 두루 섭렵 인용하였는데, 단 한 마디 한 구절을 인용할 때에도 모두 그 인용 출전을 밝혀서 경의(敬意)를 표하였다. 유도원(柳道源 : 1721~1791, 호는 蘆厓)편 ≪퇴계선생문집고증(退溪先生文集攷證)≫, 민족문화추진회의 ≪국역퇴계집≫ Ⅰ·Ⅱ, 동화출판공사의 ≪한국의 사상대전집(思想大全集) 제10권≫(李滉), ≪퇴계학보(退溪學報)≫ 제3, 4, 5집과 제12, 13, 14, 15, 16, 17, 18집까지 연재된 이가원(李家源) 박사의 ≪퇴계선생시역주(退溪先生詩譯註)≫(上·中·下－文集 권1에 수록된 시의 일부분 번역)와 ≪퇴계선생문집현토·부호(退溪先生文集懸吐·符號)≫(문집 권5까지의 현토) 등이 좋은 길잡이가 되었다.

기왕의 국역문(國譯文)을 인용하는 경우에도 역주가 더 필요한 데는 역주를 더 추가하였고, 한문으로 된 ≪고증(攷證)≫의 주를 인용할 때는 우리말로 풀면서 전고(典故)·숙어(熟語)의 출전을 거기서 한 걸음 더 나아가 좀 더 친절하게 밝혀 보려 하였으나, 역부족으로 미비한 점이 적지 않게 되었다. ≪시경(詩經)≫, ≪문선(文選)≫, 도연명 시, 두보 시, 한유 시 같은 데서 나온 전고는 원래 책의 분량이 적거나(도연명 시의 경우), 색인(索引)이 모두 나와 있어, 쉽게 작품명까지도 찾을 수 있었으나, 동파 시나 주자의 저술은 워낙 방대하여 ≪고증≫에서 다만 「파(坡)」시니, 「주(朱)」시니 한 것만 가지고서는 더욱 자세히 추적해 보기가 여간 힘든 것이 아니었다. ≪패문운부(佩文韻府)≫, ≪대한화사전(大漢和辭典)≫, ≪중국문학대사전≫(江恒源, 袁少谷 合編, 臺北, 五洲出版社, 1책, 두 자 이상 성어사전임), ≪시사곡어사회석(詩詞曲語辭匯釋)≫(張相 저, 臺北, 中華書局, 1책, 詩詞曲 등에서 습관적으로 쓰이는 말이지만 보통 문장에서 쓰는 말과 다른 뜻으로 사용하는 말의 뜻을 풀이함) 등 책도 역주하는데 더러 참고 인용하였다.

「퇴계학」 연구의 전반적인 동향은 자세히 알 수 없으나, 퇴계의 시〔漢詩〕에 관한 국내의 번역으로는 상기 ≪국역퇴계집≫Ⅰ·Ⅱ와, 이가원 박사의 ≪퇴계선생시역주(退溪先生詩譯註)≫, 대양출판사의 한국사상대전집 중 ≪퇴계집≫(장기근 박사 역) 등에서 각기 퇴계시에 관한 국역(國譯)이 있으나 모두 수십 수 정도이다. 퇴계의 한시에 관한 연구는〔국문 시조를 제외한〕 역자의 과문의 탓이겠으나 불과 2, 3편의 논문밖에는 보지 못하였다. 그중 수년 전 경상북도에서 발행한 ≪퇴계학연구≫(경북대 편) 제1집, 서수생(徐首生) 경북대 교수의 〈퇴계문학의 연구〉가 비교적 장편 논고(論攷)로 생각되는데, 거기서는 한국 역대의 시화(詩話)들 중에서 퇴계시에 관한 언급이 많이 제시되어 있음이 특색이라고 느꼈다. 그 외에는 대개 퇴계의 언행록이나, 연보 등에서 자주 이야기되는 시들이나 몇 편씩 인용하여 퇴계의 생애와 사상과 결부시켜 가며 언급하는 정도가 아닌가 한다.

이 ≪퇴계시학≫이 역자가 아는 범위 안에서는, 국내외를 막론하고 지금껏 나온 글 중에는 퇴계의 한시연구논고(漢詩硏究論攷)로 가장 상세한 것이 아닌가 생각한다. 역자가 역주를 가한 퇴계의 원시(原詩)만도 100여수가 넘는다. 일반적으로 퇴계를 이해하기 위하여 필요한 퇴계가 살던 시대적인 배경이라든가, 한국 성리학(性理學)의 흐름이라든가, 한국 한문학(漢文學)의 특성 등을 잘 모르는 한 외국인, 그것도 중국적인 사고(思考)가 바탕을 이룬 중국인이 쓴 글이기 때문에 저절로 느낄 수 있는 몇 가지 전제적(前提的)인 제약이 이 글에 있음도 사실이다.

그러나 역자는 저자의 해박한 고전 및 성리학에 대한 지식과 온화한 인품이 쉽게 그를 한 충실한 퇴계학도로 만들게 하였고, 성실한 퇴계의 독자가 되게 하였다고 믿고, 그가 2년여에 걸쳐서 착실하게 읽고 쓴 이 논문을 역자 나름으로는 정성껏 번역하여 보려고 하였다. 이로써 한 중국문학도인 역자에게는 국학(國學)이기도 하고, 또 가학(家學)이라고도 할 수 있는 퇴계학에 입문하여 보고 싶은 뜻을 역자 나름으로 품어 보기도 하였다. 역자가 비록 퇴계선생님의 자손은 아니지만 역자의 집안에서도 수백 년 동안 퇴계의 학문을 전수하여 온 전통이 이어져 왔기 때문이다.

번역을 끝내면서 왕소 교수와의 학연(學緣)을 새삼 즐겁게 되새기고, 퇴계학연구원 이동준(李東俊) 이사장님의 평시의 각별하신 배려와 김용환(金龍環) 간사의 알뜰한 격려에 감사를 드린다. 특히 김간사의 성실한 독려가 아니었더라면, 다른 일 때문에 쫓겨서 이 번역이 이렇게라도 완성되지 못하였을 것이다.

독자들의 격의 없는 지정(指正)과 퇴계학의 발전을 빌면서….

— 1980년 1월 23일

책으로 내기 위하여 일차 교열함

1980년 11월 역자

찾아보기

ㄱ

— ㄴ —

ㄷ

— ㅂ —

— ㅇ —

ㅈ

— ㅊ —

— ㅌ —

ㅍ

ㅎ

▒ 역자 약력

李章佑 jangwu@yumail.ac.kr

본　적 : 경북 영해
1961년 : 서울대학교 중어중문학과 졸업
1968년 : 국립대만대학에서 중국문학 석사
1982년 : 서울대학교 대학원에서 문학박사.
서울대, 연세대, 숙명대, 경북대 등에서 강사 및 단국대, 국민대 교수 역임.
중국 국립중앙연구원, 프랑스 파리 제7대학, 미국 스탠포드대학과 하버드대학 등에서 연구와 강의.
현　재 : 영남대학교 중국언어문화학부 명예교수
　　　　사단법인 영남중국어문학회 이사장
　　　　동양고전연구소 소장

- 저서 · 역서

『韓愈詩 이야기』, 『중국문화통론』, 『중국문학을 찾아서』, 『中國詩學』, 『中國의 文學理論』, 『퇴계시 풀이』, 『고문진보 전 · 후집(공역)』 외 다수.

퇴계시학退溪詩學

개정증보판 인쇄 - 2019년 7월 10일
개정증보판 발행 - 2019년 7월 20일

저　자 — 王　甦
역　자 — 李 章 佑
발행인 — 金 東 求
발행처 — 명 문 당(창립 1923년 10월 1일)
서울특별시 종로구 윤보선길 61(안국동)
우체국 010579-01-000682
전화 (02) 733-3039, 734-4798
FAX (02) 734-9209
Homepage / www.myungmundang.net
E-mail / mmdbook1@hanmail.net
등록 1977.11.19. 제1-148호

* 정가 18,000원
ISBN 979-11-90155-16-8 03810

역자와의 협약에 의해 인지는 생략합니다